Darling Lilly

Michael Connelly

Darling Lilly

ÉDITIONS FRANCE LOISIRS

Titre original : *Chasing the Dime*.
Éditeur original : Little, Brown and Company.
© 2002, by Hieronymus, Inc.

Traduit de l'américain par Robert Pépin

Édition du Club France Loisirs,
avec l'autorisation des Éditions du Seuil.

Éditions France Loisirs
123, boulevard de Grenelle, Paris
www.franceloisirs.com

Le Code de la propriété intellectuelle n'autorisant, aux termes des paragraphes 2 et 3 de l'article L. 122-5, d'une part, que les « copies ou reproductions strictement réservées à l'usage privé du copiste et non destinées à une utilisation collective » et, d'autre part, sous réserve du nom de l'auteur et de la source, que les « analyses et les courtes citations justifiées par le caractère critique, polémique, pédagogique, scientifique ou d'information », toute représentation ou reproduction intégrale ou partielle, faite sans le consentement de l'auteur ou de ses ayants droit ou ayants cause, est illicite (article L. 122-4). Cette représentation ou reproduction, par quelque procédé que ce soit, constituerait donc une contrefaçon sanctionnée par les articles L. 335-2 et suivants du Code de la propriété intellectuelle.

© Éditions du Seuil, avril 2003, pour la traduction française.
ISBN : 2-7441-6960-9

Ce livre est dédié à Holy Wilkinson.

1

À l'autre bout du fil la voix n'était qu'un murmure. Mais il y avait en elle de la force, presque du désespoir.

Henry Pierce informa son interlocuteur qu'il s'était trompé de numéro, mais l'homme insista :

– Où est-elle ? demanda-t-il.
– Je ne sais pas, répondit Pierce. Je ne sais rien d'elle.
– C'est son numéro. Il est sur le site.
– Non, vous vous trompez. Il n'y a pas de Lilly ici. Et je n'ai jamais entendu parler de votre site, d'accord ?

L'homme ne répondit pas et raccrocha. Agacé, Pierce en fit autant. Il n'avait branché son nouveau téléphone qu'un quart d'heure plus tôt et c'était déjà la deuxième fois qu'on demandait cette Lilly.

Il reposa l'appareil par terre et jeta un coup d'œil à l'appartement pratiquement vide. Il ne lui restait en tout et pour tout que le canapé en cuir noir sur lequel il était assis, les six cartons de vêtements dans la chambre à coucher et ce téléphone. Et voilà que celui-ci commençait à lui causer des ennuis.

Nicole avait tout gardé – les meubles, les livres, les CD et surtout la maison d'Amalfi Drive. De fait, elle n'avait pas vraiment tout gardé – c'était lui qui lui avait tout donné. Tel était le prix de la culpabilité qu'il éprouvait pour avoir laissé la situation se détériorer.

Le nouvel appartement était bien. Grand luxe et sécurité maximum, emplacement de choix dans Santa

Monica. Mais la maison d'Amalfi allait lui manquer. Et la femme qui y vivait encore aussi.

Il regarda le téléphone posé sur la moquette beige et se demanda s'il ne ferait pas bien de l'appeler pour lui dire qu'il avait quitté l'hôtel, qu'il s'était installé et qu'il avait un nouveau numéro. Il hocha la tête. Il lui avait déjà fourni tous ces renseignements par e-mail. L'appeler serait briser les règles qu'elle avait établies et qu'il avait promis de respecter la dernière nuit qu'ils avaient passée ensemble.

Le téléphone sonna. Il se pencha et, cette fois, il regarda l'écran de présentation des numéros. L'appel venait de la Casa del Mar. C'était encore ce type. Il songea à laisser sonner jusqu'à ce que le service de messagerie qu'il avait pris avec la nouvelle ligne s'en occupe, mais il finit par décrocher et appuyer sur le bouton « Parlez ».

– Écoute, mec, dit-il, je ne sais pas ce qui se passe, mais c'est pas le bon numéro. Il n'y a personne qui s'appelle...

Le correspondant raccrocha sans mot dire.

Pierce attrapa son sac à dos et en sortit le bloc-notes sur lequel son assistante personnelle avait noté le mode d'emploi de la boîte vocale. C'était Monica Purl qui s'était occupée de lui avoir une ligne, parce que depuis huit jours il était accaparé au labo par la présentation prévue la semaine suivante. Et parce qu'une assistante personnelle, c'était à ça que ça servait.

Il essaya de lire ses notes dans les dernières lueurs du jour. Le soleil venait juste de disparaître sous l'horizon et il n'y avait toujours pas de lampe dans le living. La plupart des appartements neufs étaient équipés d'éclairages encastrés dans les plafonds. Pas celui-là. Tous ces logements étaient certes rénovés depuis peu, avec cuisines et fenêtres refaites à neuf, mais l'immeuble était ancien. Et électrifier des plafonds en ciment sans câblage préalablement encastré coûtait des fortunes. Bref, il allait devoir s'acheter des lampes.

Il lut rapidement le mode d'emploi de la présentation des numéros et de l'annuaire électronique. Il s'aperçut alors que Monica lui avait fait installer un « pack confort » avec mise en attente automatique, transfert d'appel, présentation du numéro, annuaire électronique et tout le bazar. Et (c'était écrit sur la feuille) qu'elle avait aussi déjà communiqué son numéro à tous les correspondants répertoriés dans son listing d'e-mails catégorie A. Soit presque quatre-vingts personnes. Qui toutes pouvaient avoir envie de l'atteindre à toute heure et qui, toutes ou presque, étaient des collègues, voire des collègues qu'il considérait aussi comme des amis.

Il réappuya sur le bouton « Parlez » et appela le numéro d'installation et d'accès de la boîte vocale que Monica lui avait fourni. Puis il suivit les instructions que lui donna la voix électronique afin de créer un numéro de code. Il choisit le 21.9.02, jour où Nicole lui avait signifié la fin des relations qu'ils entretenaient depuis trois ans.

Il décida de ne pas enregistrer de message d'accueil. Mieux valait se cacher derrière la voix électronique désincarnée qui donnait son numéro et demandait de laisser un message. C'était peut-être impersonnel, mais bon... le monde extérieur l'était aussi.

L'installation de la boîte vocale une fois terminée, une nouvelle voix électronique l'informa qu'il avait reçu neuf messages. Il en fut surpris – la ligne n'était en service que depuis le matin –, mais tout de suite il espéra que l'un d'entre eux serait de Nicole. Peut-être même plusieurs. Et si elle avait changé d'avis... Il se vit soudain en train de retourner tous les meubles que Monica lui avait commandés sur le Net. Déjà il rapportait ses cartons de vêtements à la maison d'Amalfi Drive...

Mais aucun de ces messages n'émanait d'elle. Et aucun non plus ne lui avait été envoyé par ses collègues ou collègues-et-amis. Et un seul lui était destiné – la voix électronique qu'il connaissait déjà trop bien le remerciait d'avoir choisi cette messagerie.

Les huit autres étaient tous pour Lilly – Lilly qui n'avait pas de nom de famille. Lilly, la femme pour laquelle il avait déjà filtré trois appels. Lilly dont tous les correspondants étaient des hommes, les trois quarts d'entre eux demandant qu'elle les rappelle dans des hôtels dont ils lui donnaient les coordonnées. Quelques-uns lui avaient même laissé des numéros de portable ou, à les entendre, des numéros de lignes privées au bureau. Certains disaient avoir eu son nom sur le Net ou sur « le site », mais on restait vague.

Pierce effaça tous les messages après les avoir écoutés. Puis il tourna la page du bloc-notes et y porta la mention « Lilly ». Et souligna ce mot en réfléchissant. « Lilly » avait apparemment cessé d'utiliser ce numéro, que la compagnie du téléphone avait remis en circulation et lui avait attribué. Tous les correspondants étaient des hommes, l'essentiel des appels provenant de divers hôtels, et on sentait une hésitation, une sorte d'excitation dans leurs voix : Pierce se demanda si Lilly n'était pas une prostituée. Ou une « hôtesse d'accompagnement », si tant est qu'il y eût une différence entre les deux. Il sentit un petit frisson de mystère et de curiosité le parcourir. Comme s'il était au courant de quelque secret qu'il n'aurait pas dû connaître. Comme lorsqu'il appelait les caméras de surveillance sur son écran au bureau et regardait en douce ce qui se passait dans le parking, les couloirs et les parties communes de l'immeuble.

Puis il se demanda combien de temps la ligne était restée inutilisée avant qu'on la lui attribue. Le nombre d'appels reçus indiquait que le numéro figurait encore quelque part (probablement sur le site web mentionné dans plusieurs messages) et que, pour certains, Lilly n'avait toujours pas changé de numéro.

– Vous vous êtes trompé de numéro, dit-il bien qu'il parlât rarement tout seul lorsqu'il ne regardait pas un écran d'ordinateur ou ne travaillait pas à quelque expérience au labo.

Il revint à la page précédente et lut les renseignements que Monica y avait portés à son intention. Parmi eux se trouvait le numéro d'appel du service clients de la compagnie du téléphone. Il pouvait demander à changer de numéro, et c'était sans doute la chose à faire. Mais il savait aussi qu'il serait parfaitement assommant de renvoyer par e-mail son nouveau numéro à tout le monde et d'attendre confirmation du changement.

Ce ne fut pas le seul élément qui le fit hésiter. Cette histoire, il se l'avoua, l'intriguait. Qui était cette Lilly ? Où habitait-elle ? Et pourquoi avait-elle laissé tomber la ligne, mais sans changer son numéro sur le site ? C'était peut-être ça – ce manque de logique – qui le fascinait. Comment Lilly faisait-elle pour ne pas perdre son travail si le site web continuait à donner un faux numéro à la base clients ? La réponse était qu'elle avait dû le perdre. Ce n'était pas possible autrement. Quelque chose ne collait pas et il avait envie de savoir quoi et pourquoi.

On était vendredi soir, il décida de laisser les choses en l'état jusqu'au lundi suivant. Alors seulement il appellerait la compagnie du téléphone pour lui demander de lui changer son numéro.

Il se leva du canapé, traversa le living et gagna la chambre à coucher vide, hormis les six cartons de vêtements alignés contre un mur et son sac de couchage déroulé le long d'un autre. Avant d'emménager dans cet appartement, il ne s'était pratiquement jamais servi de ce sac de couchage en trois ans – la dernière fois remontait à un voyage au parc national de Yosemite qu'il avait fait avec Nicole. À l'époque où il avait le temps de faire des choses, avant que la course-poursuite ne commence, avant que sa vie ne tourne plus qu'autour d'une seule chose.

Il passa sur le balcon et contempla le Pacifique : l'océan était d'un bleu glacial. Du douzième étage où il se trouvait, la vue allait de Venice au sud jusqu'aux contreforts des montagnes qui dégringolent sur la plage de Malibu au nord. Le soleil avait disparu, mais de violentes hachures de mauve et d'orange marquaient encore le ciel. À cette hauteur, la brise qui montait du large était froide et revigorante. Il mit les mains dans les poches de son pantalon. Les doigts de sa main gauche se refermèrent sur une pièce de monnaie, qu'il sortit. Dix cents. Cela aussi lui rappela à quoi se réduisait son existence.

Les néons de la grande roue installée sur la jetée de Santa Monica clignotaient, motif lumineux qui se répétait sans arrêt. Il se souvint du soir où, deux ans plus tôt, la société avait loué tout le parc d'attractions pour fêter le premier lot de brevets accordés par les autorités à son projet d'architecture de mémoire moléculaire. Pas de billets à acheter, pas de queue à faire, et si on s'amusait sur un manège on pouvait y rester autant qu'on voulait. Nicole et lui n'avaient pas quitté une des gondoles jaunes de la grande roue pendant au moins une demi-heure. Ce soir-là aussi il faisait froid et ils s'étaient pelotonnés l'un contre l'autre pour regarder décliner le soleil. Maintenant, il ne pouvait plus contempler la jetée, ni même un coucher de soleil, sans penser à elle.

Au moment où il se l'avouait, il s'aperçut qu'il avait

loué un appartement d'où l'on voyait tout ce qui ne pouvait manquer de lui rappeler la jeune femme. Il y avait là comme une pathologie subliminale qu'il n'avait pas envie d'explorer tout de suite.

Il posa sa pièce de dix cents sur l'ongle de son pouce et la fit sauter en l'air d'une pichenette. Et la suivit du regard jusqu'à ce qu'elle disparût dans le noir. Il y avait un parc en bas, une bande de verdure entre l'immeuble et l'océan. Il avait déjà remarqué que des SDF s'y faufilaient la nuit et y dormaient dans des sacs de couchage sous les arbres. Peut-être l'un d'entre eux trouverait-il sa pièce.

Le téléphone sonna. Il regagna la salle de séjour et vit le petit écran LED briller dans le noir. Il décrocha et regarda le numéro qui s'affichait. L'appel provenait de l'hôtel Century Plaza. Il réfléchit le temps que l'appareil sonnât encore deux fois, puis il répondit sans même dire allô.

– Vous cherchez Lilly ? demanda-t-il.

Un long silence s'en suivit, mais il y avait quelqu'un à l'autre bout du fil et il le savait. Il entendait des bruits de télévision en arrière-plan.

– Allô ? C'est un appel pour Lilly ?

Un homme finit par lui répondre.

– Oui. Elle est là ?

– Non, pas pour l'instant. Je peux vous demander comment vous avez obtenu ce numéro ?

– Il est sur le site.

– Quel site ?

L'inconnu raccrocha. Pierce garda l'écouteur à l'oreille un moment, puis il raccrocha à son tour. Il traversait la pièce pour aller reposer l'appareil à sa place lorsque celui-ci sonna de nouveau. Il appuya sur le bouton « Parlez » sans regarder l'écran du téléphone.

– Vous vous êtes trompé de numéro, dit-il.

– Attendez... Hé, Einstein... C'est toi ?

Pierce sourit. Il n'y avait pas eu erreur. Il reconnut la voix de son correspondant – Cody Zeller, une des personnes de la liste A à laquelle on avait communiqué son nouveau numéro. Zeller l'appelait souvent « Einstein », un des surnoms dont il avait hérité en fac et qu'il devait encore supporter. Zeller était un ami avant d'être un collègue. Consultant en sécurité informatique, il lui avait conçu de nombreux systèmes de protection au fur et à mesure que, les années passant, la société se développait et s'installait dans des bureaux de plus en plus grands.

– Je te demande pardon, Code, dit-il. Je croyais que c'était quelqu'un d'autre. Je reçois beaucoup d'appels qui ne me sont pas destinés.

– Nouveau numéro, nouvel appart, cela voudrait-il dire que tu es de nouveau libre, blanc et célibataire ?

– Faut croire que oui.

– Ben ça alors ! Qu'est-ce qui s'est passé avec Nicki ?

– Je ne sais pas. Et je n'ai pas envie d'en parler.

Il savait qu'en discuter avec des amis donnerait quelque chose de définitif à la fin de ses relations avec elle.

– Je vais te le dire, moi, ce qui est arrivé, lui lança Zeller. Tu as passé trop de temps au labo et pas assez au lit avec elle. Je t'avais pourtant prévenu, mec.

Et il rit. Zeller avait depuis toujours une manière bien à lui d'analyser une situation ou une série de faits sans s'embarrasser de conneries. Son rire lui dit clairement qu'il n'éprouvait guère de sympathie pour son malheur. Zeller n'était pas marié et Pierce ne se rappelait pas l'avoir jamais vu embringué bien longtemps dans une relation. En fac déjà, Zeller lui avait promis, à lui et à leurs amis, de ne jamais pratiquer la monogamie de sa vie. Et Zeller connaissait la dame. En sa qualité d'expert en sécurité, il était chargé d'enquêter sur le passé des demandeurs d'emploi et des investisseurs. C'est en cette qualité qu'il avait plusieurs fois travaillé avec Nicole James, la responsable Renseignement. Enfin... l'ex-responsable Renseignement.

— Oui, je sais, dit Pierce, qui n'avait pourtant aucune envie de parler de ça avec lui. J'aurais dû t'écouter.

— Bon, bon. Et si tu en profitais pour sortir ta planche de sa maison de retraite et venir me rejoindre à Zuma un de ces quatre ?

Zeller habitait à Malibu et surfait tous les matins. Ça faisait presque dix ans que Pierce n'était plus allé chevaucher les vagues avec lui. De fait, il n'avait même pas emporté sa planche en quittant la maison d'Amalfi. Elle se trouvait toujours au râtelier dans le garage.

— Je ne sais pas, Code, répondit-il. J'ai toujours mon projet à finir, tu sais. Et je ne crois pas que je vais beaucoup changer d'habitudes juste parce qu'elle...

— C'est vrai, ça. Ce n'était que ta fiancée, alors que le projet...

— Ce n'est pas ce que je voulais dire. Je ne crois tout simplement pas que...

— On dit ce soir ? Je passe te prendre. On ira faire la foire comme au bon vieux temps. Allez, allez, tu enfiles ton jean noir, mon grand !

Et il se mit à rire pour l'encourager. Pierce, lui, ne rit pas. Le bon vieux temps, il n'avait jamais connu. Il n'avait jamais été comme ça. Il préférait passer ses nuits au labo plutôt que de draguer la tête embrumée d'alcool.

— Je crois que non, dit-il. J'ai un tas de trucs à faire et va falloir que je repasse au labo ce soir.

— Hank ? Faut leur filer des vacances, à tes molécules. Donne-leur congé pour un soir. Allez, quoi ! Ça te remettra d'aplomb ! Pour une fois que tu peux secouer tes propres molécules ! Tiens ! Je t'autorise même à me raconter tout ce qui s'est passé entre elle et toi et je ferai semblant d'être désolé pour toi. Promis.

Zeller était le seul individu sur cette terre à l'appeler « Hank ». Pierce haïssait ce surnom, mais était assez malin pour savoir que lui demander d'arrêter était hors de question. Ça n'aurait fait que l'encourager à continuer de plus belle.

– Tu m'appelles le prochain coup, d'accord ?

Zeller fit machine arrière à regret, Pierce promettant de lui garder une soirée le week-end suivant. Mais il ne lui promit rien pour le surf. Ils raccrochèrent et Pierce remit le téléphone sur son support. Puis il reprit son sac à dos et se dirigea vers la porte du couloir.

2

Pierce se servit de sa carte-clé pour entrer dans le garage de la société Amedeo Technologies et gara sa 540 sur son emplacement. La porte d'entrée du bâtiment s'ouvrit dès qu'il se présenta devant, l'acceptation venant du veilleur de nuit installé sur la petite estrade derrière le double vitrage.

– Merci, Rudolpho, dit-il en passant devant lui.

Sa carte-clé lui permit ensuite de prendre l'ascenseur jusqu'au troisième étage, où se trouvaient les bureaux administratifs. Il regarda la caméra de surveillance dans le coin et hocha la tête, même s'il ne croyait pas que Rudolpho le regardât. Toute la scène avait été numérisée et enregistrée pour plus tard. Au cas où on en aurait besoin.

Dans le couloir du troisième, il ouvrit la serrure multiple de son bureau et entra.

– Lumière ! lança-t-il en s'asseyant dans son fauteuil.

Les plafonniers s'allumèrent. Il brancha l'ordinateur et entra les mots de passe après l'initialisation. Puis il se connecta à la ligne téléphonique afin d'avoir vite son courrier électronique avant de se mettre au travail. Il était vingt heures. Il aimait bien travailler la nuit et avoir tout le labo pour lui.

Pour des raisons de sécurité, il ne laissait jamais son ordinateur branché ou connecté à une ligne téléphonique lorsqu'il ne travaillait pas avec. Pour la même raison il n'avait jamais de portable, de *beeper* ou de Palm Pilot sur lui. Et même s'il en possédait un, il emportait rarement son ordinateur portable avec lui. Pierce était naturellement parano (« à un gène près de la schizophrénie », disait Nicole), mais aussi très prudent et pratique dans ses recherches. Il savait que connecter son ordinateur à une ligne téléphonique ou accepter un appel sur son portable était aussi dangereux que se planter une aiguille dans les veines ou baiser avec une inconnue. On ne savait jamais ce qu'on risquait de faire entrer dans les circuits. Pour certains, ce devait même être un des petits frissons de la baise. Mais ça n'en était vraiment pas un quand on passait son temps à chercher du fric.

Il avait plusieurs messages, mais il décida de n'en lire que trois ce soir-là. Le premier était de Nicole. Il l'ouvrit tout de suite, encore une fois avec un espoir qui le mit mal à l'aise tant il sentait la guimauve.

Il ne s'attendait pas à ce qu'il découvrit. Le mot était court, direct et tellement professionnel qu'il ne laissait rien entendre de leurs amours malheureuses. Ce n'était que l'énième adieu d'un ancien employé qui s'en va vers des jours meilleurs.

« Hewlett,
« Je m'en vais.
« Tout est dans les dossiers. À propos... l'affaire conclue avec la Bronson Tech est enfin parvenue à la connaissance des médias. C'est le *San Jose Mercury News* qui en a eu vent le premier. Rien de bien neuf, mais il ne serait peut-être pas mauvais de jeter un coup d'œil à l'article.
« Merci pour tout et bonne chance.

Nic »

Il resta longtemps à regarder le message. Et remarqua qu'il avait été envoyé à 16 h 55, soit à peine quelques heures plus tôt. Lui répondre n'aurait eu aucun sens dans la mesure où son adresse e-mail avait dû être effacée à cinq heures, lorsqu'elle avait rendu sa carte-clé. Nicole était partie et il n'y avait apparemment rien de plus définitif que d'être effacé du système.

« Hewlett ». Il se demanda longuement pourquoi elle l'avait appelé comme ça. Par le passé, elle ne l'avait fait que par tendresse. C'était un petit nom secret que seule une amante pouvait utiliser. Il venait de ses initiales – HP, comme Hewlett-Packard, le Goliath des fabricants d'ordinateur contre son petit David de Pierce. Elle ne l'appelait ainsi qu'avec un doux sourire dans la voix. Il n'y avait qu'elle qui pouvait sans dommage lui donner le nom d'un concurrent. Mais l'avoir appelé ainsi dans ce dernier message ? Qu'est-ce que ça pouvait bien vouloir dire ? Souriait-elle lorsqu'elle avait écrit ces mots ? Était-ce un sourire triste ? Hésitait-elle ? Était-elle en train de changer d'opinion ? Y avait-il encore une chance, un espoir de rédemption ?

Il n'avait jamais réussi à comprendre les motivations de Nicole James. Ce n'était pas maintenant qu'il allait commencer. Il reposa les mains sur le clavier et enregistra le message dans le dossier où il gardait tous les e-mails de la jeune femme depuis le début de leurs relations trois ans plus tôt. C'était toute l'histoire de leur couple, avec ses bons et ses mauvais moments – et celui où ils étaient devenus amants –, qu'on pouvait y lire. Elle lui avait envoyé presque mille messages. Il savait que les garder avait quelque chose d'obsessionnel, mais c'était devenu une habitude. Il avait d'autres dossiers où il conservait les e-mails des gens avec lesquels il traitait et c'était dans cet esprit qu'il avait ouvert celui de la jeune femme. Mais leur relation professionnelle était devenue une aventure qu'il avait cru devoir durer toute la vie.

Il fit défiler la liste de ses courriers, s'attachant à en lire les sujets tel un homme qui regarde les photos d'une ancienne copine. Nicole avait toujours excellé dans l'intitulé humoristique, voire sarcastique. Plus tard – par nécessité, il le savait –, elle était passée à ceux qui blessent et font mal. L'un de ces sujets – « Où habites-tu ? » – attirant son attention, il ouvrit le message. Elle le lui avait envoyé quatre mois plus tôt, son contenu disant très clairement ce qu'il allait advenir de leur couple. Pour lui, ç'avait été le début de la fin, le point de non-retour.

> « Ça fait quatre nuits que je ne t'ai pas vu à Amalfi et je commence à me demander où tu habites.
> Il est clair que ça ne fonctionne plus entre nous. Il faut qu'on parle, Henry, mais tu n'es jamais à la maison. Va-t-il falloir que j'aille à ton satané labo pour qu'on discute ? Ce serait vraiment triste. »

Il se rappela être rentré à Amalfi après ce courrier. Ils avaient parlé, et ça s'était terminé par leur première rupture. Il avait alors passé quatre jours à l'hôtel en se débrouillant avec ce qu'il avait pu emporter dans une valise. Ce n'était qu'après l'avoir inondée de coups de fil, d'e-mails et de fleurs, qu'il avait été invité à revenir. S'en était suivie une période où il avait fait de réels efforts. Pendant une semaine au moins, lui semblait-il, il était rentré tous les soirs avant huit heures, mais, un écart en amenant un autre, il avait fini par renouer avec des horaires de labo qui le ramenaient chez lui en pleine nuit.

Il referma le message, puis le dossier. Un jour il imprimerait tout ça et le lirait comme un roman. Ce ne serait, il le savait bien, que l'histoire très commune et très banale d'un homme tellement obsédé qu'il en arrivait à perdre ce qui avait le plus d'importance à ses yeux. Tiens, si c'était un roman, il l'intitulerait *La Chasse au fric*.

Il revint à ses e-mails. Le message suivant était de son collègue Charlie Condon. Il ne s'agissait que d'un rappel avant le week-end : la présentation était prévue pour la semaine suivante. Comme s'il risquait de l'oublier ! Charlie Condon avait intitulé son courrier « Protée », celui-ci n'étant qu'une réponse au petit mot que Pierce lui avait envoyé quelques jours plus tôt.

> « Tout est arrangé avec Dieu. Il arrive mercredi, le rendez-vous étant pour le lendemain dix heures. Le harpon est prêt et aiguisé. Ou tu viens ou t'es un chien.
>
> CC »

Pierce ne se donna pas la peine de répondre. Il était évident qu'il serait au rendez-vous. Tant de choses en dépendaient. Ou plutôt, tout en dépendait. Le dieu auquel Charlie se référait dans son message était Maurice Goddard. Originaire de New York, celui-ci était l'investisseur dont il espérait faire leur « baleine ». Il avait prévu de passer voir le projet avant de prendre sa décision finale. Charlie et Pierce avaient décidé de lui en donner la primeur dans l'espoir de conclure le marché. Le lundi suivant, ils devaient déposer leur demande de brevet afin d'être protégés et ils commenceraient à chercher d'autres investisseurs si Goddard refusait de se mouiller avec eux.

Le dernier message qu'il lut émanait de Clyde Vernon, le chef d'Amedeo Security. Pierce était sûr de ce qu'il allait y trouver avant même de l'ouvrir, et il ne se trompait pas.

« Ai essayé de vous joindre. Il faut qu'on parle de Nicole James. Rappelez-moi aussi vite que possible.
Clyde Vernon »

Pierce savait que Vernon se demandait jusqu'où Nicole était au courant de l'affaire et ce qui l'avait amenée à partir aussi brutalement. Vernon voulait savoir quelles mesures il allait devoir prendre.

Pierce fit la grimace en s'apercevant que Vernon avait signé de son nom entier. Puis il décida de ne plus perdre son temps à lire les autres courriers et éteignit son ordinateur en faisant bien attention à se déconnecter du réseau. Il quitta son bureau et, passant devant le « mur de la gloire », longea le couloir jusqu'au bureau de Nicole. Son ancien bureau, s'entend.

Pierce avait la combinaison qui permettait d'ouvrir toutes les portes du troisième étage. Il s'en servit pour entrer.

– Lumière ! lança-t-il.

Les plafonniers ne réagirent pas. L'identificateur

audio de la pièce était toujours calé sur la voix de Nicole. Tout cela changerait dès le lundi suivant. Il gagna l'interrupteur et alluma.

Il n'y avait plus rien sur le bureau. Nicole avait dit qu'elle viderait les lieux à cinq heures vendredi et avait tenu parole, son dernier acte officiel à Amedeo Technologies ayant très vraisemblablement été cet e-mail qu'elle lui avait envoyé.

Il fit le tour de la pièce et s'assit dans son fauteuil. Il sentit encore très légèrement son parfum à dominante de lilas et ouvrit le tiroir du haut. Vide à l'exception d'un trombone. Nicole James était bel et bien partie. Il n'y avait plus à en douter. Il jeta un coup d'œil aux trois autres tiroirs – tous étaient vides. Il ne trouva qu'une petite boîte dans celui du bas. Il la prit et l'ouvrit. Elle était à moitié pleine de cartes de visite professionnelles. Il en sortit une et la regarda.

Nicole R. James
Directrice du Renseignement sur la concurrence
Responsable de l'information
Amedeo Technologies
Santa Monica, Californie

Au bout d'un moment, il remit la carte dans la boîte et la boîte dans le tiroir. Puis il se dirigea vers la rangée de meubles-classeurs alignés contre le mur, en face du bureau.

Nicole conservait un tirage papier de tous les fichiers de renseignements. Elle en avait quatre classeurs à double tiroir pleins. Pierce prit son trousseau de clés, ouvrit le tiroir étiqueté « Bronson » et en sortit le fichier bleu – dans le système de classification de la jeune femme, c'était toujours le plus à jour. Il l'ouvrit, feuilleta les sorties d'imprimante et tomba sur la photocopie d'une coupure de journal extraite du cahier Économie du *San Jose Mercury News*. Il connaissait toute l'histoire, mais n'avait jamais eu l'occasion de lire l'article.

Court et remontant à deux jours, celui-ci relatait comment un de ses plus grands concurrents dans le secteur privé avait été renfloué en liquidités. C'était Nicole qui l'avait mis au courant de l'affaire dans ses grandes lignes. Les nouvelles circulaient vite dans le monde des technologies émergentes. Bien plus vite que dans les médias. L'article confirmait tout ce qu'il avait déjà entendu dire – mais il y avait du rab.

COUP DE POUCE JAPONAIS À LA BRONSON TECH
par Raoul Puig

La société Bronson Technologies basée à Santa Cruz vient de signer un accord de partenariat avec la Tagawa Corporation, accord qui lui permettra de financer ses projets d'électronique moléculaire.
Selon les termes de cet accord annoncé conjointement mercredi, la Tagawa Corporation devra investir douze millions de dollars dans la recherche sur les quatre années à venir. En contrepartie, elle se verra accorder vingt pour cent d'intérêts dans la Bronson Tech.
D'après Elliot Bronson, président de cette société qui n'a que six ans d'existence, cet argent devrait permettre à son entreprise de se placer en tête de la course à la conception du premier ordinateur moléculaire opérationnel. Outre la Bronson Tech, c'est en effet une véritable armée de sociétés privées, d'universités et d'agences gouvernementales qui s'est lancée dans cette course dont l'enjeu est de concevoir une mémoire RAM à base moléculaire que l'on pourra coupler à des circuits intégrés. Bien

que les applications pratiques de l'informatique moléculaire ne soient envisageables, selon certains, que d'ici une dizaine d'années au minimum, ses partisans y voient une véritable révolution dans le monde de l'électronique. Cette révolution pourrait d'ailleurs menacer sérieusement l'industrie de l'ordinateur à silicium, qui brasse des milliards de dollars.

La valeur potentielle et les applications pratiques de l'électronique moléculaire étant considérées comme illimitées, la course à son développement est très disputée. Les « chips » moléculaires seront en effet infiniment plus puissants et petits que ceux utilisés aujourd'hui dans l'électronique au silicium.

« De l'ordinateur de diagnostic médical qu'on pourra faire passer directement dans le sang à la création de "rues intelligentes" équipées de circuits microscopiques enchâssés dans l'asphalte, les ordinateurs moléculaires vont changer notre monde, nous a ainsi déclaré Bronson ce mardi. Et ma société sera là pour aider à ce changement. »

Parmi les principaux concurrents dans le secteur privé, on trouve l'Amedeo Technologies de Los Angeles et la Midas Molecular de Raleigh, Caroline du Nord. Il est également à signaler que la société Hewlett-Packard s'est associée à des savants de l'université de Californie, campus de Los Angeles. Et que plus d'une douzaine d'autres universités et firmes privées injectent des fonds importants dans la recherche en matière de nanotechnologie et de RAM moléculaire. L'Agence pour les projets de recherche avancée de la Défense finance en partie ou en totalité beaucoup de ces programmes de recherche.

Un petit nombre de sociétés préfère chercher

des financements privés plutôt que de compter sur l'État ou sur des universités. À en croire Bronson, pareil choix rendrait ces sociétés plus agiles et mieux à même de monter rapidement des projets et des expériences sans devoir quêter l'approbation de l'État ou de telle ou telle université.

« L'État et ces grandes universités sont de véritables bateaux de guerre, nous a-t-il encore déclaré. Mieux vaut faire attention quand ils prennent la bonne direction. Mais manœuvrer pour trouver le cap leur prend un temps infini et, dans ce domaine, la concurrence est trop forte et les changements trop rapides pour ça. En ce moment, il vaut mieux être un bateau de course. »

Les brevets prenant de la valeur au fil des années, ne pas dépendre de financements universitaires ou d'État signifie aussi un meilleur partage des bénéfices pour ces sociétés.

Plusieurs avancées significatives se sont produites au cours des cinq dernières années dans le développement de l'électronique moléculaire, l'Amedeo Technologies semblant ouvrir la voie.

L'Amedeo Technologies est la société la plus anciennement engagée dans la course. Henry Pierce, trente-quatre ans, le chimiste qui la fonda un an après avoir quitté Stanford, a déjà décroché de nombreux brevets dans le domaine des circuits moléculaires et la création de mémoires moléculaires et de portails logiques qui sont la base de tous les systèmes électroniques. Bronson espère remettre les pendules à l'heure avec ce financement de la Tagawa Corporation.

« La course sera longue et intéressante, nous a-t-il dit, mais nous serons présents à l'arrivée. Avec ce financement, je peux vous le garantir. »

Rechercher une source de financement importante – une « baleine » dans le jargon en usage dans le monde de ces technologies émergentes – est une décision de plus en plus en vogue pour les petites sociétés. L'accord conclu par Bronson fait suite à un autre conclu par la Midas Molecular, qui s'est assuré au début de cette année un financement canadien à hauteur de dix millions de dollars.

« Il n'y a pas trente-six façons de procéder, nous a indiqué Bronson. Pour rester bien placé dans la course, il faut de l'argent. Les outils de base de cette science sont chers. Équiper un laboratoire qui permette de se lancer dans ce genre de recherches coûte plus d'un million de dollars. »

Chez Amedeo, Pierce n'a pas répondu à nos appels, mais selon des sources bien informées sa société serait, elle aussi, à la recherche d'une « baleine ».

D'après Daniel F. Daly, de la Daly and Mills, une firme d'investissement basée en Floride qui surveille les progrès de la nanotechnologie, « les "baleines", tout le monde les chasse. L'argent des investisseurs à cent mille dollars est avalé trop vite. On préfère n'aller au marché qu'une seule fois, mais y trouver celui ou celle qui pourra financer un projet de bout en bout ».

Pierce referma le dossier avec la coupure de journal à l'intérieur. L'article ne comportait pas grand-chose de neuf, mais les premières paroles de Bronson sur le diagnostic médical moléculaire l'intriguaient. Il se demanda si le bonhomme ne faisait que suivre les consignes de l'industrie en évoquant le côté le plus fascinant de la recherche scientifique ou s'il savait quelque chose sur Protée. S'adressait-il à lui directement ? Se servait-il du journal et de cet argent japonais qu'il venait d'obtenir pour lui lancer un défi ?

Si c'était le cas, il n'allait pas tarder à prendre une claque. Pierce remit le dossier à sa place dans le tiroir.

– Tu t'es vendu trop bon marché, Elliot, dit-il tout haut en refermant ce dernier.

Puis il ressortit du bureau en éteignant les lumières à la main.

De nouveau dans le couloir, il contempla un instant ce qu'ils appelaient « le mur de la gloire ». Des articles encadrés consacrés à Pierce et aux brevets et recherches de l'Amedeo Technologies y étaient accrochés, sur six mètres de long. Pendant les heures de travail, lorsque les employés occupaient leurs bureaux, jamais il ne s'arrêtait pour le regarder. Ce n'était que dans ses moments de solitude qu'il y jetait un coup d'œil et se laissait aller à la fierté. De fait, le mur ressemblait à un récapitulatif des scores. La plupart des articles affichés, publiés dans des journaux scientifiques, étaient écrits dans un langage impénétrable pour le commun des mortels. Cela n'empêchait pas l'Amedeo Technologies et le travail qu'elle effectuait d'avoir fait plusieurs apparitions dans les médias. Pierce s'immobilisa devant ce qui le rendait le plus fier – une couverture de *Fortune Magazine* vieille de presque cinq ans (à cette époque-là, il avait encore une queue-de-cheval), où on le voyait tenir un modèle en plastique du circuit moléculaire simple pour lequel un brevet venait de lui être décerné. À droite de son sourire, une question : « Le brevet le plus important du millénaire ? ».

Puis, en petites lettres, cet additif : « C'est ce qu'il pense. Le prodige Henry Pierce, vingt-neuf ans, tient dans sa main l'interrupteur moléculaire qui pourrait bien ouvrir une ère nouvelle dans les domaines de l'ordinateur et de l'électronique. »

Il n'y avait que cinq ans de ça, mais il fut envahi par la nostalgie tandis qu'il contemplait la couverture du magazine qu'il avait fait encadrer. Le qualificatif de « prodige » avait sans doute quelque chose d'embarrassant, mais sa vie avait effectivement changé dès que cette publication était arrivée dans les kiosques. La traque avait commencé tout de suite, et sérieusement. Dès lors, c'étaient les investisseurs qui étaient venus le voir et non l'inverse. La concurrence avait suivi. Et Charlie Condon était arrivé. Jusqu'au staff de Jay Leno[1] qui s'était enquis du chimiste-surfer avec ses cheveux longs et ses molécules. Dans son souvenir, le meilleur moment était toujours celui où il avait signé le chèque servant à payer le microscope à balayage électronique.

C'est aussi à ce moment-là que la pression avait commencé à se faire sentir. Il fallait fournir, il fallait faire le premier pas. Et le deuxième. Lui aurait-on donné le choix aujourd'hui qu'il ne serait pas revenu en arrière. Il n'en était pas question. Mais il aimait se rappeler l'instant où il ignorait tout de ces difficultés. Il n'y avait pas de mal à ça.

3

L'ascenseur du labo descendait si lentement que, physiquement, rien n'indiquait qu'il bougeait. Observer les voyants lumineux au-dessus de la porte était la seule façon de le savoir. Il avait été conçu ainsi pour éliminer

---

1. Célèbre animateur de télévision américain *(NdT)*.

autant que possible les vibrations. Car elles étaient l'ennemi principal. Elles faussaient les résultats et les mesures au labo.

La porte s'étant ouverte lentement au sous-sol, Pierce sortit de la cabine. Il se servit de sa carte-clé pour ouvrir la première porte du sas, puis, une fois à l'intérieur, entra la combinaison du mois d'octobre sur le pavé numérique de l'autre porte. Qu'il ouvrit.

Le labo se composait en réalité d'une suite de plusieurs petits laboratoires rassemblés autour de la pièce principale, aussi appelée « pièce de jour ». Pas de fenêtres dans ces labos et les murs en étaient isolés avec des copeaux de cuivre destinés à arrêter tous les bruits électroniques venant du dehors. Sur la face interne de ces murs les décorations étaient rares, se limitant à une série de planches encadrées sorties d'un album du Dr Seuss intitulé *Horton Hears a Who !*[1].

Le laboratoire de chimie était situé à gauche de la pièce de jour. Entièrement « propre », il servait à préparer, puis réfrigérer, les solutions contenant les interrupteurs moléculaires. On y trouvait aussi un incubateur destiné au projet Protée et appelé « élevage de cellules ».

À droite de la pièce de jour s'ouvraient le labo des câblages, ou « salle de chauffe » comme l'appelaient certains et, plus loin encore, le labo d'imagerie abritant le microscope électronique. Tout au fond, on tombait sur le laboratoire laser. La pièce était entièrement gainée de cuivre afin de renforcer encore la protection contre d'éventuels bruits électroniques.

Le labo avait l'air vide, les ordinateurs étaient éteints et le poste de contrôle désert, mais il remarqua l'odeur familière du carbone en train de chauffer. Il vérifia le

---

1. Soit « Horton entend un qui », ouvrage pour enfants *(NdT)*.

cahier de présence et s'aperçut que, s'il avait bien signé en entrant, Grooms ne semblait pas être ressorti. Il regarda par la petite porte en verre du labo des câblages. Personne. Il ouvrit la porte, entra et fut immédiatement assailli par l'odeur et la chaleur. Un nouveau lot de fils de carbone était en train de cuire dans le four sous vide. Grooms avait dû commencer l'opération, puis quitter le labo pour faire une pause ou aller chercher quelque chose à manger. Rien que de très compréhensible. L'odeur du carbone en train de cuire était insupportable.

Pierce quitta la pièce et referma la porte. Puis il gagna l'ordinateur le plus proche du poste de contrôle, y entra ses mots de passe et fit monter les données sur les tests d'interrupteurs que Grooms, il le savait, projetait de mener lorsque lui, Pierce, était rentré chez lui pour installer son téléphone. D'après l'ordinateur, Grooms avait procédé à deux mille tests sur un nouveau groupe de vingt interrupteurs.

Pierce se renversa en arrière dans son fauteuil et remarqua la présence d'une tasse à moitié pleine de café sur le comptoir près de l'écran. Le café était noir, il sut tout de suite que c'était la tasse de Larraby, l'immunologiste attaché au projet Protée : tous les autres utilisateurs du labo prenaient du lait.

Il se demandait encore s'il allait poursuivre les tests de confirmation des portails ou rejoindre l'imagerie pour y examiner les derniers travaux de Larraby lorsque son regard tomba sur le mur derrière les ordinateurs. Une pièce de dix cents y était scotchée. C'était Grooms qui l'y avait mise quelques années plus tôt. Plaisanterie, bien sûr, mais aussi solide rappel du but recherché. Parfois la petite pièce de monnaie donnait l'impression de se moquer d'eux. Roosevelt leur montrait son profil et regardait ailleurs, les ignorait.

C'est seulement à ce moment-là qu'il comprit qu'il n'allait pas pouvoir travailler ce soir-là. Il avait passé tant de nuits dans l'enceinte de ce laboratoire qu'il y avait perdu Nicole. Nicole et beaucoup d'autres choses. Et maintenant que, Nicole partie, il était libre de travailler sans hésitation ni culpabilité, voilà qu'il en était incapable ? S'il la revoyait un jour, il ne manquerait pas de le lui dire. Peut-être cela voudrait-il dire qu'il était en train de changer. Qui sait, peut-être cela lui plairait-il ?

Il y eut un bruit violent dans son dos et il sursauta dans son fauteuil. Il se retourna, s'attendant à voir Grooms, mais c'était Clyde Vernon qui sortait du sas. Large d'épaule et plutôt costaud, Vernon n'avait plus qu'une frange de cheveux autour du crâne. D'un teint naturellement rougeaud, il avait toujours l'air consterné. Âgé d'une bonne cinquantaine d'années, c'était, et de loin, l'employé le plus vieux de la société. Après lui venait Charlie Condon qui avait quarante ans.

Cette fois cependant la consternation qui se lisait sur son visage était réelle.

– Vous m'avez foutu la trouille, Clyde, dit Pierce.

– Je ne l'ai pas fait exprès.

– On procède à des tas de mesures très pointues ici. Claquer la porte comme vous venez de le faire pourrait bousiller une expérience. Heureusement, je n'étais pas en train d'en mener une, seulement d'en lire les résultats.

– Je suis désolé, docteur Pierce.

– Ne m'appelez pas comme ça, Clyde. Appelez-moi Henry. Voyons, voyons, laissez-moi deviner... vous avez lancé un avis de recherche tous azimuts sur ma personne et c'est Rudolpho qui vous a contacté dès qu'il m'a vu entrer. C'est ce qui vous a fait revenir de chez vous. J'espère que vous n'habitez pas trop loin.

Clyde Vernon ignora ses belles déductions.

– Il faut qu'on parle, dit-il. Vous avez eu mon message ?

Ils se connaissaient à peine. Vernon était peut-être le plus âgé de tous, mais c'était aussi la dernière personne qu'on avait embauchée et Pierce avait déjà remarqué que le bonhomme avait du mal à l'appeler par son prénom. Il songea que c'était peut-être une histoire de génération. Pierce était président de la société, mais il avait quand même vingt ans de moins que Vernon. Arrivé quelques mois plus tôt après vingt-cinq ans de FBI, celui-ci devait trouver inconvenant de l'appeler par son prénom et le fossé était tel entre eux, question âge et expérience de la vie, qu'il devait lui être difficile de l'appeler M. Pierce. « Docteur Pierce » lui venait plus facilement, même si ce titre n'avait rien à voir avec la médecine, mais avec son grade universitaire. De fait, il semblait préférer ne pas l'appeler du tout par son nom, si c'était possible. C'en devenait même étonnant, surtout dans ses e-mails et lorsqu'il lui parlait au téléphone.

– Je viens de le recevoir il y a un quart d'heure, dit Pierce. J'allais vous appeler dès que j'aurais eu fini ici. C'est de Nicole que vous voulez me parler ?

– Oui. Qu'est-ce qui s'est passé ?

Pierce haussa les épaules en un geste d'impuissance.

– Ce qui s'est passé, c'est qu'elle m'a quitté, dit-il. Elle a lâché son travail et... euh... moi avec. On pourrait même dire que, des deux, c'est moi qu'elle a quitté le premier.

– Quand est-ce que c'est arrivé ?

– Difficile à dire, Clyde. Ça a commencé il y a un moment. Au ralenti. C'est la semaine dernière que ça a pété. Elle a accepté de rester jusqu'à aujourd'hui. C'était son dernier jour ici. Je sais très bien que, dès que je vous ai fait venir, vous m'avez mis en garde contre tous ceux « qui pourraient aller à la pêche sur notre jetée ».

Je crois que c'est l'expression que vous avez employée. Il faut croire que vous aviez raison.

Vernon se rapprocha de quelques pas.

— Pourquoi ne m'a-t-on pas averti ? demanda-t-il. On aurait dû me mettre au courant.

Pierce voyait le rouge monter aux joues de Vernon. Il était en colère et tentait de se dominer. Cela avait moins à voir avec Nicole qu'avec le besoin qu'il éprouvait de consolider sa position au sein de la société. Il n'avait quand même pas quitté le FBI après toutes ces années pour être tenu dans le noir par un petit savant de patron qui fumait sans doute des pétards pendant le week-end.

— Écoutez, reprit Pierce, je sais que vous auriez dû être averti, mais comme il y avait des problèmes personnels qui... je n'avais aucune envie de parler de ça. Pour être tout à fait sincère, je ne vous aurais probablement pas appelé ce soir parce que je n'ai toujours aucune envie d'en parler.

— Peut-être, mais il faut quand même le faire. C'était elle qui s'occupait du renseignement dans cette maison. Elle n'aurait jamais dû avoir la permission de disparaître comme ça.

— Aucun dossier ne s'est évaporé. J'ai vérifié, même si c'était inutile. Nicki ne ferait jamais ce que vous laissez entendre.

— Qui vous parle de délit ? J'essaie seulement d'être prudent et de ne rien laisser au hasard. C'est tout. Savez-vous si elle a un autre boulot ?

— Elle n'en avait pas lorsque nous nous sommes parlé pour la dernière fois. Et, à l'embauche, elle a signé un papier lui interdisant de nous concurrencer. Inutile de s'inquiéter, Clyde.

— C'est ce que vous croyez. Quels étaient les termes financiers en cas de séparation ?

— En quoi cela vous regarde-t-il ?

– Quelqu'un qui a besoin d'argent est vulnérable et il est de ma responsabilité de savoir si un employé – ex ou encore en service – ayant une connaissance sérieuse du projet est vulnérable.

Pierce commençait à en avoir assez de son feu roulant de questions et de ses airs supérieurs, même si c'était ainsi que, jour après jour, lui-même traitait le responsable de la sécurité.

– Et d'un, elle n'avait qu'une connaissance limitée du projet. C'était sur la concurrence qu'elle essayait de se renseigner, pas sur nous. Et pour le faire, il fallait bien qu'elle ait une petite idée de ce qu'on fait ici. Cela dit, je ne pense pas que le poste qu'elle occupait lui permettait de savoir exactement ce que nous fabriquons et où nous en étions de tel ou tel projet. Comme vous, Clyde, comme vous. C'est plus sûr comme ça.

« Et de deux, je vais répondre à la question suivante avant que vous me la posiez : non, je ne lui ai personnellement donné aucun détail sur ce que nous faisons. Le sujet n'a jamais été abordé. De fait, je ne crois même pas que ça l'intéressait. Pour elle, il s'agissait d'un travail comme un autre et c'était sans doute ça le grand problème entre nous. Pour moi, au contraire, c'était toute ma vie ou pas loin. Autre chose, Clyde ? J'aimerais bien avancer dans mon boulot.

Il espérait que le mensonge qu'il avait enfoui sous des tonnes de verbiage et d'indignation passerait inaperçu.

– Quand Charlie Condon a-t-il été mis au courant de son départ ? demanda Vernon.

Condon était le responsable des finances de la société, mais, plus important encore, c'était lui qui avait embauché Vernon.

– Nous l'avons briefé hier, répondit Pierce. Tous les deux. J'ai appris qu'elle avait pris rendez-vous pour lui parler en dernier avant de partir aujourd'hui. Si Charlie ne vous a rien dit, je n'y peux rien. Lui non plus n'a pas dû trouver que c'était nécessaire.

Lui faire entendre que c'était celui-là même qui l'avait parrainé qui l'avait laissé dans le noir était un coup bas, mais l'ancien du FBI se contenta de froncer les sourcils et revint à ce qui l'occupait.

– Vous n'avez toujours pas répondu à ma question, dit-il. Nicole a-t-elle eu droit à une indemnité de départ ?

– Oui, bien sûr. Six mois de salaire et deux ans d'assurance vie et maladie. Sans compter tout ce qu'elle tirera de la vente de la maison. Content ? Vulnérable, elle ? Je ne crois pas. Rien que sur la maison, elle devrait se faire plus de cent mille dollars.

Vernon parut se calmer un peu. Savoir que Charlie Condon était dans la confidence lui facilitait les choses. À ses yeux, Charlie incarnait le côté pratique de l'affaire, alors que lui, Pierce, représentait plutôt le talent. Et, Dieu sait pourquoi, Vernon avait moins de respect pour le talent. Charlie était différent. Pour lui, rien ne comptait plus que les affaires. S'il avait donné son accord au départ de Nicole James, tout irait forcément bien.

Il n'empêche : même s'il était satisfait, ce n'était pas lui qui allait le dire à Pierce.

– Je suis navré que mes questions ne vous plaisent pas, lui répliqua-t-il, mais c'est mon boulot, et mon devoir, de veiller à la sécurité de cette société et de ses projets. Il y a des tas de gens et de sociétés dont les investissements doivent être protégés.

Il faisait ainsi allusion à la raison de sa présence dans la société. Un an plus tôt, Charlie Condon l'avait engagé comme faire-valoir. Le travail de Vernon consistait surtout à rassurer des investisseurs potentiels qui, tous, avaient besoin de savoir que les projets de la maison étaient et seraient toujours bien protégés et à l'abri. Son passé impressionnant était d'une importance nettement plus considérable que tout ce qu'il pouvait faire en matière de sécurité.

La première fois qu'il était venu de New York pour qu'on lui montrât les lieux et lui fît une présentation en règle de la société, Maurice Goddard avait fait la connaissance de Vernon et passé vingt minutes à parler sécurité et personnel avec lui.

Pierce regarda encore une fois Vernon et eut envie de hurler pour lui faire sentir à quel point ils étaient en passe de manquer de fonds et combien sa présence était sans importance dans l'affaire.

Mais il tint sa langue.

– Clyde, dit-il, je comprends parfaitement vos inquiétudes, mais je ne crois pas que vous ayez à vous inquiéter à cause de Nicole. Il n'y a pas de problème.

Vernon hocha la tête et finit par acquiescer – commençait-il à lire de l'agacement dans le regard de Pierce ?

– Vous avez sans doute raison, lui concéda-t-il.

– Merci.

– Mais... vous dites que vous allez vendre la maison.

– Non, j'ai dit que c'était elle qui la vendait.

– C'est ça et... vous avez déménagé ? Vous avez un numéro où on peut vous joindre ?

Pierce hésita. Vernon ne figurait pas sur la liste de ceux qui avaient reçu ses nouvelles coordonnées. Le respect n'était pas à sens unique. Pour reconnaître sa compétence, Pierce savait aussi que c'était son passé d'agent du FBI qui lui avait valu d'être embauché. Vernon avait passé la moitié de ses vingt-cinq ans de Bureau à enquêter sur des crimes de cols blancs et des histoires d'espionnage industriel.

De fait, Pierce voyait surtout en lui un poseur. Vernon était toujours en train de courir, de cavaler dans les couloirs et d'enfoncer les portes comme s'il avait une mission à accomplir. Mais c'était bien peu de chose que d'assurer la sécurité de ses projets à une firme qui n'employait que trente-trois personnes, sur lesquelles dix seulement avaient le droit de franchir le sas et de pénétrer dans la salle des ordinateurs où étaient gardés tous les secrets.

– J'ai bien un nouveau numéro de téléphone, dit Pierce, mais je ne m'en souviens plus. Je vous appellerai dès que possible.

– Et l'adresse ?

– C'est dans l'immeuble des Sables, sur la plage. Appartement 1201.

Vernon nota ce renseignement dans un petit carnet. Avec ses grandes mains qui le recouvraient entièrement tandis qu'il gribouillait, il avait tout du flic des films d'autrefois. Pourquoi les policiers avaient-ils toujours des carnets aussi minuscules ? C'était une des questions que lui avait posées Cody Zeller en sortant d'un film de gangsters qu'ils étaient allés voir ensemble un jour.

– Bon, et maintenant, reprit Pierce, je vais retourner travailler. Parce qu'il y a tous ces investisseurs qui comptent sur nous, pas vrai ?

Vernon leva le nez de dessus son carnet, un sourcil haussé tandis qu'il essayait de savoir si Pierce n'était pas en train de se payer sa tête.

– Ça ! dit-il. Allez, je vous laisse.

Mais après que le responsable de la sécurité eut battu en retraite par le sas, Pierce sentit encore une fois qu'il n'avait pas le cœur à bosser. Une sorte d'inertie l'envahissait. Pour la première fois depuis trois ans, rien ne l'empêchait de rester au labo et d'y faire son travail en toute liberté. Mais pour la première fois depuis trois ans aussi, il n'en avait aucune envie.

Il éteignit l'ordinateur, se leva et franchit le sas comme venait de le faire Vernon.

4

Dès qu'il eut réintégré son bureau, il alluma les lumières, mais à la main. L'interrupteur à reconnaissance vocale n'était que de la frime et il le savait. On l'avait installé pour impressionner les investisseurs potentiels auxquels Charlie Condon faisait visiter les lieux tous les quinze jours-trois semaines. C'était un gadget, comme Vernon et toutes les caméras de surveillance. Charlie n'en répétait pas moins que c'était absolument nécessaire. Ça renforçait le côté avant-garde du travail effectué dans la maison. À l'entendre, ça aidait les investisseurs à s'imprégner des projets de la société et de leur importance. Ça leur donnait envie de signer des chèques.

Le résultat était aussi qu'à certains moments Pierce avait l'impression d'évoluer dans des bureaux aussi high-tech que sans âme. Il avait lancé sa société dans un hangar de Westchester qui ne coûtait pas cher de loyer, mais où il devait noter les résultats de ses expériences entre des décollages et des atterrissages d'avion à l'aéroport de LAX. Il n'avait alors aucun employé. Maintenant, il en avait trop pour se les rappeler tous. À l'époque, il conduisait une Coccinelle – l'ancien modèle et toute cabossée. Maintenant, c'était une BMW qu'il pilotait. Aucun doute n'était permis – l'Amedeo et lui avaient fait beaucoup de chemin. Ça ne l'empêchait pas de se remémorer de plus en plus fréquemment les instants qu'il avait passés dans son hangar sous le trafic aérien de la piste 17. Son ami Cody Zeller, qui avait toujours une référence cinématographique en tête, lui avait dit un jour que « la piste 17 » serait son « Rosebud », les derniers mots qui monteraient de ses lèvres de mourant. Même en refusant toute autre ressemblance avec *Citizen Kane,* Pierce se demanda si Zeller n'avait pas raison sur ce point.

Il s'assit à son bureau et songea à l'appeler pour l'informer qu'il avait changé d'avis pour ce soir. Il pensa aussi à appeler à la maison pour voir si Nicole avait envie de parler, mais il savait que ça, non, c'était interdit. C'était à elle de faire le premier pas et il devait attendre – même si ça ne devait jamais se produire.

Il sortit son bloc-notes de son sac à dos et appela son service de messagerie vocale. Il entra son mot de passe, puis la voix électronique l'informa qu'il avait reçu un nouveau message. Il s'agissait d'un inconnu qui semblait bien nerveux.

« Euh, allô, oui... je m'appelle Frank. Frank Behmer. Et ce message est pour Lilly. J'ai eu ce numéro par le site et je voudrais savoir si vous êtes libre ce soir. Je sais que c'est tard, mais je me suis dit que je pouvais quand même essayer. Je suis à l'hôtel Peninsula et donc, ben... passez-moi un coup de fil dès que vous pourrez. Euh... c'est Frank Behmer que je m'appelle, et je suis à la chambre 410. »

Pierce effaça le message, mais éprouva encore une fois le plaisir étrange et magique de connaître les secrets de quelqu'un d'autre. Il réfléchit quelques instants, puis il téléphona aux Renseignements pour avoir le numéro de l'hôtel Peninsula à Beverly Hills. Frank Behmer semblait tellement inquiet en laissant son message qu'il avait oublié de donner un numéro où le joindre.

Enfin il eut l'hôtel et demanda qu'on lui passe la chambre 410. Quelqu'un décrocha au bout de cinq sonneries.

– Allô ?
– Monsieur Behmer ?
– Oui.

– Bonjour. Vous venez d'appeler Lilly, n'est-ce pas ?
Behmer hésita avant de répondre.
– Qui est à l'appareil ?
Pierce, lui, n'hésita pas. Il s'attendait à la question.
– Moi, c'est Hank, dit-il. C'est moi qui gère les appels pour Lilly. Elle est occupée en ce moment, mais je vais essayer de vous l'avoir. De vous préparer ce qu'il faut.
– Bon, oui. J'ai essayé son numéro de portable, mais elle ne m'a pas rappelé.
– Son numéro de portable ?
– Oui, celui donné sur le site.
– Ah oui, je vois. C'est qu'elle figure sur plusieurs sites, vous savez ? Ça vous ennuierait de me dire sur lequel vous avez eu ces numéros ? Nous essayons de savoir lequel de ces sites est le plus performant, si vous voyez ce que je veux dire.
– Je les ai trouvés sur « L.A. Darlings[1] ».
– Très bien, L.A. Darlings. C'est un des meilleurs.
– C'est bien elle qu'on voit, non ? Sur la photo, je veux dire.
– Euh, oui, monsieur. Oui, oui, c'est bien elle.
– Superbe.
– Ça... Bon, mais comme je vous le disais, je lui demande de vous rappeler dès que j'arrive à l'attraper. Ça ne devrait pas tarder. Mais si elle ou moi ne vous faisons pas signe d'ici une heure, c'est que ce ne sera pas possible.
– Vraiment ?
Grosse déception dans la voix.
– Elle est très prise, monsieur Behmer. Mais je ferai de mon mieux. Bonsoir.
– Dites-lui que je ne serai ici pour affaires que

---

1. « Les chéries de Los Angeles » *(NdT)*.

quelques jours et que je la traiterai vraiment bien, si vous voyez ce que je veux dire.

Légère note de supplication dans la voix. Pierce se sentit coupable d'avoir eu recours à ce subterfuge. Tout à coup il avait l'impression d'en savoir un peu trop sur la vie de Behmer.

– Je vois très bien ce que vous voulez dire, répondit-il. Bonsoir.

– Bonsoir.

Il raccrocha. Et tenta de mettre ses appréhensions de côté. Il ne savait pas ce qu'il faisait, et encore moins pourquoi, mais quelque chose le poussait à continuer dans cette voie. Il réinitialisa son ordinateur et y brancha la ligne téléphonique. Puis il se mit sur le Net et tenta divers essais jusqu'au moment où il tomba sur www.l.a-darlings.com et fut connecté au site.

La première page ne comportait que du texte. En guise d'avertissement, on y expliquait le caractère hautement sexuel de ce qui attendait le lecteur s'il décidait de continuer. En cliquant sur l'icône d'entrée, le surfer reconnaissait avoir plus de dix-huit ans et ne pas être choqué par la nudité. Sans se donner la peine de lire tout le texte en petites lettres, Pierce cliqua sur l'icône, la page d'accueil s'affichant aussitôt à l'écran. Sur le bord gauche de ce dernier se trouvait la photo d'une femme nue tenant une serviette de toilette devant elle et mettant un doigt devant ses lèvres comme pour dire « surtout-on-n'en-parle-à-personne ». L'intitulé du site se détachait en gros caractères mauves.

L.A. Darlings
Guide gratuit des plaisirs
et services pour adultes

Suivait une rangée d'onglets rouges détaillant les services disponibles, allant des hôtesses classées par race et couleur de cheveux aux masseuses et experts en fétichismes de tous les genres et inclinations sexuels imaginables. L'un d'eux permettait même de louer des stars du porno pour des séances privées. Pierce savait qu'il y avait d'innombrables sites de ce type sur Internet. Il y avait sans doute une messagerie de ce genre – à savoir un bordel en ligne – dans toutes les villes du pays, grandes ou petites. Il n'avait jamais pris le temps d'en visiter un, même s'il savait que Charlie Condon avait fait appel à un de ces services pour réserver une hôtesse à un investisseur potentiel. Ce dernier ayant été drogué, puis détroussé par ladite hôtesse avant que rien de sexuel ne se fût passé, c'était une décision qu'il avait beaucoup regrettée – et jamais renouvelée. Inutile de dire que la victime n'avait pas investi dans Amedeo Technologies.

Pierce cliqua sur l'onglet « hôtesses blondes » pour la seule raison qu'on pouvait commencer à chercher par là. La page était divisée en deux parties. Sur la gauche on trouvait un déroulant de petites photos de blondes avec le prénom sous chaque cliché. En cliquant sur un de ces clichés, la partie droite de la page s'ouvrait sur un agrandissement nettement plus facile à regarder et étudier.

Pierce fit défiler toute la liste et vérifia chaque prénom. Une quarantaine d'hôtesses étaient recensées, mais aucune ne s'appelait Lilly. Il referma le menu et passa à la rubrique « brunes ». Arrivé à la moitié des onglets, il trouva une certaine Tiger Lilly sous sa photo miniature. Il cliqua sur le cliché, la page de la demoiselle s'ouvrant sur la droite. Il vérifia le numéro de téléphone – ce n'était pas le bon.

Il referma la page et revint au déroulant de petites

photos. Un peu plus bas, il trouva une hôtesse qui s'appelait Lilly, tout simplement. Il ouvrit sa page et vérifia le numéro. C'était le bon. Il avait enfin trouvé la Lilly dont on lui avait donné le numéro de téléphone.

La photo représentait une jeune femme d'environ vingt-cinq ans. Cheveux noirs aux épaules, yeux marron, très bronzée. Elle était agenouillée sur un lit à cadre en cuivre. Nue sous un négligé en résille noir. La courbe des seins était parfaitement visible. Comme les bords du bronzage entre ses cuisses. Elle regardait droit dans l'objectif. Ses lèvres pleines formaient ce qui, supposa Pierce, devait être une moue engageante.

Si le cliché n'avait pas été retouché et si c'était vraiment elle, Lilly était très belle. Tout à fait comme l'avait dit Frank Behmer. Fantasme pur, hôtesse de rêve. Il comprit pourquoi son téléphone n'arrêtait pas de sonner depuis qu'il avait sa ligne. La concurrence sur ce site et sur les autres était peut-être forte mais ne comptait pas. Tout homme faisant défiler ces photos dans l'espoir de se payer une femme aurait eu bien du mal à ne pas s'y arrêter et décrocher son téléphone.

Un ruban bleu apparaissait sous le cliché. Pierce y mit son curseur, et une légende s'inscrivit : « vérifié par le staff » – la photo était donc bien celle de la jeune femme qui avait fait passer l'annonce. Bref, celui qui obtenait un rendez-vous avec cette hôtesse avait droit à ce que l'on voyait sur le cliché. Enfin... censément.

– Vérificateur de photos... Pas mal, comme boulot, dit-il.

Puis il fit défiler le texte sous la photo et le lut.

Désirs spéciaux

Bonjour, Messieurs. Je m'appelle Lilly et suis l'hôtesse la plus apaisante, agréable et simple de tout le Westside. 23 ans, 86-63-86 de mensurations, 1,57 mètre, 48 kilos, et je ne fume pas. Je suis moitié espagnole, moitié italienne et 100 % américaine ! Si vous cherchez du plaisir comme jamais, appelez-moi et venez me voir dans ma maison près de la plage. Je ne suis jamais pressée et la satisfaction est garantie ! Tous les désirs particuliers sont étudiés. Et si vous voulez doubler votre plaisir, allez voir mon amie Robin dans la section « hôtesses blondes ». Nous pouvons travailler en équipe... sur vous et sur nous ! J'adore mon travail et j'adore travailler. Alors... appelez-moi !

Je ne me déplace pas. VIP seulement.

Sous l'annonce se trouvait le numéro maintenant attribué à son appartement, plus un numéro de portable.

Pierce décrocha son téléphone et appela ce dernier. Au bout de trois sonneries, il entendit la voix de la jeune femme.

« Bonjour. Lilly à l'appareil. Laissez votre nom et votre numéro de téléphone et je vous rappelle tout de suite. Je ne rappelle pas dans les cabines publiques. Et si vous êtes à l'hôtel, n'oubliez pas de laisser votre nom en entier, sinon le standard ne me passera pas votre chambre. Merci. J'espère vous voir très bientôt. Bye bye. »

Il avait téléphoné avant de savoir ce qu'il voulait lui dire. Le signal sonore s'étant fait entendre, il se mit à parler.

– Euh, oui, Lilly... je m'appelle Henry. Et j'ai un problème parce que je viens d'hériter de votre ancien numéro. C'est que... c'est la compagnie du téléphone qui me l'a donné... et c'est chez moi et euh... je ne sais pas, mais j'aimerais bien qu'on en parle.

Sur quoi il bafouilla son numéro et raccrocha.
- Merde !

Elle le prendrait pour un idiot, c'était sûr. Il ne savait même pas pourquoi il l'appelait. Si elle avait renoncé à son numéro, elle ne pouvait plus rien faire pour l'aider – sauf à l'ôter du site web. Ce qui ramenait à la question première : pourquoi son numéro se trouvait-il toujours sur ce site ?

Il regarda encore une fois sa photo. Il l'étudia. Lilly était d'une beauté stupéfiante et il sentit à nouveau comme une lourdeur en lui, le désir qui montait. Pour finir, une seule pensée lui vint à l'esprit : *mais qu'est-ce que je fabrique ?*

Bonne question. Il savait bien qu'il n'avait qu'une chose à faire – débrancher l'ordinateur, demander un nouveau numéro dès le lundi suivant, puis se concentrer sur son travail et oublier tout ça.

Mais pas moyen. Il reposa les mains sur son clavier, ferma la page de Lilly et revint à l'accueil. Puis il rouvrit la liste des blondes et la parcourut jusqu'au moment où il trouva la photo de Robin.

Il ouvrit la page. Robin était blonde, comme indiqué dans l'annonce. Elle était aussi allongée sur le dos, complètement nue sur un lit. Elle avait des pétales de rose sur le ventre et posés stratégiquement sur ses seins et son sexe afin de les couvrir en partie. Elle avait les lèvres rouges et souriait. Un ruban bleu flottait sous sa photo, indiquant que celle-ci avait été « vérifiée ». Pierce parcourut l'annonce.

American Beauty

Bonjour, monsieur. Je m'appelle Robin et suis la fille dont tu rêves depuis toujours. Vraie blonde aux yeux bleus, je suis 100 % américaine, 24 ans, 98-78-91, je mesure presque 1,82 mètre. Je ne fume pas, mais j'adore le champagne. Tu peux venir chez moi ou c'est moi qui vais chez toi. Ça n'a aucune importance parce que je ne presse jamais personne d'aller vite. Absolument VC. Et si tu veux doubler ton plaisir, va donc voir la page de mon amie Lilly dans la section « brunes ». Nous travaillons en équipe... sur toi et sur nous-mêmes ! Alors... passe-moi un coup de fil. Satisfaction garantie !

VIP seulement, s.v.p.

Il y avait un numéro de téléphone fixe et un autre de portable au bas de l'annonce. Sans trop réfléchir, Pierce les nota dans son carnet. Puis il revint sur la photo. Robin était séduisante, mais n'avait pas la beauté douloureuse de Lilly. Elle avait les traits plus anguleux et quelque chose de plus froid dans le regard. Elle ressemblait plus au genre de filles qu'il avait toujours pensé trouver sur ces sites. Lilly, elle, était différente.

Il relut l'annonce et se demanda ce que « absolument VC » pouvait bien vouloir dire. Il n'en avait pas la moindre idée. Puis il comprit qu'il y avait toutes les chances pour que les deux annonces aient été rédigées par la même personne. Les répétitions et la structure des phrases semblaient l'indiquer. En regardant la photo, il remarqua aussi que c'était le même lit en cuivre qui avait servi aux deux filles. Il fit monter son annuaire Internet et revint sur la page d'accueil de Lilly pour vérifier qu'il ne se trompait pas.

C'était bien le même lit. Il ne savait pas ce que ça voulait dire, hormis peut-être une autre confirmation du fait que les deux hôtesses travaillaient ensemble.

La seule différence qu'il décela dans le texte était que

Lilly ne se déplaçait pas chez le client. Robin, elle, travaillait ou chez elle ou à domicile. Là encore, il ne sut pas trop ce que ça pouvait bien vouloir dire dans le monde dans lequel elles vivaient et travaillaient.

Il se renversa dans son fauteuil, contempla l'écran de son ordinateur et se demanda ce qu'il allait faire. Il consulta sa montre. Il était presque onze heures du soir.

Tout à coup, il se pencha en avant et décrocha le téléphone. En regardant ses notes, il composa le numéro de Robin. Et perdit courage et se trouvait à deux doigts de raccrocher au bout de quatre sonneries lorsqu'une femme à la voix rauque et endormie lui répondit.

– Euh... c'est Robin ?
– Oui.
– Je m'excuse... je vous réveille.
– Non, j'étais debout. Qui est à l'appareil ?
– Euh... je m'appelle Hank et j'ai vu votre page sur L.A. Darlings. J'appelle trop tard ?
– Non, non, ça va. C'est quoi Amedeo Techno ?

Il comprit qu'elle avait un écran de présentation du numéro. La peur le traversa. Peur du scandale, peur que des types du genre Vernon ne découvrent un de ses secrets.

– De fait, il s'agit d'Amedeo Technologies. Votre écran ne doit pas vous donner le nom en entier.
– C'est là que vous travaillez ?
– Oui.
– Vous êtes monsieur Amedeo ?

Il sourit.

– Non. Il n'y a pas de M. Amedeo. Enfin... il n'y en a plus.
– Vraiment ? C'est dommage. Qu'est-ce qui lui est arrivé ?
– Il s'appelait Amedeo Avogadro. C'est un des premiers chimistes à avoir fait la différence entre les

atomes et les molécules, il y a quelque deux cents ans de ça. La distinction était importante, mais on ne l'a pas pris au sérieux pendant près de cinquante ans – jusqu'après après sa mort. Ce n'était donc qu'un type très en avance sur son temps. On a donné son nom à la société.

— Et qu'est-ce que vous y faites ? Vous faites mumuse avec des atomes et des molécules ?

Il l'entendit bâiller.

— En quelque sorte. Moi aussi, je suis chimiste. Nous sommes en train de construire un ordinateur moléculaire.

Il bâilla à son tour.

— Vrai ? Cool !

Il sourit de nouveau. Ça n'avait pas l'air de l'impressionner. Ni de l'intéresser non plus.

— Toujours est-il que si je vous appelle, c'est parce que j'ai vu que vous travailliez avec Lilly. La brune ?

— Je travaillais, voulez-vous dire.

— Vous ne travaillez plus avec elle ?

— Non.

— Qu'est-ce qui s'est passé ? J'essaie de l'appeler depuis...

— Il n'est pas question que je parle de Lilly avec vous. Je ne vous connais même pas.

La voix avait changé, s'était faite plus dure. Il sentit d'instinct qu'il risquait de la perdre s'il jouait mal le coup.

— D'accord, dit-il, excusez-moi. Je demandais juste parce que je l'aimais bien.

— Vous êtes allé avec elle ?

— Oui. Deux ou trois fois. Elle avait l'air bien et je me demandais où elle était passée. C'est tout. La dernière fois, elle m'a suggéré qu'on se retrouve à trois le prochain coup. Vous pourriez lui faire passer un message ?

— Non. Ça fait longtemps qu'elle est partie et ce qui lui est arrivé... ben, c'est arrivé, c'est tout.

— Que voulez-vous dire ? Qu'est-ce qui est arrivé ?

— Vous savez quoi, mec ? Vous commencez à me gonfler sérieux à me poser toutes ces questions. Sans compter que j'ai même pas à vous parler. Et si vous alliez coucher avec vos petites molécules, hein ?

Elle raccrocha.

Il resta assis, l'écouteur encore à l'oreille. Il eut envie de la rappeler, mais sut d'instinct qu'il ne servirait à rien d'essayer de lui tirer autre chose. Il avait tout bousillé avec sa façon de procéder.

Il finit par raccrocher et pensa à ce qu'il avait appris. Puis il regarda la photo de Lilly toujours affichée à l'écran et songea ensuite aux remarques sibyllines de Robin sur ce qui était arrivé à la jeune femme.

— Qu'est-ce qui t'est arrivé ? demanda-t-il tout haut.

Il revint à l'écran d'accueil du site et cliqua sur un onglet marqué « Faites votre pub avec nous ». Cela conduisait à une page contenant la marche à suivre pour afficher une pub sur le site. On pouvait le faire en ligne en donnant son numéro de carte de crédit, le texte de l'annonce et une photo numérique. Mais pour obtenir le ruban bleu indiquant que cette dernière avait été vérifiée, la demandeuse devait se présenter en personne de façon qu'on puisse certifier que c'était bien elle qui apparaissait sur le cliché. Le siège du site, en dur s'entend, se trouvait dans la partie Hollywood de Sunset Boulevard. Apparemment, c'était donc ce que Lilly et Robin avaient fait. Les heures d'ouverture du bureau étaient indiquées sur la page — du lundi au samedi de neuf heures du matin à cinq heures du soir pendant la semaine, et trois heures moins dix le samedi.

Il nota l'adresse et les heures d'ouverture dans son bloc-notes. Il était sur le point de se déconnecter du site lorsqu'il décida de revenir à la page de Lilly. Il en fit un tirage couleur sur son imprimante à jet d'encre. Puis il éteignit l'ordinateur et débrancha la ligne. Encore une fois une petite voix lui fit savoir qu'il avait fait le maximum. De ce qu'il pouvait et devait faire. L'heure était venue de changer de numéro et d'oublier toute cette histoire.

Mais une autre voix – bien plus forte et venant de son passé – lui souffla tout autre chose.

– Lumière, lança-t-il.

Le bureau sombra dans les ténèbres. Pierce ne bougea pas. Il aimait bien le noir. C'était dans le noir qu'il réfléchissait le mieux.

5

L'escalier était sombre et le petit garçon avait peur. Il regarda encore une fois dans la rue et vit la voiture qui attendait. Son beau-père remarqua son hésitation et passa la main à la portière. Il lui faisait signe d'avancer, de monter. Le petit garçon se détourna et regarda dans le noir. Il alluma la lampe de poche et commença à monter.

Il garda le faisceau braqué vers le bas, sur les marches de l'escalier – il ne voulait pas annoncer son arrivée en éclairant la pièce en haut. À mi-chemin, une des marches grinça fort sous son pied. Il se figea sur place et entendit son cœur battre la chamade dans sa poitrine. Il pensa à Isabelle et aux peurs que, tous les jours et nuit après nuit, elle-même nourrissait dans son cœur. Il n'en fut que plus résolu et recommença à monter.

À trois marches du haut il éteignit la lampe et attendit que ses yeux accommodent. Au bout de quelques instants

À dix heures moins le quart, il se rendit à l'adresse de Hollywood qu'il avait trouvée sur le site L.A. Darlings. L'immeuble comprenait plusieurs étages de bureaux et paraissait tout aussi légal qu'un McDonald's. Le siège de L.A. Darlings se trouvait à la suite 310. Sur la porte en verre dépoli une inscription en grosses lettres : « Entrepreneurial Concepts Unlimited [1] ». Au-dessous, en lettres plus petites, la liste de dix sites web, dont celui de L.A. Darlings, qui apparemment s'abritaient tous sous le grand parapluie de ces « Concepts d'entreprises ». Rien qu'à en lire les intitulés, il comprit qu'ils tournaient tous autour de la baise et de l'univers glauque des plaisirs adultes.

La porte était fermée à clé, mais Pierce était arrivé quelques minutes avant l'heure d'ouverture. Il décida d'en profiter pour aller faire un tour et réfléchir à ce qu'il allait dire et à la manière dont il allait jouer le coup.

– Là, je vous ouvre.

Il se retourna – une femme s'approchait de la porte avec une clé. Elle avait dans les vingt-cinq ans et des cheveux blonds qui donnaient l'impression de partir dans tous les sens. Elle portait un jean coupé, des sandales et une chemise courte qui découvrait son nombril percé. Sac jeté par-dessus l'épaule et apparemment tout juste assez grand pour contenir un paquet de cigarettes, mais pas les allumettes. Et l'air de se dire que dix heures, c'était décidément bien trop tôt pour elle.

– Vous êtes en avance, lui fit-elle remarquer.

– Je sais. J'arrive du Westside et je pensais qu'il y aurait plus de circulation.

Il entra derrière elle. Aire d'attente dans laquelle un comptoir de réception surélevé protégeait l'entrée d'un

---

1. Soit « Concepts d'Entreprises, sans limites » *(NdT)*.

couloir. À droite et sans rien pour en protéger l'accès, une porte fermée barrée de l'inscription PRIVÉ. Pierce regarda la jeune femme passer derrière le comptoir et jeter son sac dans un tiroir.

– Il va falloir attendre quelques minutes, le temps que je m'installe, dit-elle. Aujourd'hui, il n'y a que moi.
– Ça marche au ralenti le samedi ?
– Les trois quarts du temps, oui.
– Bon, mais... qui c'est qui surveille les machines s'il n'y a que vous ici ?
– Oh, il y a toujours quelqu'un là-bas derrière. Je voulais seulement dire qu'aujourd'hui, il n'y aura que moi à la réception.

Elle se glissa dans un fauteuil derrière le comptoir. L'anneau argenté qui lui sortait du ventre attira le regard de Pierce et lui rappela Nicole. Celle-ci travaillait à Amedeo depuis déjà plus d'un an lorsqu'il était tombé sur elle dans un café de Main Street un dimanche après-midi. Elle sortait d'une salle de gym et portait un soutien-gorge de sport et un sweat gris qui laissait voir l'anneau en or qu'elle avait au nombril. Ç'avait été comme de découvrir le secret de quelqu'un qu'on connaît depuis longtemps. Elle lui avait toujours fait l'effet d'une jolie femme, mais à partir de cet instant tout avait changé pour lui. Parce qu'elle était soudain devenue érotique à ses yeux, il avait commencé à la séduire. Il avait voulu voir si elle avait des tatouages cachés et connaître tous ses secrets, sans exception.

Il arpenta la salle d'attente tandis que la femme assise derrière le comptoir faisait ce qu'il fallait pour s'installer. Il entendit un ordinateur s'initialiser et des tiroirs s'ouvrir et se fermer. Sur un des murs, il remarqua un bouquet de logos appartenant à divers sites gérés par Entrepreneurial Concepts Unlimited. Il repéra celui de L.A. Darlings et quelques autres. Les trois quarts étaient à caractère pornographique, un règlement de dix dollars par mois permettant d'accéder à des milliers de photos téléchargeables de toutes sortes d'actes sexuels. Tout cela s'offrait au regard en toute légalité. La bannière Pinkmink.com[1] aurait très bien pu servir de publicité pour un onguent contre l'acné.

C'était à côté de ce bouquet que se trouvait la porte barrée de l'inscription PRIVÉ. Il se tourna vers la femme assise au comptoir et s'aperçut qu'elle avait l'air préoccupée par quelque chose sur son écran. Il essaya la porte. Elle n'était pas fermée à clé, il l'ouvrit. Elle donnait sur un couloir sans lumière, dans lequel s'ouvraient sur la gauche trois séries de doubles portes espacées d'environ trois mètres les unes des autres.

– Euh... monsieur ? lui lança la femme dans son dos. C'est interdit d'entrer.

Devant chaque porte, des panneaux accrochés à de fines chaînettes suspendues au plafond indiquaient qu'on se trouvait devant les studios A, B et C.

Pierce fit machine arrière et referma la porte derrière lui. Il pivota de nouveau et regagna le comptoir. Il découvrit alors que la réceptionniste portait un insigne avec son nom dessus.

– Je croyais que c'était les toilettes, dit-il. C'est quoi ?
– Ce sont les studios photo. On n'a pas de toilettes ici. Il y en a dans l'entrée, au rez-de-chaussée.
– Ça peut attendre.
– Que puis-je faire pour vous ?

Il s'accouda au comptoir.

– J'ai un petit problème, Wendy. Sur l'une des pubs de L.A. Darlings point com, il y a mon numéro de téléphone. Les appels qui devraient arriver à une de ces dames aboutissent chez moi. Et je crois que si je me

---

1. Soit « Visonrose.com » *(NdT)*.

pointais à la chambre d'hôtel de monsieur X ou Y, on serait un peu déçu.

Il sourit, mais elle n'eut pas l'air de saisir tout l'humour qu'il avait essayé de mettre dans sa remarque.

– C'est une coquille ? demanda-t-elle. Ça, je peux le réparer.

– Non, ce n'est pas une coquille.

Il lui raconta comment il avait demandé une nouvelle ligne et découvert que c'était la même que celle qui se trouvait sur le site web, à l'onglet d'une certaine Lilly.

Toujours assise derrière son comptoir, la réceptionniste le regarda d'un œil soupçonneux.

– Si vous venez à peine d'avoir un numéro, pourquoi n'en changez-vous pas ?

– Parce que je ne me suis pas tout de suite rendu compte que j'avais ce problème et que j'avais déjà fait changer et envoyé toutes mes cartes de visite professionnelles avec ma nouvelle adresse. Refaire tout ça avec un nouveau numéro me prendrait un temps fou et me coûterait les yeux de la tête. Je suis sûr que si vous me donniez le moyen d'entrer en contact avec cette dame, elle serait d'accord pour modifier sa page. Parce que... si ceux qui l'appellent tombent sur moi, ça ne lui rapporte plus rien, d'accord ?

Wendy hocha la tête comme si ses explications et son raisonnement la dépassaient.

– Bon, laissez-moi voir quelque chose, dit-elle.

Elle se tourna vers son ordinateur, se connecta au site web et fit monter la liste des hôtesses brunes. Elle cliqua sur la photo de Lilly et fit défiler le texte jusqu'à ce qu'elle trouve son numéro.

– Vous me dites donc que c'est votre numéro, pas le sien, mais que ça l'était avant ?

– Exactement.

— Bon, mais si elle a changé de numéro, pourquoi elle l'a pas changé chez nous aussi ?

— Je n'en sais rien. C'est pour ça que je suis venu. Il n'y aurait pas un autre moyen de la contacter ?

— Je ne peux pas vous le dire. Nos renseignements sont confidentiels.

Il s'y attendait, il hocha la tête.

— Bien, dit-il, mais vous ne pourriez pas voir si elle n'a pas un autre numéro où la contacter ? Vous l'appelez et vous lui parlez de mon problème ?

— Et le portable ?

— J'ai essayé, mais je n'ai eu que sa messagerie. Je lui ai laissé trois messages pour lui expliquer tout ça, mais elle ne rappelle pas. Je ne crois pas qu'elle les écoute.

Wendy remonta les onglets et regarda la photo de Lilly.

— Chaude, cette nana, dit-elle. Je parie que vous êtes submergé d'appels.

— Je n'ai mon numéro que depuis hier et ça me rend dingue.

Wendy repoussa son fauteuil et se leva.

— Je vais aller vérifier quelque chose. Je reviens tout de suite.

Elle passa derrière la cloison et disparut dans le couloir, le claquement de ses sandales diminuant au fur et à mesure qu'elle s'éloignait. Pierce attendit un instant, puis il se pencha par-dessus le comptoir et commença à regarder partout. À son avis, Wendy n'était sans doute pas la seule à travailler à ce comptoir. Il devait y avoir deux ou trois autres salariés qui la relayaient. Des salariés qui avaient peut-être besoin d'aide pour se rappeler les mots de passe permettant d'ouvrir l'ordinateur.

Il chercha des Post-it sur l'appareil et sur la face interne du comptoir, mais ne trouva rien. Il tendit la main et souleva le sous-main, mais il n'y avait rien dessous, hormis un billet de un dollar. Il plongea les doigts dans une soucoupe remplie de trombones, mais fit chou blanc là encore. Il s'étira de tout son long en travers du comptoir pour voir s'il n'y aurait pas un tiroir à crayons, mais non : il n'y en avait pas non plus.

Une autre idée lui était venue lorsqu'il entendit les sandales de la femme : elle revenait. Il plongea vite la main dans sa poche, y trouva un dollar et passa de nouveau la main par-dessus le comptoir. Il souleva le sous-main, posa son dollar et prit l'autre. Et le fourra dans sa poche sans le regarder. Sa main y était toujours lorsque la réceptionniste ressortit de derrière la cloison et se rassit, un mince dossier à la main.

– Bon, j'ai compris une partie du problème, dit-elle.
– Et c'est... ?
– Que la fille a cessé de payer.
– Ça remonte à quand ?
– En juin, elle a réglé jusqu'à la fin du mois d'août. Mais elle n'a pas réglé pour septembre.
– Alors pourquoi sa page est-t-elle toujours sur le site ?
– Parce que des fois ça prend un peu de temps de virer les poids morts. Surtout quand ces poids morts sont canons comme celle-là.

Elle lui montra l'écran avec son dossier et posa celui-ci sur le comptoir.

– Ça ne m'étonnerait pas que M. Wentz veuille la garder sur le site même si elle n'a pas payé. Les mecs qui découvrent une fille comme ça dessus, ça les fidélise.

Il acquiesça d'un signe de tête.

– Et c'est le nombre de passages sur le site qui détermine ce qu'elle doit payer pour l'annonce ? C'est ça ?
– Vous avez tout compris.

Il regarda l'écran. D'une certaine manière, Lilly travaillait toujours. Sinon pour son compte, au moins pour celui d'Entrepreneurial Concepts Unlimited. Pierce se retourna vers l'employée.

— M. Wentz est-il là-bas ? demanda-t-il. J'aimerais lui parler.

— Non, aujourd'hui, c'est samedi. Vous auriez déjà de la chance de l'attraper un jour de semaine. Je ne l'ai jamais vu ici le samedi.

— Bon, mais... qu'est-ce qu'on peut faire ? Moi, j'ai mon téléphone qui n'arrête pas de sonner.

— Eh bien, je peux le noter et lundi, quelqu'un pourra peut-être...

— Écoutez, Wendy, je n'ai pas envie d'attendre jusqu'à lundi. Ce problème, c'est maintenant que je l'ai. Si M. Wentz n'est pas là, allez me chercher le mec qui fait du baby-sitting à la messagerie. Il y a forcément quelqu'un qui peut entrer sur le site et en ôter la page de Lilly. C'est assez simple à faire.

— Il y a bien quelqu'un là-bas derrière, mais je ne crois pas qu'il ait l'autorisation de faire quoi que ce soit. En plus qu'il avait l'air de roupiller quand j'ai jeté un coup d'œil dans la pièce...

Il se pencha par-dessus le comptoir et mit de la force dans sa voix.

— Lilly, enfin je veux dire... Wendy, lança-t-il. Écoutez-moi. Je veux que vous alliez me réveiller ce type et que vous me l'ameniez. Parce qu'il faut que vous compreniez bien une chose. Vous êtes dans une situation juridique embêtante. Je viens de vous informer que mon numéro de téléphone se trouve sur votre site web. Et qu'à cause de cette erreur je n'arrête pas de recevoir des appels d'un genre à mes yeux gênant et ordurier. Ils le sont même tellement que je suis venu ici ce matin, avant votre heure d'ouverture. Je veux que ce soit réparé. Si vous laissez traîner ça jusqu'à lundi je vous colle un procès, à vous, à cette boîte, à M. Wentz et à tous ceux qui ont un lien quelconque avec cette société. Comprenez-vous bien ce que je suis en train de vous dire ?

– Vous ne pouvez pas me coller un procès. Ici, je fais que travailler, moi.

– Wendy ! Comme si vous ne saviez pas qu'on peut poursuivre en justice absolument qui on veut en ce monde.

Elle se leva, de la colère dans les yeux, et disparut derrière la cloison sans mot dire. Il se moquait bien qu'elle fût furibarde. L'important, c'était qu'elle avait laissé le dossier sur le comptoir. Dès que le bruit de ses sandales eut cessé, il se pencha en avant et l'ouvrit. Il y trouva une photo de Lilly avec le texte de son annonce et un formulaire de renseignements sur elle. C'était ça qu'il voulait. Il sentit l'adrénaline courir dans ses veines tandis qu'il lisait la feuille et tentait de tout mémoriser.

Elle s'appelait Lilly Quinlan. Et c'était bien aux numéros de téléphone fixe et de portable affichés sur le site qu'on pouvait la contacter. Elle avait donné une adresse à Santa Monica avec le numéro de son appartement. Pierce la lut trois fois en silence et remit tout dans le dossier pile avant d'entendre à nouveau le bruit des sandales et d'une autre paire de chaussures de l'autre côté de la cloison.

7

La première chose qu'il fit en retrouvant sa voiture fut d'attraper un stylo dans le cendrier et d'écrire l'adresse de Lilly dans la paume de sa main. Après quoi il sortit le billet de un dollar de sa poche et l'examina. Sous le sous-main, celui-ci était posé face en bas. En l'inspectant de près, il y découvrit les mots *Arbadac Arba* écrits sur le front de George Washington.

– Abra cadabra, dit-il en les lisant à l'envers.

Il songea que ces mots avaient toutes les chances d'être le pseudo d'un utilisateur et de donner accès à l'ordinateur d'Entrepreneurial Concepts Unlimited. Il était content d'avoir fait preuve d'autant d'astuce, mais il se demanda si cela servirait à grand-chose maintenant qu'il avait lu les nom et adresse de Lilly Quinlan dans son dossier.

Il mit le contact et reprit la direction de Santa Monica. L'adresse indiquée par Lilly était dans Wilshire Boulevard, près de la Third Street Promenade. Il s'en approchait et avait commencé à lire les numéros des bâtiments lorsqu'il s'aperçut qu'il n'y avait pas d'immeubles de location dans le coin. Quand il s'arrêta devant la bonne porte, il découvrit qu'il s'agissait d'une boîte postale privée, la All American Mail. Le numéro d'appartement que Lilly Quinlan avait porté dans son formulaire de renseignements n'était autre que celui de sa boîte postale. Pierce se gara devant l'établissement sans trop savoir ce qu'il allait pouvoir faire. Tout cela semblait conduire à une impasse. Il réfléchit à un plan d'action pendant quelques minutes, puis il descendit de voiture.

Il entra dans le bâtiment et gagna tout de suite le renfoncement où se trouvaient les boîtes postales. Il espérait que celles-ci seraient fermées par des portes en verre, ce qui lui aurait permis de voir si Lilly avait reçu du courrier. Malheureusement, toutes avaient des portes en aluminium. Sur sa feuille de renseignements, Lilly avait indiqué qu'elle habitait à l'appartement 333. Il repéra la boîte postale correspondante et la contempla un moment comme si elle pouvait lui donner une réponse. Elle ne lui en fournit aucune.

Il finit par quitter le coin des boîtes aux lettres et gagna le comptoir. Plaque d'identité assurant qu'il s'appelait Curt et joues couvertes de boutons, un jeune homme lui demanda ce qu'il voulait.

— Ça va vous paraître étrange, répondit-il, mais j'aurais besoin d'une boîte aux lettres avec un numéro particulier. Il faudrait que ça corresponde avec le nom de ma société, la Three Cubed Productions[1].

Le gamin eut l'air perplexe.

— Bon alors, c'est quel numéro que vous voulez ?

— Trois cent trente-trois. J'ai vu que vous aviez une boîte à ce chiffre. Elle est libre ?

C'était tout ce qu'il avait pu trouver en observant les boîtes. Curt alla chercher sous le comptoir et en ressortit un registre bleu, qu'il ouvrit aux pages indiquant les numéros de boîtes et leurs disponibilités. Il longea une colonne de chiffres du bout du doigt et s'arrêta.

— Ah, celle-là, dit-il.

Pierce essaya de lire ce qu'il y avait sur la page, mais celle-ci était à l'envers et trop éloignée.

— Quoi ?

— Elle est occupée en ce moment, mais il est possible que ça ne dure pas.

— Ce qui veut dire ?

— Qu'elle est attribuée, mais que la personne n'a pas réglé le loyer de ce mois-ci. Elle a droit à un délai de grâce. Si elle vient payer, elle garde sa boîte ; mais si elle ne passe pas avant la fin du mois, ce sera fini pour elle et vous pourrez l'avoir... si vous pouvez attendre jusque-là.

---

1. Soit les Productions Trois au cube *(NdT)*.

Pierce prit un air inquiet.

– C'est que ça fait un peu long, dit-il. Je voulais commencer tout de suite. Vous ne sauriez pas s'il y a un numéro de téléphone ou une adresse pour cette personne ? Vous voyez... pour la contacter et lui demander si elle tient toujours à sa boîte.

– Je lui ai déjà envoyé deux rappels et je viens de lui en mettre un troisième dans sa boîte. En général, on n'appelle pas par téléphone.

Pierce se sentit tout excité, mais n'en montra rien. Ce que Curt venait de lui dire signifiait qu'il y avait une autre adresse pour Lilly Quinlan. Son excitation fut de courte durée lorsqu'il se rendit compte qu'il n'avait aucune idée sur la manière de l'obtenir du jeune homme.

– Bon alors ? Y en a un, de numéro ? demanda-t-il. Si vous appelez cette femme tout de suite et si vous trouvez quelque chose, je suis tout prêt à vous louer cette boîte immédiatement. Et je vous règle un an d'avance.

– Ben, faudrait que je regarde. J'en aurai pour une minute.

– Prenez votre temps. Je préfère qu'on fasse tout maintenant plutôt que de devoir revenir.

Curt gagna un bureau adossé au mur derrière le comptoir et s'y assit. Il ouvrit un tiroir de classeur et en sortit une grosse chemise. Il était trop loin pour que Pierce pût lire les documents qu'il feuilletait. Il fit glisser son doigt le long d'une page, puis il l'arrêta à un endroit précis. Avec l'autre main il attrapa le téléphone posé sur le bureau, mais fut interrompu par une cliente qui venait d'entrer.

– J'ai besoin d'envoyer un fax à New York, lança-t-elle.

Curt se leva et revint au comptoir. Il sortit un formulaire de coordonnées et demanda à la femme de le remplir pendant qu'il regagnait le bureau. Il reposa son doigt sur le document et décrocha le téléphone.

– Vous allez me compter la page des coordonnées ? demanda la femme.

– Non, madame. Uniquement les documents que vous faxerez, lui répondit-il comme il avait dû le faire des millions de fois auparavant.

Enfin il composa le numéro. Pierce essaya de repérer l'emplacement de ses doigts sur le cadran, mais le jeune homme était allé trop vite. Curt attendit longtemps avant de se mettre à parler.

– Ceci est un message pour Lilly Quinlan, dit-il. Pourriez-vous nous rappeler à All American Mail, s'il vous plaît. Vous n'avez pas réglé le mois dernier et nous allons donner votre boîte à quelqu'un d'autre si nous n'avons pas de vos nouvelles rapidement. Vous n'aurez qu'à demander Curt. Je vous remercie.

Il donna ensuite le numéro de l'agence, raccrocha et revint voir Pierce au comptoir. La femme lui secoua son fax sous le nez.

– Je suis très pressée, dit-elle.

– Je suis à vous tout de suite, madame.

Il regarda Pierce et hocha la tête.

– J'ai eu un répondeur, dit-il. Je ne pourrai vraiment rien faire tant qu'elle ne m'aura pas rappelé ou que nous ne serons pas à la fin du mois. C'est le règlement.

– Je comprends. Merci d'avoir essayé.

Curt fit à nouveau courir ses doigts dans le registre.

– Vous voulez me laisser un numéro où je pourrai vous joindre si elle m'appelle ?

– Non, je repasserai demain.

Il prit une carte de visite sur le comptoir et se dirigea vers la porte. Curt le rappela.

– Et la 27 ?

Pierce se retourna.

– Quoi ?

– La 27. C'est pas 3 au cube ?

Pierce acquiesça lentement d'un signe de tête. Curt était plus intelligent qu'il en avait l'air.

– Elle est disponible si vous en voulez.

Pierce fit non de la main et repartit vers la porte. Dans son dos, il entendit la femme dire à Curt qu'il ne devrait pas faire attendre les clients qui payaient.

Une fois revenu dans sa voiture, Pierce mit la carte de visite dans la poche de sa chemise et consulta sa montre. Il était presque midi. Il devait revenir à l'appartement pour y retrouver Monica Purl, son assistante. Elle avait accepté d'y attendre la livraison d'un lot de meubles qu'il avait commandés. Les livraisons s'effectuaient entre midi et quatre heures et, la veille au matin, Pierce avait décidé qu'il préférait payer quelqu'un pour attendre à sa place et en profiter pour passer au labo et y travailler à la présentation prévue pour la semaine suivante. Sauf que maintenant il doutait fort d'aller au labo. Mais que Monica attende la livraison à sa place, oui. Il avait aussi un autre plan pour elle.

En arrivant aux Sables, il la trouva dans l'entrée. L'officier de sécurité posté à la porte avait refusé de la laisser monter au douzième sans l'approbation du résident qu'elle voulait voir.

– Je suis désolé, lui dit Pierce. Ça fait longtemps que vous êtes là ?

Elle avait emporté une pile de revues à lire en attendant la livraison.

– À peine quelques minutes, répondit-elle.

Ils gagnèrent l'ascenseur et durent attendre. Grande blonde élancée, Monica Purl avait la peau si pâle qu'à seulement la toucher on aurait pu y laisser une marque.

Âgée d'environ vingt-cinq ans, elle travaillait à l'Amedeo depuis cinq ans. Elle n'était l'assistante personnelle de Pierce que depuis six mois, Charlie Condon lui ayant offert cette promotion pour fêter ses cinq ans de service. Pierce avait eu tout le temps de s'apercevoir que l'impression de fragilité qu'elle donnait était fausse. Très organisée, Monica avait des opinions bien arrêtées et obtenait des résultats.

La porte de l'ascenseur s'ouvrit et ils entrèrent dans la cabine. Pierce appuya sur le bouton du douzième et ils commencèrent à monter, l'ascenseur accélérant rapidement.

– Vous êtes sûr de vouloir habiter ici quand on aura droit au grand tremblement de terre ? lui demanda-t-elle.

– Ce bâtiment a été conçu pour résister à du huit sur l'échelle de Richter, répondit-il. J'ai vérifié avant de louer. Je fais confiance à la science.

– Parce que vous êtes un scientifique ?

– Faut croire que oui.

– Mais... et les constructeurs ? Ils respectent les données de la science ? Vous leur faites confiance ?

La remarque était juste. Il ne trouva rien à lui répondre. La porte s'ouvrit au douzième et ils descendirent le couloir jusqu'à son appartement.

– Où vais-je leur dire de mettre vos meubles ? reprit-elle. Vous avez un plan d'aménagement ou une idée de ce que vous voulez ?

– Pas vraiment. Vous n'avez qu'à leur dire de les poser là où ça vous paraîtra bon. Et j'aurais besoin que vous me rendiez un petit service avant que je reparte.

Il ouvrit la porte de l'appartement.

– De quel genre, ce service ? lui demanda-t-elle d'un ton soupçonneux.

Pensait-elle qu'il lui faisait du rentre-dedans ? Maintenant que le couple qu'il formait avec Nicole n'était plus... Dans son idée, toutes les femmes séduisantes étaient persuadées que les hommes ne pensaient qu'à leur sauter dessus. Il faillit rire, mais s'abstint.

– Il s'agirait juste de passer un coup de fil. Je vais tout vous écrire.

Il gagna la salle de séjour, décrocha le téléphone et entendit un signal dans la tonalité[1]. Il écouta ses messages. Il n'y en avait qu'un nouveau, et il était pour Lilly. Mais il ne venait pas du Curt de All American Mail. C'était encore un client potentiel qui tentait de la contacter. Il effaça le message et réfléchit : Lilly avait dû donner son numéro de portable quand elle avait loué sa boîte postale.

Cela ne modifiait en rien son plan.

Il apporta le téléphone jusqu'au canapé, s'assit et inscrivit le nom de Lilly Quinlan sur une page vierge de son bloc-notes. Puis il sortit la carte de visite de l'All American Mail de sa poche.

– Voilà, reprit-il à l'adresse de Monica. Je voudrais que vous appeliez ce numéro en vous faisant passer pour une dénommée Lilly Quinlan. Vous demandez Curt et vous lui dites que vous avez bien eu son message. Vous lui précisez ensuite que c'est la première fois qu'on vous dit que vous êtes en retard pour payer et vous lui demandez pourquoi on ne vous a pas envoyé un avis par courrier. D'accord ?

– Pourquoi c'est... c'est pour quoi faire ?

– Je ne peux pas tout vous expliquer, mais c'est important.

---

1. Ce changement de tonalité indique qu'il y a un ou plusieurs messages *(NdT)*.

— Je ne sais pas trop si j'ai envie de me faire passer pour quelqu'un d'autre. Ce n'est pas...

— C'est absolument sans danger, Monica. C'est ce que les *hackers* appellent de l'« ingénierie de communication ». Curt, lui, va vous répondre qu'il vous a envoyé un avis. Vous lui répondez : « Ah bon, vraiment ? Et à quelle adresse ? » et quand il vous la donne, vous la notez. C'est de ça que j'ai besoin. De l'adresse. Dès que vous l'avez, vous raccrochez. Vous dites que vous allez passer dès que possible et vous raccrochez. Moi, c'est juste l'adresse qu'il me faut.

Elle le regarda comme elle ne l'avait jamais encore fait pendant les six mois où elle avait travaillé directement sous ses ordres.

— Allons, Monica, dit-il, c'est pas la mer à boire. Et ça ne fera de mal à personne. Il se pourrait même que ça fasse du bien à quelqu'un. En fait, j'en suis persuadé.

Il posa le bloc-notes et le stylo sur les genoux de la jeune femme.

— Vous êtes prête ? Je fais le numéro.

— Docteur Pierce, ça ne me paraît pas tout à....

— Ne m'appelez pas « docteur Pierce ». Vous ne l'avez jamais fait.

— Bon alors, Henry, d'accord. Je ne veux pas. Pas sans savoir ce que je suis en train de fabriquer.

— Bon, je vais vous le dire. Vous savez... le nouveau numéro de téléphone que vous m'avez trouvé ?

Elle acquiesça d'un signe de tête.

— Eh bien avant, il appartenait à une femme qui a disparu ou à qui il est arrivé quelque chose. Je reçois ses appels et j'essaie de savoir ce qui s'est passé. Vous voyez ? Et cet appel que je voudrais que vous passiez devrait me permettre d'avoir une adresse où elle a vécu. C'est tout ce que je veux. Je veux pouvoir y aller et voir si tout va bien. Rien de plus. Bon, alors... vous voulez bien téléphoner ?

Elle hocha la tête comme si elle écartait une avalanche de renseignements. À la regarder, on aurait pu croire que Pierce venait d'être emporté par un vaisseau spatial et de se faire sodomiser par un petit bonhomme vert.

– C'est complètement fou, dit-elle. Comment vous êtes-vous embarqué dans une histoire pareille ? Vous connaissiez cette femme ? Comment savez-vous qu'elle a disparu ?

– Non, je ne la connais pas. C'est un pur hasard. C'est à cause de ce mauvais numéro de téléphone. Mais maintenant, j'en sais assez pour comprendre qu'il faut absolument que je sache ce qui lui est arrivé ou qu'elle va bien. Voulez-vous faire ça pour moi, Monica ? Je vous en prie.

– Pourquoi ne changez-vous pas de numéro ?

– Je le ferai. Dès lundi, je veux que vous fassiez le nécessaire.

– En attendant, vous n'avez qu'à appeler les flics.

– Je n'ai pas assez de renseignements pour les appeler tout de suite. Qu'est-ce que je pourrais leur dire ? Ils me prendraient pour un dingue.

– Et ils n'auraient sans doute pas tort.

– Écoutez... vous voulez le faire ou vous ne voulez pas ?

Elle hocha la tête d'un air résigné.

– Si ça peut vous faire plaisir et me garder mon boulot...

– Houlà ! Minute, minute. Je ne vous menace pas de renvoi ! Si vous ne voulez pas le faire, ça ne pose aucun problème. Je trouverai quelqu'un d'autre. Ça n'a rien à voir avec votre travail. On est clairs sur ce point ?

– Oui, oui, on est clairs. Mais ne vous inquiétez pas. Je vais le faire. Allez, finissons-en.

Il lui redit encore une fois ce qu'il fallait faire, puis il composa le numéro d'All American Mail et tendit le combiné à Monica. Elle demanda Curt, puis raccrocha comme prévu après quelques instants de confusion et d'assez mauvais théâtre. Pierce la regarda écrire une adresse sur le bloc-notes. Il était aux anges, mais n'en montra rien. Après avoir raccroché, elle lui rendit le bloc-notes et le téléphone.

Il jeta un coup d'œil à l'adresse – c'était à Venice –, arracha la page du bloc, la plia et la fourra dans sa poche.

– Curt a l'air d'un brave type, dit-elle. Ça ne me plaît pas de lui avoir menti.

– Vous pouvez toujours aller le voir et l'inviter à passer la soirée avec vous. Je l'ai vu. Croyez-moi. Sortir avec vous un soir le rendrait heureux jusqu'à la fin de ses jours.

– Vous l'avez vu ? C'était de vous qu'il parlait ? Il m'a dit qu'il y avait un type qui était passé et voulait ma boîte, enfin, je veux dire... la boîte de Lilly Quinlan.

– Oui, c'était moi. C'est comme ça que...

Le téléphone sonna et il répondit. Mais le correspondant raccrocha. Il regarda l'écran de présentation du numéro. L'appel venait du Ritz Carlton, dans la marina.

– Écoutez, reprit-il, il faut laisser le téléphone branché de façon que lorsque les meubles arriveront les types de la sécurité puissent appeler ici et vous demander la permission de faire monter les livreurs. En attendant, vous allez sans doute recevoir pas mal d'appels pour cette Lilly. Étant donné que vous êtes une femme, on vous prendra sans doute pour elle. Et donc, vaudrait mieux penser à dire tout de suite quelque chose du genre : « Je ne suis pas Lilly, vous vous êtes trompé de numéro. » En gros... Sinon...

— Peut-être, mais si je me faisais passer pour elle, je pourrais vous trouver plus de renseignements.

— Oh, non, surtout pas ça.

Il ouvrit son sac à dos et lui tendit la sortie d'imprimante où l'on voyait la photo de Lilly affichée sur le site.

— Lilly, c'est elle. Je ne crois pas que vous aurez envie de vous faire passer pour elle auprès des mecs qui vont appeler.

— Ah, mon Dieu ! s'écria-t-elle en regardant le cliché. C'est quoi ? Une prostituée ?

— Je crois, oui.

— Mais... qu'est-ce que vous faites à essayer de retrouver cette fille alors que vous devriez...

Elle s'arrêta brusquement. Pierce la regarda et attendit qu'elle finît sa phrase. Elle n'en fit rien.

— Quoi ? demanda-t-il. Que je devrais quoi ?

— Rien. Ça ne me regarde pas.

— Avez-vous parlé d'elle et de moi avec Nicki ?

— Non, écoutez : ce n'est rien. Je ne sais pas ce que j'allais dire. Je trouve seulement très étrange que vous couriez partout pour savoir si cette prostituée va bien. C'est bizarre.

Il se rassit sur le canapé. Il savait qu'elle ne disait pas la vérité sur Nicole. Elles étaient devenues très proches et déjeunaient ensemble chaque fois qu'il ne pouvait pas sortir du labo, c'est-à-dire pratiquement tous les jours. Pourquoi cela aurait-il cessé maintenant que Nicki était partie ? Elles se parlaient probablement tous les jours et devaient s'échanger des histoires sur son compte.

Il sut aussi qu'elle ne se trompait pas sur ce qu'il faisait. Mais il était déjà bien trop engagé dans son histoire. Et c'étaient toute sa vie et sa carrière qui s'étaient construites de curiosités à satisfaire. La dernière année qu'il avait passée à Stanford, un jour il était ainsi resté pour une conférence sur la nouvelle génération de microprocesseurs. Le professeur avait parlé de nanochips si petits que les superordinateurs pourraient un jour avoir la taille d'une pièce de dix cents. Fasciné, Pierce avait suivi sa curiosité jusqu'au bout et n'avait depuis lors pas cessé de « traquer sa pièce de dix cents ».

– Je vais juste aller faire un tour à Venice, reprit-il à l'adresse de Monica. Histoire de vérifier deux ou trois trucs et après, je tire un trait.

– Promis ?

– Oui. Vous pourrez m'appeler au labo quand les meubles auront été livrés.

Il se leva et jeta son sac à dos par-dessus son épaule.

– Si vous voyez Nicki, ne lui parlez pas de ça, d'accord ?

– C'est entendu, Henry. Je n'en parlerai pas.

Il savait qu'il ne pouvait pas y compter, mais qu'il allait devoir faire avec pour l'instant. Il se dirigea vers la porte de l'appartement et partit. En longeant le couloir qui conduisait à l'ascenseur, il pensa à ce que Monica venait de dire et réfléchit à la différence entre obsession personnelle et enquête privée. Quelque part il y avait une ligne qui les séparait. Mais où, il ne savait pas très bien.

8

Il y avait quelque chose de bizarre dans cette adresse, quelque chose qui ne collait pas. Mais quoi ? Il était incapable de mettre le doigt dessus. Il s'en fit toute une montagne en se rendant à Venice en voiture, mais aucune idée ne lui vint. On aurait dit quelque chose de caché derrière un rideau de douche. L'affaire était bien là, mais les contours en étaient flous.

L'adresse que Lilly Quinlan avait donnée à All American Mail comme endroit où la joindre correspondait à un bungalow situé dans Altair Avenue, à un pâté de maisons des restaurants et des magasins d'antiquités d'Abbot Kinney Boulevard. Dieu sait pourquoi cette maison, petite et blanche avec des bordures de fenêtres grises, lui fit penser à une mouette. Un gros palmier se tassait dans le jardin de devant. Pierce se gara de l'autre côté de la rue et resta assis quelques minutes dans sa voiture, à rechercher des signes de vie récente.

Le jardin et les plantes d'ornement étaient bien entretenus. Mais s'il s'agissait d'une location, il n'était pas impossible que le propriétaire s'en occupe personnellement. Il n'y avait pas de voiture dans l'allée ou dans le garage derrière, et pas le moindre journal près du trottoir. Au premier abord, rien ne semblait clocher.

Pierce finit par opter pour l'approche directe. Il descendit de sa BMW, traversa la chaussée et suivit l'allée conduisant à la porte d'entrée. Il y avait un bouton de sonnette. Il appuya dessus et entendit un carillon inoffensif sonner quelque part à l'intérieur. Il attendit.

Rien.

Il appuya de nouveau sur le bouton de la sonnette, puis il frappa.

Et attendit encore.

Toujours rien.

Il jeta un coup d'œil autour de lui. Les stores vénitiens des fenêtres de devant étaient baissés. Il se retourna et regarda nonchalamment la rue et les maisons d'en face tandis que, la main dans le dos, il essayait d'ouvrir. La porte était fermée à clé.

Pour que son expédition ne se termine pas sans qu'il ait obtenu de nouveaux renseignements ou une quelconque révélation, il s'écarta de la porte et gagna l'allée qui longeait le côté gauche de la maison et menait à un garage à une place dans le jardin de derrière. En plus d'écraser la maison de sa masse, un énorme pin de Monterey minait l'allée de ses racines. Toutes se dirigeant vers la maison, Pierce songea que, dans cinq ans, le bâtiment serait déjà endommagé et qu'il faudrait choisir qui sauver, de la maison ou de l'arbre.

Faite dans un bois qui avait été gauchi par le temps et par son propre poids, la porte du garage était ouverte. Elle donnait l'impression de le rester en permanence. Rien à l'intérieur, en dehors d'une série de pots de peinture alignés contre le mur du fond.

À droite du garage un jardin grand comme un timbre-poste, mais qui donnait de l'intimité aux lieux grâce à la grande haie qui courait tout autour. Deux chaises longues étaient disposées sur la pelouse. Une vasque pour les oiseaux, mais sans eau dedans. Pierce regarda les chaises longues et songea au bronzage de Lilly sur la photo du site web.

Après un moment d'hésitation, il gagna la porte de derrière et frappa de nouveau. La porte était munie d'une fenêtre dans sa partie supérieure. Sans attendre qu'on lui réponde, Pierce se fit des œillères avec les mains et regarda à l'intérieur. C'était la cuisine. Propre et bien rangée, semblait-il. Il ne vit rien sur la petite table poussée contre le mur à gauche. Un journal était soigneusement plié sur une des deux chaises.

Sur le plan de travail, près du grille-pain, se trouvait un grand plat rempli de formes sombres qui, il le comprit vite, n'étaient autres que des fruits en train de pourrir.

Enfin il tenait quelque chose. Et ce quelque chose ne

cadrait pas avec le reste et montrait bien qu'il y avait du louche dans tout ça. Il frappa fort à la vitre de la porte bien qu'il sût parfaitement qu'il n'y avait personne pour lui répondre. Il se retourna et jeta encore un coup d'œil au jardin dans l'espoir d'y trouver quelque chose avec quoi casser le carreau. Et, d'instinct, il attrapa la poignée de la porte et la fit tourner en pivotant sur ses talons.

La porte n'était pas fermée à clé.

Il fit volte-face. Tenant toujours la poignée, il poussa et la porte s'ouvrit d'une dizaine de centimètres. Il attendit qu'une alarme se déclenche, mais son intrusion ne fut saluée que par un grand silence. Et presque aussitôt il sentit l'odeur douceâtre des fruits pourris – à vomir. Ou alors... était-ce autre chose ? Il ôta sa main de la poignée et ouvrit plus grande la porte d'une poussée, se pencha à l'intérieur de la pièce et cria.

– Lilly ? Lilly, c'est moi... Henry.

Il ne savait pas trop s'il faisait ça pour les voisins ou pour lui-même, mais il hurla son nom encore deux fois. Il attendait un résultat, mais n'en obtint pas. Avant d'entrer il se retourna et s'assit en haut des marches. Entrer ou ne pas entrer, il hésitait. Il pensa à la réaction de Monica un peu plus tôt – et à ce qu'elle lui avait dit : il n'avait qu'à appeler les flics.

Le moment était venu de s'y résoudre. Il y avait quelque chose d'anormal dans cette maison et il avait amplement de quoi les appeler. À dire vrai néanmoins, il n'était pas prêt à laisser tomber. Pas encore. Même s'il ne savait pas de quoi il s'agissait, cette histoire était à lui et il voulait remonter la piste tout seul. Il n'y avait pas que Lilly Quinlan pour le faire agir ainsi, et il le savait. Ses motivations étaient plus profondes et remontaient jusqu'à son passé. Il essayait de troquer aujourd'hui contre hier, de faire maintenant ce dont il avait été incapable alors.

Il se releva et ouvrit la porte en grand. Puis il entra dans la cuisine et referma derrière lui.

Et entendit un bruit faible de musique quelque part. Il resta immobile, inspecta de nouveau la cuisine des yeux et n'y trouva rien de bizarre, hormis ces fruits qui pourrissaient dans leur plat. Il ouvrit le réfrigérateur et y découvrit une brique de jus d'orange et une bouteille en plastique de lait écrémé. La date limite de consommation du lait était le 18 août. Pour le jus d'orange, c'était le 16. Cela faisait plus d'un mois de dépassement pour les deux produits.

Il gagna la table et tira une chaise. Un numéro du *Los Angeles Times* datant du 1er août y était posé.

Un couloir partait de la gauche de la cuisine et courait jusqu'au devant de la maison. En y entrant, il aperçut le tas de courrier qui grossissait sous la fente de la boîte aux lettres. Mais, avant d'y arriver, il ouvrit trois portes qui donnaient dans le couloir. La première était celle d'une salle de bains dont tous les plans horizontaux, couverts de parfums et de produits de beauté féminins, disparaissaient sous une fine couche de poussière. Il s'empara d'un petit flacon vert et l'ouvrit. Il le porta à son nez et sentit une odeur de lilas. C'était le parfum de Nicole, il en avait reconnu l'emballage. Au bout d'un moment, il referma le flacon, le remit à sa place et repassa dans le couloir.

Les deux autres portes donnaient sur des chambres, dont l'une semblait être la chambre principale. Les deux penderies y étaient ouvertes et bourrées de vêtements accrochés à des cintres. La musique montait d'un radio-réveil posé sur la table de nuit, à droite du lit.

L'autre chambre donnait l'impression de servir de salle de gymnastique. Pas de lit, mais un escalier d'entraînement, un rameur sur un tapis de sol vert et une petite télé devant. Il ouvrit le seul placard de la pièce et y trouva d'autres vêtements accrochés à des cintres. Il allait le refermer lorsqu'il remarqua quelque chose : ces habits étaient différents. Négligés, collants et petit linge occupaient plus de soixante centimètres de cintres. Il y repéra quelque chose de familier, tendit la main pour l'attraper : c'était le déshabillé en résille noir que Lilly portait sur la photo du site.

Cela lui rappela quelque chose. Il remit le cintre à sa place et repartit dans l'autre chambre. Ce n'était pas le bon lit. On n'y retrouvait pas les montants en cuivre reproduits sur le cliché. Enfin il comprit ce qui n'allait pas et le faisait tiquer dans l'adresse de Venice : le texte de l'annonce passée par Lilly. Elle y disait retrouver ses clients dans une maison sûre et propre du Westside et ce n'était pas du tout là qu'il se trouvait et le lit qu'il voyait n'était pas le bon. Cela voulait dire que Lilly Quinlan avait une autre adresse et qu'il allait devoir la découvrir.

Soudain il se figea en entendant du bruit dans l'entrée. Le cambrioleur amateur qu'il était avait commis une erreur : alors qu'il aurait dû vite inspecter la maison de façon à être sûr qu'il n'y avait personne, il avait commencé à l'explorer en partant de l'arrière et en se déplaçant lentement vers l'avant.

Il attendit un instant, mais aucun autre bruit ne se fit entendre. Il y avait eu comme un coup suivi par quelque chose qui ressemblait au bruit d'un objet déroulé sur le parquet. Il se rapprocha de la porte de la chambre et jeta un coup d'œil dans le couloir. Il ne vit que le tas de courrier par terre, au pied de la porte de devant.

Il se dirigea vers le côté du couloir où il pensait que le bois serait moins susceptible de grincer et avança lentement. Sur le couloir donnaient encore une salle de séjour sur la gauche et une salle à manger sur la droite.

Personne dans l'une ou l'autre pièce. Et il ne vit rien qui aurait pu expliquer le bruit qu'il venait d'entendre.

La salle de séjour était bien rangée. Mobilier de style Craftsman tout à fait dans le ton de la maison. Mais quelque chose ne l'était pas : la double rangée de matériel électronique sous la télé à écran plasma suspendue au mur. Lilly possédait un équipement télé qui avait dû lui coûter dans les vingt-cinq mille dollars – le rêve d'un camé en état de manque. Cela détonnait beaucoup avec tout ce qu'il avait vu jusqu'alors.

Il gagna la porte d'entrée et s'agenouilla près du courrier. Et commença à l'examiner. L'essentiel en était constitué de pubs destinées au propriétaire ou locataire des lieux. Il trouva deux lettres de l'All American Mail – ses avis de retard. Il y avait aussi des factures de cartes de crédit et des relevés bancaires. Et une grande enveloppe de l'université de Californie du Sud. Il chercha des envois précis – des factures – de la compagnie de téléphone, mais n'en trouva pas. Cela lui parut étrange, mais il se dit vite qu'elles avaient pu lui être envoyées à sa boîte postale.

Il mit un relevé bancaire et une facture Visa dans la poche arrière de son jean sans y réfléchir à deux fois : il venait pourtant d'ajouter au délit de cambriolage celui de vol de courrier. Il décida de ne rien en penser de plus et se releva.

Dans la salle à manger il découvrit un bureau à cylindre appuyé au mur du fond. Il tira une chaise et l'approcha du bureau, qu'il ouvrit après s'être assis. Il fouilla rapidement les tiroirs et comprit que c'était là qu'elle réglait ses factures. Des carnets de chèques, des timbres et des stylos étaient rangés dans le tiroir du milieu. Ceux sur les côtés débordaient de lettres envoyées par des sociétés de cartes de crédit et de factures de toutes sortes, électricité et gaz y compris. Il trouva une pile de lettres d'Entrepreneurial Concepts Unlimited qui lui avaient été envoyées à sa boîte postale. Sur chaque enveloppe Lilly avait porté la date de règlement de la facture. Encore une fois, et de façon tout à fait remarquable, il manquait une pile d'anciennes factures de téléphone. Même si Lilly ne les recevait pas à cette adresse, il semblait clair que c'était à ce bureau qu'elle les réglait. Mais pas moyen de trouver un reçu ou une enveloppe quelconque avec la date de paiement dessus.

Il n'avait ni le temps de réfléchir au problème ni celui de parcourir toutes ses factures. Et d'ailleurs, il n'était même pas certain d'y trouver quelque chose qui aurait pu lui indiquer ce qui était arrivé à la jeune femme. Il revint au tiroir du milieu et parcourut rapidement les relevés de carnets de chèques. Tous les mouvements avaient cessé depuis la fin juillet. En reprenant rapidement un de ces carnets, il trouva la trace d'un paiement à la compagnie de téléphone remontant à juin. Ainsi donc elle avait réglé sa facture sur le compte du carnet qu'il avait à la main et du bureau même devant lequel il était assis. Mais pas moyen de trouver d'autres traces de facturation dans les tiroirs.

Pressé par le temps, il renonça à élucider cette contradiction et referma le tiroir. Il avait attrapé la poignée pour rabattre le cylindre lorsqu'il remarqua un petit livre poussé au fond d'une des niches de rangement en haut du meuble. Il l'attrapa et découvrit un petit répertoire rempli de numéros de téléphone personnels. Il en feuilleta les pages avec le pouce et s'aperçut qu'ils étaient tous écrits à la main. Sans la moindre hésitation, il glissa l'objet dans sa poche arrière, avec les papiers qu'il avait déjà décidé d'emporter.

Il rabaissa le cylindre, se leva et jeta un dernier coup d'œil dans les deux pièces de devant. Et dans l'instant ou presque, il vit une ombre passer derrière les stores vénitiens fermés de la salle de séjour. Quelqu'un arrivait à la porte de devant.

Il fut comme transpercé par la panique. Il ne savait plus s'il devait se cacher ou se jeter dans le couloir et filer par la porte de derrière. Il choisit de ne rien faire et resta immobile, incapable de bouger les pieds, à écouter quelqu'un arriver en haut des marches de l'entrée.

Un claquement métallique le fit sursauter. Puis un petit tas de courrier fut poussé dans la fente de la boîte aux lettres et tomba par terre, sur les autres lettres. Pierce ferma les yeux.

– Putain ! murmura-t-il avant de souffler fort et d'essayer de se détendre.

L'ombre repassa en sens inverse sur les stores vénitiens. Et disparut.

Pierce s'approcha et jeta un coup d'œil au dernier apport de courrier. Encore quelques factures, mais surtout des pubs. Il écarta les lettres du bout du pied pour en être vraiment sûr et remarqua une petite enveloppe écrite à la main. Il se pencha pour la ramasser. Dans le coin supérieur gauche quelqu'un avait porté la mention « V. Quinlan », mais sans adresse d'expéditeur. Le cachet de la poste étant souillé en partie, il n'y repéra que les mots « pa, Floride ». Il retourna l'enveloppe et en examina le collage. Il allait devoir la déchirer.

Ouvrir cette lettre manifestement personnelle lui paraissait bien plus criminel que tout ce qu'il avait fait jusqu'alors. Mais son hésitation ne dura pas. Il coupa l'enveloppe du bout de l'ongle et en sortit une petite feuille de papier pliée. La lettre remontait à quatre jours.

« Lilly,
« Je me fais un sang d'encre pour toi. Si tu lis ce mot, je t'en prie, appelle-moi pour me dire que tout

va bien. S'il te plaît... ma chérie ? Je suis incapable de penser droit depuis que tu as cessé de m'appeler. Je me fais beaucoup de souci pour toi et ton boulot. Ici, rien n'a jamais été pour le mieux et je sais bien que je n'ai pas tout fait comme il fallait. Mais je ne crois pas que tu ne devrais pas me dire si tu vas bien. S'il te plaît, appelle-moi dès que tu auras ce mot.

« Je t'embrasse,

Maman »

Il relut deux fois le billet, replia la feuille et la remit dans l'enveloppe. Plus que tout ce qu'il avait vu dans l'appartement, les fruits qui pourrissaient y compris, cette lettre le remplit d'appréhension. Pour lui, jamais V. Quinlan ne recevrait de réponse à sa lettre, que ce soit par téléphone ou autrement.

Il referma l'enveloppe du mieux qu'il pouvait et la remit vite dans le tas de courrier par terre. L'arrivée du facteur lui avait fait sentir les risques qu'il courait en restant dans cette maison. Il en avait assez vu, il fit rapidement demi-tour et retourna dans la cuisine.

Il sortit par la porte de derrière et la referma, mais pas à clé. Aussi nonchalant que peut l'être un cambrioleur amateur, il tourna le coin de la maison et longea l'allée qui conduisait à la rue.

Il en était à mi-chemin lorsqu'il entendit un choc sur le toit et vit une pomme de pin passer par-dessus l'avant-toit et atterrir à ses pieds. Il l'enjamba et comprit l'origine du bruit qu'il avait entendu quand il était encore dans la maison. Il hocha la tête en faisant le lien. Au moins avait-il résolu un mystère.

9

– Lumière !

Il fit le tour de son bureau, s'assit et sortit de son sac à dos tout ce qu'il avait pris chez Lilly Quinlan. Il se retrouva avec une facture Visa, un relevé bancaire et le petit répertoire téléphonique.

C'est par ce dernier qu'il commença. En le feuilletant, il découvrit plusieurs listes d'hommes classés par prénoms, ceux-ci parfois suivis d'une initiale. Les numéros de téléphone couvraient toute la gamme des indicatifs de zones. Beaucoup étaient compris dans celle de Los Angeles, mais bien plus encore se trouvaient en dehors. Il y avait aussi des numéros d'hôtels et de restaurants des environs et celui d'un concessionnaire Lexus d'Hollywood. Il vit une entrée pour Robin et une autre pour ECU – qu'il savait être Entrepreneurial Concepts Unlimited.

Sous l'intitulé Dallas, il trouva plusieurs numéros d'hôtels, de restaurants et de prénoms masculins. Même chose au chapitre Las Vegas.

Enfin il tomba sur le numéro de Vivian Quinlan (indicatif 813) avec une adresse à Tampa, en Floride. Cela mettait un terme au mystère du timbre à l'oblitération souillée. Arrivé presque au bout du petit volume, il découvrit l'adresse d'un certain Wainwright – à Venice, pas très loin du bungalow d'Altair Avenue.

Il revint à la lettre Q et décrocha son téléphone de bureau pour appeler Vivian Quinlan. Au bout de deux sonneries une femme lui répondit. Sa voix évoquait le balai qu'on passe sur un trottoir.

– Allô ?
– Madame Quinlan ?

– Oui.
– Euh... bonjour. Je vous téléphone de Los Angeles. Je m'appelle Henry Pierce et je...
– C'est pour Lilly ?

Le ton de voix était devenu brusquement désespéré.

– Oui. J'essaie de la joindre et je me demandais si vous ne pourriez pas m'aider.
– Ah, mon Dieu ! Vous êtes de la police ?
– Euh, non, madame.
– Je m'en fous. Enfin quelqu'un qui s'intéresse à elle.
– C'est-à-dire que... j'essaie seulement de la joindre, madame Quinlan. Avez-vous eu de ses nouvelles récemment ?
– Pas depuis plus de sept semaines, non, et ça ne lui ressemble vraiment pas. Elle appelait toujours ici. Je suis très inquiète.
– Avez-vous contacté la police ?
– Oui, je les ai appelés et j'ai parlé au type des Personnes disparues. Ça ne les a pas intéressés, vu qu'elle est adulte et aussi à cause de ce qu'elle fait pour gagner sa vie.
– Que fait-elle pour gagner sa vie, madame Quinlan ?

Elle eut une hésitation.

– Je croyais que vous étiez amis.
– Non, c'est juste une connaissance.
– Elle est hôtesse d'accompagnement.
– Je vois.
– Pas de sexe ou autre. Elle m'a dit que ça se bornait à aller dîner avec des messieurs en smoking.

Il laissa filer – la réponse était celle d'une mère qui nie l'évidence. Il avait déjà vu ça dans sa propre famille.

– Et que vous a dit la police ? reprit-il.
– Juste qu'elle avait dû partir avec un de ces types et que j'aurais probablement de ses nouvelles dans pas longtemps.

– Ça remonte à quand ?
– À un mois. C'est que Lilly m'appelle tous les samedis après-midi, vous voyez ? Au bout de quinze jours que j'avais rien, j'ai fini par appeler les flics. Mais ils ne m'ont pas rappelée. Une semaine plus tard, j'ai rappelé encore un coup et j'ai parlé au type des Personnes disparues. Ils ne se sont même pas donné la peine de faire un rapport ou rien, ils m'ont juste dit de continuer à attendre. Ils s'en foutent.

Dieu sait pourquoi, une image se présenta dans son esprit et vint le distraire. C'était le soir où il était revenu de Stanford. Sa mère l'attendait dans la cuisine, toutes les lumières éteintes. Elle l'attendait, là, comme ça, dans le noir, pour lui dire les nouvelles qu'elle avait reçues sur sa sœur Isabelle.

Quand la mère de Lilly reprit la parole, il eut l'impression que c'était la sienne.

– J'ai fait appel à un détective privé, mais il ne m'a été d'aucun secours. Il arrive pas à la retrouver, lui non plus.

Le sens de ce qu'elle venait de lui dire le ramena enfin à la réalité.

– Madame Quinlan, dit-il, le père de Lilly est-il là ? Puis-je lui parler ?

– Non, ça fait longtemps qu'il est parti. Lilly ne l'a jamais vraiment connu. Ça fait environ douze ans qu'il n'est pas venu ici... depuis le jour où je l'ai pincé avec elle.

– Il est en prison ?
– Non, seulement parti.

Il ne savait plus quoi dire.

– Quand Lilly est-elle venue à Los Angeles ?
– Il y a environ trois ans. Elle a commencé par fréquenter une école d'hôtesses de l'air de Dallas, mais elle n'a jamais exercé ce métier. Après, elle a déménagé à

Los Angeles. Ce que j'aurais aimé qu'elle fasse hôtesse de l'air ! Je lui ai dit que dans le boulot d'hôtesse d'accompagnement, même quand on baise pas, avec tous ces hommes, les gens croient quand même qu'on le fait.

Pierce acquiesça d'un hochement de tête. Il se dit que ce devait être pris comme un solide conseil maternel. Il s'imagina une femme fortement charpentée, avec beaucoup de cheveux et une cigarette au coin de la bouche. Entre ça et son père, il n'était pas étonnant que Lilly soit partie aussi loin que possible de Tampa. Mais il trouva surprenant qu'elle n'ait filé que depuis trois ans.

– Où avez-vous engagé votre détective privé ? À Tampa ou ici, à Los Angeles ?

– Chez vous, à Los Angeles. Ça n'aurait pas servi à grand-chose d'en prendre un ici.

– Comment avez-vous fait pour en engager un à L.A. ?

– C'est le type des Personnes disparues qui m'en a communiqué toute une liste. C'est là-dedans que j'ai choisi.

– Êtes-vous venue chercher votre fille ici, madame Quinlan ?

– Je ne suis pas en bonne santé, monsieur. D'après les docteurs, j'ai de l'emphysème et comme j'ai une bouteille d'oxygène... Je pouvais pas faire grand-chose pour aller là-bas.

Pierce recomposa l'image qu'il se faisait d'elle. La cigarette disparut, le tube à oxygène la remplaçant. La quantité de cheveux resta inchangée. Il réfléchit à ce qu'il pourrait lui demander d'autre et aux renseignements à obtenir d'elle.

– Lilly m'a dit qu'elle vous envoyait de l'argent, reprit-il.

Il avait lancé ça au hasard, mais ça semblait bien cadrer avec leur type de relations.

– Oui, et si vous la trouvez, dites-lui bien que je commence à être vraiment à court. Je suis même au plus bas. J'ai dû donner beaucoup de ce que j'avais à ce M. Glass.

– Qui est M. Glass ?

– Le détective que j'ai engagé. Mais maintenant, je n'entends plus parler de lui. Maintenant que je ne peux plus le payer...

– Vous pouvez me donner son nom et un numéro de téléphone où le joindre ?

– Il va falloir que j'aille chercher.

Elle reposa l'appareil, deux minutes s'écoulant avant qu'elle revienne lui donner le nom et l'adresse du privé. Il s'appelait Philip Glass et son bureau se trouvait à Culver City.

– Madame Quinlan, reprit Pierce, avez-vous d'autres endroits où contacter Lilly à Los Angeles ? Chez des amis ? des connaissances ?

– Non, elle ne m'a jamais laissé de numéros de téléphone ni parlé d'amis. Sauf une fois où elle a mentionné une autre fille, Robin, avec laquelle il lui arrivait de travailler. Robin était de La Nouvelle-Orléans et elles avaient des trucs en commun, qu'elle m'a dit.

– Elle vous a précisé quoi ?

– Je crois qu'elles avaient toutes les deux eu le même genre d'ennuis avec les hommes de leurs familles quand elles étaient petites. Enfin, je crois que c'est ça qu'elle voulait dire.

– Je comprends.

Il essaya de réfléchir comme un privé. Vivian Quinlan donnait l'impression d'être une pièce importante du puzzle, mais il fut incapable de trouver autre chose à lui demander. Cinq mille kilomètres les séparaient et elle était manifestement, et littéralement, tenue à distance de ce que vivait sa fille. Il baissa les yeux sur le petit répertoire devant lui et trouva enfin une question à lui poser.

— Le nom de Wainwright vous dit-il quelque chose, madame Quinlan ? Lilly ou M. Glass ont-ils jamais mentionné cet individu ?

— Euh... non. M. Glass ne m'a jamais parlé de personne. Qui est-ce ?

— Je ne sais pas. Quelqu'un qu'elle doit connaître, sans doute.

Ça y était. Il n'avait plus rien à lui demander.

— Bien, dit-il. Je vais continuer à la chercher et quand je l'aurai retrouvée, je lui demanderai de vous appeler.

— Ça serait vraiment bien et n'oubliez pas de lui dire pour l'argent. Ça commence à devenir vraiment juste.

— D'accord. Je le ferai.

Il raccrocha et réfléchit quelques instants à ce qu'il avait appris. Sans doute beaucoup trop de choses sur Lilly. Il en fut triste et déprimé. Il espéra qu'un de ses clients l'avait emmenée en lui promettant luxe et richesse. Peut-être était-elle maintenant quelque part à Hawaï ou dans un appartement avec terrasse, au dernier étage d'un immeuble parisien.

Mais il en doutait.

— Des types en smoking, dit-il tout haut.

— Quoi ?

Il leva la tête. Charlie Condon se tenait dans l'embrasure de la porte qu'il avait laissée ouverte.

— Oh, rien, dit-il. Je parlais tout seul. Qu'est-ce que tu fais ici ?

Il s'aperçut alors que le répertoire téléphonique de Lilly Quinlan et son courrier s'étalaient devant lui. Il prit nonchalamment l'agenda qu'il gardait sur son bureau, fit comme s'il y vérifiait un rendez-vous et le reposa sur les enveloppes où l'on voyait le nom de la jeune femme.

— J'ai appelé ton numéro et suis tombé sur Monica.

Elle m'a dit que tu étais censé être ici pendant qu'elle attendait la livraison des meubles. Mais comme personne ne répondait au labo ou dans ton bureau, je suis venu ici, dit-il en s'appuyant au chambranle de la porte.

Charlie était bel homme et donnait l'impression d'être perpétuellement bronzé. Il avait travaillé comme mannequin à New York pendant quelques années, puis il avait trouvé ça assommant et avait repris des études de finances en troisième cycle de faculté. Ils avaient été présentés par un banquier d'investissement qui connaissait l'habileté de Condon pour amener des investisseurs à des sociétés high-tech sous-financées. Pierce avait accepté de travailler avec lui parce que Condon lui avait promis de faire ce qu'il fallait pour Amedeo Technologies sans qu'il eût à y sacrifier sa participation majoritaire au profit des investisseurs. En échange, Condon détiendrait dix pour cent de parts dans la société, ce qui un jour pourrait valoir quelques centaines de millions de dollars – s'ils remportaient la course et entraient en Bourse avec une bonne cote.

– J'ai loupé tes appels, lui répondit Pierce. De fait, j'arrive à peine. Je me suis arrêté pour manger quelque chose.

Charlie hocha la tête.

– Je croyais que tu serais au labo.

Ce qui voulait dire : pourquoi n'y es-tu pas ? Il y a du boulot. C'est dans une course que nous nous sommes lancés. On a une présentation à faire à une « baleine ». Le fric, c'est pas en restant dans un bureau qu'on le trouve.

– Oui, bon, ne t'inquiète pas, j'y vais, dit-il. J'ai juste un peu de courrier à voir. Tu as fait tout ce chemin pour voir si j'étais là ?

– Pas vraiment. Mais on n'a que jusqu'à mardi pour

être prêts pour Maurice. Je voulais m'assurer que tout allait bien.

Pierce savait bien qu'ils donnaient trop d'importance à Maurice Goddard. Même cette référence à Dieu dans les e-mails de Charlie l'indiquait de manière subliminale. Le cirque du mardi suivant était censé être le plus grand de leur vie, mais Pierce avait des doutes de plus en plus prononcés sur le succès de cette affaire. Ils cherchaient un investisseur qui soit prêt à mettre au moins quatre millions de dollars par an dans l'entreprise, et ce pendant trois ou quatre ans minimum. D'après les sondages effectués par Nicole James et Cody Zeller, Goddard pesait quelque 250 millions de dollars, grâce à des investissements très précoces dans des sociétés du genre Microsoft. Goddard, c'était clair, avait l'argent qu'il fallait. Cela dit, s'il ne leur offrait pas un plan d'investissement substantiel après la présentation de mardi, il leur faudrait trouver quelqu'un d'autre. Et ce serait à Condon d'aller le chercher.

– Ne t'inquiète pas, répéta Pierce. Nous serons prêts. Jacob viendra ?

– Il viendra.

Jacob Kaz était le conseiller juridique de la société pour tout ce qui touchait aux homologations. Ils avaient déjà cinquante-huit brevets acceptés ou en attente d'acceptation et Kaz s'apprêtait à en soumettre neuf de plus le lundi qui suivrait la présentation. Les brevets étaient la clé du succès. Il suffisait de les contrôler pour être à la base de tout et pouvoir tout diriger sur le marché. Les neuf demandes de brevet supplémentaires étaient les premières à sortir du projet Protée. Elles feraient beaucoup de vagues dans le monde de la nanotechnologie. Rien que d'y penser, Pierce en sourit presque. Et Condon parut lire dans ses pensées.

– Tu as regardé les brevets ? demanda-t-il.

Pierce tendit le bras sous son bureau et frappa du poing le dessus du coffre-fort en acier vissé dans le plancher. C'était là qu'on rangeait les projets de brevet. Il devait les vérifier avant soumission, mais cette lecture promettait d'être aride et, même avant que ne survienne l'affaire Lilly Quinlan, plusieurs choses l'en avaient écarté.

– Là, dit-il. J'ai la ferme intention de m'y mettre aujourd'hui ou de revenir demain.

Pierce serait allé à l'encontre des règlements de la société s'il les avait emportés chez lui pour les examiner.

Condon lui signifia son approbation d'un hochement de tête.

– Génial. Et le reste va bien aussi ? Tu te débrouilles ?
– Tu veux dire... pour Nicki et tout ?

Charlie acquiesça.

– Oui, ça va. J'essaie de penser à autre chose.
– Comme au labo, j'espère.

Pierce se renversa dans son fauteuil, ouvrit grandes les mains et sourit. Et se demanda ce que Monica avait bien pu lui raconter quand il avait appelé à l'appartement.

– Je suis ici, non ?
– Bien, bien.
– À propos... Nicole a laissé une autre coupure de journal dans le dossier Bronson sur le contrat Tagawa. C'est dans les médias.
– Et... ?
– Rien qu'on ne connaisse déjà. Elliot dit des trucs sur les biologiques. Très général, mais on ne sait jamais. Il a peut-être entendu parler de Protée.

En disant cela, Pierce regarda derrière Condon l'affiche encadrée accrochée au mur de son bureau, près de la porte. C'était celle du film *Le Voyage fantastique*, sorti en 1966. On y voyait le sous-marin blanc *Protée* évoluer dans un océan de fluides corporels de toutes les couleurs. L'affiche était authentique. C'était Cody Zeller qui la lui avait trouvée à une vente aux enchères de souvenirs de Hollywood sur un site web.

– Oh, Elliot adore causer, dit Condon. Je ne vois pas comment il pourrait savoir quoi que ce soit sur le projet. Mais dans dix jours, oui, il saura. Et en chiera un tank. Parce que Tagawa aura compris qu'il s'est gouré de cheval.

– Ouais. Espérons-le.

Ils avaient flirté avec Tagawa un peu plus tôt dans l'année. Mais les Japonais voulaient une trop grosse part de la société pour ce qu'ils offraient et les négociations avaient été vite rompues. Bien que le projet Protée ait été mentionné dans les premières réunions, les représentants de la Tagawa n'avaient jamais été vraiment mis dans le secret et ne s'étaient jamais approchés du labo. Sauf que maintenant Pierce se demandait avec inquiétude ce qu'on avait bien pu dire du projet à Tagawa : il était en effet raisonnable de penser que ce genre de renseignements avait dû atterrir chez le nouveau partenaire de Tagawa, Elliot Bronson.

– Tu me dis si tu as besoin de quoi que ce soit et je m'en occupe, reprit Condon.

La remarque sortit Pierce de ses pensées.

– Merci, Charlie, dit-il. Tu rentres chez toi demain ?

– Y a des chances. Melissa et moi irons dîner chez Jar ce soir. Tu veux venir ? Je peux passer un coup de fil et réserver pour trois.

– Non, ça ira, mais merci quand même. Mes meubles arrivent aujourd'hui et je vais sans doute passer mon temps à arranger l'appartement.

Charlie acquiesça, puis hésita un instant avant de lui poser la question suivante.

– Tu vas changer de numéro de téléphone ?

– Je crois, oui. Il le faut. Dès lundi matin. Monica t'a mis au courant ?

– Un peu, oui. Elle m'a dit que tu avais l'ancien numéro d'une prostituée et que des types t'appellent tout le temps.

– Une hôtesse d'accompagnement, pas une prostituée.

– Je ne savais pas qu'il y avait tant de différence entre les deux.

Pierce n'en revint pas d'avoir volé à la rescousse d'une femme qu'il ne connaissait même pas. Il se sentit rougir.

– Il n'y en a probablement pas, reprit-il. Toujours est-il que dès lundi, je te donne mon nouveau numéro, d'accord ? J'aimerais bien finir ici pour pouvoir aller travailler un peu au labo.

– Parfait, mec. On se voit lundi.

Condon s'éloigna et, lorsqu'il fut sûr et certain qu'il était au bout du couloir, Pierce se leva et alla fermer la porte. Il se demanda ce que Monica lui avait dit d'autre et si elle avait commencé à tirer les sonnettes d'alarme sur ses activités. Il songea à l'appeler, mais décida de repousser à plus tard et de lui parler de tout ça de vive voix.

Il revint au répertoire téléphonique de Lilly et le feuilleta encore une fois. Presque à la fin, il tomba sur une entrée qu'il n'avait pas encore remarquée. Elle ne comportait que les lettres USC suivies d'un numéro. Pierce repensa à l'enveloppe qu'il avait vue chez elle. Il décrocha son téléphone et appela le numéro. Et tomba sur un disque du bureau des inscriptions de l'université de Californie du Sud. Celui-ci était fermé le week-end.

Il raccrocha. Il se demanda si Lilly n'avait pas entrepris de s'inscrire à la USC lorsqu'elle avait disparu. Peut-être avait-elle essayé de lâcher le boulot d'hôtesse d'accompagnement. Peut-être était-ce pour cette raison qu'elle avait disparu.

Il mit le répertoire de côté et ouvrit la lettre de Visa. Le document faisait apparaître qu'aucun achat n'avait été effectué pendant le mois d'août et que Lilly était en retard de paiement sur sa dette de 354,26 dollars. Elle aurait dû s'en acquitter le 10.

Le relevé de la banque Washington Savings & Loan fut ce qu'il examina ensuite. Il y découvrit les soldes combinés de ses comptes courant et de dépôt. Lilly Quinlan n'avait fait aucun dépôt pendant le mois d'août, mais n'était pas à court de fonds. Il lui restait 9 240 dollars sur son compte courant et 54 542 dollars sur son compte de dépôt. Cela n'aurait pas couvert quatre ans d'études à la USC, mais ç'aurait été un début si elle avait voulu changer de vie.

Il étudia le relevé en détail et passa en revue les chèques qu'on lui avait renvoyés après paiement[1]. Il en remarqua un d'un montant de 2 000 dollars à l'ordre de Vivian Quinlan et songea que ce devait être ce qu'elle envoyait chaque mois à sa mère. Un autre, de 4 000 dollars celui-là, avait été versé à James Wainwright, Lilly prenant soin d'écrire le mot « loyer » sur la ligne réservée au bénéficiaire.

Pierce tapota le chèque sur son menton en réfléchissant à ce que cela pouvait vouloir dire. Il lui parut que 4 000 dollars était une somme excessivement élevée pour régler le loyer du bungalow d'Altair Avenue. Il se demanda si elle n'avait pas réglé plus d'un mois.

Il remit le chèque avec les autres et finit d'examiner le relevé bancaire. Rien d'autre n'attirant son attention, il remit les chèques et le relevé dans l'enveloppe.

La salle de photocopie du troisième étage se trouvait

---

1. Aux États-Unis, les banques renvoient les chèques à l'émetteur dès que l'ordre de paiement a été effectué *(NdT)*.

à quelques pas de là dans le couloir. En plus d'une photocopieuse et d'un fax, la petite pièce contenait une déchiqueteuse électrique. Pierce y entra, ouvrit son sac à dos et versa le courrier de Lilly dans la machine, les gémissements de cette dernière lui paraissant soudain assez forts pour alerter la sécurité. Mais personne ne vint. Il sentit la culpabilité l'envahir. Il ne savait rien sur le vol de courrier, mais était à peu près sûr qu'il venait d'aggraver son cas en y ajoutant la destruction de documents.

Dès qu'il eut fini, il passa la tête dans le couloir pour s'assurer qu'il était toujours seul à l'étage et retourna ouvrir un des classeurs où l'on rangeait des ramettes de papier à photocopie. De son sac à dos il ressortit le répertoire téléphonique de Lilly Quinlan, le tint à bout de bras et le laissa tomber derrière une pile de ramettes dans le meuble. À son idée, un mois pourrait s'écouler avant qu'on ne l'y découvre.

Une fois cachées et détruites les pièces à conviction, il reprit l'ascenseur pour descendre au sous-sol et franchit le sas pour réintégrer le labo. Il vérifia le registre des entrées et vit que Grooms était passé ce matin-là, comme Larraby et quelques autres rats de labo des étages inférieurs. Tous étaient venus et repartis. Il s'empara du stylo et s'apprêtait à émarger lorsqu'il se ravisa et reposa le stylo.

À la console de l'ordinateur, il entra les trois mots de passe dans l'ordre requis le samedi, se connecta et appela les protocoles de test pour le projet Protée. Puis il commença à lire le résumé des dernières vérifications des tables de conversion de l'énergie cellulaire, toutes opérations que Larraby avait menées ce matin-là.

Mais soudain il s'arrêta. Encore une fois, il n'y arrivait pas. Pas moyen de se concentrer sur le travail. D'autres pensées le retenaient et il savait d'expérience (le projet

Protée en était un exemple) qu'il devrait les explorer à fond en oubliant toute notion de temps s'il voulait pouvoir retourner à son boulot.

Il éteignit l'ordinateur et quitta le labo. De retour à son bureau, il sortit son carnet de notes de son sac à dos et appela le numéro du détective privé, Philip Glass. Comme il s'y attendait un samedi après-midi, il tomba sur un répondeur et laissa un message.

« Monsieur Glass, je m'appelle Henry Pierce et aimerais vous parler dès que possible de Lilly Quinlan. J'ai eu votre nom et votre numéro de téléphone par l'intermédiaire de sa mère. J'espère pouvoir vous parler de vive voix très bientôt. Vous pouvez me rappeler à n'importe quelle heure. »

Il donna le numéro de son appartement et celui de sa ligne directe au bureau et raccrocha. Il comprit alors que Glass avait toutes les chances de reconnaître dans son numéro personnel celui qui avait jadis appartenu à Lilly Quinlan.

Il tambourina des doigts sur le bord de son bureau en essayant d'imaginer la suite. Puis il décida de longer la côte pour aller voir Cody Zeller. Mais d'abord appeler l'appartement, où Monica lui répondit d'un ton bourru.

– Quoi ?

– C'est moi... Henry. Mes affaires sont arrivées ?

– Y a cinq minutes à peine. Enfin ! Ils vont commencer par le lit. Écoutez... faudra pas m'en vouloir si vous n'aimez pas les endroits où je leur dirai de mettre vos meubles.

– Dites-moi un peu... Vous allez leur demander de mettre le lit dans la chambre ?

– Ben, naturellement.

– Alors je suis sûr que tout ira bien. Qu'est-ce qui vous chagrine ?

– C'est juste ce téléphone. Tous les quarts d'heure, il

y a un de ces fumiers qui demande après Lilly. Je peux vous dire une chose... je ne sais pas où elle est, mais elle doit être drôlement riche.

Il avait de plus en plus l'impression que, à l'endroit où Lilly se trouvait, l'argent ne devait guère avoir d'importance, mais il n'en dit rien.

– Ils continuent d'appeler ? Ils m'avaient pourtant promis d'enlever sa page du site à trois heures.

– Peut-être, mais moi, j'ai encore reçu un appel il y a à peu près cinq minutes. Avant que j'aie le temps de lui dire que je n'étais pas Lilly, le type m'avait déjà demandé si je pourrais pas lui faire un massage de la prostate, que je ne sais même pas ce que c'est ! Je lui ai raccroché au nez. Tout ça est vraiment répugnant.

Il sourit. Lui non plus ne savait pas ce que c'était, mais il fit de son mieux pour lui cacher son amusement.

– Je suis désolé, dit-il. J'espère qu'ils ne mettront pas un temps fou à monter tout ça à l'appartement. Vous pourrez partir dès qu'ils auront fini.

– Dieu merci.

– Il faut que j'aille à Malibu, sinon je serais rentré tout de suite.

– À Malibu ? Qu'est-ce qu'il y a là-bas ?

Il regretta de le lui avoir dit. Il avait oublié l'intérêt qu'elle portait à cette histoire et la manière dont elle désapprouvait ce qu'il faisait.

– Ne vous inquiétez pas, répondit-il en mentant. Ça n'a rien à voir avec Lilly Quinlan. Je vais passer chez Cody Zeller. J'ai quelque chose à lui demander.

Il savait que la réponse était faiblarde, mais ça devrait faire l'affaire pour l'instant. Ils raccrochèrent, et Pierce remit son carnet dans son sac à dos.

– Lumière ! cria-t-il.

10

Le trajet le long du Pacific Coast Highway fut lent, mais agréable. L'autoroute suivait la côte, le soleil était déjà bas sur l'horizon. Il lui chauffait l'épaule gauche, mais Pierce avait baissé les vitres et tiré le toit ouvrant. Il ne se rappelait même plus la dernière fois qu'il s'était baladé ainsi. Peut-être était-ce le jour où, laissant la boîte pour aller faire un bon déjeuner, Nicole et lui étaient montés Chez Geoffrey, le restaurant qui surplombe l'océan et qu'affectionnent les gens du cinéma.

Aussitôt entré dans les faubourgs de la ville côtière, il fut privé de la vue par les maisons qui se pressaient les unes contre les autres côté océan. Il ralentit et commença à chercher celle de Zeller. Il ne connaissait pas l'adresse et devait reconnaître le bâtiment, qu'il n'avait pas vu depuis plus d'un an. Dans cette portion de la route, c'était un véritable fouillis de maisons qui se ressemblaient toutes. Sans pelouse, aussi plates que des boîtes à chaussures et construites au ras de la chaussée.

Il fut sauvé en découvrant la forme hautement reconnaissable de la Jaguar XKR noire de Zeller garée juste devant son garage fermé. Il y avait en effet longtemps que Zeller avait tout à fait illégalement transformé son garage en atelier et qu'il devait louer un garage à un voisin pour y mettre en sécurité sa voiture à 90 000 dollars. Qu'elle soit dehors signifiait que Zeller venait juste de rentrer ou qu'il était sur le point de sortir. Pierce arrivait pile au bon moment. Il fit demi-tour et se gara derrière la Jag en veillant à ne pas heurter le véhicule que son ami chérissait comme une petite sœur.

La porte d'entrée était déjà ouverte lorsqu'il s'y présenta – ou bien Zeller l'avait déjà vu grâce à une de ses caméras de surveillance montées sous l'avancée du toit ou bien c'était lui qui avait déclenché un détecteur de mouvements. Zeller était la seule personne qui pouvait lui en remontrer côté paranoïa. C'était sans doute ce qui les avait réunis à Stanford. Pierce se souvint que, pendant leur première année, Zeller soutenait souvent que, après la tentative d'assassinat perpétrée contre lui pendant sa première année de mandat, le président Reagan avait sombré dans le coma et été remplacé par un sosie de l'extrême droite. Ça faisait beaucoup rire, mais Zeller, lui, ne plaisantait pas.

– Docteur Folamour, je présume.
– Je peux marcher, *mein Führer*, lui renvoya Pierce.

C'était leur façon habituelle de se saluer depuis l'époque où, étudiants à Stanford, ils avaient vu le film ensemble, lors d'une rétrospective Kubrick à San Francisco.

Ils se serrèrent la main comme on le faisait dans le petit groupe d'amis auquel ils appartenaient en fac. Ils s'étaient surnommés les Doomsters[1], en référence au roman de Ross MacDonald sur les jeunes rebelles qui faisaient du surf sur les côtes de Californie. En guise de poignée de main, on s'accrochait les doigts comme des attelages de wagons, puis on se les serrait vite à trois reprises comme on comprime une balle de caoutchouc à la prise de sang – les Doomsters avaient en effet vendu de leur sang et de leur plasma de manière régulière sur le campus afin de pouvoir s'acheter de la bière, de la marijuana et des logiciels informatiques.

Cela faisait plusieurs mois que Pierce n'avait pas revu Zeller et celui-ci ne s'était pas coupé les cheveux depuis.

---

1. « Les Cassandres » *(NdT)*.

Décolorés par le soleil et pas coiffés, ils étaient ramenés en arrière et vaguement attachés sur la nuque. Zeller portait un T-shirt Zuma Jay, des pantalons amples et des sandales en cuir. Sa peau avait la teinte cuivrée des couchers de soleil dans le smog. De tous les Doomsters, c'était lui qui depuis toujours avait le mieux réussi à se fabriquer le look auquel aspiraient les autres. Sauf que maintenant il n'était plus tout jeune. À trente-cinq ans, il commençait à ressembler à un vieux surfer incapable de renoncer, ce que Pierce trouvait d'autant plus attachant. Lui-même se considérait de bien des façons comme un vendu. Il admirait beaucoup Zeller pour le chemin qu'il avait su se tracer dans la vie.

– Mais c'est le docteur Fola en personne ! Et on est venu dans cet affreux Malibu ? Sans combinaison ni planche ? Bref, à quoi dois-je ce plaisir inattendu ?

Zeller lui fit signe d'avancer, et ils entrèrent dans une maison de style loft divisée en deux, avec espace de vie à droite et coin travail à gauche. Au-delà de ces deux zones bien distinctes, un mur de verre montant du sol jusqu'au plafond donnait sur la terrasse et l'océan un peu plus loin. Le battement régulier des vagues était la respiration même du lieu. Zeller lui avait un jour déclaré qu'il était impossible de dormir dans la maison sans se mettre des boules Quies et se coller un oreiller sur la tête.

– Je me suis dit que j'avais envie de monter voir un peu ce qui se passait ici.

Ils avancèrent sur le parquet en hêtre. Dans une maison de ce genre, cela tenait du réflexe. On se rapprochait automatiquement de la vue, des eaux bleu-noir du Pacifique. Pierce découvrit un léger brouillard à l'horizon, mais pas un seul bateau. En s'approchant de la paroi de verre, il vit les rouleaux à travers la rambarde de la terrasse. Un petit groupe de surfers en combinaison multicolore était assis sur ses planches et attendait le bon moment. Pierce sentit comme une démangeaison. Ça faisait longtemps qu'il n'y était plus allé. Le sentiment de camaraderie, quand ils attendaient le bon rouleau au milieu des vagues, lui avait toujours paru plus satisfaisant que la course elle-même.

– C'est mes copains, là-bas, dit Zeller.
– On dirait des collégiens de Malibu.
– C'est bien ce qu'ils sont. Et moi aussi.

Pierce acquiesça d'un signe de tête. Se sentir jeune et le rester – à Malibu, c'était une éthique de vie.

– J'oublie toujours comme c'est chouette ce que tu as ici, Code.
– Pour un type qui a laissé tomber ses études, je peux pas me plaindre. Ça vaut mieux que de vendre sa pureté essentielle pour s'acheter des sachets à vingt-cinq dollars.

C'était de plasma qu'il parlait. Pierce se détourna de la vue. Dans l'espace à vivre se trouvaient des canapés gris assortis et une table basse posée devant une cheminée non encastrée en ciment brut. La cuisine était derrière. L'espace chambre s'ouvrait sur la gauche.

– Une bière, mec ? J'ai de la Pacifica et de la Saint Mike.
– Oui. N'importe laquelle.

Pendant que Zeller se rendait à la cuisine, Pierce s'approcha du coin travail. Un grand râtelier bourré de matériel électronique et montant jusqu'au plafond bloquait la lumière venant de l'extérieur et servait de cloison à l'espace où vivait Zeller. Il y avait là deux bureaux et une autre rangée d'étagères remplies, elles, de livres de codes, de manuels de logiciels et de systèmes d'exploitation. Pierce franchit le rideau en plastique qui pendait à l'endroit où s'était trouvée la porte du garage.

Il descendit une marche et se retrouva dans une salle d'ordinateurs climatisée. La pièce était flanquée de deux baies d'ordinateurs, chacune reliée à de multiples écrans. Les deux semblaient allumées. Des données s'inscrivaient lentement sur les moniteurs, vers de terre électroniques qui se faufilaient dans le projet du moment. Les murs de la salle étaient recouverts d'une couche d'isolant noir destinée à arrêter les bruits du dehors. Des minispots éclairaient faiblement les lieux. Des haut-parleurs d'une chaîne stéréo invisible montait un vieil air de Guns and Roses qu'il n'avait pas entendu depuis plus de dix ans.

Fixée à l'isolant du mur arrière se trouvait une série d'étiquettes frappées aux logos de marques et sociétés diverses. La plupart étaient connues partout, emblèmes si envahissants de la vie américaine de tous les jours que les noms en étaient quasiment équivalents aux produits vendus. Ces étiquettes étaient bien plus nombreuses que lors de son dernier passage. Pierce savait que Zeller en collait une nouvelle sur son mur chaque fois qu'il entrait illégalement dans le système d'ordinateurs de telle ou telle société qu'il sondait. C'étaient ses encoches sur la crosse d'un fusil.

Zeller gagnait cinq cents dollars de l'heure comme *hacker*. Il n'y avait pas meilleur que lui. Il travaillait en indépendant, en général sur l'ordre d'un des six grands de la comptabilité, sa tâche consistant à tester la résistance à la pénétration d'un de leurs clients. D'un certaine manière, il s'agissait bien d'un racket. Les systèmes qu'il ne pouvait pas mettre en pièces étaient rares. Et, après chaque pénétration réussie, son employeur décrochait un gros contrat sécurité de la part du client, Zeller se voyant alors attribuer un très joli bonus. Celui-ci avait un jour dit à Pierce que la sécurité numérique était le secteur à la croissance la plus rapide dans l'industrie de la comptabilité. Zeller n'arrêtait pas de trier les offres généreuses qu'on lui faisait pour entrer à plein temps dans telle ou telle grande firme, mais toujours il s'esquivait en disant qu'il préférait travailler à son compte. En privé, il avait confié à Pierce que bosser de cette manière lui permettait aussi d'éviter les tests de dépistage de drogue pratiqués dans ces entreprises.

Zeller entra dans la salle climatisée avec deux bouteilles brunes de San Miguel. Les deux hommes choquèrent deux fois leurs cannettes avant de boire. Ça aussi, c'était une tradition. Pierce trouva le liquide doux et frais à son goût. Sa bouteille à la main, il montra à Zeller un carré rouge et blanc collé au mur. C'était le symbole connu d'une boisson consommée par milliards de litres sur toute la surface du globe.

– C'est pas une nouvelle ? demanda-t-il.

– Si, je viens juste de l'avoir. Un boulot qui m'est venu d'Atlanta. Tu sais qu'ils avaient une formule de fabrication secrète ? Ils...

– Oui, je sais, la cocaïne.

– Ça, c'est le mythe en vogue dans les villes. Toujours est-il qu'ils voulaient savoir si la formule était bien protégée. Je suis entré dans leur système en partant de zéro. Ça m'a pris environ sept heures, au bout desquelles j'ai envoyé la formule au PDG par e-mail. Il ne savait pas qu'on lui faisait subir un test de pénétration – l'opération était dirigée par des sous-fifres. On m'a raconté que c'est tout juste s'il n'a pas fait une crise cardiaque. Il voyait déjà la formule se balader sur le Net et tomber entre les mains de ces messieurs de Pepsi et Doctor Pepper.

Pierce sourit.

– Marrant, dit-il. Et maintenant... tu travailles sur quelque chose ? Tu as l'air occupé.

Il lui montra les écrans avec sa bouteille.

– Non, pas vraiment. Je vais juste un peu à la pêche. Je cherche quelqu'un qui se cache, ça je le sais.
– Qui ça ?
Zeller le regarda et sourit.
– Si je te le disais, je serais obligé de te tuer.
Du boulot, donc. Zeller lui disait souvent qu'une part de ce qu'il vendait était de la pure et simple discrétion. Amis, ils l'étaient depuis le bon vieux temps et un certain coup dur – pour Pierce au moins –, en faculté. Mais les affaires, c'étaient les affaires.
– Je comprends, dit Pierce. Et comme je ne veux pas m'imposer, je vais aller droit au but. Es-tu trop occupé pour travailler sur autre chose ?
– Quand est-ce que je devrais commencer ?
– Euh... hier, ç'aurait été bien.
– Un petit truc rapide, donc. Ça me plaît. Et j'aime bien travailler pour Amedeo Tech.
– Ce ne serait pas pour la boîte. Ce serait pour moi. Mais je te paierai.
– C'est encore mieux. De quoi as-tu besoin ?
– De me renseigner sur quelques personnes et sociétés. Je voudrais voir ce que ça donne.
Zeller hocha la tête d'un air pensif.
– Des poids lourds, ces gens ?
– Je ne sais pas vraiment, mais à ta place je prendrais toutes les précautions. Ça concerne ce qu'on pourrait appeler l'industrie des plaisirs adultes.
Zeller sourit largement, sa peau brûlée de soleil se craquelant autour de ses yeux.
– Ah, non, mon vieux ! Ne me dis pas que t'as mis la queue sur quelque chose !
– Non, non, rien de tel.
– Et donc ?
– Asseyons-nous. Et tu ferais mieux d'aller chercher un truc pour prendre des notes.

Une fois dans le living, Pierce lui donna tous les renseignements qu'il avait sur Lilly Quinlan, mais sans lui expliquer d'où ils venaient. Il lui demanda aussi de trouver tout ce qu'il pourrait sur Entrepreneurial Concepts Unlimited et sur Wentz, le type qui dirigeait la boîte.

— T'as un prénom ?
— Non. Wentz et rien d'autre. Il ne doit pas y en avoir des masses dans la profession, si ?
— On scanne tout ?
— Tout ce que tu peux.
— Et on reste dans les limites de...

Pierce hésita, Zeller ne le lâchant pas des yeux. Devait-il rester dans les limites de la loi, c'était ça qu'il voulait savoir. Pierce savait très bien qu'il y aurait beaucoup plus de choses à trouver si Zeller franchissait certaines bornes et entrait dans certains systèmes qu'il n'avait aucun droit de pénétrer. Et il savait aussi que Zeller était un vrai expert en la matière. Les Doomsters s'étaient formés en deuxième année de fac. Le piratage informatique commençait à être en vogue dans leur génération et les membres du groupe, essentiellement sous la direction de Zeller, avaient fait plus que leurs preuves. Il s'agissait surtout de blagues, la meilleure ayant consisté à rentrer dans la banque de données des Renseignements téléphoniques pour y intervertir le numéro du Domino's Pizza le plus proche du campus et celui du doyen de la fac de sciences.

Mais ce meilleur moment avait été aussi le pire, les six Doomsters ayant été vite arrêtés par la police, puis virés du campus. Côté sanctions judiciaires, tout le monde avait reçu une peine avec sursis, les charges devant être abandonnées à la fin des six mois de mise à l'épreuve. Côté fac, tous avaient été virés pendant un semestre. Pierce avait réintégré le campus après la période de renvoi et de mise à l'épreuve. Sous la surveillance pointilleuse des patrons de la police et de la fac, il était passé de l'informatique à la chimie et ne l'avait jamais regretté.

Zeller, lui non plus, n'avait rien regretté, mais n'avait jamais remis les pieds à Stanford. Il avait été repêché par une société de sécurité informatique qui lui avait offert un bon salaire. Tel l'athlète doué qui lâche tôt l'école pour passer professionnel, il avait été incapable de reprendre ses études après avoir goûté aux joies de l'argent et d'un travail qu'on aime.

– Que je te dise, reprit enfin Pierce. Tu trouves tout ce que tu peux. De fait, pour ce qui est d'Entrepreneurial Concepts Unlimited, si ça peut t'aider, tu pourrais commencer par des variations sur le thème « abracadabra ». Ça devrait te permettre d'entrer. Commence donc par essayer à l'envers.

– Merci du renseignement. Et tu as besoin de tout ça quand ?

– Hier serait parfait.

– Bien. Du vite fait sur le gaz. Dis, tu es sûr de ne pas avoir mis ta queue sur quelque chose de vilain ?

– Pas que je sache.

– Nicole est au courant ?

– Non. Et il n'y a aucune raison pour qu'elle le soit. Nicole est partie, tu l'as oublié ?

– C'est vrai. Et c'est pour ça ?

– Tu ne lâches jamais, hein ? Non, ça n'a rien à voir avec elle.

Pierce termina sa bière. Il ne voulait pas traîner – il voulait que Zeller s'y mette sans tarder. Mais Zeller n'avait pas l'air très pressé de démarrer.

– Une autre bière, Commandeur ?

– Non, je vais arrêter. Il faut que je retourne à l'appartement. J'ai mon assistante qui fait du baby-sitting pour les déménageurs. Et puis tu vas attaquer tout de suite, non ?

– Ben voyons ! Tout de suite.

Il lui montra l'aire de travail.

– Pour l'instant, toutes mes machines sont prises. Mais je m'y mettrai dès ce soir. Et je t'appellerai demain soir.

– Très bien, Code. Merci.

Il se leva. Ils se serrèrent vigoureusement la main. Des frères de sang, qu'ils étaient. Des Doomsters à nouveau.

11

Lorsqu'il arriva enfin chez lui, les déménageurs étaient repartis, mais Monica, elle, était toujours là. Elle leur avait dit de disposer les meubles d'une façon qu'il trouva acceptable, bien qu'elle ne permît pas de beaucoup profiter de la vue offerte par les fenêtres qui, du sol au plafond, couraient tout le long de la salle à manger-salle de séjour. Mais il savait que de toute façon il ne passerait guère de temps dans cet appartement.

– C'est joli, dit-il. Merci.

– Il n'y a pas de quoi. J'espère que ça vous plaira. J'étais sur le point de m'en aller.

– Pourquoi êtes-vous restée ?

Elle lui montra la pile de revues qu'elle tenait à deux mains.

– Je voulais finir un article.

Pierce se demanda pourquoi cela l'avait obligée à rester, mais décida de ne pas insister.

– Écoutez, reprit-il, il y a une chose que je veux vous

demander avant que vous repartiez. Venez vous asseoir une minute.

Elle eut l'air contrariée par sa demande. Elle devait croire qu'il allait lui redemander de jouer les Lilly Quinlan au téléphone. Néanmoins elle s'assit dans un des fauteuils club en cuir assortis au canapé.

– Bon, alors, de quoi s'agit-il ?

Il s'assit sur le canapé.

– Quel est l'intitulé du poste que vous occupez dans la société ?

– Comment ça ? Vous le savez très bien.

– Je veux savoir si vous, vous le savez.

– Assistante personnelle du directeur, pourquoi ?

– Parce que je voulais m'assurer que vous n'oubliez pas qu'il ne s'agit pas seulement d'un poste d'assistante, mais d'assistante personnelle.

Elle cligna des yeux et le regarda longuement avant de répondre.

– Bon, d'accord, Henry, qu'est-ce qui se passe ?

– Ce qui se passe, c'est que je n'apprécie pas que vous racontiez mes problèmes de téléphone à Charlie Condon.

Elle redressa l'échine et prit l'air atterré, mais elle ne jouait pas bien la comédie.

– Je n'ai rien fait de tel.

– Ce n'est pas ce qu'il m'a dit. Et si ce n'est pas vous qui le lui avez dit, comment se fait-il qu'il n'en ait plus rien ignoré après vous avoir parlé ?

– Bon, écoutez, oui, je lui ai dit que vous aviez récolté l'ancien numéro d'une prostituée et que vous receviez toutes sortes d'appels. Il fallait bien que je lui dise quelque chose, vu que quand il a appelé je n'ai pas reconnu sa voix et que lui, n'ayant pas reconnu la mienne, m'a demandé : « Qui est à l'appareil ? » Et moi, j'ai... enfin, je lui ai aboyé après parce que je croyais qu'il cherchait enfin... vous savez... Lilly.

– Mouais.

– Et je n'ai pas trouvé de mensonge à lui servir aussi sec. Je ne suis pas aussi bonne que d'autres. Mentir, bidouiller les faits, tout ce que vous voudrez, je ne sais pas faire. Alors, je lui ai dit la vérité.

Il faillit lui faire remarquer qu'elle ne s'était pas si mal débrouillée pour lui raconter des salades au début de la conversation, mais il laissa filer.

– Et c'est tout ce que vous lui avez dit... que j'avais hérité du numéro de téléphone de cette femme. Rien d'autre ? Vous ne lui avez pas raconté comment vous m'avez trouvé son adresse et comment je suis allé chez elle ?

– Non. Et d'ailleurs, la belle affaire ! Condon et vous n'êtes pas associés ? (Elle se leva.) Et maintenant, je peux y aller ?

– Monica, dit-il, rasseyez-vous une minute.

Il lui montra le fauteuil, elle s'y rassit à contrecœur.

– La belle affaire, c'est que les bouches qui s'ouvrent trop vite, parfois ça coule de gros marchés. Vous comprenez ?

Elle haussa les épaules et refusa de le regarder en face, préférant baisser les yeux sur le tas de revues posé sur ses genoux. Une photo de Clint Eastwood faisait la couverture de celle du dessus.

– Tout ce que je fais a des répercussions dans la boîte, reprit-il. Surtout maintenant. Et cela inclut ce que je fais en privé. Que mes actes soient compris de travers ou grossis hors de proportions et la société pourrait en pâtir sérieusement. Pour l'instant, nous ne gagnons pas un sou, Monica, et nous devons compter sur des investisseurs pour continuer nos recherches, payer le loyer et les salaires, tout, quoi. Que ces investisseurs nous trouvent un peu douteux et nous aurons de gros problèmes. Que, vraies ou fausses, certaines rumeurs arrivent aux oreilles de nos ennemis et les ennuis seront tout de suite là.

– Je ne savais pas que Charlie faisait partie de nos ennemis, lui répliqua-t-elle, maussade.

– Il n'en fait pas partie. C'est un ami. C'est pour ça que ce que vous lui avez dit ne m'inquiète pas. Mais je serais très inquiet si vous rapportez à qui que ce soit d'autre ce que je fais ou vis. Qui que ce soit, Monica. À l'intérieur comme à l'extérieur de la société.

Il espéra qu'elle allait bien comprendre que c'était à Nicole qu'il pensait – à Nicole et à tous ceux qu'elle pouvait croiser dans sa vie de tous les jours.

– Je n'en parlerai à personne, dit-elle. Absolument personne. Mais, je vous en prie, ne me redemandez pas d'être mêlée à votre vie privée. Je ne veux plus jamais attendre des livraisons ou faire quoi que ce soit en dehors de la société.

– Parfait. Je ne vous le redemanderai pas. J'ai commis une erreur en pensant que ça ne vous poserait pas de problème et en me rappelant que vous ne cracheriez certainement pas sur quelques heures supplémentaires.

– Je ne crache absolument pas sur les heures supplémentaires, mais ces complications ne me plaisent pas.

Il attendit un instant sans la lâcher des yeux.

– Monica, reprit-il enfin, savez-vous seulement ce que nous faisons à Amedeo Technologies ? Je veux dire... savez-vous autour de quoi tourne notre projet ?

Elle haussa les épaules.

– En gros. Je sais que ça touche aux ordinateurs moléculaires. J'ai lu certains articles sur le mur. Mais c'est très... scientifique et tout est tellement secret que je n'ai jamais voulu chercher à savoir. J'essaie seulement de faire mon boulot.

– Ce projet n'a rien de secret. Au contraire des procédures que nous mettons sur pied. Ça n'est pas pareil.

Il se pencha en avant et chercha le meilleur moyen de lui expliquer sans que ce soit trop compliqué ou que ça touche à des domaines interdits. Il décida de recourir à une idée que Charlie Condon servait souvent aux investisseurs potentiels qui risquaient de s'y perdre dans les explications scientifiques. Il l'avait trouvée un jour, après avoir parlé en termes très généraux du projet avec Cody Zeller. Cody adorait le cinéma. Pierce aussi, bien qu'il eût maintenant rarement le temps d'aller voir des films.

– Avez-vous vu *Pulp Fiction* ?

Elle plissa les paupières et hocha la tête d'un air soupçonneux.

– Oui, mais quel rapport...

– Vous vous rappelez que c'est l'histoire de trois gangsters dont les chemins se croisent. Ils tuent des gens et se shootent, mais tout tourne autour d'une mallette. Jamais on ne la montre, mais il est clair que tout le monde la veut. Et quand enfin elle est ouverte, on ne voit pas ce qu'il y a dedans, mais on voit bien que ça brille comme de l'or. Parce que ça, on le voit. Et ça fascine tous ceux qui jettent un œil dans la mallette.

– Oui, je me rappelle.

– Eh bien voilà : c'est ça que nous cherchons à l'Amedeo. Nous cherchons ce truc qui brille comme de l'or mais que personne ne voit. Nous le cherchons... et avec nous des tas d'autres gens, parce que nous pensons que ça va tout changer dans le monde.

Il attendit encore un moment, mais elle se contenta de le regarder sans avoir l'air de comprendre.

– Pour l'instant, dans le monde entier, les microprocesseurs sont à base de silicium. C'est standard, d'accord ?

Elle haussa les épaules.

– Si vous le dites...

– Ce que nous essayons de faire à l'Amedeo, et ce que tout le monde essaye de faire à Bronson Tech, à Midas Molecular et dans des dizaines d'autres boîtes, universités et agences gouvernementales avec lesquelles nous sommes en concurrence, c'est créer une nouvelle génération de microprocesseurs à base de molécules. Mettre sur pied des circuits électroniques exclusivement à base de molécules organiques. Concevoir un ordinateur qui un jour sortira d'un chaudron de produits chimiques et s'assemblera tout seul dès qu'on lui donnera la bonne recette. Un ordinateur sans silicium ou particules magnétiques. Incroyablement moins cher à construire et astronomiquement plus puissant... un ordinateur dans lequel une petite cuillerée de molécules pourra contenir plus de mémoire que le plus gros des ordinateurs d'aujourd'hui.

Elle attendit d'être sûre qu'il avait fini.

– Hou là là ! s'écria-t-elle sans aucune conviction.

Son obstination le fit sourire. Il savait qu'il lui avait trop donné l'impression de jouer les représentants de commerce. Les Charlie Condon, pour être précis. Il décida de réessayer.

– Vous savez ce qu'est la mémoire quand on parle d'ordinateurs ? reprit-il.

– Ben, oui, je crois.

Rien qu'à son expression, il sut qu'elle ne faisait que couvrir ses arrières. Beaucoup de gens prétendaient connaître les ordinateurs alors qu'ils n'y comprenaient rien.

– Non, je veux dire... vous savez vraiment comment

ça fonctionne ? C'est une histoire de un et de zéros en séquences, rien de plus. Données, chiffres, lettres, tout est identifié par une série spécifique de un et de zéros. On met ces séries bout à bout et ça fait un mot, un nombre ou autre. Il y a quarante-cinq ans de ça, il fallait un ordinateur grand comme cette pièce pour stocker l'arithmétique de base. Aujourd'hui, ça tient sur un microprocesseur de cette taille. (Il écarta le pouce et l'index d'un ou deux centimètres, puis les joignit.) Mais on peut faire encore plus petit, reprit-il. Beaucoup plus petit.

Elle hocha la tête, mais il ne sut trop si elle y voyait clair ou si elle ne faisait que remuer la tête.

– Les molécules, dit-elle.

Il hocha la tête à son tour.

– C'est ça, Monica. Et croyez-moi, le premier qui y arrivera changera tout dans le monde. Et il se pourrait bien que nous construisions un ordinateur encore plus petit qu'une puce. Qu'un ordinateur qui remplirait une pièce entière aujourd'hui ne soit bientôt pas plus gros qu'une pièce de dix cents. C'est notre but. C'est pour ça qu'au labo nous parlons de « traquer la *dime* ». Je suis sûr que vous avez entendu cette expression au bureau.

Elle hocha la tête.

– Mais pourquoi vouloir construire un ordinateur aussi petit ? demanda-t-elle. On ne pourrait même pas lire ce qu'il y a sur l'écran.

Il se mit à rire, mais s'arrêta net. Il fallait, ça il le savait, que cette femme se taise et n'aille pas ailleurs. Il ne fallait surtout pas l'insulter.

– C'est juste un exemple, dit-il. Une possibilité. L'essentiel, c'est de comprendre que ce type de technologie est sans limites côté capacité de mémoire. Vous avez raison, personne n'a besoin d'un ordinateur de la taille d'une *dime*. Mais songez à ce que ce progrès pourrait faire pour un Palm Pilot ou un portable. Et si on n'avait même plus à les transporter ? Si on avait son ordinateur dans un bouton de chemise ou sur une monture de lunettes ? Et si, à votre bureau, votre ordinateur n'était plus devant vous mais dans la peinture des murs ? Et si vous parliez à ces murs et qu'ils vous répondent ?

Elle hocha la tête et là, il vit bien qu'elle ne comprenait toujours ni les possibilités que ça ouvrait ni les applications qui pouvaient en sortir. Elle était incapable de s'extraire de l'univers qu'elle connaissait, comprenait et acceptait. Il glissa la main dans sa poche revolver, y prit son portefeuille et en sortit sa carte American Express pour la lui montrer.

– Imaginez que cette carte soit un ordinateur, enchaîna-t-il. Imaginez qu'elle contienne une puce assez puissante pour enregistrer tous les achats, avec date et lieu, jamais faits avec cette carte. Pour une vie entière, Monica. Ce serait un véritable puits de mémoire qu'il y aurait dans ce bout de plastique tout mince.

Elle haussa les épaules.

– Ça serait cool.

– On est à moins de cinq ans de cet exploit. La RAM moléculaire, on l'a déjà. Et on travaille au perfectionnement des portails logiques. Et des circuits. On met tout ça ensemble, mémoire et logique, et on a le circuit intégré, Monica.

Maintenant encore, ça l'excitait de parler de toutes ces possibilités. Il remit la carte dans son portefeuille et rempocha ce dernier. Il n'avait pas lâché la jeune femme des yeux et savait bien qu'il n'avait toujours pas entamé son scepticisme. Donc, cesser de vouloir l'impressionner et aller droit au but.

– Monica, reprit-il, ce qu'il faut comprendre là-dedans, c'est que nous ne sommes pas tout seuls. Nous travaillons dans un domaine hautement concurrentiel.

Des sociétés comme la nôtre, il y en a beaucoup. Et beaucoup qui sont plus grosses et bien mieux financées que la nôtre. Il y a aussi la Darpa, UCLA et des tas d'autres universités qui...

– C'est quoi la Darpa ?

– La Defense Advanced Research Projects Agency[1], c'est une agence d'État. Elle surveille tout ce qui ce fait en matière de technologies émergentes. Elle soutient plusieurs projets dans notre domaine, mais, en fondant la société, j'ai consciemment choisi de ne pas être sous l'autorité de l'État. Cela dit, la plupart de nos concurrents sont, eux, très bien financés et installés. Pas nous. Ce qui fait que si nous voulons continuer, il faut absolument que le flot des investissements ne tarisse pas. Nous ne pouvons pas nous permettre de faire quoi que ce soit qui l'arrête sous peine de ne plus être dans la course et de perdre la boîte. D'accord ?

– D'accord.

– Ce ne serait pas du tout la même chose si j'étais concessionnaire de voitures ou autre. Là, je crois que nous avons une chance de changer le monde. Et il n'y a pas mieux que l'équipe que j'ai rassemblée dans mon labo. Nous avons le...

– J'ai dit d'accord. Sauf que si tout ça est aussi important, vous feriez peut-être bien de faire attention à ce que vous faites. Moi, je n'ai fait qu'en parler. C'est vous qui êtes allé chez elle et qui faites des trucs par en dessous.

La colère montant soudain en lui, il attendit un instant de se calmer.

– Écoutez, dit-il, je trouvais ça curieux et j'ai juste voulu savoir si tout allait bien. Si c'est ça que vous

---

1. Soit Agence pour les projets de recherche avancée de la Défense *(NdT)*.

appelez faire des trucs par en dessous, alors, oui, j'ai fait des trucs par en dessous. Mais c'est fini maintenant. Dès lundi je veux que vous fassiez le nécessaire pour que j'aie un nouveau numéro et j'espère que tout sera fini.

– Bon. Je peux m'en aller maintenant ?

Il acquiesça. Il abandonnait.

– Oui, vous pouvez y aller. Merci d'avoir attendu mes meubles. Je vous souhaite un bon week-end, enfin... ce qu'il en reste et on se verra lundi.

Il ne l'avait pas regardée en parlant, il ne la regarda pas non plus lorsqu'elle se leva de son fauteuil. Elle partit sans ajouter un mot et sa colère resta entière. Il décida de prendre une autre assistante personnelle dès que cet épisode serait fini, Monica pouvant alors réintégrer le pool des assistantes ordinaires.

Il demeura assis un instant sur le canapé, mais fut tiré de sa rêverie par un coup de téléphone. Encore quelqu'un qui cherchait à joindre Lilly.

– Vous avez un train de retard, dit-il. Elle a lâché le boulot et s'est inscrite à la fac d'USC.

Et il raccrocha.

Au bout d'un moment, il reprit le téléphone, appela les Renseignements de Venice et demanda le numéro de James Wainwright. Ce fut un homme qui lui répondit, Pierce gagna les fenêtres pour lui parler.

– Je cherche le propriétaire de Lilly Quinlan, dit-il. C'est pour la maison d'Altair Avenue, à Venice.

– C'est moi.

– Je m'appelle Pierce et j'essaie de joindre Lilly. J'aimerais savoir si vous avez été en contact avec elle ce mois-ci ?

– Eh bien, mais... et d'un, je ne crois pas vous connaître et de deux, je ne réponds pas aux questions que des inconnus me posent sur mes locataires à moins qu'ils ne m'aient dit ce qu'ils veulent et ne m'aient convaincu de ne pas respecter cette règle.

— C'est juste, monsieur Wainwright. Je serai heureux de venir vous voir en personne si vous préférez. Je suis un ami de la famille. La mère de Lilly, Vivian, est inquiète pour sa fille parce qu'elle n'a plus de ses nouvelles depuis six semaines. Elle m'a demandé d'aller voir. Je peux vous donner le numéro de Vivian en Floride si vous voulez vérifier.

C'était risqué, mais il trouvait que ça valait la peine si ça pouvait convaincre Wainwright de parler. Sans compter que ce n'était pas loin de la vérité. On bidouille un peu la vérité pour qu'elle vous soit profitable.

— J'ai le numéro de téléphone de sa mère sur sa demande de logement. Je n'ai pas besoin de l'appeler parce que je ne sais rien qui puisse vous aider. Lillian Quinlan a réglé son loyer jusqu'à la fin du mois. Je n'ai pas l'occasion de la voir ou de lui parler sauf quand elle a un problème. Ça fait plusieurs mois que je ne l'ai pas vue.

— Jusqu'à la fin du mois ? Vous êtes sûr ?

Pierce savait que ça ne cadrait pas avec les chèques qu'il avait examinés.

— Absolument.

— Comment a-t-elle réglé ce dernier loyer ? Par chèque ou en liquide ?

— Ça ne vous regarde pas.

— Si, monsieur Wainwright, ça me regarde. Lilly a disparu et sa mère m'a demandé de la retrouver.

— C'est ce que vous dites.

— Appelez-la.

— Je n'ai pas le temps. Je m'occupe de trente-deux maisons et appartements, monsieur. Vous croyez que je...

– Écoutez... vous avez quelqu'un qui s'occupe de la pelouse ? Que je puisse lui parler ?
– C'est ce que vous êtes en train de faire.
– Et donc, vous ne l'avez pas vue quand vous êtes passé ?
– Maintenant que j'y repense, elle sortait souvent pour me dire bonjour quand je tondais la pelouse ou mettais l'arrosage en route. Des fois, elle m'apportait un Pepsi ou un verre de limonade. Un jour, elle m'a même donné une bière fraîche. Mais ça fait effectivement plusieurs fois que je ne l'ai pas vue en venant. Et chaque fois, il n'y avait pas sa voiture non plus. Je n'y avais pas prêté attention. Tout le monde a sa vie à mener, vous savez ?
– Quel genre de voiture était-ce ?
– Une Lexus. Je ne sais pas le modèle, mais je suis sûr que c'était une Lexus. Belle voiture. Et elle en prenait bien soin.

Pierce ne savait plus quoi lui demander. Wainwright ne l'aidait guère.

– Monsieur Wainwright, enchaîna-t-il, vous voulez bien regarder sa demande de logement et appeler sa mère ? J'aimerais que vous me rappeliez après.
– La police est alertée ? Ils l'ont inscrite au registre des Personnes disparues ?
– Sa mère s'est déjà entretenue avec les flics, mais d'après elle ils ne font pas grand-chose. C'est pour ça qu'elle m'a demandé de l'aider. Vous avez de quoi écrire ?
– Bien sûr.

Pierce hésita un instant en comprenant que, s'il lui communiquait son numéro de téléphone personnel, Wainwright pourrait s'apercevoir que c'était celui de Lilly. Il préféra lui donner celui de sa ligne directe à Amedeo. Puis il le remercia et raccrocha.

Et resta planté là à regarder son téléphone en passant et en repassant plusieurs fois dans sa tête la conversation qu'ils venaient d'avoir. Malheureusement, la conclusion était toujours la même : Wainwright ne répondait pas à ses questions. Il savait ou cachait quelque chose, voire les deux.

Il ouvrit son sac à dos et en sortit le carnet dans lequel il avait noté le numéro de Robin, l'associée de Lilly.

Cette fois, il essaya de se donner une voix plus grave lorsqu'elle répondit. Il espérait qu'elle ne le reconnaîtrait pas.

– Je euh... je me demandais si on ne pourrait pas se retrouver ce soir, lança-t-il.

– Mais c'est tout à fait possible, mon chou. On s'est déjà vus ? Ta voix me dit quelque chose.

– Euh... on dîne et on va chez toi après ? Je ne sais pas...

– Écoute, coco, je prends quatre cents dollars de l'heure. Les trois quarts des mecs préfèrent se passer du dîner et se contentent de venir me voir. Ou alors, c'est moi qui passe chez eux.

– Ce qui fait que je pourrais juste aller chez toi ?

– C'est ça même. Tu t'appelles comment ?

Il savait qu'elle avait la présentation du numéro et qu'il ne pouvait donc pas lui raconter d'histoires.

– Henry Pierce.

– Et tu avais quelle heure en tête ?

Il regarda sa montre. Il était six heures.

– On dit sept heures ?

Ça lui laisserait le temps de trouver un plan d'attaque et de retirer de l'argent à un distributeur. Il avait un peu de liquide sur lui, mais pas assez. Sa carte lui permettait de prendre un maximum de 400 dollars par retrait.

– Le spécial premier service alors ? dit-elle. Moi, ça

ne me gêne pas, sauf que ça ne donne pas droit au tarif préférentiel.
– Pas de problème. Je vais où ?
– T'as un crayon ?
– Sous la main.
– Je suis sûr que la mine est dure !

Elle rit, puis elle lui donna l'adresse d'un Smooth Moves dans Lincoln Boulevard, à Marina del Rey. Elle lui demanda d'entrer dans la boutique et de lui prendre une glace à la fraise avant de l'appeler de la cabine devant, sur le coup de sept heures moins cinq. Lorsqu'il lui demanda pourquoi elle procédait de cette façon, elle répondit :

– Je prends mes précautions. Je veux te voir avant de te faire monter. Et comme en plus j'aime bien les glaces à la fraise... C'est comme de m'apporter des fleurs, mon bijou. Tu leur demandes de me mettre un peu de poudre d'énergie dans la mienne. J'ai comme dans l'idée qu'avec toi je vais en avoir besoin.

Elle rit de nouveau, mais d'une manière qui lui parut creuse et bien trop apprise. Ça lui fit même assez mauvaise impression. Il lui promit de lui prendre sa glace avant de l'appeler, la remercia et tout fut dit. Lorsque enfin elle raccrocha, il se sentit envahi par l'appréhension. Il songea au petit discours qu'il avait tenu à Monica et à la manière dont elle le lui avait renvoyé à la figure.

– Pauvre idiot, se dit-il à lui-même.

12

À l'heure dite, il entra dans une cabine devant le Smooth Moves et appela le numéro de Robin. En tournant le dos à l'appareil, il s'aperçut que de l'autre côté de Lincoln Boulevard se dressait un grand complexe d'appartements, les Marina Executive Towers. Mais il n'y avait pas de tours dans cet ensemble, pas même une seule. Il était bas et large et ne comportait que deux étages au-dessus d'un garage en sous-sol. Long comme un demi-pâté d'immeubles, sa façade était peinte de trois tons pastel en dégradé, rose, bleu et jaune. Une banderole accrochée au toit indiquait qu'on pouvait louer pour de courtes durées et disposer gratuitement d'une femme de ménage. Pierce comprit soudain que c'était l'endroit idéal pour une prostituée. L'immeuble était si vaste et le roulement de locataires si soutenu qu'un défilé régulier d'hommes entrant et sortant d'un appartement ne devait même pas se remarquer ou attirer l'attention des autres résidents.

Robin décrocha au bout de trois sonneries.

– C'est Henry, dit-il. J'appelle...

– Salut, mon bébé. Laisse-moi te regarder comme il faut.

En essayant de rester discret, il regarda les fenêtres du bâtiment dans l'espoir d'y apercevoir quelqu'un en train de l'observer. Il ne vit rien ni personne, pas même un rideau qui tremblait, mais remarqua que certaines fenêtres étaient munies de vitres réfléchissantes. Il se demanda si Robin était la seule à exercer ce métier dans l'immeuble.

– Je vois que tu m'as pris ma glace, dit-elle. As-tu demandé de la poudre d'énergie ?

— Oui, dit-il. Ils appellent ça du « booster à fusée ». C'est ça que tu voulais ?

— C'est bien ça. Bon, tu m'as l'air de faire l'affaire. T'es pas flic, au moins ?

— Non, je ne suis pas flic.

— T'es sûr ?

— Oui.

— Alors dis-le : je t'enregistre.

— Je ne suis pas officier de police, d'accord ?

— D'accord. Allez, monte. Tu traverses la chaussée et tu appuies sur la sonnette de l'appartement 203 en arrivant à l'entrée de l'immeuble. À tout de suite.

— À tout de suite.

Il raccrocha, traversa la chaussée et fit ce qu'elle lui avait demandé. Il remarqua le nom Bird à côté du bouton de la sonnette. Drôle d'oiseau, songea-t-il [1]. Une fois à l'intérieur, il fut incapable de trouver l'escalier et prit l'ascenseur pour monter au premier. L'appartement était à deux portes de là.

La fille lui ouvrit avant qu'il eût le temps de frapper. La porte était munie d'un judas par lequel elle avait dû l'observer. Elle lui prit sa glace et le fit entrer.

Très peu meublé, l'endroit semblait vide de tout objet personnel. On n'y voyait qu'un canapé, un fauteuil, une table basse et un lampadaire. Une gravure encadrée ornait le mur. Le sujet en était vaguement médiéval et représentait deux anges en train de guider un tout nouveau défunt vers la lumière qui brillait au bout d'un tunnel.

En entrant dans la pièce, il vit que les portes en verre du balcon étaient couvertes d'une pellicule réfléchissante. Elles se trouvaient presque directement en face du magasin de glaces.

---

1. *Robin* signifie en effet « rouge-gorge » en anglais *(NdT)*.

– Je te voyais bien, mais toi, tu ne pouvais pas me voir, dit-elle dans son dos. J'ai vu que tu cherchais.

Il se tourna vers elle.

– Ça m'intéresse de voir comment ça marche. Enfin, tu vois... comment ça fonctionne.

– Eh bien maintenant, tu sais. Allez, viens t'asseoir.

Elle gagna le canapé et lui fit signe de s'asseoir à côté d'elle. Il s'exécuta. Puis il jeta un coup d'œil autour de lui. La pièce lui rappelait une chambre d'hôtel, mais il se douta que l'atmosphère du lieu n'était pas le plus important dans ce qui se passait généralement dans cet appartement. Il sentit la main de la jeune femme se poser sur sa mâchoire, puis l'obliger à tourner le visage vers elle.

– Ce que tu vois te plaît ? lui demanda-t-elle.

Il était à peu près certain que c'était la fille de la photo affichée sur le web, mais ne pouvait pas en être sûr à cent pour cent dans la mesure où il ne l'avait pas regardée aussi longtemps et souvent que celle de Lilly. Robin était pieds nus et portait un débardeur bleu clair et un short en velours rouge si haut remonté sur les fesses qu'un maillot de bain eût été plus pudique. Elle n'avait pas de soutien-gorge et ses seins – avec implants, sans doute – étaient énormes. Grosses comme les biscuits ronds que vendent les girl-scouts aux fêtes de charité, ses aréoles se dessinaient très clairement sous son T-shirt. Cheveux blonds avec raie au milieu et dégringolant en cascades de bouclettes de part et d'autre de son visage. Pas de maquillage visible.

– Oui, j'aime bien, répondit-il.

– On me dit souvent que j'ai quelque chose de Meg Ryan.

Il ne trouva pas, mais acquiesça quand même d'un hochement de tête. Bien que plus âgée, la vedette de cinéma avait des yeux beaucoup plus doux.

– Tu m'as apporté quelque chose ? reprit-elle.

Au début, il crut qu'elle lui parlait de la glace, puis il se rappela l'argent.

– Oui, j'ai ce qu'il faut ici.

Il se renversa en arrière sur le canapé pour glisser la main dans sa poche revolver. Il y trouva l'épaisse liasse de 400 dollars en billets de vingt qu'il avait tirée au distributeur. Enfin on arrivait au petit numéro qu'il avait répété. Perdre cette somme ne l'ennuyait pas trop, mais il ne voulait pas la lui donner et se faire virer lorsqu'il lui dirait la vraie raison de sa visite.

Il sortit l'argent de manière qu'elle puisse le voir et sache bien qu'il était là et pour elle.

– C'est la première fois, mon bébé ?
– Pardon ?
– C'est la première fois que tu te paies une hôtesse ?
– Comment le sais-tu ?
– Parce que tu es censé me mettre le fric dans une enveloppe. Comme un cadeau. Parce que c'est bien un cadeau, n'est-ce pas ? Tu n'es pas en train de me payer pour que je fasse quoi que ce soit.
– Non, non. C'est un cadeau.
– Merci.
– C'est ça, le C de VC ? C comme « cadeau » ?

Elle sourit.

– T'es vraiment un bleu, toi. VC, ça veut dire « vraie copine ». Ça veut dire que t'as droit à tout ce que tu veux, comme ta copine te ferait avant de devenir ta femme.

– Je ne suis pas marié.
– Aucune importance.

Ce disant, elle tendit la main pour attraper l'argent, mais Pierce le lui retira.

– Non, dit-il. Avant de te faire ce... cadeau, j'ai quelque chose à te dire.

Aussitôt tous les indicateurs de danger apparurent sur le visage de la jeune femme.

— Ne t'inquiète pas, je ne suis pas un flic.

— Alors quoi ? Tu veux pas mettre de capote ? Tu peux laisser tomber, mec, c'est la première règle à respecter.

— Non, ce n'est pas ça. En fait, je n'ai pas vraiment envie de baiser avec toi. Tu es très attirante, mais tout ce que je veux, ce sont des renseignements.

Son attitude se faisant de plus en plus agressive, elle lui donna l'impression de grandir alors même qu'elle était toujours assise.

— Qu'est-ce que c'est que ces conneries ?

— Je dois retrouver Lilly Quinlan. Et tu peux m'aider.

— Qui est-ce ?

— Allons, allons ! C'est toi qui parles d'elle dans ton annonce web. On double le plaisir... Tu sais très bien de qui je parle.

— T'es le type d'hier soir. C'est toi qui as appelé.

Il acquiesça.

— Alors, tu sors, bordel ! Tu sors !

Elle se leva d'un coup et se dirigea vers la porte.

— N'ouvre pas cette porte, Robin, dit-il. Si tu refuses de me parler, alors tu devras parler aux flics. J'irai les voir tout de suite.

Elle se retourna.

— Les flics s'en tapent, lui lança-t-elle.

Mais elle n'ouvrit pas la porte. Elle resta plantée là, la main sur la poignée, à attendre en le fusillant du regard.

— Peut-être maintenant, mais ce sera différent si je vais les voir.

— Pourquoi ? Qui êtes-vous ?

— J'ai le bras long, reprit-il en mentant. C'est tout ce qu'il y a à savoir. Si jamais je passe les voir, ils viendront te rendre visite. Et ils ne seront pas aussi gentils que moi... et ils ne te donneront certainement pas quatre cents dollars pour passer un moment avec toi.

Il posa l'argent sur le canapé, à l'endroit où elle s'était assise. Il la vit baisser les yeux sur les billets.

– Des renseignements, c'est tout ce que je veux. Ça restera entre nous.

Il attendit – après un long silence, elle revint vers le canapé et s'empara de l'argent. Et Dieu sait comment trouva un endroit où le glisser dans son short. Puis elle croisa les bras et resta debout.

– Quels renseignements veux-tu ? C'est à peine si je la connaissais.

– Tu sais quelque chose. Tu as parlé d'elle au passé.

– Je ne sais rien de rien. Tout ce que je sais, c'est qu'elle n'est plus là. Qu'elle a... disparu.

– Quand ça ?

– Il y a plus d'un mois. Tout à coup, y a plus eu personne.

– Pourquoi as-tu toujours son nom sur ta page web si elle est partie depuis tout ce temps ?

– T'as vu sa photo ? Elle m'amène des clients. Des fois, ils se contentent de moi.

– Bon. Mais comment sais-tu qu'elle a disparu tout à coup ? Et si elle avait fait ses bagages pour s'en aller ?

– Je le sais parce qu'on s'était parlé au téléphone et que deux minutes plus tard elle ne s'est pas pointée. Voilà pourquoi.

– Elle ne s'est pas pointée pour quoi ?

– On avait une soirée. Un double, quoi. C'est elle qui l'avait arrangé et elle m'a appelée. Elle m'a donné l'heure, mais elle ne s'est pas pointée. J'étais là et le client n'a pas été jouasse en arrivant. Et d'un, y avait pas de place où se garer, et de deux elle n'était pas là, et de trois, il a fallu que je me magne de trouver une autre nana pour venir chez moi... et des nanas comme Lilly, y en a vraiment pas et c'est elle qu'il voulait. Un fiasco complet, que ç'a été.

— Et c'était où ?

— Chez elle. À son studio. Elle ne travaillait pas ailleurs. Pas question d'aller chez le client. Même pas ici. C'était toujours moi qui devais aller chez elle. Même quand c'étaient mes types qui voulaient le double, il fallait qu'on aille chez elle ou ceinture.

— Tu avais une clé ?

— Non. Écoute, tu en as déjà assez pour tes quatre cents dollars. Ç'aurait été plus facile pour moi de tirer un coup et de t'oublier. Voilà.

Toujours en colère, Pierce sortit le reste de son argent liquide. Deux cent trente dollars. Il les avait comptés dans la voiture. Il les lui tendit.

— Bon, prends ça, dit-il, parce que j'ai pas fini. Il est arrivé quelque chose à Lilly et je veux savoir quoi.

Elle s'empara de l'argent, qui disparut sans qu'elle l'eût compté.

— Pourquoi ça te gêne ?

— Peut-être parce que ça ne gêne personne d'autre. Bon alors... si tu n'avais pas la clé de chez elle, comment sais-tu qu'elle ne s'est pas pointée ce soir-là ?

— Parce que j'ai cogné à la porte pendant un quart d'heure et qu'on a encore attendu vingt minutes avec le mec. Je te le dis, moi, elle était pas là.

— Est-ce que tu sais si elle avait organisé autre chose avant votre double ?

Elle réfléchit un instant avant de répondre.

— Elle m'avait dit qu'elle avait un truc à faire, mais je sais pas si c'était avec un client ou pas. J'avais envie de faire ça plus tôt, mais à cette heure-là elle était occupée. Alors on a fini par prendre l'heure qu'elle voulait, ce qui fait qu'elle aurait dû être là, mais qu'elle y était pas.

Il essaya d'imaginer les questions qu'un flic lui aurait posées, mais il n'avait aucune idée de la façon dont la police s'y serait prise. Il y réfléchit comme à un problème de boulot, à la manière habituellement rigoureuse dont il résolvait les difficultés et élaborait ses théories.

— Bref, elle avait quelque chose à faire avant que vous vous retrouviez, reprit-il. Et ce quelque chose aurait pu être un client. Et comme tu dis qu'elle ne travaillait que chez elle, c'est là qu'elle aurait dû le retrouver. Là et pas ailleurs... c'est ça ?

— C'est ça.

— Et donc, quand tu as commencé à frapper à la porte en arrivant, elle aurait très bien pu y être avec ou sans client et ne pas vouloir te répondre.

— Ben oui, sauf qu'à ce moment-là elle aurait dû avoir fini et qu'elle aurait répondu. Tout était arrangé. Ce qui fait que c'était peut-être pas un client.

— Ou alors, qu'elle n'avait pas le droit de répondre. Ou ne le pouvait pas.

Cette dernière remarque parut la faire réfléchir, comme si elle comprenait brusquement à quel point elle avait été proche de subir le même sort que Lilly.

— Où est cet endroit ? demanda-t-il. Son appartement, je veux dire.

— À Venice. En retrait de Speedway.

— Tu as l'adresse exacte ?

— Je ne m'en souviens pas. Je sais juste comment y aller.

Il hocha la tête et se demanda ce qu'il avait encore besoin de savoir. Il avait impression qu'elle ne lui parlerait qu'une fois. Elle ne lui laisserait jamais une seconde chance.

— Comment vous retrouviez-vous pour ces euh... doubles ?

— Sur le web. Si quelqu'un nous voulait toutes les deux, il le demandait et nous arrangions ça si nous étions disponibles.

— Non, je voulais dire... comment faisiez-vous pour établir le lien ? Et d'abord, comment vous êtes-vous rencontrées la première fois ?

— À un tournage, et on s'est plu tout de suite. C'est là que ça a commencé.

— Un tournage ? Comment ça ?

— On était mannequins. C'était un truc de filles et on se retrouvait au studio.

— Quoi ? Pour une revue ?

— Non, un site web.

Il songea aux portes dans le couloir d'Entrepreneurial Concepts.

— Un des sites d'Entrepreneurial Concepts ?

— Écoute, que ce soit pour ceci ou pour...

— C'était ça, l'intitulé du site ?

— C'était un truc du genre chateaudesfetiches point com ou autre, je ne sais pas. Je n'ai pas d'ordinateur. Quelle importance ça a ?

— Où se passaient les tournages ? Au siège d'Entrepreneurial Concepts ?

— Oui. Aux studios.

— C'est donc bien par L.A. Darlings et M. Wentz que tu as trouvé le boulot ?

Il vit son regard s'embraser lorsqu'il prononça ce nom, mais elle ne réagit pas.

— C'est quoi, son prénom ?

— Je refuse de te parler de lui. Et tu ne peux pas lui dire que c'est par moi que tu sais ce que tu sais.

Cette fois, ce fut de la peur qu'il crut voir dans ses yeux.

— Je te l'ai dit. Tout ça restera entre nous. C'est promis. Alors... son prénom ?

– Écoute, il a des gens qui travaillent pour lui et ces gens sont très méchants. Comme lui. Je ne veux pas parler de lui.

– Tu me dis son prénom et on en reste là, d'accord ?

– Billy. Billy Wentz. Presque tout le monde l'appelle Billy Wince[1] parce qu'il fait mal, d'accord ?

– Merci.

Il se leva et jeta un coup d'œil autour de lui. Puis il gagna le coin de la salle de séjour et regarda dans un couloir qui devait conduire à la chambre. Il fut surpris d'en découvrir deux reliées par une salle de bains.

– Pourquoi y a-t-il deux chambres à coucher ? demanda-t-il.

– Je partage l'appart avec une autre fille. On a chacune la nôtre.

– Une autre fille du site ?

– Oui.

– Comment s'appelle-t-elle ?

– Cleo.

– C'est Billy Wentz qui t'a collée avec elle ?

– Non, c'est Grady.

– Grady ? Qui est-ce ?

– Un type qui travaille avec Billy. En fait, c'est lui qui gère l'appart.

– Pourquoi tu ne fais pas des doubles avec Cleo ? Ce serait plus commode.

– Je finirai probablement par le faire. Mais je te l'ai dit : je décrochais beaucoup de boulot avec Lilly. Y a pas beaucoup de filles comme elle.

Pierce acquiesça d'un signe de tête.

– Tu n'habites pas ici, n'est-ce pas ?

– Non. Ici, je travaille.

– Où habites-tu ?

---

1. *Wince* signifie « grimacer de douleur » en anglais *(NdT)*.

– Ça, je te le dirai pas.
– T'as des habits ici ?
– Comment ça ?
– T'as autre chose que ce que t'as sur le dos ? Et tes chaussures, où elles sont ? lui demanda-t-il en lui montrant ce qu'elle portait.
– Ah oui. Je me suis changée en arrivant. Je ne sors pas dans cette tenue.
– Bien, bien. Alors, tu te changes et on y va.
– Mais c'est quoi ça ? On y va, où ?
– Je veux que tu me montres où se trouve le studio de Lilly. Enfin... se trouvait.
– Non, mec. T'as eu tes renseignements, c'est fini.

Pierce regarda sa montre.

– Écoute, tu m'as dit que ça faisait quatre cents dollars de l'heure. Ça fait à peine vingt minutes que je suis ici. J'ai encore droit à quarante minutes ou alors tu me rends les deux tiers de ce que je t'ai filé.
– Ça marche pas comme ça.
– Sauf aujourd'hui.

Elle le fusilla longtemps du regard avant de passer devant lui pour aller se changer dans sa chambre. Il gagna les portes du balcon et regarda de l'autre côté de Lincoln Boulevard.

Il vit un type debout dans la cabine téléphonique du magasin. Une glace à la main, il regardait les fenêtres. Deuxième glace, deuxième client. Pierce se demanda combien de femmes travaillaient dans l'immeuble. Bossaient-elles toutes pour Wentz ? Était-il le propriétaire du bâtiment ? Possédait-il une part du magasin de glaces ?

Il se retourna pour le demander à Robin et, de l'endroit où il se trouvait, découvrit qu'il pouvait voir jusque dans sa chambre à l'autre bout du couloir. Complètement nue, la jeune femme était en train de passer un jean délavé. Ses seins parfaitement bronzés pendirent lourdement sur son buste lorsqu'elle se pencha en avant pour l'enfiler.

Lorsqu'elle se redressa pour remonter la fermeture Éclair sur son ventre plat et le petit triangle de poils blonds en dessous, elle le regarda droit dans les yeux. Sans broncher. Il crut même voir du défi dans son regard. Elle se pencha sur le lit et y prit un T-shirt blanc qu'elle passa par le col sans faire un seul mouvement pour se tourner ou lui cacher sa nudité.

Elle sortit de la chambre et glissa les pieds dans des sandales qu'elle tira de dessous la table basse.

– Ça t'a plu ? lui demanda-t-elle.

– Oui. Ça doit pas être la peine de te le dire, mais tu es très belle.

Elle passa devant lui et gagna la cuisine. Elle ouvrit le buffet au-dessus de l'évier et en sortit un petit sac à main noir.

– Allons-y. T'as encore droit à trente-cinq minutes.

Elle se rendit à la porte d'entrée, l'ouvrit et passa dans le couloir. Il l'y suivit.

– Tu veux pas ta glace ?

Cette dernière était toujours posée, intacte, sur le comptoir.

– Non, je déteste les glaces. Ça me fait grossir. Mon vice, c'est la pizza. La prochaine fois, apporte-m'en une.

– Alors pourquoi veux-tu des glaces ?

– C'est juste un truc pour te regarder. Pour voir ce que tu es prêt à faire pour moi.

Et prendre le contrôle des opérations, songea-t-il sans le dire. Un contrôle qui ne durait pas toujours, une fois que le client avait réglé la passe et qu'elle ôtait ses vêtements.

Il se retourna pour regarder l'endroit où elle gagnait sa vie et se sentit mal à l'aise. Triste, même. Il songea à la page web de la jeune femme. Que pouvait signifier l'expression « vraie copine » dans de telles conditions ? Comment pouvait-on même l'employer dans un lieu pareil ?

Il claqua la porte, s'assura qu'elle était bien fermée et suivit Robin jusqu'à l'ascenseur.

13

Il prit le volant, elle lui indiqua le chemin. Il n'y avait pas loin à aller pour rejoindre Speedway. Il essaya de profiter au maximum du peu de temps que lui laisserait le trajet. Il savait qu'elle n'avait guère envie de parler.

– Et donc, tu n'es pas à ton compte, c'est ça ?
– De quoi tu parles ?
– Tu bosses pour Wentz, non ? Celui qui tient le site web. C'est, comment dire... ? Ton mac numérique ? C'est lui qui vous a installées dans l'immeuble et qui gère le site. Combien se fait-il ? Sur le site, j'ai vu qu'il vous prenait quatre cents dollars par mois pour l'annonce, mais j'ai dans l'idée qu'il gagne bien plus que ça. Vu le genre de type que c'est, il doit être propriétaire de tout l'immeuble, et du magasin de glaces avec.

Elle garda le silence.

– Il prend une part des premiers quatre cents dollars que je t'ai filés, non ?
– Écoute, il est pas question que je te parle de lui. Tu vas finir par me faire zigouiller, moi aussi. Dès qu'on arrive devant chez elle, c'est fini. Je prendrai un taxi pour rentrer.
– Comment ça « moi aussi » ?

Elle se tut.

– Qu'est-ce que tu sais sur ce qui est arrivé à Lilly ?
– Rien.
– Alors pour quoi as-tu dit « moi aussi » ?
– Écoute, mec, si tu savais ce qui est bon pour toi, tu laisserais ce truc-là tranquille. Retourne donc chez les gens normaux, là où c'est calme et peinard. Tu ne connais pas ces gens et tu ne sais pas ce dont ils sont capables.
– J'ai ma petite idée.
– Ah ouais ? Comment pourrais-tu en avoir une ?
– J'avais une sœur...
– Et... ?
– Et on pourrait dire qu'elle faisait le même genre de boulot que toi.

Il détourna les yeux de la route pour la regarder. Robin continua de regarder droit devant elle.

– Un matin, un chauffeur d'autocar scolaire a repéré son corps de l'autre côté d'un garde-fou de Mulholland Drive. À l'époque, j'étais en fac à Stanford.

Il baissa de nouveau les yeux sur la route.

– C'est drôle, cette ville, reprit-il au bout d'un moment. Elle était étendue par terre à la vue de tous, nue et... et les flics ont dit que rien qu'aux indices matériels ils savaient qu'elle était restée là pendant au moins deux jours. Et moi, tu sais, je me demande toujours combien de gens l'ont vue... l'ont vue et n'ont rien fait. L'ont vue et n'ont appelé personne. Cette ville est souvent bien froide.

– Comme toutes les villes.

Il lui jeta un bref coup d'œil. Il vit la douleur dans ses yeux, comme si c'était tout un pan de sa vie qu'elle découvrait. Le dernier, ce n'était pas à exclure.

– Ils ont attrapé le type ? lui demanda-t-elle.
– Ils ont fini par l'attraper, oui, répondit-il. Mais pas avant qu'il ait tué quatre autres filles.

Elle hocha la tête.

– Qu'est-ce que tu fous ici, Henry ? Ton histoire n'a rien à voir avec ce truc.

– Ce que je fais ? Je n'en sais rien. Je... je suis la piste de quelque chose, c'est tout.

– Y a pas mieux pour prendre des coups.

– Écoute, lui renvoya-t-il, personne ne saura que tu m'as parlé. Dis-moi juste... ce que tu sais sur Lilly.

Silence.

– Elle voulait arrêter, c'est ça ? Elle avait gagné assez d'argent et décidé de faire des études. Elle voulait en finir avec cette vie.

– Comme tout le monde. Tu crois que ça nous plaît ?

Il eut honte de la manière dont il la pressait. La façon dont il se servait d'elle n'était pas très différente de celle des autres clients.

– Je suis désolé, dit-il.

– Mais non, tu n'es pas désolé du tout. Tu es comme tous les autres. Tu veux quelque chose et tu en crèves d'envie. Sauf que moi, je peux te donner l'autre truc beaucoup plus facilement que ce que tu veux.

Il garda le silence.

– Tourne à gauche ici et descends jusqu'au bout de l'allée. Il n'y a qu'une place de parking. Elle la laissait libre pour ses clients.

Il quitta Speedway comme la jeune femme le lui demandait et se retrouva dans une contre-allée derrière des rangées de petits appartements. Les immeubles semblaient tous comprendre quatre à six de ces derniers, chaque bâtiment étant séparé de celui qui le jouxtait par une allée piétonnière d'un petit mètre de large. On avait l'impression d'être les uns sur les autres. C'était le genre de quartier où à lui seul un chien peut rendre fou tout le monde en se mettant à aboyer.

Il était arrivé au dernier bâtiment lorsqu'elle lui dit :

— Quelqu'un s'est garé à sa place. (Elle lui indiqua une voiture rangée sous l'escalier d'un appartement.) C'est son emplacement.

— C'est sa voiture ?

— Non, elle avait une Lexus.

Exact. Il se rappela ce que lui avait dit Wainwright. La voiture qu'il avait sous les yeux était un break Volvo. Il fit marche arrière et arriva à glisser sa BMW entre deux rangées de poubelles. Ce n'était pas un emplacement autorisé, mais les voitures pouvaient encore passer et il ne pensait pas rester longtemps.

— Il va falloir passer par-dessus mon siège pour descendre, dit-il.

— Génial. Merci.

Ils sortirent de la voiture, Pierce en tenant la portière tandis que Robin passait par-dessus son siège. À peine descendue, elle reprit la direction de Speedway.

— Attends ! lui lança-t-il. C'est par ici.

— Non, moi, j'ai fini. Je rejoins Speedway et je prends un taxi.

Il aurait pu discuter, mais préféra laisser tomber.

— Écoute, dit-il, merci de m'avoir aidé. Si je la retrouve, je te le ferai savoir.

— Qui ça ? Lilly ou ta sœur ?

Ça le fit réfléchir un instant. C'est des gens les plus inattendus que vient parfois la lumière.

— Et toi, ça ira ? lui lança-t-il.

Elle s'arrêta brusquement, fit demi-tour et fonça droit sur lui, la colère embrasant de nouveau son regard.

— Écoute, s'écria-t-elle, surtout ne me fais pas le coup de t'inquiéter pour moi, tu veux ? Ces trucs d'hypocrites sont encore plus dégueulasses que les types qui veulent me jouir sur la figure. Parce que eux au moins, ils sont honnêtes.

Elle se retourna et reprit l'allée. Il la regarda quelques

instants pour voir si elle n'allait pas se retourner, mais elle n'en fit rien. Elle continua d'avancer et sortit un téléphone portable de son sac pour appeler un taxi.

Il fit le tour de la Volvo et remarqua qu'on s'était servi des couvertures à l'arrière pour cacher le dessus de deux grands cartons et de quelques articles encombrants qu'il n'arrivait pas à voir. Il grimpa les marches de l'escalier conduisant à l'appartement de Lilly. En y arrivant, il s'aperçut que la porte était entrouverte. Il se pencha par-dessus la rambarde et jeta un coup d'œil dans l'allée, mais Robin était déjà presque arrivée à Speedway et bien trop loin pour qu'il pût l'appeler.

Il se retourna vers la porte et pencha la tête près du chambranle, mais n'entendit rien. D'un doigt il la poussa et resta sur le haut des marches tandis qu'elle s'ouvrait en dedans. Il découvrit alors une salle de séjour meublée chichement et un escalier appuyé au mur du fond qui permettait d'accéder à un loft. Sous ce dernier se trouvait une petite cuisine avec une ouverture donnant dans le living. Par cette ouverture il vit le torse d'un homme en train de ranger des bouteilles d'alcool dans un carton posé sur le comptoir.

Il se pencha en avant et regarda dans l'appartement, mais sans y entrer. Il aperçut trois cartons posés par terre dans le living, mais il semblait bien qu'il n'y eût personne d'autre que le type dans la cuisine. Celui-ci donnait l'impression de rassembler des affaires avant de les emballer.

Pierce s'avança, frappa à la porte et appela :
– Lilly ?

L'homme sursauta et en laissa presque tomber une bouteille de gin qu'il tenait à la main. Il la reposa soigneusement sur le comptoir.

– Elle n'est plus ici. Elle a déménagé, dit-il, mais il resta dans la cuisine, sans bouger.

Pierce trouva cela étrange, comme si l'homme ne voulait pas qu'on voie sa figure.

— Qui êtes-vous ? demanda-t-il.

— Je suis le propriétaire et je suis occupé. Il faudra revenir.

Pierce commença à comprendre. Il entra dans l'appartement et se rapprocha de la cuisine. En arrivant à la porte, il découvrit un type aux longs cheveux gris noués en queue-de-cheval. L'homme portait un T-shirt blanc sale et un short, lui aussi blanc et encore plus sale. Il était très bronzé.

— Pourquoi voulez-vous que je revienne si elle a déménagé ? lui demanda Pierce.

La question le surprit une deuxième fois.

— Non, ce que je voulais dire, c'est que vous ne pouvez pas entrer. Elle est partie et je travaille.

— Comment vous appelez-vous ?

— Mon nom n'a aucune importance. Partez, s'il vous plaît. Tout de suite.

— Vous êtes Wainwright, n'est-ce pas ?

L'homme leva les yeux sur lui. Pierce y lut qu'il ne s'était pas trompé.

— Et vous êtes ?

— Pierce. Je vous ai parlé hier. C'est moi qui vous ai dit qu'elle avait disparu.

— Ah, bon. Eh bien, vous aviez raison. Elle est partie depuis longtemps.

— L'argent qu'elle vous versait couvrait le loyer des deux domiciles... Les quatre mille dollars, vous savez ? Vous ne m'en aviez rien dit.

— Vous ne me l'aviez pas demandé.

— Êtes-vous propriétaire de cet immeuble, monsieur Wainwright ?

— Je ne répondrai pas à vos questions.

– Ou alors... ce serait Billy Wentz et vous n'en seriez que le gérant ?

Encore une fois, Pierce vit dans ses yeux qu'il ne s'était pas trompé. Puis la lueur disparut.

– Bon et maintenant, vous partez, reprit Wainwright. Sortez d'ici.

Pierce hocha la tête.

– Pas tout de suite. Si vous voulez appeler les flics, allez-y. On verra bien ce qu'ils pensent de ce petit déménagement alors même que, d'après vous, votre locataire a réglé jusqu'à la fin du mois. Et s'ils allaient soulever les couvertures à l'arrière de votre voiture, hein ? Je parie qu'ils découvriraient une télé avec écran plasma, celle qui était accrochée au mur de sa maison d'Altair Avenue. Parce que vous avez dû commencer le nettoyage par là-bas, non ?

– Elle a abandonné la maison, dit-il d'un ton irrité. Dommage que vous n'ayez pas vu l'état dans lequel était la cuisine.

– Je suis sûr que c'était immonde. Tellement immonde, voyons... que vous avez décidé de tout virer et de quoi ? De doubler le montant du loyer ? Il y a si peu d'appartements libres à Venice ! Vous avez déjà quelqu'un en vue ? Laissez-moi deviner... Une autre nana de L.A. Darlings ?

– Écoutez, c'est pas la peine de me dire comment gérer mes affaires, vu ?

– Mais je n'y songerais pas.

– Qu'est-ce que vous voulez ?

– Jeter un œil. Voir ce que vous êtes en train d'emballer.

– Alors dépêchez-vous, parce que dès que j'aurai fini ici je m'en vais. Et je ferme à clé, que vous soyez encore dans l'appartement ou non.

Pierce marcha sur lui, entra dans la cuisine et baissa

les yeux sur le carton posé sur le comptoir. Il était plein de bouteilles d'alcool et de verres dépareillés – rien de bien important. Il sortit une des bouteilles et découvrit qu'elle contenait un whisky vieux de seize ans. Du bon. Il laissa retomber la bouteille dans le carton.

– Eh là, doucement ! protesta Wainwright.

– Alors comme ça, Billy sait que vous êtes en train de vider l'appart ?

– Billy ? Je ne connais pas de Billy.

– Bref, vous avez la maison d'Altair Avenue plus cet appart. Quels autres biens immobiliers se trouvent sous le label Wainwright Properties ?

Wainwright croisa les bras et s'adossa au comptoir. Il ne voulait plus parler et Pierce eut brusquement envie de sortir une des bouteilles du carton et de la lui écraser sur la figure.

– Et les Marina Executive Towers ? Elles vous appartiennent aussi ?

Wainwright fouilla dans une des poches de devant de son pantalon et en sortit un paquet de Camel. Il prit une cigarette et rempocha le paquet. Puis il alluma un des brûleurs de la cuisinière à gaz et alluma sa cigarette à la flamme. Enfin il fouilla dans le carton jusqu'au moment où il y trouva ce qu'il voulait – un cendrier en verre qu'il mit sur le comptoir avant d'y poser sa cigarette.

Pierce remarqua que le cendrier était imprimé. Il se pencha légèrement en avant pour lire ce qui était écrit.

VOLÉ À NAT
AU BAR DU FLÉAU
HOLLYWOOD, CA

Pierce avait entendu parler de l'endroit. Il s'agissait d'un bouge nul à en être génial et fréquenté par les noctambules habillés de noir de Hollywood. Il était aussi très proche des bureaux d'Entrepreneurial Concepts Unlimited. Était-ce un indice ? Il n'en avait aucune idée.

– Bon, je vais jeter mon petit coup d'œil, lança-t-il à Wainwright.

– Voilà, c'est ça. Allez voir. Et faites vite.

Tandis que Wainwright continuait de faire cliqueter ses verres et ses bouteilles en les rangeant dans son carton, Pierce passa dans le séjour et s'agenouilla devant les caisses déjà pleines. Dans l'une il vit de la vaisselle et des ustensiles de cuisine. L'autre contenait des affaires descendues du loft. De la literie. Il tomba sur un panier de capotes anglaises assorties. Et plusieurs paires de chaussures à talons hauts. Il trouva aussi des fouets, des lanières de cuir et un masque, également en cuir, avec des fermetures Éclair au niveau des yeux et de la bouche. Sur sa page L.A. Darlings, Lilly ne disait pourtant pas offrir des services sado-maso. Pierce se demanda s'il n'y avait pas un autre site web quelque part, si l'on n'était pas en présence de quelque chose de bien plus sinistre et s'il ne fallait pas envisager de tout autres facteurs dans sa disparition.

La dernière caisse qu'il vérifia était pleine de soutiens-gorge, de sous-vêtements et négligés transparents et de minijupes accrochées à des cintres. Tout était du même genre que ce qu'il avait vu dans une des penderies de la maison d'Altair. L'espace d'un instant il se demanda ce que Wainwright avait l'intention de faire de ces caisses. Avait-il dans l'idée de tout revendre dans un vide-greniers d'un genre particulier ? Allait-il plus simplement tout garder et remettre l'appartement et la maison en location ?

L'inventaire des caisses l'ayant satisfait, Pierce décida d'aller voir dans le loft. En se relevant, il jeta un coup d'œil à la porte et y remarqua le verrou. Muni de deux clés. Il en fallait une pour ouvrir ou fermer la serrure de chaque côté. Il comprit soudain la menace que lui avait adressée Wainwright en lui lançant qu'il fermerait à clé, qu'il eût fini ou pas. Sans clé, on pouvait se retrouver enfermé ou dehors ou dedans. Pierce se demanda ce que ça signifiait. Lilly s'enfermait-elle avec ses clients ? Était-ce sa façon de s'assurer qu'on lui paierait ses services ? Ou cela n'avait-il aucun sens particulier ?

Il gagna l'escalier et commença à monter. Arrivé sur le palier, il découvrit une petite fenêtre donnant sur le toit, l'allée et, de l'autre côté de cette dernière, la plage et le Pacifique. Il regarda dans l'allée, y vit sa voiture et remonta des yeux le petit passage jusqu'à Speedway. Il y aperçut Robin sous un lampadaire ; elle montait dans un taxi jaune et vert et en refermait la portière tandis qu'il démarrait.

Pierce se détourna de la fenêtre pour revenir au loft. Celui-ci ne faisait pas plus de vingt mètres carrés, petite baignoire avec douche y compris. L'air y était plein d'une odeur lourde et désagréable d'encens, à laquelle s'ajoutait quelque chose d'autre qu'il eut du mal à identifier tout de suite. On aurait dit les relents d'air rance d'un frigo éteint. Cela se sentait nettement sous le parfum envahissant d'un encens qui collait à la pièce comme une présence fantomatique.

Le sol était presque entièrement occupé par un grand lit qui ne laissait de place qu'à une petite table surmontée d'une lampe de chevet. Sur cette table se trouvait aussi un brûle-parfum en forme de sculpture du *Kama Soutra* représentant un gros homme en train d'enfiler en levrette une femme très mince. La cendre longue d'un bâtonnet d'encens entièrement brûlé pendait au-dessus de la table et du réceptacle de la sculpture. Pierce fut étonné de constater que Wainwright n'avait pas pris l'objet alors que, semblait-il, il emportait tout.

Le couvre-lit était bleu clair et le tapis de couleur beige. Pierce s'approcha d'une petite penderie et l'ouvrit en en faisant glisser la porte. Elle était vide, tout ce qu'elle avait contenu se trouvant dans une des caisses en dessous.

Il regarda le lit. Celui-ci donnait l'impression d'avoir été fait avec soin et les bords du couvre-lit tirés fort sous le matelas. Mais il ne vit pas d'oreillers et trouva ça bizarre. Il se demanda si ce n'était pas une des règles du métier d'hôtesse. Robin lui avait déjà rappelé que la première interdisait tout rapport sexuel non protégé. La deuxième était-elle l'interdiction de tout oreiller – avec lequel il aurait été trop facile d'étouffer l'hôtesse ?

Il se mit à genoux sur le tapis et regarda sous le sommier à ressorts. Il ne vit que de la poussière.

Mais découvrit une tache sombre sur le tapis beige. Curieux, il se redressa et poussa le lit contre le mur du fond pour l'examiner de plus près. Une des roues du sommier s'étant coincée, il eut du mal à y parvenir, le lit n'arrêtant pas de glisser et de déraper sur le tapis.

Ce qui avait goutté ou avait été renversé sur ce dernier avait séché en devenant marron-noir foncé. Pierce se demanda si ce n'était pas du sang et refusa d'y toucher. Et comprit aussi que c'était bien ça qui sentait sous l'encens. Il se releva et repoussa le lit au-dessus de la tache.

– Mais qu'est-ce que vous foutez ? lui lança Wainwright.

Pierce ne répondit pas tant il était pris par ce qu'il voulait faire. Il s'empara d'un coin du couvre-lit et tira dessus, le matelas apparaissant en dessous. Ni housse ni drap de dessous. Ni même de couverture.

Il commença à enlever tout le couvre-lit : il voulait voir le matelas en entier. Draps et couvertures n'étaient pas difficiles à emporter et à jeter. Et se débarrasser des oreillers ne posait guère de problème non plus. Ce n'était pas la même chose pour un matelas grand format.

Il avait commencé à tout tirer lorsqu'il douta de l'instinct qu'il suivait ainsi aveuglément. Il ne comprenait pas comment il pouvait savoir ce qu'il semblait déjà deviner. Mais, le couvre-lit découvrant peu à peu tout le matelas, il eut brusquement l'impression que ses intestins s'effondraient en lui. Le centre du matelas était noir de quelque chose qui donnait le sentiment de s'être figé avant de sécher et qui avait la couleur de la mort. Du sang, ce ne pouvait être que ça.

— Putain de Dieu ! s'écria Wainwright. (Il avait monté l'escalier pour voir d'où venaient ces bruits de meubles qu'on tirait et se tenait derrière Pierce). C'est... ce que je crois ?

Pierce ne répondit pas. Il ne savait plus que dire. Hier c'était une nouvelle ligne de téléphone qu'on lui branchait, un peu plus de vingt-quatre heures après, tout l'avait conduit à cette horrible découverte.

— Mauvais numéro, dit-il.
— Quoi ? Qu'est-ce que vous dites ? ! s'écria Wainwright.
— Rien. Il y a un téléphone ici ?
— Non. Pas que je sache.
— Vous avez un portable ?
— Dans la voiture.
— Vous feriez bien d'aller le chercher.

14

Il leva la tête lorsque l'inspecteur Renner entra et, sachant que plus il jouerait le coup avec sang-froid, plus vite il rentrerait chez lui, il tenta de maîtriser sa colère. Mais avoir passé deux heures dans une pièce de deux mètres cinquante de longueur sur deux mètres de largeur sans avoir rien d'autre à lire qu'une page de sports vieille de cinq jours ne lui avait laissé que peu de patience. Et il avait déjà fait deux dépositions. La première aux flics de la patrouille qui avait répondu à l'appel de Wainwright, la deuxième à cet inspecteur Renner et à son coéquipier dès qu'ils étaient arrivés sur les lieux. C'était un des flics de la patrouille qui l'avait emmené au commissariat de Pacific Division et enfermé dans la salle d'interrogatoire.

Renner tenait un dossier à la main. Il s'assit à la table, juste en face de Pierce, et l'ouvrit. Pierce aperçut vaguement une espèce de formulaire dont toutes les cases avaient été remplies à la main. Renner regarda fixement ce document pendant un temps excessif, puis il s'éclaircit la gorge. Il avait l'air d'avoir vu bien plus de scènes de crime que la plupart de ses collègues. La petite cinquantaine et encore solide, il lui rappela Clyde Vernon tant il semblait taciturne.

– Vous avez trente-quatre ans ?

– Oui.

– Vous habitez au 2800 Ocean Avenue, appartement 1201.

– Oui.

Cette fois, l'exaspération s'était glissée dans sa réponse. Renner leva les yeux un instant, le regarda, puis revint à son formulaire.

– Mais ce n'est pas l'adresse portée sur votre permis de conduire.

– Non, je viens de déménager. C'est dans Ocean Avenue que j'habite maintenant. Avant, j'étais à Amalfi Drive. Écoutez, il est déjà plus de minuit. Ne me dites pas que vous m'avez fait poireauter tout ce temps pour me poser ce genre de questions ? Je vous ai déjà fait ma déposition. Qu'est-ce que vous voulez de plus ?

Renner se renversa en arrière et le regarda d'un air sévère.

– Non, monsieur Pierce, répondit-il. Je vous ai gardé ici parce que nous avions à enquêter, et très sérieusement, sur ce qui a tout l'air d'être une scène de crime. Et je suis sûr que vous n'allez pas nous le reprocher.

– Je ne vous le reproche pas, non. Ce que je vous reproche, c'est de m'avoir gardé ici comme si j'étais un suspect. J'ai essayé d'ouvrir cette porte. Elle était fermée à clé. J'ai frappé et personne n'est venu.

– Vous m'en voyez navré. Il n'y avait personne au bureau des inspecteurs. Nous sommes en pleine nuit, monsieur Pierce. Cela dit, l'officier de patrouille n'aurait pas dû fermer cette porte à clé parce que vous n'êtes effectivement pas en état d'arrestation. Si vous désirez déposer plainte contre lui ou moi, j'irai vous chercher les formulaires adéquats.

– Je n'ai pas envie de porter plainte, d'accord ? Inutile de m'apporter vos formulaires. Et si on bouclait cette affaire, hein ? Que je puisse sortir d'ici ? C'est le sang de la fille ?

– De quel sang parlez-vous ?

– Sur le lit.

– Comment savez-vous que c'est du sang ?

– Je devine. Qu'est-ce que ça pourrait être d'autre ?

– Et si vous me le disiez, hein ?

– Ça veut dire quoi, cette remarque ?

– Ce n'était qu'une question.

– Minute, minute. Vous ne venez pas de me dire que je n'étais pas suspect ?

– Je vous ai seulement dit que vous n'étiez pas en état d'arrestation.

– Ce qui voudrait dire que si je ne suis pas en état d'arrestation, je serais quand même suspect dans cette affaire ?

– Je ne dis rien, moi, monsieur Pierce. Je me contente de poser des questions et d'essayer de comprendre ce qui s'est passé dans cet appartement et ce qui se passe en ce moment même.

Pierce retint sa colère grandissante et se tut. Renner revint à son formulaire et se remit à parler sans le regarder.

– Bien, dit-il. Dans la déposition que vous avez faite tout à l'heure, vous dites que votre nouveau numéro de téléphone était celui de la femme dans l'appartement de laquelle vous vous êtes rendu ce soir.

– Exactement. C'est même pour ça que j'y étais. Je voulais savoir ce qui lui était arrivé.

– Vous connaissez cette femme ? Cette... Lilly Quinlan ?

– Non. Je ne l'ai même jamais vue.

– Jamais ?

– Jamais de ma vie.

– Alors pourquoi avez-vous fait ça ? Pourquoi vous êtes-vous rendu chez elle ? Pourquoi vous êtes-vous donné cette peine ? Pourquoi ne vous êtes-vous pas contenté de changer de numéro ? Pourquoi tout cela ne vous était-il pas égal ?

– Que je vous dise... ça va faire deux heures que je me pose la question. On essaie de savoir ce qui est arrivé à quelqu'un et, qui sait, de faire du bien, et qu'est-ce qu'on récolte ? De se faire boucler deux heures dans une salle d'interrogatoire.

Renner garda le silence et le laissa s'énerver.

– Qu'est-ce que ça peut faire que ça m'ait été égal ou pas et que j'aie eu ou pas une raison de faire ce que j'ai fait ? Ça ne serait pas plutôt vous qui devriez vous soucier de ce qui lui est arrivé ? Pourquoi est-ce à moi que vous posez toutes ces questions ? Pourquoi n'est-ce pas

Billy Wentz qui est assis dans cette pièce ? Je vous ai bien parlé de lui, non ?

– On s'en occupera, monsieur Pierce. Ne vous inquiétez pas. Mais pour l'heure, c'est à vous que je suis en train de parler.

Puis il se tut un instant et se gratta le front avec deux doigts.

– Vous voulez bien me redire comment vous avez eu connaissance de cet appartement ?

Ses premières dépositions étaient bourrées de demi-vérités destinées à couvrir tous les petits délits qu'il avait commis. Mais l'histoire qu'il leur avait servie pour leur dire comment il avait découvert l'appartement était de bout en bout un mensonge destiné à tenir Robin en dehors de l'enquête. Il avait respecté sa promesse de ne pas révéler que c'était elle qui l'avait renseigné. Dans tout ce qu'il racontait depuis quatre heures, c'était la seule chose qui le rendait heureux.

– Dès que j'ai branché mon téléphone, répondit-il, j'ai commencé à recevoir des appels de types qui cherchaient à joindre Lilly. Un petit nombre d'entre eux étaient d'anciens clients qui voulaient la revoir. J'ai essayé de les faire parler, histoire de voir ce que je pourrais leur faire dire sur elle. C'est un de ces mecs qui m'a parlé de cet appartement et m'a dit où il se trouvait. Alors, j'y suis allé.

– Je vois. Et comment s'appelait cet ancien client ?

– Je ne sais pas. Il ne m'a pas donné son nom.

– Vous avez la présentation des numéros sur votre nouveau téléphone ?

– Oui, mais il appelait d'un hôtel. Tout ce que j'ai pu savoir, c'est que l'appel venait du Ritz-Carlton. Et ce ne sont pas les chambres qui manquent dans cet hôtel. Il devait être dans l'une d'entre elles.

Renner hocha la tête.

— M. Wainwright nous a dit que vous l'aviez appelé un peu plus tôt dans la journée pour lui poser des questions sur cette Mlle Quinlan et sur un autre bien immobilier qu'elle lui louait.

— Oui. Une maison dans Altair Avenue. C'est là qu'elle habitait. Mais elle travaillait dans l'appartement en retrait de Speedway. C'était là qu'elle retrouvait ses clients. Dès que je l'ai informé de sa disparition, il s'y est rendu pour vider ce qu'elle avait.

— Vous étiez-vous déjà rendu à cet appartement ?

— Non, jamais. Je vous l'ai déjà dit.

— Et la maison d'Altair ? Vous y êtes déjà allé ?

Pierce choisit ses mots comme s'il avançait dans un champ de mines.

— J'y suis allé et personne ne m'a ouvert. C'est pour ça que j'ai appelé Wainwright, dit-il en espérant que Renner ne remarquerait pas le changement dans sa voix.

L'inspecteur lui posait bien plus de questions que lors de sa première déposition. Pierce sentit que le terrain devenait dangereux. Moins il en dirait, plus il aurait de chances de s'en tirer sans égratignures.

— Reprenons la suite des événements de façon à y voir clair, enchaîna Renner. Vous nous avez dit être d'abord passé à cet Entrepreneurial Concepts Unlimited à Hollywood. C'est là qu'on vous a donné le nom de Lilly Quinlan et l'adresse de sa boîte postale à Santa Monica. Vous vous rendez à cette poste et avez recours à ce que vous appelez du management de la communication...

— Non, de l'ingénierie.

— Comme vous voudrez. Vous « ingéniez » donc l'adresse de la maison à l'employé, c'est bien ça ? Vous passez ensuite à la maison, puis vous appelez Wainwright et vous tombez sur lui à l'appartement. Est-ce que j'ai bien compris ?

— Oui.

— Sauf que dans les deux dépositions que vous nous avez faites ce soir, vous nous avez aussi dit avoir frappé à la porte et être reparti parce que vous n'aviez trouvé personne. C'est vrai ?

— Oui, c'est vrai.

— Entre le moment où vous n'avez trouvé personne après avoir frappé à la porte et celui où vous êtes parti, êtes-vous entré dans la maison d'Altair, monsieur Pierce ?

Ça y était. C'était la question clé. Et on ne pouvait y répondre que par oui ou par non. Que par la vérité ou par un mensonge qu'on n'aurait guère de mal à découvrir. Qu'il ait laissé des empreintes dans la maison était l'hypothèse sur laquelle il devait tabler. Il se rappela précisément les boutons du bureau à cylindre. Et le courrier qu'il avait parcouru.

Cela faisait plus de deux heures qu'il leur avait donné l'adresse d'Altair. Pour ce qu'il en savait, ils avaient pu y aller et relever ses empreintes. Il était donc tout à fait possible que cette question ne fût qu'un piège où on voulait le faire tomber.

— La porte n'était pas fermée à clé, dit-il. Je suis entré pour m'assurer que Lilly n'y était pas. Qu'elle n'avait pas besoin d'aide ou autre.

Renner s'était penché légèrement en avant sur la table. Il leva les yeux et soutint le regard de Pierce. Celui-ci vit les lignes de blanc sous ses iris verts.

— Vous êtes entré dans cette maison ?

— C'est exact.

— Pourquoi ne nous l'avez-vous pas dit avant ?

— Je ne sais pas. Je ne devais pas trouver ça essentiel.

J'essayais d'être bref. Je ne devais pas vouloir vous faire perdre votre temps.
– Je vous remercie de ces attentions, mais... quelle porte n'était pas fermée à clé ?
Pierce hésita, mais comprit qu'il devait répondre.
– Celle de derrière.
Il avait dit ça comme l'accusé qui plaide coupable devant un tribunal. Il avait baissé la tête et parlé tout bas.
– Vous dites ?
– La porte de derrière.
– Avez-vous pour habitude d'entrer chez un parfait inconnu par la porte de derrière ?
– Non, mais c'était cette porte-là qui n'était pas fermée à clé. Pas celle de devant. Je vous l'ai dit, je voulais savoir s'il y avait un problème.
– C'est vrai. Vous vouliez être un sauveur. Un héros.
– Non, ce n'est pas ça. Je voulais juste...
– Qu'avez-vous trouvé dans la maison ?
– Pas grand-chose. De la nourriture avariée, un énorme tas de courrier. J'ai tout de suite compris que Lilly Quinlan n'était plus là depuis longtemps.
– Avez-vous pris quelque chose ?
– Non.
Il avait répondu sans hésiter ni ciller.
– Qu'avez-vous touché ?
Il haussa les épaules.
– Je ne sais pas. Du courrier. Il y a un bureau. J'ai ouvert des tiroirs.
– Vous pensiez trouver Mlle Quinlan dans un tiroir ?
– Non. Je voulais juste...
Il n'acheva pas sa phrase en se rappelant qu'il faisait de la corde raide. Ses réponses devaient être les plus courtes possible.
Renner changea de position et, maintenant renversé

en arrière sur son siège, décida de changer aussi d'angle d'attaque.

— Dites-moi donc quelque chose, reprit-il. Comment avez-vous eu l'idée d'appeler Wainwright ?

— C'est le propriétaire.

— Oui, mais d'où le teniez-vous ?

Pierce se figea. Il ne pouvait pas, il le savait, donner une réponse qui aurait renvoyé au répertoire téléphonique ou au courrier qu'il avait pris chez Lilly. Il se rappela le répertoire caché derrière les ramettes de papier dans la salle des photocopies. Pour la première fois il sentit de la sueur froide se former sur son crâne.

— Euh, je crois... non... si, voilà : c'était écrit quelque part sur son bureau. Une note, quoi.

— Comme une note qu'on aurait laissée traîner ?

— Je crois, oui. Je...

Encore une fois il hésita avant de donner à Renner un renseignement dont celui-ci pourrait se servir pour le coincer. Il baissa les yeux sur la table. Il sentait que l'autre le poussait dans un piège. Il devait absolument trouver une sortie. Avoir inventé cette histoire de note était une erreur, mais il ne pouvait plus revenir en arrière.

— Monsieur Pierce, dit l'inspecteur, je reviens à l'instant de cette maison d'Altair et j'ai fouillé ce bureau de fond en comble et non, je n'y ai trouvé aucune note.

Pierce hocha la tête comme s'il en était d'accord bien qu'il eût dit le contraire quelques instants auparavant.

— Vous savez ce que c'est... c'était à ma note à moi que je pensais. Je l'ai écrite après m'être entretenu avec Vivian. C'est elle qui m'a parlé de Wainwright.

— Vivian ? Qui est-ce ?

— La mère de Lilly. Elle habite à Tampa, en Floride. Après m'avoir demandé de chercher sa fille, elle m'a donné quelques noms et adresses. Maintenant oui, ça me revient : c'est là que j'ai entendu parler de Wainwright pour la première fois.

Renner haussa les sourcils jusqu'au milieu du front pour marquer une nouvelle fois sa surprise.

— Mais tout ça est nouveau, monsieur Pierce. Vous êtes donc en train de nous dire que la mère de Lilly Quinlan vous aurait demandé de retrouver sa fille ?

— Oui. D'après elle, les flics ne foutaient rien. Elle m'avait demandé de faire ce que je pourrais.

Pierce se sentit bien. Il avait dit la vérité — en tout cas il avait moins menti qu'avant. Il commença à croire qu'il pourrait en réchapper.

— Et sa maman de Tampa avait le nom de son propriétaire ?

— Je crois qu'elle avait obtenu un certain nombre de noms et d'adresses d'un détective privé qu'elle avait déjà engagé pour chercher Lilly.

— Un détective privé.

Renner regarda la déposition qu'il avait devant lui comme si elle l'avait personnellement trompé en ne mentionnant pas cette histoire de détective privé.

— Vous avez son nom ?

— Oui. Philip Glass. J'ai son numéro dans un carnet qui se trouve dans ma voiture. Ramenez-moi chez moi — c'est là qu'est ma voiture —, et je vous le donnerai.

— Je vous remercie, mais il se trouve que je connais M. Glass et que je sais comment le joindre. Lui avez-vous parlé ?

— Non. Je lui avais laissé un message, mais il ne m'a pas rappelé. D'après Vivian, il n'avait pas eu beaucoup de succès dans ses recherches. Je ne m'attendais d'ailleurs pas à grand-chose. Je n'ai jamais trop su s'il était bon ou s'il se contentait de la tondre, si vous voyez ce que je veux dire.

Renner aurait pu saisir l'occasion de lui dire ce qu'il savait sur Glass, mais préféra n'en rien faire.

— Et Vivian ? demanda-t-il.

— J'ai aussi son numéro dans ma voiture. Je vous donnerai tout ce que j'ai dès que je pourrai sortir d'ici.

— Non, je voulais dire... et Vivian en Floride ? Comment avez-vous su que c'était là qu'il fallait la contacter ?

Pierce toussa. Il eut l'impression qu'on lui avait décoché un coup de pied dans le ventre. Renner l'avait coincé. Encore une fois, on en revenait au répertoire téléphonique. Et il ne pouvait pas en parler. Le respect qu'il éprouvait pour l'inspecteur taciturne montait au fur et à mesure que son esprit croulait sous le poids de ses mensonges et autres embrouilles. Il n'y avait qu'une manière d'en sortir.

15

Il était obligé de donner son nom. Les mensonges qu'il avait proférés ne lui laissaient pas d'autre issue. Il se dit que Renner finirait par la retrouver tout seul. Le site de Lilly Quinlan lui étant lié, la connexion était inévitable. En lui donnant Robin maintenant peut-être pourrait-il contrôler la situation. Leur filer le minimum pour pouvoir sortir, puis l'appeler pour la mettre en garde.

— Par une fille, Robin, répondit-il.

Renner hocha encore une fois la tête de manière quasi imperceptible.

— Tiens donc, encore un nom ! dit-il. Et pourquoi pensez-vous que ça ne m'étonne pas, monsieur Pierce ? Allez, dites-moi tout de suite qui est cette Robin.

– Sur le site web de Lilly Quinlan, il est mentionné qu'il y a une autre fille disponible. Pour « doubler son plaisir ». Cette autre fille est Robin. Et il y a un lien qui permet de passer sur sa page. Elles travaillent ensemble. Je suis donc allé sur sa page et je l'ai appelée. Elle n'a pas pu beaucoup m'aider. Mais elle m'a dit que Lilly était peut-être rentrée chez elle à Tampa, où habitait sa mère. J'ai donc appelé les Renseignements de Tampa et obtenu les numéros de téléphone de tous les Quinlan. C'est comme ça que j'ai fini par entrer en contact avec Vivian.

Renner acquiesça.

– Ça devait faire un sacré paquet de numéros ! Un beau nom irlandais comme celui-là n'est pas rare.

– En effet.

– Et Vivian se trouvant en bout d'alphabet, vous avez dû beaucoup appeler les Renseignements de Tampa.

– C'est vrai.

– À propos... c'est quoi, l'indicatif de Tampa ?

– 813.

Pierce se sentit bien de pouvoir répondre à une question sans avoir à mentir ou à s'inquiéter de la manière dont ce qu'il disait pourrait se goupiller avec tous les mensonges qu'il avait déjà lâchés. Sauf qu'il vit alors Renner glisser la main dans la poche intérieure de son blouson en cuir et en sortir un portable. L'ouvrir et y entrer le numéro des Renseignements du 813.

Il comprit tout de suite qu'il serait démasqué dans l'instant si jamais Vivian Quinlan était sur liste rouge.

– Qu'est-ce que vous faites ? demanda-t-il. Il est plus de trois heures du matin à Tampa. Vous allez la faire crever de peur en l'appel....

Renner leva une main en l'air pour le faire taire, puis il parla.

– Les Renseignements de Tampa, s'il vous plaît. Pages blanches. Le nom est Vivian Quinlan.

Puis il attendit, Pierce scrutant son visage pour voir sa réaction. Les secondes passant, il eut l'impression qu'on lui tordait les boyaux dans tous les sens.

– Bien, merci, dit enfin Renner.

L'inspecteur referma son portable et le remit dans sa poche. Puis il jeta un coup d'œil à Pierce, sortit un stylo de la poche de sa chemise et porta un numéro de téléphone sur la couverture de son dossier. Pierce le lut à l'envers : c'était bien celui qu'il avait trouvé dans le répertoire téléphonique de Lilly Quinlan.

Il soupira, presque trop fort. Enfin il pouvait respirer.

– Je crois que vous avez raison, dit Renner. Je vérifierai auprès de sa mère à une heure plus raisonnable.

– Oui, ça serait mieux.

– Comme je crois vous l'avoir déjà dit, nous n'avons pas accès à Internet à la brigade et ne sommes donc pas allés voir le site dont vous nous parlez. Je le ferai dès que je serai rentré chez moi. Mais vous me dites qu'il y a un lien avec cette autre femme, cette... Robin.

– Oui. Elles travaillaient ensemble.

– Et vous l'avez appelée quand vous n'avez pas pu joindre Lilly.

– Exactement.

– Et vous avez parlé avec elle et c'est là qu'elle vous a dit que Lilly était allée voir sa maman à Tampa.

– Non, elle m'a dit qu'elle ne savait pas. Mais selon elle, ce n'était pas impossible.

– Vous connaissiez cette Robin avant ce coup de fil ?

– Non.

– Bon, là, je vais y aller un peu à l'aveuglette, monsieur Pierce, et vous annoncer que, d'après moi, cette Robin est une fille de joie. Une prostituée. Ce qui fait que ce que vous êtes en train de me dire, c'est que bien qu'ayant ce genre d'activités, cette femme a reçu un coup de fil d'un parfait inconnu et que de fil en aiguille elle a fini par lui dire où sa partenaire portée disparue avait dû se rendre. Ça a dû lui venir comme ça, c'est ça ?

Pierce faillit grogner. Renner ne lâchait pas. Encore et encore il revenait sur les invraisemblances de sa déposition et menaçait de tout mettre en pièces. Pierce n'avait plus qu'une envie : sortir, s'en aller. Mais il lui fallait trouver quelque chose qui lui permette d'y arriver. Peu importaient les conséquences à plus ou moins long terme : il devait absolument partir. S'il parvenait à joindre Robin avant Renner tout ne serait peut-être pas perdu.

– Eh bien, dit-il, j'ai dû arriver à lui faire sentir que... enfin, vous voyez... que j'avais vraiment envie de la retrouver et de m'assurer que tout allait bien. Peut-être se faisait-elle, elle aussi, du souci pour elle.

– Et tout ça se serait passé par téléphone ?

– Oui, par téléphone.

– Je vois. Bon, d'accord, nous vérifierons tout ça avec elle.

– C'est ça, vérifiez avec elle. Je peux...

– Et vous seriez prêt à passer au détecteur de mensonges ?

– Quoi ?

– Oui, à passer le test. Ça ne prendrait pas longtemps. On file en ville et on fait ça en moins de deux.

– Cette nuit ? Maintenant ?

– Sans doute pas, non. Je ne pense pas pouvoir sortir quelqu'un de son lit pour vous le faire passer. Mais demain matin à la première heure...

– Bien, bien. Pour demain, donc. Bon, je peux y aller maintenant ?

– Nous y sommes presque, monsieur Pierce.

L'inspecteur baissa encore une fois les yeux sur sa déposition. *On a quand même dû couvrir toutes les bases, non ? Qu'est-ce qu'il peut bien rester ?* songea Pierce.

– Je ne comprends pas, dit-il. Il y a encore quelque chose ?

Renner leva les yeux sur lui sans bouger la tête.

– C'est-à-dire que l'ordinateur central nous a sorti plusieurs fois votre nom, monsieur Pierce, et je me disais qu'on pourrait peut-être en parler.

Pierce sentit la chaleur lui monter au visage. La chaleur et la colère. L'arrestation dont il avait fait l'objet il y a si longtemps était censée avoir disparu de son casier. Y avoir été « biffée », comme on dit en langage juridique. Il était allé sans accroc jusqu'au bout de sa mise à l'épreuve et avait effectué ses 160 heures de travaux d'intérêt public. Et ça remontait à des lustres. Comment Renner en avait-il eu vent ?

– C'est du truc de Palo Alto que vous parlez ? lui demanda-t-il. Je n'ai jamais été officiellement inculpé. Il y a eu non-lieu. J'ai été renvoyé de la fac pendant un semestre et mis à l'épreuve, et j'ai fait des travaux d'intérêt public. Ça s'arrête là.

– Vous avez été arrêté pour vous être fait passer pour un officier de police.

– Ça remonte à presque quinze ans. J'étais en fac.

– Sauf que comprenez ce que je découvre. Il y a quinze ans vous vous faisiez passer pour un officier de police et maintenant, voilà que vous vous faites passer pour un détective privé. Vous auriez le complexe du héros, monsieur Pierce ?

– Non, ça n'a rien à voir. À l'époque où j'étais en fac, je téléphonais aux gens pour avoir des renseignements. Je faisais de l'ingénierie de la communication... pour avoir un numéro. Je me suis fait passer pour un flic du campus pour obtenir un numéro de téléphone. C'est tout. Je n'ai pas le « complexe du héros », comme vous dites.

– De qui, ce numéro de téléphone ?

– D'un professeur. Je voulais son numéro personnel et il était sur liste rouge. Ce n'était rien.

– D'après le rapport, vos amis et vous vous seriez servis de ce numéro pour le persécuter. Pour lui jouer un très sale tour. Cinq autres étudiants ont été arrêtés.

– C'était inoffensif, mais ils ont voulu faire un exemple. C'était le moment où le piratage informatique commençait à compter. Nous avons tous été virés et mis à l'épreuve. Sans parler des travaux d'intérêt public. Mais la punition était bien plus grave que le délit. Ce que nous avions fait était sans danger. Tout à fait mineur.

– Je suis désolé, mais je trouve pas que se faire passer pour un officier de police soit un délit mineur et sans importance.

Pierce allait protester encore, mais préféra tenir sa langue. Il n'avait aucune chance de convaincre Renner, et le savait. Il attendit la question suivante, l'inspecteur reprenant en ces termes quelques instants plus tard :

– Il est aussi mentionné que vous avez effectué ces heures dans un labo du ministère de la Justice de Sacramento. Vous songiez à devenir flic ?

– Ça, c'était après que j'ai décidé de passer une licence de chimie. J'ai travaillé aux analyses de sang. Je trouvais les types sanguins et je cherchais les correspondances. Rien que de très basique. On était loin du boulot de flic.

– Mais ça vous a intéressé, non ? Bosser avec des flics, rassembler des preuves pour des affaires importantes... Assez intéressant en tout cas pour que vous décidiez de rester après avoir purgé vos heures.

— Je suis resté parce qu'on m'a offert un boulot et que faire des études à Stanford est onéreux. Et non, ce n'était pas les affaires importantes qu'on me confiait. Les trois quarts de mes boulots m'arrivaient par FedEx. Je faisais le travail et renvoyais tout à l'expéditeur. Rien de bien excitant. De fait, c'était même plutôt assommant.

Renner passa à autre chose sans prévenir.

— Votre arrestation s'est produite un an après que votre nom avait eut surface dans un procès-verbal ici même.

Pierce commença à hocher la tête.

— Non, dit-il. Je n'ai jamais été arrêté ici. Il y a juste eu l'affaire de Stanford.

— Je n'ai pas dit qu'on vous avait arrêté. J'ai dit que votre nom apparaît dans un dossier. Tout est enregistré par ordinateur maintenant. Vous êtes un *hacker*, vous le savez aussi bien que moi. Vous entrez un nom et, parfois, c'est vraiment surprenant ce que la machine vous recrache.

— Je ne suis pas un *hacker*. Je ne sais plus rien de tout ça. Et ce doit être d'un autre Henry Pierce qu'il est question dans votre dossier. Je ne me rappelle pas avoir...

— Je ne pense pas, monsieur Pierce. Kester Avenue à Sherman Oaks ? Vous n'aviez pas une sœur qui s'appelait Isabelle ?

Pierce se figea. Il n'en revenait pas que Renner eût fait le lien.

— Victime d'un homicide, en mai 88, enchaîna l'inspecteur.

Pierce ne put qu'acquiescer d'un signe de tête. C'était comme si un secret venait d'être révélé, un bandage arraché d'une plaie ouverte.

— Aurait été la victime d'un tueur appelé le « Doll-maker[1] », plus tard identifié sous le nom de Norman Church. Affaire classée avec la mort dudit Norman Church, le 9 septembre 1990.

Affaire classée, songea Pierce. Comme si sa sœur n'était qu'un dossier qu'on pouvait refermer, mettre dans un tiroir et oublier. Comme si un meurtre pouvait jamais être vraiment résolu.

Il se força à oublier et regarda Renner.

— Ma sœur, oui, dit-il. Et alors ? Je ne vois pas le rapport.

Renner hésita, puis son visage fatigué se figea en un petit sourire.

— Ça doit avoir tout et rien à y voir.

— Ce que vous dites n'a pas de sens.

— Bien sûr que si. Elle était plus âgée que vous, n'est-ce pas ?

— De quelques années.

— C'était une fugueuse. Vous partiez souvent à sa recherche. C'est ce que dit l'ordinateur, donc ça doit être vrai. Vous faisiez ça la nuit. Avec votre père. Il...

— Beau-père.

— Beau-père, d'accord. Il vous expédiait dans les bâtiments abandonnés parce que vous étiez un gamin et que, dans ces squats, les gamins qui fuguaient ne fuyaient pas devant un autre gamin. C'est ce qu'il y a dans le rapport. On y dit aussi que vous ne l'avez jamais trouvée. Personne n'y est arrivé, jusqu'à ce qu'il soit trop tard.

Pierce croisa les bras et se pencha sur la table.

— Dites, vous allez où avec ça ? Non, parce que moi, j'aimerais vraiment sortir d'ici... si ça ne vous gêne pas trop.

---

1. Soit le « Fabricant de poupées ». Cf. *La Blonde en béton*, ouvrage publié dans cette même collection *(NdT)*.

— Ce que je veux vous dire, c'est que vous avez déjà cherché une fille perdue, monsieur Pierce. Et ça me donne à penser que vous essayez peut-être de rattraper quelque chose avec cette Lilly. Vous voyez ce que je veux dire ?

— Non, répondit Pierce d'une toute petite voix, même pour lui.

Renner hocha la tête.

— Bien, bien, monsieur Pierce. Vous pouvez partir. Pour le moment. Mais que je vous avertisse, et officiellement : je ne crois pas une seconde que vous m'ayez dit toute la vérité dans cette histoire. C'est mon boulot de savoir quand on ment et je pense que vous mentez ou omettez certaines choses, voire les deux. Mais ça ne m'embête pas trop, vous savez. Ces trucs-là finissent toujours par vous rattraper. Il se peut que je ne sois pas allé très vite aujourd'hui, monsieur Pierce. Et oui, je vous ai fait attendre longtemps. Pensez donc ! Un citoyen respectable comme vous. Mais c'est parce que je ne laisse rien de côté et que je suis assez bon. Le tableau complet, je l'aurai bientôt. Je vous le garantis. Et si je découvre que vous avez dépassé certaines limites, j'en serai absolument ravi, si vous voyez ce que je veux dire. (Il se leva et ajouta :) On reste en contact pour le détecteur de mensonges. Et si j'étais à votre place, je songerais sérieusement à réintégrer ce bel appartement d'Ocean Avenue et à rester à l'écart de tout ça, monsieur Pierce.

Celui-ci se leva, fit gauchement le tour de la table et passa devant Renner pour gagner la porte. Et songea soudain à quelque chose avant de partir.

— Où est ma voiture ? demanda-t-il.

— Votre voiture ? Elle doit être à l'endroit où vous l'avez laissée, vous savez. Allez à la réception. On vous appellera un taxi.

— Merci beaucoup.
— Bonne nuit, monsieur Pierce. Je vous ferai signe.

Pierce traversa la salle des inspecteurs, déserte à cette heure, afin de rejoindre la réception et la sortie et jeta un coup d'œil à sa montre. Minuit et demi. Il savait qu'il lui fallait absolument joindre Robin avant que Renner ne le fasse, mais le numéro de téléphone de la jeune femme se trouvait dans son sac à dos, lequel était resté dans sa voiture.

Sans compter que, en arrivant à la réception, il se rendit brusquement compte qu'il n'avait pas un sou pour payer le taxi. Il avait donné tout ce qu'il avait de dollars à Robin. Il hésita un instant.

— Vous désirez, monsieur ?

C'était le planton derrière le comptoir. Pierce s'aperçut qu'il était en train de le dévisager.

— Non, rien, ça ira, dit-il.

Il se retourna et sortit du poste de police. Arrivé à Venice Boulevard, il commença à courir au petit trot vers la plage.

16

En descendant l'allée pour retrouver sa voiture, il vit que l'appartement de Lilly Quinlan était toujours le lieu d'une intense activité policière. Plusieurs véhicules de patrouille encombraient le passage et un projecteur mobile avait été installé pour éclairer la façade de l'appartement.

Renner se tenait devant l'entrée de l'immeuble et parlait avec son associé, un inspecteur dont Pierce ne se souvenait pas. Cela voulait dire que Renner l'avait probablement doublé en regagnant la scène de crime et ne l'avait pas remarqué, ou avait fait exprès de ne pas lui proposer de monter dans sa voiture. Pierce décida que cette seconde hypothèse était la bonne. Un flic dans la rue, même la nuit, aurait remarqué un type qui court en tenue de ville. Non, c'était bien de propos délibéré que Renner ne lui avait pas proposé de l'emmener.

Debout, peut-être même se cachant, à côté de sa voiture en attendant de reprendre son souffle, Pierce observa l'allée pendant quelques minutes, jusqu'à ce que Renner et son associé réintègrent l'appartement. Enfin il se servit de la télécommande pour déverrouiller sa portière.

Il se glissa dans la BMW et la referma très doucement. Il chercha à mettre le contact, mais s'aperçut que le plafonnier était éteint. Il se demanda si l'ampoule n'avait pas grillé – elle devait s'allumer dès qu'on ouvrait la portière. Il tendit le bras en l'air et appuya doucement sur le bouton : rien. Il recommença l'opération et cette fois la lumière s'alluma.

Il resta longtemps assis à réfléchir en regardant le plafonnier. Il savait que celui-ci répondait à trois réglages qu'on contrôlait en appuyant sur un bouton monté à côté. La première position était celle du confort : l'ampoule s'allumait automatiquement dès qu'on ouvrait la portière. Il suffisait que celle-ci fût refermée pour que la lumière s'éteignît, environ quinze secondes plus tard ou dès qu'on avait mis le contact. Sur la deuxième position, l'ampoule restait allumée, même lorsque la portière était close. En position trois enfin, le plafonnier restait éteint, confort ou pas.

Il avait depuis toujours réglé la lumière sur la première position de façon que l'habitacle fût éclairé dès qu'il ouvrait la voiture. Et c'était très précisément cela qui ne s'était pas produit. Il fallait donc qu'il soit passé sur la position trois. Il avait dû appuyer une fois sur le bouton (pour passer en position un) et la lumière ne s'était pas allumée parce que la portière était déjà refermée. Il avait enfin appuyé une deuxième fois sur le bouton, la lumière se mettant en position deux.

Il ouvrit et ferma plusieurs fois la portière et vérifia tous les réglages un à un afin d'être sûr de sa théorie. La conclusion était claire : quelqu'un était monté dans sa voiture et avait changé le réglage du plafonnier.

Soudain paniqué en le comprenant, il passa la main entre les deux sièges avant et chercha son sac à dos sur la banquette arrière. Il le tira vers lui et en vérifia vite le contenu. Ses carnets s'y trouvaient toujours. Rien ne semblait manquer.

Il ouvrit la boîte à gants et là encore il eut l'impression que rien n'y avait été dérangé. Et pourtant, il était sûr que quelqu'un s'était introduit dans sa voiture.

L'objet le plus coûteux qui s'y trouvait était probablement son sac à dos en cuir et pourtant on ne le lui avait pas pris. Conclusion : on avait fouillé dans sa voiture, mais sans rien lui prendre. C'était pour ça que la portière avait été refermée à clé. Sauf qu'un voleur ne se serait pas donné la peine de maquiller ce qui s'était passé.

Pierce regarda la porte toujours éclairée de l'appartement et comprit ce qui s'était produit. Renner. Les flics. C'étaient eux qui avaient fouillé la BM. Il en était maintenant certain.

Il réfléchit encore et décida que l'affaire avait pu se dérouler selon deux schémas et saisit enfin comment l'erreur du plafonnier le lui avait fait comprendre. Premier schéma : l'inconnu ouvre la portière (sans doute avec un engin professionnel de type rossignol) et appuie deux fois sur le bouton, éteignant ainsi la lumière pour qu'on ne le voie pas dans la voiture.

Second schéma : l'inconnu se glisse dans sa voiture et referme la portière, le plafonnier s'éteignant au bout de ses quinze secondes de délai. L'inconnu appuie sur le bouton pour remettre la lumière. Lorsqu'il a fini de fouiller, il appuie encore une fois sur le bouton pour éteindre – l'éclairage étant maintenant dans la position de réglage où il l'avait trouvé.

Pierce se dit que tout s'était sans doute déroulé selon ce dernier schéma. Non que ç'aurait eu énormément d'importance. Il songea à Renner à l'intérieur de l'appartement et comprit pourquoi l'inspecteur ne lui avait pas offert de le ramener à sa voiture. Il avait voulu avoir le temps de la fouiller. Il l'avait devancé sur le lieu du crime et avait fouillé sa voiture.

Cette fouille aurait été parfaitement illégale sans son autorisation, mais Pierce n'en éprouva aucune colère. Il savait que rien dans sa voiture ne pouvait l'incriminer dans l'assassinat de Lilly Quinlan ou dans aucun autre crime. Il songea à la déception que Renner avait dû éprouver en s'apercevant qu'il faisait chou blanc.

– Va te faire foutre, espèce de trouduc ! dit-il tout haut.

Il allait enfin mettre le contact lorsqu'il s'aperçut que les flics emportaient le matelas. Deux hommes – des techniciens du labo sans doute – étaient en train de le faire passer à la verticale, et avec pas mal de difficultés, en travers de la porte pour le descendre jusqu'à un van marqué au sigle de la DIVISION RECHERCHES SCIENTIFIQUES DU LAPD.

Ils avaient emballé le matelas dans un plastique aussi opaque et épais qu'un rideau de douche. Mais on distinguait très clairement la grosse tache sombre qui se trouvait au milieu. La revoir ainsi dans la lumière crue du dehors le déprima. Il eut l'impression que les flics brandissaient un panneau d'affichage où l'on proclamait qu'il était arrivé trop tard pour sauver la jeune femme.

Le matelas était trop gros et trop large pour entrer dans la camionnette. Les hommes de la division Recherches scientifiques le hissèrent sur la galerie du véhicule et l'y arrimèrent avec de la corde. Pierce se dit que l'emballage plastique permettrait de sauvegarder les indices qui risquaient de se détacher du matelas.

Il détourna les yeux de la camionnette et s'aperçut que Renner s'était planté dans l'entrée de l'appartement et l'observait. Pierce soutint longtemps son regard, puis il fit démarrer le moteur. À cause de tous les véhicules officiels qui bloquaient le passage, il dut refaire en marche arrière tout le chemin qui conduisait à Speedway avant de pouvoir faire demi-tour et repartir dans la bonne direction.

De retour chez lui dix minutes plus tard, il décrocha son téléphone et entendit la tonalité spéciale indiquant la présence de messages sur son répondeur. Avant de les écouter, il appuya sur la touche rappel : c'était à Robin qu'il avait téléphoné en dernier. Son appel fut aussitôt dirigé sur une boîte vocale. Il n'y avait même pas eu de sonnerie – ou bien la jeune femme était sortie ou bien elle avait décroché.

– Écoute, Robin, dit-il. C'est moi, Henry Pierce. Je sais que tu étais en colère contre moi, mais je te demande d'écouter ce que j'ai à te dire maintenant. Après ton départ, j'ai trouvé la porte de l'appartement de Lilly ouverte. Le propriétaire était en train de tout vider. On a trouvé quelque chose qui ressemblait beaucoup à du sang sur le lit de Lilly et on a dû appeler les flics. J'ai fait tout ce que je pouvais pour te...

Le bip sonore se fit entendre et la communication fut

coupée. Pierce appuya encore une fois sur la touche rappel en se demandant pourquoi Robin laissait si peu de temps à ses correspondants sur sa messagerie. Il eut droit au signal occupé.

– Merde !

Il recommença et y eut de nouveau droit. Frustré, il traversa sa chambre pour passer sur le balcon. La brise d'océan était forte et mordante. Les lumières de la Grande Roue brillaient encore bien que le parc d'attractions eût fermé à minuit. Il appuya encore un coup sur la touche de rappel et serra l'appareil contre son oreille. Cette fois il entendit sonner et la vraie Robin décrocha aussitôt. Elle avait l'air endormie.

– Robin ?
– Oui, Henry ?
– Oui. Ne raccroche pas. Je viens de te laisser un message. Je...
– Je sais. J'étais en train de l'écouter. Tu as eu le mien ?
– Non. Tu m'as laissé un message ? Je viens de rentrer. J'ai passé toute la soirée chez les flics. Écoute, je sais que tu es en colère contre moi, mais comme j'ai essayé de te le dire dans mon message, les flics ne vont pas tarder à t'appeler. Je t'ai tenue en dehors de tout. Je n'ai pas dit que c'était toi qui m'avais amené chez Lilly. Mais quand ils m'ont demandé comment je savais que Lilly était de Tampa et que sa mère y habitait, je leur ai répondu que c'était toi qui me l'avais dit. Il n'y avait pas d'autre solution. Pas d'autre solution pour moi, je le reconnais, mais je ne pense pas que ça devrait te causer de problèmes. De toute façon vos pages web sont reliées. Les flics auraient fini par vouloir te parler, tu t'en doutes.

– T'inquiète pas.

Surpris par sa réaction, il garda le silence un instant.

— Je leur ai raconté que j'avais fini par te convaincre que je voulais voir Lilly pour être sûr qu'elle allait bien et que, comme tu m'avais cru, tu avais commencé à me dire des trucs sur elle.

— Tu sais quoi, Henry ? Tu m'as vraiment convaincue. C'est même pour ça que je t'ai appelé et laissé un message. Encore heureux que j'aie la présentation des numéros et que je me souvienne du tien. Je voulais te dire que je m'excuse pour les trucs que je t'ai dits dans l'allée. C'était pas très cool.

— Te fais pas de souci pour ça.

— Merci.

Ils restèrent tous les deux sans rien dire un instant.

— Bon, écoute, reprit-il enfin. Le matelas... Il était plein de sang. Je ne sais pas ce qui est arrivé à Lilly, mais si elle essayait de lâcher ce boulot pour reprendre des études... je sais que tu as peur de Billy Wentz, mais c'est la trouille absolue qu'il faut avoir. Quoi que tu fasses, prends garde à toi, Robin.

Elle ne répondit pas.

— Il faut absolument que tu te libères de ce type et que tu lâches ce boulot. Mais écoute-moi : surtout n'en dis rien à personne quand tu le feras. Il faudra que tu disparaisses sans qu'ils devinent jamais que tu en avais l'intention. Je crois que c'est là que Lilly a commis son erreur. Il est possible qu'elle le lui ait dit ou qu'elle en ait parlé à quelqu'un qui le lui aura rapporté.

— Et tu crois que c'est lui qui a fait ça ? Elle lui rapportait du fric. Pourquoi aurait-il...

— Je ne sais pas. Je ne sais pas quoi en penser. Il n'est pas impossible que ce soit le dernier client avec lequel elle était avant de te retrouver. Ça pourrait aussi être des tas d'autres choses. J'ai vu des drôles de trucs dans son appartement... des fouets, des masques... Qui sait ce qui lui est arrivé. Mais il est tout à fait possible que

Wentz ait voulu faire passer un message à tout le monde : « Moi, personne ne me lâche. » Tout ce que je te dis, c'est que tu bosses dans un truc dangereux. Tu devrais te tirer et faire sacrément attention quand tu le feras.

Elle continuait de ne rien dire et il savait bien qu'elle n'ignorait rien de ce qu'il lui racontait. Puis il crut l'entendre pleurer, mais n'en fut pas certain.

– Hé, Robin, ça va ? lui demanda-t-il.

– Oui, oui. C'est juste que c'est pas si facile que ça, tu sais. Lâcher tout. S'en aller pour retrouver le trottoir... parce que... qu'est-ce que je fais d'autre, hein ? Je gagne beaucoup d'argent avec ça. Bien plus que j'en gagnerais ailleurs. Que veux-tu que je fasse ? Que j'aille bosser dans un McDo ? Je ne sais même pas si on m'y laisserait bosser. Que veux-tu que je mette dans ma demande d'embauche ? Que je fais la pute depuis deux ans ?

Ce n'était pas le genre de conversation qu'il aurait imaginé avoir avec elle. Il quitta le balcon et regagna la salle de séjour. Il avait deux fauteuils neufs, mais il s'assit sur le canapé, à sa place habituelle.

– Robin ? Je ne sais même pas ton nom de famille.

– LaPorte. Et je ne m'appelle pas Robin non plus.

– Tu t'appelles comment ?

– Lucy.

– Ben moi, je préfère. Lucy LaPorte. Ah oui alors, j'aime beaucoup mieux. Ça sonne bien.

– Il faut que je leur donne tout le reste, à ces hommes. Alors, j'ai décidé de garder mon nom.

Elle semblait avoir cessé de pleurer.

– Bon alors, Lucy... si je peux t'appeler comme ça... Tu gardes mon numéro. Et quand t'es prête à arrêter, tu m'appelles et je ferai tout mon possible pour t'aider. Argent, boulot, appartement, tout ce dont tu auras besoin, tu m'appelles et tu l'as. Je ferai de mon mieux.

– C'est à cause de ta sœur, c'est ça ?

Il réfléchit avant de répondre.

– Je ne sais pas. C'est probable.

– Oh, et puis je m'en fous. Merci, Henry.

– Bon, bien, Lucy. Je crois que je vais aller me coucher. La journée a été longue et je suis fatigué. Désolé de t'avoir réveillée.

– T'inquiète pas pour ça. Et te fais pas de souci pour les flics. Je m'en occupe.

– Merci. Bonne nuit.

Il mit fin à la conversation et vérifia s'il avait des messages dans sa boîte vocale. Il en avait cinq. Ou plutôt... Lilly en avait eu trois et lui deux. Il effaça ceux de Lilly dès qu'il fut sûr que c'était bien à elle qu'ils étaient adressés. Le premier qui lui était destiné émanait de Charlie.

« Je voulais juste savoir comment ça s'est passé au labo et te demander si tu avais eu le temps de jeter un coup d'œil aux demandes de brevets. S'il y a des problèmes, dis-le-nous lundi matin à la première heure pour qu'on ait le temps de... »

Il effaça le message. Il avait décidé de vérifier les demandes de brevets dans la matinée. Il rappellerait Charlie après.

Il écouta le message de Lucy en entier.

« Salut, c'est Robin. Écoute, je voulais juste te dire que je m'excuse pour ce que je t'ai dit à la fin. Ça fait un petit moment que j'en veux au monde entier. Mais je vois bien que tu t'inquiètes pour Lilly et que tu veux être sûr qu'elle va bien. Peut-être que j'ai réagi comme ça parce que j'aimerais bien qu'il y ait quelqu'un qui se fasse autant de souci pour moi. Bon, enfin, voilà. Passe-moi un coup de fil quand tu en auras envie. On pourrait sortir un peu ensemble. Et le prochain coup, t'auras pas à m'acheter une glace. Bye. »

Dieu sait pourquoi, il sauvegarda le message et raccrocha en se disant qu'il aurait peut-être envie de le réécouter plus tard. Il se tapota l'épaule avec le téléphone pendant quelques minutes en songeant à la jeune femme. Il y avait en elle une douceur sous-jacente qui transparaissait malgré la dureté de sa bouche et la réalité de ce qu'elle faisait pour avoir sa place au soleil. Il repensa à ce qu'elle lui avait dit de son prénom d'emprunt et de ce Lucy qu'elle tenait tant à garder pour elle.

Il faut que je leur donne tout, à ces hommes. Alors, j'ai décidé de garder mon nom.

Il se rappela l'inspecteur de police assis dans la salle de séjour et parlant à sa mère et à son beau-père. Son père était là, lui aussi. L'inspecteur leur disait qu'Isabelle se servait d'un autre prénom lorsqu'elle faisait le trottoir et montait avec des hommes pour gagner sa vie. D'après l'inspecteur elle se faisait appeler Angel.

Pierce savait que Renner l'avait percé à jour. Qu'ils se soient produits il y avait longtemps n'empêchait pas ces événements de toujours affleurer à sa conscience. Ils l'avaient submergé dès que le mystère Lilly Quinlan s'était présenté à lui. Dans le désir qu'il avait eu de la retrouver, voire de la sauver, c'était sa propre sœur qu'il avait voulu retrouver et sauver.

Pour lui, le monde extérieur était horrible et stupéfiant. Tout ce que les gens pouvaient se faire les uns aux autres, mais encore plus à eux-mêmes ! Il songea que c'était peut-être pour ça qu'il s'enfermait pendant de si longues heures dans son labo. Alors il se fermait au monde et refusait d'en savoir le mal ou d'y penser. Dans son laboratoire tout était clair et simple. Quantifiable. On testait des théories scientifiques, on les prouvait ou on les réfutait. Pas de zones grises là-dedans. Pas d'ombres.

Il éprouva soudain un immense besoin de parler à

Nicole, de lui dire que ces deux derniers jours il avait appris quelque chose de nouveau. Quelque chose qu'il était difficile de mettre en mots, mais qu'il sentait fort dans son cœur. Il eut envie de lui dire qu'il allait arrêter de courir après l'argent, que pour ce qu'il en avait à faire, c'était maintenant l'argent qui pouvait lui courir après.

Il composa son numéro. Son ancien numéro de téléphone. Celui d'Amalfi Drive. Nicole décrocha au bout de trois sonneries. Ton alerte, mais il était clair qu'il l'avait réveillée.

– Nicole, c'est moi, dit-il.
– Henry... qu'est-ce que...
– Je sais qu'il est tard, mais je...
– Non. Nous en avons déjà parlé. Et tu m'as dit que tu ne le ferais pas.
– Je sais. Mais j'ai envie de te parler.
– Tu as bu ?
– Non. Je voulais juste te dire quelque chose.
– On est en pleine nuit, Henry. Tu n'as pas le droit de me faire ça.
– Juste cette fois. Il faut que je te dise quelque chose. Laisse-moi venir et je...
– Non, Henry, non. Je dormais à poings fermés. Si tu veux me parler, appelle-moi demain. Ciao.

Elle raccrocha. Il se sentit rougir de honte. Il venait de faire quelque chose qu'il n'aurait jamais osé faire auparavant, quelque chose qu'il ne se serait même jamais imaginé en train de faire.

Il grogna fort et se leva pour gagner la fenêtre. Par-delà la jetée, vers le nord, il distingua le collier de petites lumières du Pacific Coast Highway. Les montagnes qui le dominaient étaient des ombres noires à peine discernables sous le ciel nocturne. Il entendait mieux l'océan qu'il ne le voyait. L'horizon se perdait quelque part, loin dans les ténèbres.

Il se sentait fatigué et déprimé. Repassant de Nicole à Lucy, il pensa à ce qui était arrivé à Lilly – il n'y avait plus de doute maintenant. Sans cesser de scruter l'obscurité, il se jura de ne jamais oublier ce qu'il avait dit à Lucy. Lorsqu'elle déciderait de lâcher ce boulot et serait prête à sauter le pas, il serait là, même si ce n'était que pour lui-même. Qui sait, se dit-il, si pour finir ce ne serait pas ce qu'il ferait de mieux dans sa vie.

Il venait juste de reporter les yeux sur elles lorsque les lumières de la Grande Roue s'éteignirent. Il y vit un signe et réintégra l'appartement. Il prit le téléphone qu'il avait laissé sur le canapé, appela sa boîte vocale, réécouta le message de Lucy, puis il alla se coucher. Il n'avait toujours ni draps, ni couvertures, ni oreillers. Il étala son sac de couchage sur le matelas neuf et s'allongea. Il s'aperçut alors qu'il n'avait rien mangé de la journée. C'était la première fois que ça lui arrivait un jour où il n'allait pas au labo. Il s'endormit en dressant la liste des choses qu'il aurait à faire à son réveil.

Et rêva bientôt d'un couloir sombre de part et d'autre duquel s'ouvraient des portes. Il s'y avançait et jetait un œil dans toutes les pièces. Semblables à des chambres d'hôtel, elles étaient équipées d'un lit, d'une commode et d'une télé. Et toutes étaient occupées. Essentiellement par des gens qu'il ne reconnaissait pas et qui, eux, ne remarquaient pas qu'il les regardait. Il y avait là des couples qui se disputaient, d'autres qui baisaient et d'autres encore qui pleuraient. Dans l'une de ces chambres il reconnaissait ses parents. Pas son beau-père, seulement sa mère et son père, bien qu'à l'âge qu'ils semblaient avoir ils eussent déjà divorcé. Ils s'habillaient pour aller à un cocktail.

Il continuait d'avancer et dans une autre chambre il

tombait sur l'inspecteur Renner. Celui-ci était seul et faisait les cent pas devant son lit. Les draps et les couvertures avaient disparu et une grande tache de sang maculait le matelas.

Encore et encore il avançait et dans une autre chambre il découvrait Lilly Quinlan. Étendue sur le lit, elle était aussi immobile qu'un mannequin. La pièce était sombre. Entièrement nue, Lilly avait les yeux braqués sur la télé. Il ne pouvait pas voir l'écran de l'endroit où il se trouvait, mais la lumière bleutée qui en émanait et venait frapper le visage de la jeune femme donnait à celle-ci l'air d'une morte. Il faisait alors un pas dans la chambre pour vérifier et Lilly levait aussitôt les yeux vers lui. Elle lui souriait, il lui renvoyait son sourire et se tournait pour fermer la porte lorsqu'il s'apercevait que celle-ci avait disparu. Lorsqu'il reportait les yeux sur Lilly pour avoir une explication, le lit était vide. Il ne restait plus que la télé toujours allumée.

17

Il était midi pile lorsque, ce dimanche-là, le téléphone le réveilla.

– Il est trop tôt pour parler à Lilly ? lui demanda une voix d'homme.

– Non, en fait il est trop tard, répondit-il.

Il raccrocha et consulta sa montre. Puis il pensa au rêve qu'il avait fait et se mit en devoir de l'interpréter, mais grogna lorsque les premiers souvenirs du reste de la nuit lui revinrent. Le coup de fil qu'il avait passé à Nicole. Il sortit de son sac de couchage et se doucha longuement en se demandant s'il valait la peine de la rappeler pour s'excuser. Si brûlante qu'elle fût, l'eau n'arrivait pas à le laver de la honte qu'il éprouvait. Il décida qu'il valait mieux ne pas la rappeler pour tenter de s'expliquer. Il devrait essayer d'oublier.

Son estomac gargouillait fort lorsqu'il finit de s'habiller, mais il n'y avait rien à manger dans la cuisine. En plus de quoi, il n'avait plus d'argent et avait épuisé toute possibilité de retrait à un distributeur jusqu'au lendemain. Il pourrait certes aller au restaurant ou acheter des trucs dans une épicerie en payant avec sa carte de crédit, mais tout cela prendrait trop de temps. La honte qu'il avait ressentie d'appeler Nicole l'ayant maintenant quitté, le baptême de la douche l'avait rempli du désir de mettre l'épisode Lilly Quinlan derrière lui et de laisser la police s'en occuper. Il devait absolument recommencer à travailler. Et il savait que ne pas retourner tout de suite au labo risquait d'affaiblir sa résolution.

Il était une heure lorsqu'il entra dans les bureaux de la société. Il adressa un signe de tête au type de la sécurité posté derrière la réception, mais son salut n'eut rien de personnel. Comptant au nombre des derniers employés embauchés par Clyde Vernon, l'homme s'était toujours montré d'une grande froideur avec lui et Pierce fut heureux de lui retourner la politesse.

Pierce avait toujours un gobelet plein de petite monnaie sur son bureau. Avant de se mettre au travail, il jeta son sac à dos sur son bureau, s'empara du gobelet et descendit au deuxième, dans la salle où se trouvaient les distributeurs de sandwiches et de soda. Il vida presque son gobelet pour s'acheter deux Coca, deux sachets de chips et un paquet de biscuits Oreo. Il ouvrit ensuite le frigo de la salle à manger pour voir si quelqu'un y avait laissé quelque chose de comestible, mais il n'y avait rien à voler. En règle générale, les employés de l'entretien vidaient le frigo tous les vendredis soir.

Il avait déjà liquidé un de ses sachets de chips lorsqu'il retrouva son bureau. Il ouvrit le second, décapsula une de ses boîtes de Coca après s'être glissé derrière son bureau et sortit le dernier lot de demandes de brevets du coffre-fort. Excellent avocat dans le domaine des brevets, Jacob Kaz avait néanmoins toujours besoin de scientifiques pour en vérifier les introductions et récapitulatifs. C'était Pierce qui signait les documents définitifs.

Pour l'instant, tous les brevets que Pierce et l'Amedeo Technologies avaient demandés et obtenus depuis six ans tournaient autour de la protection des droits de propriété sur des schémas d'architecture moléculaire complexes. En matière de nanotechnologie, la clé de l'avenir se trouvait dans la création de nanostructures capables de résister et de transporter des choses. C'était là, dans le domaine des ordinateurs moléculaires, que Pierce avait depuis longtemps choisi de laisser la marque d'Amedeo Technologies.

Dans les laboratoires de la société, Pierce et d'autres membres de son équipe concevaient et construisaient une grande variété de chaînes de commutateurs moléculaires très délicatement agencés ensemble afin de créer des portails logiques, soit la base même de l'informatique. Les trois quarts des brevets détenus par Pierce et l'Amedeo touchaient à ce domaine ou à celui, très voisin, de la RAM moléculaire. Un petit nombre d'autres brevets avaient trait au développement des molécules passerelles, soit le treillis de très solides tubes de carbone qui un jour relierait des centaines de milliers de nanocommutateurs afin de former un ordinateur grand comme une pièce de dix cents, mais aussi puissant qu'un camion Mack.

Avant de s'attaquer à la vérification du dernier groupe de demandes de brevets, Pierce se renversa dans son fauteuil et contempla le mur derrière l'écran de son ordinateur. On y voyait une caricature le représentant en train de brandir un microscope. Il avait la queue-de-cheval en bataille et les yeux aussi grands que s'il venait de faire une découverte incroyable. Et la légende proclamait : « HENRY HEARS A WHO ».

C'était Nicole qui la lui avait donnée. Elle avait demandé à un dessinateur sur la jetée de la lui faire après que Pierce lui avait raconté son plus précieux souvenir d'enfance : son père en train de lui lire ou de lui raconter des histoires. À lui et à sa sœur. Bien avant que ses parents ne divorcent. Bien avant que son père n'aille s'installer à Portland et fonder une autre famille. Bien avant que tout commence à aller de travers pour Isabelle.

À l'époque, son livre préféré était *Horton Hears a Who,* du Dr Seuss. Cet ouvrage racontait l'histoire d'un éléphant qui découvre l'existence de tout un monde sur un grain de poussière. Soit celle d'un nano-univers bien avant qu'on en ait même seulement l'idée. Pierce se rappelait encore certains passages du livre par cœur. Et y pensait souvent en travaillant.

Dans cette fiction qui a la jungle pour cadre, Horton est rejeté par une société qui ne croit pas à sa découverte. Ce sont surtout les singes du gang de Wickersham qui le persécutent, mais il arrive quand même à sauver le petit monde de son grain de poussière de leurs pattes et en démontre l'existence au reste de la société.

Pierce ouvrit son paquet d'Oreo et en avala deux d'un coup en espérant que la décharge de sucre l'aiderait à se concentrer.

Il commença son travail de vérification avec enthousiasme. Ce lot de demandes de brevets allait propulser Amedeo dans de nouvelles sphères et faire progresser la science. Pierce savait que le monde de la nanotechnologie en serait complètement chamboulé. Il sourit en songeant aux réactions de ses concurrents lorsque leurs espions recopieraient les pages du projet non sujettes à copyright ou découvriraient la formule de Protée dans leurs revues scientifiques.

Ces demandes de brevets avaient pour but de protéger une formule de conversion de l'énergie cellulaire. Selon les termes simples utilisés dans le résumé de la première demande, Amedeo Technologies cherchait à garantir ses droits sur un « système de fourniture d'énergie » alimentant les robots biologiques qui un jour patrouilleraient dans les vaisseaux sanguins afin d'y détruire les éléments pathogènes dangereux.

La formule avait été baptisée « Protée » en hommage au film *Le Voyage fantastique*. Sorti en 1966, celui-ci montre une équipe médicale placée dans un sous-marin (le *Protée*), le tout étant alors miniaturisé par un rayon rétrécissant avant d'être injecté dans un corps humain où la mission est d'aller détruire un caillot qui s'est logé dans le cerveau et ne peut être opéré.

Il s'agissait de science-fiction et il était probable que les rayons rétrécissants relèveraient pour toujours du domaine de l'imaginaire. Mais l'idée de robots biologiques ou cellulaires attaquant les éléments pathogènes du corps humain, pas si éloignée de la vision de ce *Protée* fantastique, appartenait maintenant à un horizon scientifique lointain.

Depuis l'apparition de la nanotechnologie, le potentiel des applications médicales avait toujours été l'aspect le plus fascinant de la recherche scientifique dans ce domaine. Plus surprenant encore que le spectaculaire bond en avant que cela représentait dans la puissance des ordinateurs était l'espoir de voir un jour ces techniques arriver à soigner le cancer, le sida, bref, toutes les maladies. L'idée que des engins voyageant dans le corps humain puissent rencontrer, identifier et éliminer des éléments pathogènes grâce à une réaction chimique était le Graal même de la science.

Mais le goulot d'étranglement – ce qui faisait que cet aspect de la science restait théorique alors même que des tas de chercheurs travaillaient sur la RAM et les circuits moléculaires intégrés – était la question des sources d'énergie. Comment faire en sorte que ces sous-marins moléculaires puissent se déplacer dans le sang grâce à une énergie qui soit à la fois naturelle et compatible avec les systèmes immunitaires de l'homme ?

C'était là qu'avec Larraby, son chercheur en immunologie, Pierce avait découvert une formule certes rudimentaire mais des plus fiables. En se servant des cellules de l'organisme hôte – dans le cas présent, celles de Pierce qu'on avait recueillies puis dupliquées dans un incubateur –, les deux chercheurs avaient développé une combinaison de protéines capable de se lier à la cellule et d'en tirer un stimulus électrique. Ce qui voulait dire qu'on pourrait maintenant piloter le nano-engin de l'intérieur en se servant d'une énergie compatible avec le système immunitaire.

La simplicité de la formule Protée en faisait sa beauté autant que sa valeur. Pierce voyait déjà toutes les recherches dans le domaine de la nanotechnologie avoir pour base sa découverte. Tout ce qui en matière d'expérimentation et d'autres découvertes et inventions conduisant à des applications pratiques était jusqu'à présent considéré comme devant prendre au moins deux décennies pourrait fort bien n'en exiger plus que la moitié.

Cette découverte faite à peine six mois plus tôt, alors même qu'il connaissait les pires difficultés avec Nicole était, et de loin, le moment le plus excitant de sa vie.

– « À vos yeux, nos constructions pourront paraître terriblement petites, murmura-t-il en achevant sa vérification. Mais pour nous, qui ne sommes pas grands, elles sont merveilleusement grandes. »

Les mots mêmes du Dr Seuss.

Pierce était content de ce qu'il avait lu. Comme d'habitude, Kaz avait fait de l'excellent travail en mélangeant jargon scientifique et langage de tous les jours dans la présentation des demandes. Le développement de chaque application comprenait en revanche l'exposé scientifique et les schémas de la formule, et ces pages-là avaient été rédigées par Larraby et lui, et très souvent lues et relues par eux deux.

Pour lui, il n'y avait plus qu'à envoyer les demandes et il était très excité. Il savait que ce qu'on en dirait chez les chercheurs lui ferait beaucoup de publicité et susciterait un regain d'intérêt chez les investisseurs. L'idée était donc de montrer la découverte à Maurice Goddard, puis de bloquer les fonds et seulement ensuite de soumettre les demandes de brevets. Si tout allait bien, Goddard comprendrait qu'il avait un peu d'avance, mais peu de temps pour en profiter et préempter le tout en devenant la source principale de financement de la société.

Pierce et Charlie Condon avaient chorégraphié très soigneusement la manœuvre. C'était à Goddard qu'on montrerait d'abord la découverte. Il aurait le droit de la vérifier lui-même grâce au microscope électronique à effet tunnel. Il aurait alors vingt-quatre heures pour prendre sa décision. Pierce voulait un investissement minimum de dix-huit millions de dollars étalé sur une période de trois ans, soit assez pour foncer plus vite et plus loin que n'importe quel autre concurrent. En échange, il était prêt à offrir dix pour cent de la boîte.

Il rédigea un petit mot de félicitations à Jacob Kaz sur

un Post-it jaune, le colla sur la première page du paquet de demandes et remit l'ensemble dans le coffre-fort qu'il ferma à clé. Il ferait envoyer tout cela dès le lendemain matin au bureau de Kaz à Century City par transport sécurisé. Ni fax ni e-mail. Ou peut-être serait-il plus sûr que Pierce l'y porte lui-même.

Il se renversa en arrière, s'enfourna un autre Oreo dans la bouche et consulta sa montre. Deux heures. Une heure s'était écoulée depuis qu'il était entré dans son bureau, mais il avait l'impression de n'y avoir passé que dix minutes. Il se sentait bien d'avoir retrouvé ce genre de sentiments, ces bonnes vibrations. Il décida d'en profiter et de gagner le labo pour y faire du vrai travail. Il attrapa le reste des petits gâteaux et se leva.

– Lumière.

Il était déjà dans le couloir et s'apprêtait à fermer à clé la porte de la pièce maintenant plongée dans l'obscurité lorsque le téléphone sonna. Double sonnerie, pas moyen de se tromper, on l'appelait sur sa ligne directe. Il rouvrit la porte d'une poussée.

– Lumière.

Peu de gens avaient ce numéro, mais Nicole comptait à leur nombre. Il fit vite le tour de son bureau et regarda l'écran de présentation du numéro sur son téléphone. Il lut la mention « Correspondant privé » et sut tout de suite que ce n'était pas Nicole – son numéro de portable et celui de la maison d'Amalfi étaient préenregistrés sur sa liste. Il hésita, puis se rappela que Cody Zeller avait lui aussi son numéro, et décrocha.

– Monsieur Pierce ?
– Oui ?
– Philip Glass à l'appareil. Vous m'avez appelé hier ?

Le détective privé. Il avait complètement oublié.

– Ah, oui, dit-il. Oui. Merci de me rappeler.

– Je n'ai eu votre message qu'aujourd'hui. Que puis-je faire pour vous ?

– Je voudrais vous parler de Lilly Quinlan. Elle a disparu. Sa mère vous a engagé il y a quelques semaines de ça. De Floride.

– C'est vrai, mais mon contrat est terminé sur cette affaire.

Pierce resta debout derrière son bureau. Il posa la main sur le haut de l'écran de son ordinateur en parlant.

– Je comprends, reprit-il. Mais je me demandais si je ne pourrais pas vous en parler un peu. J'ai l'autorisation de Vivian Quinlan. Vous pouvez vérifier auprès d'elle si vous le désirez. Vous avez toujours son numéro ?

Glass mit longtemps à répondre, si longtemps même que Pierce se demanda s'il n'avait pas raccroché sans faire de bruit.

– Monsieur Glass ?

– Oui, oui, je suis toujours là. Je réfléchissais. Pourriez-vous me dire pourquoi vous vous intéressez à cette affaire ?

– Eh bien, mais... je veux retrouver Lilly Quinlan.

Sa réponse étant accueillie par un silence encore plus pesant, Pierce commença à sentir qu'il négociait en position de faiblesse. Glass lui cachait quelque chose et il était, lui, en mauvaise posture de ne pas savoir de quoi il s'agissait. Il décida de pousser les feux. Il voulait une rencontre.

– Je suis un ami de la famille, enchaîna-t-il en mentant. Vivian m'a demandé de voir ce que je pourrais apprendre.

– Avez-vous parlé à la police ?

Il hésita. D'instinct il avait compris que la coopération de Glass pouvait dépendre de sa réponse. Il repensa aux événements de la nuit précédente et se demanda si Glass pouvait en avoir entendu parler. Renner avait dit le connaître et très vraisemblablement dû prévoir de lui téléphoner. Mais on était dimanche après-midi. Peut-être Renner attendrait-il jusqu'au lendemain, Glass n'étant quand même pas vraiment au centre de l'affaire.

— Non, répondit-il en mentant une deuxième fois. D'après ce que j'ai compris en écoutant Vivian, le LAPD s'en moquait.

— Qui êtes-vous, monsieur Pierce ?
— Quoi ? Je ne comprends...
— Pour qui travaillez-vous ?
— Pour personne. Enfin si... je travaille à mon compte.
— Vous êtes privé ?
— Pardon ?
— Allons, allons !
— Non, je ne comprends pas. Je ne travail... ah, détective privé ! Non, je ne suis pas « privé ». Comme je vous l'ai dit, je suis un ami de la famille.
— Que faites-vous dans la vie ?
— Je suis chercheur. Chimiste. Je ne vois pas bien le rapport avec ce qui...
— Je peux vous voir aujourd'hui. Mais pas à mon bureau, je n'y vais pas.
— Bon, d'accord, où ? Quand ?
— Dans une heure. Connaissez-vous le Cathode's Ray à Santa Monica ?
— C'est bien dans la 18e, non ? J'y serai. Comment allons-nous nous reconnaître ?
— Portez-vous un chapeau ou quelque chose de distinctif ?

Pierce se pencha en avant et ouvrit un tiroir de son bureau qui n'était pas fermé à clé. Il en sortit une casquette de base-ball frappée d'un sigle en lettres bleues brodé au-dessus de la visière.

— Je porterai une casquette de base-ball grise, dit-il.

Avec l'inscription « MOLES » en lettres bleues au-dessus de la visière.

– « Moles » ? Comme le petit animal qui creuse des galeries[1] ?

Pierce en rit presque.

– Non, dit-il, « moles » comme « molécules ». Les Molécules combattantes était le nom de notre équipe de *softball*[2]. À l'époque où nous en avions une. C'est ma société qui la sponsorisait. Ça remonte à loin.

– Je vous retrouve à Cathode's Ray. Venez seul, s'il vous plaît. Si j'ai l'impression que vous n'êtes pas seul ou si ça ressemble à un guet-apens, vous ne me verrez pas.

– Un guet-apens ? Mais qu'est-ce que vous...

Glass avait raccroché, Pierce n'écoutait plus que du silence.

Il reposa son téléphone et enfila sa casquette. Il pensa aux questions étranges que le détective lui avait posées, à ce qu'il lui avait dit à la fin de la conversation et à la manière dont il l'avait dit. Avait-il donc peur de quelque chose ?

18

Le Cathode's Ray était un lieu où aimait traîner la génération high-tech – en général tout le monde y avait un portable ou un PDA ouvert sur la table à côté de son double *caffè latte*. Ouvert vingt-quatre heures sur vingt-quatre, l'établissement fournissait du courant et des

---

1. *Mole* veut dire « taupe » en anglais *(NdT)*.
2. Variété de base-ball jouée avec une balle plus molle *(NdT)*.

jacks haute puissance à chaque table. On ne pouvait néanmoins se connecter qu'à des messageries Internet locales. Situé non loin du Santa Monica College, des quartiers de maisons de production de films et d'une industrie du logiciel encore jeune, le café n'était affilié à aucune corporation. Tous ces éléments le rendaient sympathique à la communauté des « branchés ordinateurs ».

Pierce s'y était rendu bien des fois déjà, mais que Glass eût choisi ce lieu pour le rencontrer lui semblait bizarre. Au téléphone, celui-ci lui avait fait l'impression d'un homme âgé à la voix râpeuse et fatiguée. Si tel était bien le cas, il serait immédiatement repérable. Vu la paranoïa qui semblait émaner de lui, ce choix était très étrange.

À trois heures de l'après-midi, Pierce entra dans le café et scruta brièvement les lieux pour y trouver un homme âgé. Et ne vit personne. Et personne n'avait l'air de le chercher non plus. Il prit la queue pour s'acheter un café.

Avant de quitter son bureau, il avait vidé dans sa poche tout ce qui lui restait de petite monnaie dans son gobelet. Il compta ses pièces en attendant d'arriver au comptoir et découvrit qu'il avait juste assez d'argent pour se payer un café simple, de taille moyenne, et laisser un petit pourboire.

Après avoir ajouté des tonnes de crème et de sucre à son breuvage, il gagna le patio et choisit une table vide dans un coin. Il sirota lentement son café, mais dut encore attendre vingt minutes avant qu'un petit homme en jean et T-shirt noirs ne l'aborde. Peau sombre, visage rasé de près, yeux très enfoncés, regard dur. Il était bien plus jeune que ce à quoi Pierce s'attendait, proche de la quarantaine au maximum. Il n'avait pas pris de café et avait fondu droit sur lui.

– Monsieur Pierce ?
Pierce lui tendit la main.
– Monsieur Glass ?
Glass sortit l'autre chaise de dessous la table, s'assit et se pencha en avant.
– Si ça ne vous dérange pas, dit-il, j'aimerais bien voir une pièce d'identité.
Pierce reposa sa tasse et se mit à chercher son portefeuille dans sa poche.
– Bonne idée, dit-il. Ça vous embêterait de m'en montrer une, vous aussi ?
Les deux hommes s'étant convaincus qu'ils avaient bien l'un et l'autre l'interlocuteur qui convenait en face d'eux, Pierce se renversa en arrière pour étudier Glass. Il lui faisait l'effet d'un solide gaillard qu'on aurait coincé dans le corps d'un petit homme. Il respirait la véhémence. On aurait dit qu'il avait la peau trop tendue sur tout le corps.
– Vous voulez commander un café avant qu'on commence ?
– Non, je ne recours pas à la caféine.
Ça semblait coller avec le bonhomme.
– Bon alors, vaudrait peut-être mieux s'y mettre. C'est quoi, tous ces trucs d'espion ?
– Je vous demande pardon...
– Oui, vous savez, les machins genre « veillez à venir seul » et autres « vous faites quoi pour gagner votre vie ? » ? Ça me paraît un peu étrange.
Avant de répondre, Glass hocha la tête comme s'il était d'accord.
– Que savez-vous de Lilly Quinlan ? demanda-t-il.
– Je sais comment elle gagnait sa vie, si c'est ça que vous voulez dire.
– Et c'était ?
– Elle était hôtesse d'accompagnement. Elle faisait sa

publicité par Internet. Je suis à peu près sûr qu'elle travaillait pour un certain Billy Wentz. Son mac électronique, en quelque sorte. C'est lui qui gère le site où elle avait une page. Je crois qu'il l'avait fait passer à d'autres trucs... porno et le reste. Je crois aussi qu'elle bossait en milieu sado-maso.

Glass parut se tendre encore en l'entendant mentionner Billy Wentz. Il croisa les bras sur la table et se pencha en avant.

— Avez-vous parlé à M. Wentz ? lui demanda-t-il.

Pierce hocha la tête.

— Non, dit-il, mais j'ai essayé. Je suis passé à Entrepreneurial Concepts hier... c'est sa société parapluie. J'ai demandé à le voir, mais il n'était pas là. Pourquoi ai-je l'impression que vous savez déjà tout ce que je vous raconte ? Écoutez, moi, c'est vous poser des questions que je veux, pas répondre aux vôtres.

— Je n'ai pas grand-chose à vous dire. Je me suis spécialisé dans la recherche des personnes disparues. C'est d'ailleurs un type de cette brigade au LAPD qui m'a recommandé à Vivian Quinlan. Elle m'a réglé une semaine de travail. Je n'ai pas trouvé Lilly et ne sais presque rien de sa disparition.

Pierce réfléchit un bon moment. Il n'était qu'un amateur, mais avait quand même découvert des tas de choses en moins de quarante-huit heures. Il douta que Glass fût aussi inepte qu'il essayait de le faire croire.

— Vous étiez au courant pour le site web, n'est-ce pas ? L.A. Darlings ?

— Oui. On m'a dit qu'elle travaillait comme hôtesse et je n'ai pas eu grand mal à la retrouver. L.A. Darlings est un des sites les plus populaires sur le web.

— Avez-vous trouvé où elle habite ? Avez-vous parlé avec son propriétaire ?

— Non et non.

– Et Lucy LaPorte ?
– Qui ça ?
– Elle se fait appeler Robin sur le site. Il y a un lien entre sa page et celle de Lilly.
– Ah, oui, Robin. Oui, je lui ai parlé au téléphone. Très brièvement. Elle ne s'est pas montrée coopérative.

Pierce douta fort qu'il l'eût vraiment appelée. Il lui sembla que Lucy le lui aurait dit. Il décida de vérifier auprès d'elle.

– C'était quand ? demanda-t-il. Votre coup de téléphone à Robin, je veux dire...

Glass haussa les épaules.

– Il y a trois semaines. Au début de mes huit jours de travail. C'est une des premières personnes que j'ai contactées.

– Vous êtes allé la voir ?
– Non, d'autres choses sont apparues entre-temps. Et à la fin de la semaine, Mme Quinlan n'a pas souhaité continuer à me payer pour poursuivre mes recherches. Ç'a été fini pour moi.

– Vous dites que d'autres choses sont apparues entre-temps... Lesquelles ?

Glass ne réagit pas.

– Vous avez parlé à Wentz, c'est ça ?

Glass regarda ses bras croisés, mais ne répondit pas.

– Que vous a-t-il dit ?

Glass s'éclaircit la gorge.

– Écoutez-moi très attentivement, monsieur Pierce. Billy Wentz est quelqu'un qu'il vaut mieux éviter.

– Pourquoi ?
– Parce qu'il est dangereux. Parce que vous marchez sur des terres que vous ne connaissez pas. Parce que vous pourriez vous faire abîmer très sérieusement le portrait si vous ne faites pas attention.

— C'est ce qui vous est arrivé, monsieur Glass ? Vous vous êtes fait abîmer le portrait ?

— Ce n'est pas de moi que nous parlons. C'est de vous.

Un homme qui tenait un *caffè latte* glacé à la main s'assit à la table voisine. Glass se tourna vers lui et l'examina d'un air soupçonneux. L'inconnu prit un Palm Pilot dans sa poche et l'ouvrit. Puis il sortit le stylet de son logement et se mit au travail sans prêter la moindre attention aux deux hommes.

— J'aimerais savoir ce qui s'est passé quand vous êtes allé voir Wentz, reprit Pierce.

Glass décroisa les bras et se frotta les mains.

— Savez-vous que...

Il s'arrêta et ne poursuivit pas. Pierce dut le presser.

— Que quoi ?

— Que pour l'instant le seul secteur profitable de l'Internet est celui des plaisirs adultes ?

— Oui, je l'ai entendu dire. Mais qu'est-ce que...

— Dix milliards de dollars par an, tels sont les revenus de ce genre de commerce électronique dans notre pays. Commerce qui se fait en partie dans la plus grande légalité. Ce sont de très grosses affaires et certaines ont des liens avec les corporations les plus prestigieuses. C'est répandu absolument partout et disponible sur le moindre ordinateur ou poste de télé. Allumez une télé et vous pouvez vous commander une soirée hard-core, avec les compliments d'AT and T. Il n'y a qu'à se connecter pour qu'une fille comme Lilly Quinlan se présente à votre porte.

Glass parlait avec une ferveur qui lui rappela celle d'un pasteur en chaire.

— Savez-vous que Wentz vend des franchises dans tout le pays ? Je me suis renseigné. Cinquante mille dollars par ville. Il y a maintenant un New York Darlings et un Vegas Darlings. Même chose pour Seattle, Denver, etc. Et, reliés à eux, il a des sites pornos pour tous les penchants et fétichismes sexuels possibles et imaginables. Il...

– Oui, tout ça, je le sais, dit Pierce en l'interrompant. Mais moi, ce qui m'intéresse, c'est Lilly Quinlan. Quel est le rapport avec ce qui lui est arrivé ?

– Je ne sais pas, répondit Glass, mais ce que j'essaie de vous dire, c'est qu'il y a trop d'argent en jeu dans tout ça. Tenez-vous à l'écart de Wentz.

Pierce se renversa en arrière et le regarda.

– Il a l'air de vous avoir secoué. Qu'est-ce qu'il vous a fait ? Il vous a menacé ?

Glass hocha la tête. Il n'était pas question de partir dans cette direction.

– Oubliez-moi, dit-il. Si je suis venu, c'est pour essayer de vous aider. Pour vous dire combien vous êtes près de la flamme. Tenez-vous à l'écart de Wentz. Je ne vous le dirai jamais assez. À l'é-cart !

Pierce vit bien dans ses yeux que l'avertissement était sincère. L'avertissement et la peur. Il ne doutait pas que Wentz se soit occupé de Glass et l'ait dissuadé de mettre son nez dans l'affaire Quinlan.

– Bien, bien, dit-il. Je le ferai.

19

Il joua un instant avec l'idée de retourner au labo après son café avec Philip Glass, mais finit par reconnaître que l'entretien avait émoussé le désir qu'il en avait eu une heure plus tôt. Au lieu de ça, il gagna le Lucky Market d'Ocean Park Boulevard et remplit un Caddie de nourriture et autres produits de base dont il aurait besoin à l'appartement. Il paya par carte de crédit et chargea tous ses sacs dans le coffre de sa BMW. En se garant à son emplacement dans le parking, il comprit soudain qu'il lui faudrait faire au moins trois voyages en ascenseur pour monter tout ce qu'il avait acheté. Il avait déjà vu d'autres locataires entrer dans l'ascenseur avec des petits chariots remplis de linge ou de produits alimentaires et se dit que c'était ce qu'il fallait faire.

Pour le premier voyage, il remplit le nouveau panier à linge en plastique qu'il avait acheté de six sacs de nourriture, dont toutes les denrées périssables qu'il voulait mettre tout de suite au frigo.

En arrivant devant la porte de l'ascenseur, il vit deux hommes debout près de la porte qui donnait sur les caves individuelles correspondant aux appartements. Il se rappela qu'il allait devoir acheter un cadenas pour la sienne et aller chercher les caisses de vieux disques et de souvenirs que Nicole lui gardait dans le garage de la maison d'Amalfi Drive. Plus sa planche de surf.

Un des deux hommes appuya sur le bouton d'appel. Pierce les salua tous les deux d'un hochement de tête en se disant qu'ils étaient peut-être en couple. De petite taille, le premier avait la quarantaine et une bedaine qui se répandait. Il portait des bottes à bouts pointus et talons hauts de cinq ou six centimètres. Nettement plus jeune, grand et dur, l'autre donnait l'impression de lui obéir.

La portière de l'ascenseur s'étant ouverte, ils lui cédèrent le passage, le petit lui demandant à quel étage il voulait aller. Puis la portière se referma et Pierce remarqua qu'il n'appuyait pas sur un autre bouton.

— Vous habitez au douzième ? demanda-t-il. J'ai emménagé il y a quelques jours.

— Non, répondit le petit, on est en visite.

Pierce hocha la tête et reporta son attention sur les

numéros qui clignotaient au-dessus de la portière. Peut-être était-ce parce que l'avertissement de Glass lui résonnait encore dans les oreilles, ou parce que le plus petit des deux types n'arrêtait pas de jeter des regards furtifs à son reflet dans les chromes de la cabine, mais là, tandis que l'ascenseur commençait à monter, Pierce sentit naître l'angoisse. Il se rappela comment il avait vu les deux hommes se tenir près de la porte des caves et ne s'approcher de l'ascenseur que lorsqu'il l'avait lui-même fait. Comme s'ils attendaient quelque chose.

Ou quelqu'un.

La cabine étant enfin arrivé au douzième, la portière s'ouvrit en coulissant. Les deux hommes s'écartèrent pour le laisser passer. Mais il tenait son panier à linge à deux mains et leur fit signe de sortir les premiers.

– Non, allez-y, dit-il. Vous pourriez appuyer sur le bouton du rez-de-chaussée ? J'ai oublié de prendre le courrier.

– Y a pas de courrier le dimanche, lâcha le petit.

– Non, celui d'hier. J'ai oublié de le prendre.

Personne ne bougea. Tous les trois ils restèrent à se regarder jusqu'à ce que, la porte commençant à se refermer, le grand tende la main et en cogne l'un des battants de l'avant-bras. La porte trembla et se rouvrit lentement, comme si elle se remettait d'un coup de poing à couper le souffle. Pour finir, ce fut le plus petit qui parla :

– Au cul le courrier, Henry. Tu descends là. J'ai pas raison, Six-Eight[1] ?

Sans lui répondre, l'individu ainsi appelé à cause de ses dimensions longitudinales se serra contre Pierce et l'attrapa par le haut des bras. Puis il pivota et l'éjecta dehors par la portière ouverte. L'élan lui fit traverser le

---

1. Soit « Double Mètre » en français *(NdT)*.

couloir et s'écraser contre une porte fermée barrée de l'inscription ARMOIRE ÉLECTRIQUE. Pierce sentit ses poumons se vider tandis que son panier à linge lui glissait des mains et atterrissait à grand bruit sur le plancher.

– Doucement, mec, doucement. Les clés, Six-Eight.

Pierce n'avait toujours pas retrouvé son souffle. Six-Eight s'approcha de lui et d'une seule main le recolla contre la porte. Puis, de l'autre, il lui palpa les poches de pantalon. Ayant senti ses clés dans l'une d'elles, il y plongea la main et en ressortit le trousseau. Qu'il tendit à son complice.

– Voilà, dit-il.

Le petit ouvrant la marche – et sachant très bien où il allait –, Pierce fut poussé le long du couloir dans la direction de son appartement. Il avait retrouvé sa respiration et commençait à dire quelque chose lorsque Six-Eight lui couvrit le visage de sa main et lui coupa la parole. Le petit lui fit un doigt d'honneur sans même se retourner.

– Pas tout de suite, M. le Génie. Entrons d'abord chez toi de façon à ne pas déranger les voisins plus qu'il ne sera nécessaire. Faut quand même voir que tu viens à peine d'emménager. T'as pas envie de leur faire mauvaise impression, si ?

Le petit avançait la tête penchée en avant. Il avait l'air d'examiner les clés.

– Une BM, dit-il.

Pierce savait que la télécommande de sa voiture s'ornait de l'insigne BMW.

– J'aime bien, moi, reprit le petit. Y a vraiment tout : la puissance, le luxe et une belle impression de solidité. Et ça, c'est pas quelque chose qu'on fait rentrer à coups de poing dans une bagnole... ou une femme.

Il se retourna vers Pierce et haussa le sourcil en souriant. Ils arrivèrent à la porte et le petit l'ouvrit avec la deuxième clé qu'il essaya. Six-Eight poussa Pierce dans l'appartement et l'expédia sur le canapé. Puis il s'écarta, tandis que son complice se plantait devant Pierce et s'emparait du téléphone que celui-ci avait laissé sur l'accoudoir du meuble. Pierce le regarda jouer avec les touches de l'appareil et passer en revue les derniers numéros qu'il avait appelés.

— On a beaucoup téléphoné, Henry, dit-il en faisant défiler les entrées. Philip Glass...

Il se retourna vers Six-Eight, qui avait pris position près de l'entrée, ses bras énormes croisés en travers de la poitrine.

— Ça serait pas le mec avec qui on a eu une discussion il y a quelques semaines de ça ? demanda-t-il, l'œil pétillant de malice.

Six-Eight acquiesça d'un signe de tête, Pierce comprenant alors que Glass avait dû l'appeler à l'appartement avant de le joindre à Amedeo.

Le petit revint à son écran et trouva vite une autre entrée qu'il reconnut.

— Oh, oh ! s'exclama-t-il. C'est Robin qui vous appelle, maintenant ? Mais c'est merveilleux, ça !

Rien qu'au ton de sa voix, Pierce comprit qu'il ne trouvait pas ça merveilleux du tout et que la suite n'aurait rien de bien merveilleux non plus pour Lucy LaPorte.

— C'est rien, dit-il. Elle a juste laissé un message. Je peux vous le passer si vous voulez. Je l'ai gardé.

— T'es en train de tomber amoureux d'elle, c'est ça ?
— Non.

Le petit se tourna et adressa un semblant de sourire à Six-Eight. Puis il ramena vivement la main en arrière et frappa Pierce sur l'arête du nez avec le téléphone, avec toute la force du grand arc de cercle décrit par son bras.

Pierce vit un éclair de rouge et de noir, une douleur

suraiguë se déchaînant immédiatement dans sa tête. Il n'aurait su dire s'il avait perdu la vue ou seulement fermé les yeux. Il partit instinctivement en arrière sur le canapé et se détourna au cas où le petit aurait voulu remettre ça. Il entendit vaguement l'homme qu'il avait devant lui se mettre à hurler, mais n'enregistra pas ce qu'il disait. Puis, des mains énormes et puissantes lui enserrant le haut des bras, il se retrouva debout à côté du canapé.

Et se sentit hissé sur l'épaule de son agresseur, qui soudain le portait. Sa bouche se remplissait de sang. Il essaya d'ouvrir les yeux, mais en vain. Puis il entendit le roulement de la porte coulissante du balcon et sentit l'air froid de l'océan sur sa peau.

– Qu'est-ce... ? parvint-il à dire.

Brusquement, l'épaule dure qui lui rentrait dans le ventre disparut et il commença à tomber la tête la première. Ses muscles se tendirent et sa bouche s'ouvrait déjà sur le dernier cri qu'il pousserait de sa vie lorsqu'il sentit les mains énormes du tueur l'attraper par les chevilles et le retenir. Sa tête et ses épaules s'écrasèrent sur le ciment rugueux de la façade du bâtiment.

Au moins, il avait cessé de tomber.

Quelques secondes passèrent. Pierce porta les mains à son visage et se toucha le nez et les yeux. Il avait le nez fendu en long et en large et saignait abondamment. Il parvint à s'essuyer les yeux et à les entrouvrir. Douze étages en dessous il reconnut la pelouse verte du jardin en bordure de la plage. Des gens – des sans-abri pour la plupart – s'y étaient allongés sur des couvertures. Il vit son sang couler en gouttes épaisses dans les arbres juste en dessous. Et entendit une voix au-dessus de lui.

– Hé toi, là-bas en bas ! Est-ce que tu m'entends ?

Pierce ne répondit pas, sentit trembler violemment les

mains qui lui tenaient les chevilles et alla rebondir encore une fois sur la façade.

— Est-ce que j'ai ton attention pleine et entière ?

Pierce cracha du sang sur le mur extérieur.

— Oui, répondit-il, je vous entends.

— Bon. J'imagine que tu sais qui je suis maintenant.

— Je crois, oui.

— Bon. Donc, inutile d'échanger nos noms. Je voulais juste m'assurer que nous sommes arrivés à un certain degré de connaissance et de compréhension mutuelles.

— Qu'est-ce que vous voulez ?

Il n'était pas facile de parler la tête en bas. Du sang lui montait du fond de la gorge et lui coulait sur la voûte du palais.

— Ce que je veux ? Eh bien mais... d'abord, je voulais te regarder un bon coup. Quand on a un mec qui passe deux jours à te renifler le trou du cul, il est normal d'avoir envie de voir à quoi il ressemble, non ? Donc, y avait ça. Mais y a aussi que je voulais te faire passer un message. Six-Eight ?

Pierce fut soudain hissé jusqu'au balcon, sa tête arrivant à la hauteur des barreaux de la rambarde. Son interlocuteur s'était accroupi de façon à avoir le visage juste en face du sien, de l'autre côté des barreaux.

— Ce que je voulais te dire, c'est que non seulement tu t'es trompé de numéro, mais que tu te goures aussi et complètement de monde. Et que tu as à peu près trente secondes pour décider qu'au fond tu as très très envie de retourner dans celui d'où tu viens. Sinon, c'est dans l'autre que tu passes. Comprends-tu ce que je suis en train de te dire ?

Pierce hocha la tête que oui et se mit à tousser.

— Je.... je comprends... et c'est fini.

— Et comment que c'est fini pour toi ! Tu sais que je devrais dire à mon bonhomme de te laisser tomber ici et maintenant. Mais comme je n'ai pas envie d'avoir les flics sur le dos, je ne vais pas le faire. Mais que je te dise, M. le Génie. Si jamais je te reprends à renifler et foutre ton nez là où il faut pas, je te laisse tomber... jusqu'en bas. On est bien d'accord ?

Pierce acquiesça. L'homme, qui ne pouvait être que Billy Wentz, tendit la main entre les barreaux et lui tapota rudement la joue.

– Et maintenant on est sage, vu ?

Puis il se releva et adressa un signe à Six-Eight qui fit repasser Pierce par-dessus la rambarde, où il le laissa s'écraser. Pierce arrêta sa chute de la main, alla se tasser dans un coin et regarda ses deux assaillants.

– T'as une sacrée vue, dis donc ! fit remarquer le petit. C'est combien, ton loyer ?

Pierce regarda l'océan, puis cracha un long jet de sang par terre.

– Trois mille par mois.

– Putain de Dieu ! Trois bordels d'apparts, que je pourrais me payer avec ça !

Son esprit évoluant maintenant aux limites de la conscience, Pierce se demanda quel sens Wentz donnait à son « bordels ». Parlait-il d'appartements où baiser ou s'était-il contenté de jurer comme il semblait en avoir l'habitude ? Il essaya de dissiper les brumes qui l'entouraient. Et comprit que, les menaces qui pesaient sur lui mises à part, essayer de protéger Lucy LaPorte était de la plus haute importance.

Il cracha encore du sang sur le balcon.

– Et Lucy, hein ? dit-il. Qu'est-ce que vous allez lui faire ?

– Lucy ? Qui c'est, cette connasse ?

– Non, Robin, je veux dire.

– Oh... notre petite Robin ? Tu sais que ta question n'est pas bête ? Non, parce que faut voir que Robin, c'est une bonne gagneuse. Il va falloir y aller mou. D'ailleurs, il faut toujours que je me calme quand je m'occupe d'elle. T'inquiète pas : quoi qu'on lui fasse, on laissera pas de marques et elle pourra reprendre le boulot, quasi comme neuve, dans deux ou trois semaines maxi.

Pierce voulut se mettre à quatre pattes pour se relever, mais il était trop faible et désorienté pour y parvenir.

– Laissez-la tranquille, dit-il aussi fermement qu'il pouvait. Je me suis servi d'elle sans qu'elle s'en rende compte.

Une lueur nouvelle parut s'allumer dans les yeux de Wentz. Pierce vit la colère s'en emparer. Il vit aussi Wentz poser une main sur la rambarde du balcon comme s'il voulait s'y arc-bouter.

– « Laissez-la tranquille », qu'il dit.

Wentz hocha encore une fois la tête comme s'il voulait chasser quelque chose qui empiétait sur son pouvoir.

– Je vous en prie, dit Pierce. Elle n'a rien fait. Tout ça, c'est moi. Laissez-la tranquille, c'est tout.

– Non mais, t'y crois, toi ? On me donne des ordres, maintenant ?

Il se retourna vers Pierce, fit un pas en avant, prit son élan et lui asséna un coup de pied bien vicieux. Mais Pierce s'y attendait et parvint à en atténuer la violence en mettant son bras en avant. Le bout pointu de la botte l'atteignit quand même à droite de la cage thoracique, et si violemment qu'il l'y sentit briser au moins deux côtes.

Il s'affala dans le coin du balcon et tenta de se protéger. Il s'attendait à plus et voulait dominer la douleur brûlante qui se répandait dans sa poitrine. Wentz se pencha sur lui et se mit à hurler, de la salive lui tombant des lèvres tandis qu'il criait.

– Ne t'avise plus jamais de me dire comment faire marcher mon affaire, espèce de petit con ! (Il se redressa et s'essuya la main.) Autre chose... Tu parles de notre petite conversation à quiconque et attention les dégâts. De gros dégâts, qu'il y aura. Pour toi. Et pour Robin. Et pour tous ceux que tu aimes. Comprends-tu bien ce que je suis en train de te dire ?

Pierce hocha faiblement la tête.

– Dis-le que je t'entende.

– Je comprends qu'il y aura des dégâts.

– Parfait. Et maintenant, on y va, Six-Eight.

Pierce se retrouva seul, à chercher sa respiration et à tenter d'y voir clair, à s'efforcer de rester dans la lumière alors qu'il sentait les ténèbres se refermer sur lui.

20

Il attrapa un T-shirt dans une caisse de sa chambre et l'appuya sur son visage pour tenter d'enrayer l'hémorragie. Il se redressa, gagna la salle de bains et se regarda dans la glace. Il avait déjà la figure qui gonflait et changeait de couleurs par endroits. À force d'enfler, son nez entrait maintenant dans son champ de vision et ne cessait d'élargir les plaies qu'il avait autour de l'œil gauche. Ses hémorragies paraissaient surtout internes, du sang lui coulant régulièrement au fond de la gorge. Il savait qu'il lui fallait aller tout de suite à l'hôpital, mais il devait d'abord avertir Lucy LaPorte.

Il retrouva son téléphone par terre dans la salle de séjour. Il essaya d'appeler les numéros préenregistrés, mais l'écran resta vide. Il appuya sur la touche de mise en route, mais n'obtint pas de tonalité. L'appareil s'était brisé lorsque Wentz le lui avait écrasé sur le nez ou l'avait jeté par terre.

Sans cesser d'appuyer sa serviette sur sa figure où coulaient des larmes involontaires, il chercha le kit Urgence-tremblement de terre qu'il avait demandé qu'on lui livre avec ses meubles. Monica lui ayant montré ce qu'il contenait avant de le commander, il savait que, en plus d'une trousse d'urgence, il y trouverait des lampes électriques, des piles, huit litres d'eau et de nombreux produits alimentaires lyophilisés. Et surtout un téléphone de base ne fonctionnant pas à l'électricité. Il suffisait de le brancher à une prise de téléphone pour que ça marche.

Il trouva la caisse dans la penderie de sa chambre et la couvrit de sang en essayant désespérément de l'ouvrir à deux mains. Il perdit l'équilibre et faillit tomber à la renverse. Perte de sang et diminution du taux d'adrénaline, il sentait qu'il était en train de s'évanouir. Enfin il trouva le téléphone et le brancha à la prise murale près du lit. Et obtint une tonalité. Il ne lui manquait plus que le numéro de Robin.

Il l'avait inscrit dans un carnet, mais celui-ci se trouvait dans son sac à dos resté dans la voiture. Il ne croyait pas avoir la force de descendre au garage sans s'évanouir. Il ne savait même plus très bien où étaient ses clés. Pour autant qu'il s'en souvenait, c'était Billy Wentz qui les avait à la main la dernière fois qu'il les avait vues.

En s'adossant au mur, il commença par appeler les Renseignements de Venice et demanda qu'on lui trouve le numéro de Lucy LaPorte en essayant toutes les orthographes possibles. Mais, liste rouge ou autre, il n'y avait personne à ce nom.

Il se sentit glisser le long du mur près du lit et

commença à paniquer. Il fallait absolument qu'il la joigne, mais il en était incapable... jusqu'au moment où il pensa à quelque chose et appela le labo. Pas de réponse. Le dimanche était sacré chez ceux qui y travaillaient. Ils bossaient de longues heures pendant la semaine, et celle-ci faisait souvent six jours. Remettre ça le dimanche leur arrivait rarement. Il essaya Charlie Condon à son bureau et chez lui, mais tomba les deux fois sur un répondeur.

Il songea à Cody Zeller, mais se souvint que celui-ci ne répondait jamais au téléphone. L'appeler sur son *beeper* était le seul moyen de l'atteindre, mais il serait alors obligé d'attendre que Cody veuille bien le rappeler.

Enfin il sut ce qu'il allait faire. Il entra le numéro et attendit. Au bout de quatre sonneries, Nicole décrocha.

– C'est moi, dit-il. J'ai besoin de ton aide. Peux-tu aller à...

– Qui est à l'appareil ?

– Moi, Henry.

– On ne dirait pas. Qu'est-ce que...

– Nicki ! hurla-t-il. Écoute-moi. C'est urgent et j'ai besoin de toi. On pourra parler du reste après. Je t'expliquerai.

– Bon, d'accord, dit-elle d'une voix qui laissait clairement entendre qu'elle n'en était nullement convaincue. C'est quoi, cette urgence ?

– Ton ordinateur est toujours branché ?

– Oui, je n'ai toujours rien pour la maison. Je ne vais...

– OK, bon. Ouvre ton ordinateur. Vite, vite !

Il savait qu'elle avait une ligne ADSL – ça l'avait rendu assez parano pour ça. Mais maintenant ça leur permettrait d'accéder plus rapidement au site.

Arrivée devant son ordinateur elle passa les écouteurs qu'elle gardait toujours sur son bureau.

– Bon, reprit-il, il faudrait que tu ailles sur un site web. L.A. Darlings point com.

– Tu te fous de moi ? T'es en train de...

– Fais-le, c'est tout ! Sinon quelqu'un risque de mourir !

– Bon, bon ! L.A. Darlings point...

Il attendit.

– Ça y est, j'y suis.

Il essaya de visualiser le site web sur l'écran de Nicole.

– Bon et maintenant, tu cliques deux fois sur le dossier « Hôtesses » et tu vas à « Blondes ».

Il attendit encore.

– Tu y es ?

– Je vais aussi vite que je... oui, j'y suis. Et maintenant ?

– Tu fais défiler les onglets. Et tu cliques sur celui de Robin.

Encore une fois il attendit. Il se rendit compte qu'il respirait fort, son souffle lui sortant de la gorge comme une espèce de râle.

– Bon, je l'ai. Et ces nichons, c'est forcément du toc.

– Donne-moi le numéro, c'est tout ce que je te demande.

Elle le lui lut, il le reconnut aussitôt. C'était bien celui de Robin.

– Je te rappelle.

Il appuya sur le piston de l'appareil, le maintint en place pendant trois secondes, le libéra et obtint de nouveau la tonalité. Et appela Robin. Il commençait à avoir des vertiges. Ce qu'il lui restait de vision était de plus en plus flou à la périphérie. Au bout de cinq sonneries, son appel fut transféré sur boîte vocale.

– Merde !

Il ne savait plus que faire. Il ne pouvait pas lui envoyer la police et ne savait même pas où elle habitait.

Le message d'accueil étant arrivé au bout, le bip retentit. Il se mit à parler, mais sentit que sa langue était de plus en plus épaisse dans sa bouche.

— Lucy, c'est moi, Henry, dit-il. Wentz est passé chez moi. Il m'a foutu une raclée et je crois que ça va être à ton tour. Si tu reçois ce message à temps, barre-toi. Tout de suite ! Dégage de là et appelle-moi dès que tu seras en lieu sûr.

Il lui laissa son numéro et raccrocha.

Il réappuya le T-shirt ensanglanté sur son visage et s'adossa au mur. Le flot d'adrénaline et d'endorphine qui l'avait envahi pendant l'agression commençant à se retirer, les premiers élancements de la douleur s'installèrent comme l'hiver. Déjà ils envahissaient tout son corps. Il eut l'impression que tous ses muscles et articulations lui faisaient mal. Sous les jaillissements de feu qui lui venaient en cadence, son visage semblait pulser comme une enseigne au néon. Il ne voulait plus bouger. Il ne voulait plus que s'évanouir et se réveiller lorsqu'il serait guéri et que tout irait mieux.

Sans remuer autre chose que son bras, il décrocha encore une fois le téléphone et l'approcha de sa figure pour voir les touches. Puis il appuya sur celle du rappel automatique et attendit. Encore une fois son appel fut transféré sur la boîte vocale de Lucy. Il eut envie de jurer fort, mais non : remuer les lèvres lui ferait mal à la figure. Il chercha le socle du téléphone à tâtons et y reposa l'appareil.

Celui-ci sonna alors qu'il avait encore la main dessus. Il approcha l'écouteur de son oreille.

— Lô ?
— C'est moi, Nicki. Tu peux parler ? Ça va ?
— Non.
— Tu veux que je rappelle plus tard ?
— Non, jeueu ennten pasbi... en.

– Qu'est-ce qu'il y a ? T'as une drôle de voix. Pourquoi voulais-tu le numéro de cette femme-là ?

Malgré la douleur, la peur et tout le reste, il sentit la colère monter en lui en l'entendant dire « cette femme-là » comme elle faisait.

– Loonng histoi... et jepeux... je...

Il se sentit partir, mais, en commençant à se détacher du mur et à rouler par terre, son corps se retrouva dans une position telle qu'il en eut des douleurs fulgurantes dans toute la poitrine et ne put étouffer le grondement sourd qui montait du plus profond de lui-même.

– Henry ! Tu es blessé ? Henry ! Tu m'entends ?

Il glissa sur les hanches jusqu'au moment où enfin il put s'allonger à plat sur le dos, un avertissement instinctif lui parvenant vaguement à la conscience : il risquait de s'étouffer dans son sang s'il restait dans cette position. Des images de stars du rock s'étouffant dans leur vomi lui vinrent à l'esprit. Il avait laissé tomber le téléphone, qui se trouvait maintenant sur le tapis à côté de sa tête. Dans son oreille droite il entendit le bruit infime d'une voix lointaine qui l'appelait par son prénom. Il crut la reconnaître et sourit. Puis il pensa à Jimmy Hendrix s'étouffant dans ses vomissures et décida qu'il préférait s'étouffer dans son sang. Il essaya de chanter, sa voix n'était plus qu'un souffle mouillé.

– Ô*Suze me why I iss the sy...*

Va savoir pourquoi il n'arrivait plus à prononcer le son « k[1] ». C'était bizarre. Mais bientôt cela n'eut plus d'importance. Déjà la petite voix qu'il avait dans l'oreille

---

1. En rétablissant le son « k », la phrase de Pierce devient « *Excuse me while I kiss the sky* », ou « Excuse-moi d'embrasser le ciel », titre d'une chanson célèbre de Jimi Hendrix *(NdT)*.

droite s'en allait, vite remplacée par un vacarme assourdissant montant du chaos. Et bientôt ce vacarme disparut à son tour, et il n'y eut plus que les ténèbres autour de lui. Les ténèbres lui plaisaient.

21

Une femme qu'il n'avait jamais vue de sa vie lui passait les doigts dans les cheveux. Elle semblait étrangement détachée et désinvolte pour accomplir un geste aussi intime. Puis elle se pencha sur lui, si près qu'il crut qu'elle allait l'embrasser. Elle posa seulement sa main sur son front. Et souleva une espèce d'instrument, avec une lumière, qu'elle lui braqua sur un œil, puis sur l'autre. Alors il entendit une voix d'homme.
– Côtes. Troisième et quatrième. Risque de perforation.
– Si on lui met un masque sur le nez, il y a des chances pour qu'il grimpe aux rideaux, dit la femme.
– Je vais lui donner quelque chose.
Enfin il vit l'homme. À peine entré dans son champ de vision, celui-ci leva une seringue hypodermique en l'air et éjecta un peu de liquide en appuyant sur le piston d'une main gantée. Juste après, Pierce sentit une piqûre au bras, chaleur et compréhension ne tardant pas à couler dans ses veines et à lui chatouiller agréablement le cœur. Il sourit, presque à en rire. De la chaleur et de la compréhension dans une aiguille ? Ah, les miracles de la chimie. Il avait fait le bon choix.
– Sangles supplémentaires, dit la femme. On passe à la verticale.
Ce qui voulait dire ? Pierce sentit ses yeux se fermer.

La dernière chose qu'il vit avant de s'évader dans la chaleur fut un flic penché sur lui.

– Il s'en sortira ?

Pierce n'entendit pas la réponse.

Lorsqu'il reprit connaissance, il était debout. Mais pas vraiment. Il ouvrit les yeux et ils étaient tous là, serrés autour de lui. La femme à la lumière et le type à l'aiguille. Et le flic. Et Nicole était là, elle aussi. Elle le regardait avec des larmes dans ses grands yeux verts. Et même alors elle lui parut belle avec sa peau brune et douce, ses cheveux ramenés en une queue-de-cheval où luisaient des reflets blonds.

L'ascenseur commençant à descendre, il eut brusquement l'impression qu'il allait vomir. Il essaya d'avertir les gens autour de lui, mais sa mâchoire refusa de bouger. À croire qu'il était fermement attaché au mur. Il voulut se débattre, mais pas moyen de bouger. Même pas la tête.

Il croisa le regard de Nicole. Elle leva le bras et posa sa main sur sa joue.

– Tiens bon, Hewlett, lui dit-elle. Tu t'en sortiras.

Il remarqua qu'il était bien plus grand qu'elle. C'était nouveau. Il entendit une espèce de tintement qui parut se perdre en échos dans sa tête. Puis la portière de l'ascenseur s'ouvrit en coulissant. L'homme et la femme se postèrent à sa droite et à sa gauche et l'aidèrent à sortir. Sauf qu'il ne marchait pas. Il comprit enfin ce que voulait dire « passer à la verticale ».

Une fois dehors, on le remit à l'horizontale et on lui fit traverser l'entrée de l'immeuble sur la civière. Beaucoup de visages se penchèrent sur lui tandis qu'il passait. Le portier dont il ne savait pas le nom lui jeta un regard noir tandis qu'il franchissait la grande porte. On le souleva pour l'allonger dans une ambulance. Il ne ressentait plus aucune douleur, mais il avait du mal à respirer. Ça lui demandait plus d'efforts.

Au bout d'un moment, il remarqua que Nicole était assise à côté de lui. Il eut l'impression qu'elle était en train de pleurer. Carrément.

Il découvrit qu'à l'horizontale il pouvait bouger un peu. Il essaya de parler, mais sa voix ressemblait à un écho étouffé. La femme, l'auxiliaire médicale, revint dans son champ de vision et le regarda.

– Ne parlez pas, dit-elle. Vous avez un masque sur la figure.

Sans blague, songea-t-il. *Comme si tout le monde n'en avait pas un !* Il essaya encore, aussi fort qu'il pouvait ce coup-là. Encore une fois, sa voix lui parut étouffée.

L'auxiliaire médicale se pencha de nouveau en avant et souleva son masque respiratoire.

– Vite, dit-elle. Qu'est-ce qu'il y a ? On ne peut pas vous enlever ça.

Il regarda Nicole derrière le bras de la jeune femme.

– Aaaller Lucy. Là-baaaas.

Le masque retrouva sa place. Nicole se pencha tout près et parla.

– Lucy ? Qui est-ce ?

– Je me...

Masque soulevé.

– Rawbin. Aaller voa.

Nicole hocha la tête. Elle avait compris. On lui remit le masque sur la bouche et le nez.

– D'accord, j'irai, dit-elle. Dès qu'on sera à l'hôpital. J'ai son numéro.

– Non ! Maintenant ! hurla-t-il dans le masque.

Il regarda Nicole ouvrir son sac et en sortir un portable et un petit carnet à spirale. Elle entra un numéro qu'elle lisait dans son carnet et attendit, son téléphone à l'oreille. Puis elle l'approcha et il entendit la voix de

Lucy. Boîte vocale. Il grogna et voulut hocher la tête, mais en fut incapable.

– Doucement, dit l'auxiliaire médicale. Doucement. Dès qu'on sera aux urgences, on vous enlèvera les sangles.

Il ferma les yeux. Il avait envie de retrouver la chaleur et les ténèbres. La compréhension. L'endroit où personne ne lui demandait pourquoi. Surtout lui-même.

Bientôt il y fut.

Pendant les deux heures qui suivirent la clarté ne cessa de lui revenir puis de disparaître tandis qu'on l'emmenait aux urgences et le faisait examiner par un médecin coiffé à la Jules César, soigner et admettre à l'hôpital. L'esprit enfin clair, il fut réveillé dans une chambre d'hôpital toute blanche par la toux saccadée d'un patient de l'autre côté du rideau en plastique qui servait à diviser la pièce en deux. Il regarda autour de lui et vit Nicole assise dans un fauteuil, son portable collé à l'oreille. Elle avait dénoué ses cheveux qui lui retombaient sur les épaules. L'antenne de son portable en dépassait, trouant leur douceur soyeuse. Pierce la regarda jusqu'à ce qu'elle referme l'appareil sans un mot.

– Ni..i, dit-il d'une voix rauque. C'est...

Il avait toujours du mal à prononcer les « k ». Elle se leva et vint à côté de lui.

– Henry, dit-elle. Tu....

Le malade toussa de nouveau de l'autre côté du rideau.

– On essaie de te trouver une chambre seule, murmura-t-elle. Ton assurance te le permet.

– Où suis-je ?

– À l'hôpital Saint John. Qu'est-ce qui s'est passé, Henry ? Les flics étaient déjà là quand je suis arrivée. D'après eux, c'étaient des gens sur la plage qui les avaient appelés sur leurs portables. Ils auraient vu deux types en suspendre un troisième au balcon. Toi, Henry. Il y a du sang sur la façade de l'immeuble.

Il la regarda derrière ses paupières gonflées. L'arête de son nez avait tellement enflé qu'avec la gaze dont on l'avait recouverte il ne voyait plus qu'à moitié. Il se rappela ce que Wentz lui avait dit juste avant de partir.

– Je me rapp... pas. Qu'est-ce qu'ils ont diiiiit d'aut' ?

– Rien. Ils ont commencé à frapper aux portes de l'immeuble et quand ils sont arrivés à la tienne, elle était grande ouverte. Tu étais dans ta chambre. Je suis arrivée au moment où ils te sortaient. Il y avait un inspecteur. Il veut te parler.

– Je me souviens de rien.

Il avait dit ça de toutes ses forces. Il avait moins de mal à parler. Il suffirait de s'entraîner.

– Henry, reprit-elle, dans quel genre d'ennuis es-tu allé te fourrer ?

– Je ne sais pas.

– Qui est Robin ? Et Lucy ? Qui sont ces femmes ?

Il se rappela soudain qu'il fallait absolument avertir Robin.

– Ça fait combien de temps que je suis ici ?

– Deux ou trois heures.

– Donn'moi ton téléphone. Il faut que je l'appelle.

– Je n'arrête pas d'appeler son numéro toutes les dix minutes. J'étais en train d'appeler quand tu t'es réveillé. Je tombe toujours sur sa boîte vocale.

Il ferma les yeux. Il se demanda si elle avait reçu son message, déguerpi et filé loin de Wentz.

– Laisse-moi voir ce téléphone, insista-t-il.

– Non, c'est moi qui appelle. Il ne faut pas que tu bouges trop. Qui veux-tu appeler ?

Il lui donna le numéro de sa boîte vocale et son code

d'accès. Elle ne parut pas y attacher la moindre importance.

— Tu as reçu huit messages, dit-elle.

— Efface tous ceux qui sont pour Lilly. Ne les écoute pas.

Ils étaient tous pour elle, sauf un qu'elle lui dit d'écouter. Elle tourna le téléphone vers lui et le lui tendit pour qu'il puisse entendre le message quand elle le repasserait. C'était Cody Zeller.

« Hé, Einstein ! J'ai trouvé des trucs pour ton affaire. File-moi un coup de bigo qu'on puisse en causer. À plus, mec. »

Pierce effaça le message et rendit le portable à Nicole.

— C'était pas Cody ? lui demanda-t-elle.

— Si.

— Il me semblait bien. Pourquoi t'appelle-t-il toujours comme ça ? Qu'est-ce que ça peut faire potache !

— Non, fa'ulté, en fait.

Dire « faculté » lui fit mal, mais moins qu'il l'aurait cru.

— De quoi parlait-il ?

— De rien. C'est juste un truc qu'il fait pour moi en ligne.

Il faillit commencer à tout lui dire, mais avant qu'il ait le temps de trouver les mots nécessaires un type en tablier de laborantin s'encadra dans la porte. Il tenait une tablette à écrire à la main. Proche de la soixantaine, il avait les cheveux argentés et la barbe assortie.

— Je te présente le Dr Hansen, dit Nicole.

— Comment vous sentez-vous ? demanda le médecin.

Il se pencha sur le lit, posa la main sur la mâchoire de Pierce et lui tourna légèrement le visage vers lui.

— C'est seulement quand je respire que ça fait mal, dit-il. Ou que je parle. Ou quand quelqu'un me fait ce que vous faites.

Hansen lui lâcha la mâchoire. Puis il prit un crayon lumineux pour lui examiner les pupilles.

– Vous êtes assez sérieusement blessé, dit-il. Vous avez une commotion cérébrale de degré deux et six points de suture en travers du crâne.

Pierce ne se rappelait même plus cette blessure. Ç'avait dû lui arriver lorsqu'il s'était écrasé sur la façade de l'immeuble.

– C'est à cause de votre commotion cérébrale que vous vous sentez dans les vapes et que vous avez mal à la tête. Voyons, voyons... quoi d'autre ? Vous avez une contusion à la poitrine, et une autre plus sévère à l'épaule. Plus deux côtes brisées, et le nez cassé, bien sûr. Les lacérations que vous avez au nez et autour de l'œil vont vous obliger à recourir à la chirurgie plastique si vous voulez pouvoir fermer l'œil correctement et ne pas avoir des cicatrices permanentes. Je peux vous trouver quelqu'un pour vous faire ça dès ce soir. Tout dépendra de l'importance du gonflement. Si vous avez un chirurgien personnel, vous pouvez le contacter.

Pierce hocha la tête. Il savait que beaucoup de gens avaient un chirurgien esthétique à leur service dans cette ville, mais il ne comptait pas à leur nombre.

– N'importe qui fera l'aff...

– Henry, l'interrompit Nicole, c'est de ta figure que tu parles. Tu devrais essayer d'avoir le meilleur chirurgien possible.

– Je crois pouvoir vous en trouver un excellent, reprit Hansen. Permettez-moi de passer quelques coups de fil. Je verrai ce que je peux faire.

– Merci.

Il avait prononcé ce mot bien clairement. Il eut l'impression que son élocution s'adaptait assez rapidement au nouvel état de sa bouche et de son nez.

– Essayez de rester le plus possible à l'horizontale, enchaîna Hansen. Je repasserai vous voir.

Il les salua d'un petit signe de tête et quitta la pièce. Pierce regarda Nicole.

– On dirait que je vais être coincé ici un bon bout de temps, dit-il. Tu n'es pas obligée de rester.

– Ça ne me gêne pas.

Il sourit et eut mal, mais sourit encore. La réponse de Nicole lui faisait plaisir.

– Pourquoi m'as-tu appelée en pleine nuit, Henry ?

Il l'avait oublié et ce rappel lui fit à nouveau honte. Il formula soigneusement sa réponse avant de parler.

– Je ne sais pas, dit-il. C'est une longue histoire. J'ai passé un week-end très bizarre. J'avais envie de t'en parler. Et je voulais te dire à quoi j'avais pensé.

– Et c'était ?

Parler était douloureux, mais il fallait qu'il le lui dise.

– Je ne sais pas au juste. Seulement que ce qui vient de m'arriver Dieu sait comment me fait comprendre plus clairement ton point de vue. Je sais que c'est sans doute trop peu et trop tard. Mais va savoir pourquoi je voulais que tu saches que j'ai enfin compris.

Elle hocha la tête.

– Tout ça, c'est très bien, Henry. Sauf que tu es là, avec la tête cassée et la gueule en compote. Et il semblerait bien que quelqu'un t'ait suspendu à un balcon du douzième étage et que les flics veuillent te parler. On dirait bien que tu t'es mis dans de sales draps avant d'en arriver à comprendre mon point de vue. J'espère donc que tu ne m'en voudras pas de ne pas sauter de joie et de ne pas enlacer aussitôt l'homme nouveau que tu dis être devenu.

Il comprit que, s'il se sentait d'attaque, il n'avait qu'à continuer pour se retrouver en territoire connu. Mais il ne pensait pas avoir le courage de s'embarquer dans une nouvelle bagarre avec elle.

– Tu pourrais pas essayer d'appeler Lucy encore une fois ? lui demanda-t-il.

Elle était en colère, elle appuya violemment sur la touche de rappel automatique de son portable.

– Vaudrait mieux que je mette son numéro en accès rapide ! dit-elle.

Il regarda ses yeux et comprit qu'encore une fois elle tombait sur la boîte vocale.

Elle referma sèchement le téléphone et le regarda.

– Qu'est-ce que tu fabriques, Henry ?

Il essaya de hocher la tête, mais la douleur l'en empêcha.

– J'ai fait un mauvais numéro, dit-il.

22

Il était dans un rêve confus où il dégringolait en chute libre. Il avait les yeux bandés et ne savait pas quand il cesserait de tomber. Lorsque enfin il toucha le sol, il ouvrit les yeux et découvrit l'inspecteur Renner qui le regardait avec un sourire de travers.

– Vous, dit-il.

– Oui, c'est encore moi. Comment vous sentez-vous, monsieur Pierce ?

– Bien.

– C'était un cauchemar que vous faisiez ? Vous bougiez beaucoup.

– Je devais rêver de vous.

– Qui sont les Wickershams ?

– Quoi ?

– Vous avez prononcé ce nom en dormant. Wickershams.

– Ce sont des singes. Dans la jungle. Ils ne croient à rien.

– Je ne saisis pas.

– Je sais. Mais ne vous en faites pas. Pourquoi êtes-vous ici ? Qu'est-ce que vous voulez ? Ça s'est passé... ce qui est arrivé s'est passé à Santa Monica et j'ai déjà parlé à vos collègues. Je ne me souviens plus de rien. J'ai une commotion cérébrale, vous savez ?

Renner acquiesça d'un signe de tête.

– Oh, dit-il, je sais tout de vos blessures. L'infirmière m'a dit que le patron de chirurgie plastique vous avait collé cent soixante minipoints de suture en travers du nez et autour de l'œil hier matin. Toujours est-il que j'ai été dépêché ici par la police de Los Angeles. Mais c'est vrai que la police de L.A. et celle de Santa Monica devraient travailler ensemble sur ce coup-là.

Pierce leva la main et se toucha doucement l'arête du nez. La gaze avait disparu. Il sentit l'enflure de sa peau et l'espèce de fermeture Éclair qu'y formaient les points de suture. Il essaya de se rappeler. La dernière chose dont il se souvenait clairement était l'image du chirurgien se penchant sur lui avec une grosse lumière. Après, il avait passé son temps à perdre et regagner conscience, à flotter dans les ténèbres.

– Quelle heure est-il ?

– Trois heures et quart.

Une forte lumière passait à travers le store de la fenêtre. Il comprit qu'il n'était plus en pleine nuit. Il comprit aussi qu'il se trouvait dans une chambre seule.

– On est lundi ? Non, mardi ?

– C'est ce qu'on dit dans le journal d'aujourd'hui. Mais croire ce qu'on dit dans les journaux, vous savez...

Physiquement, Pierce se sentait en forme – il avait dû

dormir plus de quinze heures d'affilée –, mais ce qu'il continuait d'éprouver après son rêve le mettait mal à l'aise. Sans parler de la présence de Renner.

— Qu'est-ce que vous voulez ? répéta-t-il.

— Eh bien, permettez que je commence par ôter un truc du chemin. Je vais vous lire vos droits vite fait. Comme ça, vous et moi serons protégés.

Il tira le plateau du chariot à nourriture sur le lit et y posa un magnétophone miniature.

— Comment ça « nous serons protégés » ? De quoi avez-vous besoin d'être protégé ? C'est des conneries, tout ça, Renner.

— Pas du tout. Il faut absolument que je le fasse si je veux assurer l'intégrité de mon enquête. Et maintenant, j'enregistre tout ce qui se dira ici.

Il appuya sur une touche de l'appareil, un voyant rouge s'y allumant aussitôt. Puis il donna son nom, l'heure, la date et le lieu de l'enregistrement. Il identifia Pierce et lui lut ses droits constitutionnels sur une petite carte qu'il avait sortie de son portefeuille.

— Bien, conclut-il. Comprenez-vous les droits que je viens de vous lire ?

— Je les ai assez entendus en grandissant.

Renner haussa un sourcil.

— Au cinéma et à la télé, précisa Pierce.

— Je vous prie de répondre à ma question et de ne pas faire le malin si vous le pouvez.

— Oui, je comprends mes droits.

— Bien. Et maintenant, est-ce que vous m'autorisez à vous poser quelques questions ?

— Suis-je considéré comme suspect ?

— Suspect de quoi ?

— Je ne sais pas. C'est à vous de me le dire.

— Sauf que c'est bien là le hic, n'est-ce pas ? Il n'est pas facile de savoir à quoi nous avons affaire.

— Mais ça ne vous empêche pas de penser avoir besoin de me lire mes droits. Pour me protéger, évidemment.

— C'est exact.

— Quelles sont vos questions ? Avez-vous trouvé Lilly Quinlan ?

— Nous y travaillons. Vous ne savez pas où elle est, n'est-ce pas ?

Pierce hocha la tête, son geste lui donnant l'impression d'avoir de l'eau dans le crâne. Il attendit que ça passe avant de répondre.

— Non, et c'est dommage.

— Oui, c'est bien dommage. Ça nous éclaircirait sacrément les idées si elle se pointait à la porte, n'est-ce pas ?

— Oui. Était-ce son sang sur le lit ?

— On y travaille encore. Les tests préliminaires ont fait apparaître qu'il s'agissait bien de sang humain. Mais nous n'avons aucun échantillon de celui de Lilly Quinlan auquel le comparer. Je pense avoir une piste pour retrouver son médecin. Nous verrons s'il a un dossier sur elle, voire des échantillons. Une femme comme elle devait se faire faire des analyses de sang de manière plutôt régulière.

Pierce songea qu'il parlait d'analyses de dépistage des maladies vénériennes. Cela dit, avoir confirmation de ce qui lui avait tout de suite paru évident – c'était bien du sang humain qu'il avait trouvé sur le lit – le déprima encore plus. Ce fut comme si, si faible qu'il fût, le dernier espoir qu'il avait de revoir Lilly vivante disparaissait.

— Et maintenant, à moi de poser les questions, reprit Renner. Cette Robin dont vous m'avez parlé avant... l'avez-vous vue ?

— Non. J'étais ici.

— Lui avez-vous parlé ?

— Non. Et vous ?
— Non, nous n'avons pas réussi à la localiser. Nous avons bien retrouvé son numéro sur le site web, comme vous nous l'aviez dit, mais nous tombons toujours sur un message. Nous avons même essayé de lui en laisser un où j'ai demandé à un type de la brigade qui est bon au téléphone de se faire passer pour enfin... vous savez bien, un client.
— Ingénierie de la communication ?
— Voilà, ingénierie de la communication. Mais là non plus, elle n'a pas répondu.

Pierce sentit son cœur le lâcher complètement. Nicole, il s'en souvenait encore, avait tenté de joindre Lucy de manière répétée, mais sans succès. Il n'était pas du tout impossible que Wentz ait retrouvé Lucy – ou qu'il la tienne encore. Pierce comprit qu'il devait prendre une décision. Il pouvait continuer de tourner autour du pot avec Renner et lui balancer mensonges sur mensonges pour se protéger... ou essayer de porter secours à Lucy.

— Vous avez remonté le numéro ? demanda-t-il.
— C'est un portable.
— Et l'adresse où sont envoyées les factures ?
— L'appareil est au nom d'un de ses clients réguliers. D'après lui, ce serait pour lui rendre service. Il se charge de lui régler ses frais de téléphone et le loyer de sa piaule à baise et en échange il la tringle gratis tous les dimanches après-midi pendant que sa femme va faire les courses chez Ralph à la marina. Pour moi, ce serait plutôt elle qui lui rend service, à ce gros lard. Mais bref... elle ne s'est pas pointée à sa piaule dimanche après-midi... c'est un petit truc dans la marina. On y est allés. On y est allés avec le type, mais elle n'est pas venue.
— Et il ne sait pas où elle habite ?

– Non. Elle ne le lui a jamais dit. Lui se contente de régler le téléphone et le loyer et de tirer son coup tous les dimanches. Il met tout ça sur ses frais généraux.

– Merde.

Il imagina Lucy entre les pattes de Wentz et de Six-Eight. Il leva le bras et se passa les doigts sur les cicatrices du visage en espérant qu'elle ait réussi à leur échapper. Et qu'elle se cache quelque part.

– « Merde », c'est exactement ce qu'on a dit, nous aussi. Et le problème là-dedans, c'est qu'on n'a même pas son nom complet... sa photo, on l'a eue sur le site, à condition que ce soit effectivement sa photo, même chose pour son prénom. Sauf que j'ai la curieuse impression que sa photo et son prénom ne sont pas vrais.

– Et le site web ?

– Je vous l'ai déjà dit. On y est allés et...

– Non, le siège. Le bureau de Hollywood...

– On y est passés et on a eu droit à un avocat. Coopération zéro. Il nous faudra une injonction du tribunal pour pouvoir les obliger à nous filer des renseignements sur leurs clients. Quant à Robin, on n'a pas assez de trucs contre elle pour demander une quelconque injonction à un juge.

Encore une fois, Pierce pensa au choix qui s'offrait à lui. Se protéger ou aider Renner et, qui sait, Lucy. S'il n'était pas déjà trop tard.

– Arrêtez ce truc, dit-il.

– Quoi ? L'enregistrement ? Je ne peux pas. C'est un interrogatoire en bonne et due forme. Je vous ai averti que j'enregistrais.

– D'accord, alors j'arrête de parler. Mais si vous éteignez ce bazar, je crois pouvoir vous dire des choses qui vous aideront.

Renner parut hésiter et réfléchir, mais Pierce eut le

sentiment que tout avait été chorégraphié à l'avance et avançait bien dans la direction voulue par l'inspecteur.

Ce dernier appuya sur une touche du magnétophone et le voyant rouge de l'enregistrement s'éteignit. Il glissa l'appareil dans la poche droite de sa veste.

— Bon alors, dit-il, qu'est-ce que vous avez ?

— Elle ne s'appelle pas Robin. Elle m'a dit se nommer Lucy LaPorte. Elle est originaire de La Nouvelle-Orléans. Il faut absolument la retrouver. Elle est en danger. Ça pourrait même être déjà trop tard.

— En danger à cause de qui ?

Pierce ne répondit pas. Il songea à la menace de Wentz : on ne parle pas à la police. Il songea aussi aux avertissements de Glass, le détective privé.

— À cause de Billy Wentz, dit-il enfin.

— Encore lui ! C'est lui le grand croquemitaine de l'histoire, non ?

— Écoutez. Vous me croyez ou vous ne me croyez pas, mais vous retrouvez Robin, enfin je veux dire... Lucy, et vous vous assurez qu'elle va bien.

— C'est tout ? C'est tout ce que vous avez à me dire ?

— Non. C'est bien elle qu'on voit sur la photo du site web. Je l'ai vue.

Renner hocha la tête comme s'il le pensait depuis toujours.

— On commence à y voir un peu plus clair, dit-il. Que pouvez-vous me dire d'autre sur cette dame ? Quand l'avez-vous vue ?

— Samedi soir. Elle m'a conduit à l'appartement de Lilly, mais elle est partie avant que j'y entre. Comme elle n'avait rien vu, j'ai essayé de la tenir en dehors de toute cette affaire. Ça faisait partie du marché que j'avais conclu avec elle. Elle avait peur que Wentz ne découvre ce qui se passait.

— Brillant, ça ! Vous l'avez payée ?

– Oui, mais ça change quoi ?
– Ça change que l'argent modifie les motivations. Combien ?
– Environ sept cents dollars.
– Ça fait un sacré paquet de blé pour une simple virée à travers Venice. Et l'autre petite virée avec la dame, vous l'avez faite aussi ?
– Non, inspecteur, l'autre « petite virée avec la dame », je ne l'ai pas faite.
– Bref, si ce qui, d'après vous, fait de Wentz un vilain mac numérique est vrai, que Robin vous ait accompagné jusqu'à la porte de Lilly la met en danger, c'est ça ?

Pierce acquiesça d'un signe de tête, cette dernière ne lui faisant pas cette fois l'impression d'être prise dans un aquarium. La bouger verticalement était possible. C'étaient les mouvements horizontaux qui posaient problème.

– Quoi d'autre ? demanda Renner en poussant toujours à la roue.
– Elle partage son appartement de la marina avec une certaine Cleo. Celle-ci devrait être aussi sur le site, mais je n'ai pas vérifié. Vous pourriez peut-être lui parler et obtenir des renseignements par elle.
– Peut-être, mais ce n'est pas sûr. Ça y est ?
– Une dernière chose... j'ai vu Robin monter dans un taxi jaune et vert dans Speedway samedi soir. Vous pourriez peut-être remonter cette piste jusque chez elle.

Renner hocha légèrement la tête.

– Ce truc-là, ça marche au cinéma, dit-il. Rarement dans la réalité. Et puis il y a des chances pour qu'elle soit retournée à sa piaule à baise. Le samedi, les soirées sont chaudes.

La porte de la chambre s'étant ouverte, Monica Purl entra dans la pièce. Elle vit Renner et s'arrêta net.

– Oh, désolée. Je vous déran...

– Oui, vous nous dérangez, lui répliqua Renner. Je suis de la police. Ça vous embêterait d'attendre dehors, s'il vous plaît ?

– Je reviendrai plus tard.

Elle regarda Pierce, avec une expression horrifiée devant ce qu'elle voyait. Pierce essaya de sourire et souleva la main gauche pour lui faire un petit signe.

– Je vous appellerai, ajouta la jeune femme, puis elle franchit le seuil de la porte en sens inverse et disparut.

– Qui était-ce ? demanda Renner. Encore une petite amie ?

– Non, mon assistante.

– Bon, dites, vous voulez bien qu'on parle de ce qui vous est arrivé sur ce balcon dimanche ? C'était Wentz ?

Pierce garda longtemps le silence en réfléchissant aux conséquences de sa réponse. Beaucoup de choses lui donnaient envie de dire que c'était bien Wentz et de déposer plainte contre lui. Il se sentait profondément humilié par ce que Wentz et son colosse lui avaient infligé. Même si l'opération de chirurgie plastique réussissait et s'il n'en restait aucune cicatrice, il savait qu'il serait difficile de s'accommoder de l'agression dont il avait été victime et de l'avoir toujours en mémoire. Des cicatrices, il y en aurait quand même.

Cela dit, les menaces de Wentz restaient très réelles dans son esprit – et c'étaient lui et Robin, voire Nicole, qu'elles visaient : que Wentz ait été capable de le trouver et d'entrer chez lui signifiait qu'il pouvait très bien s'en prendre à Nicole.

Pierce parla enfin.

– Tout ça s'est passé à Santa Monica, dit-il. Qu'est-ce que ça peut vous faire ?

– Ça peut me faire que c'est une seule et même affaire et que vous le savez parfaitement.

– Je ne veux pas en parler. Je ne me rappelle même

plus ce qui est arrivé. Tout ce que je sais, c'est que je montais des commissions chez moi et que je me suis réveillé quand les brancardiers ont commencé à s'occuper de moi.

– Comme quoi l'esprit est vraiment retors, n'est-ce pas ? La façon qu'il a de bloquer certaines choses...

Le ton était sarcastique et, rien qu'à l'air qu'il affichait, Pierce sut qu'il ne croyait pas à sa perte de mémoire. Les deux hommes se dévisagèrent longuement, puis l'inspecteur plongea la main dans sa veste.

– Et ça ? demanda-t-il. Ça vous débloquerait la mémoire ?

Il sortit une photo 18×24 pliée en deux et la lui montra. Très granuleux, l'agrandissement montrait l'appartement des Sables vu de loin. De la plage. Pierce approcha la photo de ses yeux et y vit des gens sur un des balcons du haut. Un des balcons du douzième étage, il le savait. Comme il savait que ces gens n'étaient autres que Wentz, son homme de main Six-Eight et lui-même. Lui même suspendu dans le vide par les chevilles. Mais les individus sur le cliché étaient trop petits pour qu'on pût les reconnaître. Il rendit la photo à l'inspecteur.

– Non, dit-il. Pas du tout.

– Pour l'instant, c'est ce qu'on a de mieux, enchaîna Renner. Mais dès qu'on fera passer ça à la télé et qu'on demandera toutes les photos, films et autres vidéos amateurs pris de la scène, je suis sûr qu'on aura nettement mieux. Il y avait beaucoup de monde sur la plage, vous savez. Que quelqu'un ait fait de bonnes photos n'aurait rien d'étonnant.

– Eh bien, bonne chance.

Renner garda le silence et scruta longuement le visage de Pierce avant de reprendre la parole.

– Écoutez, dit-il, s'il vous a menacé, nous avons les moyens de vous protéger.

— Je vous l'ai déjà dit, je ne me souviens plus de rien. De rien du tout.

Renner hocha la tête.

— Ben voyons ! dit-il. Bon, laissons tomber l'histoire du balcon. Passons à autre chose... Dites-moi... où avez-vous caché le cadavre de Lilly ?

Pierce ouvrit grands les yeux. Renner ne l'avait baladé que pour mieux le frapper à l'estomac.

— Quoi ? Mais qu'est-ce que vous...

— Où est-il, Pierce ? Qu'avez-vous fait à cette fille ? Et Lucy LaPorte, hein ?

Pierce sentit le froid le gagner. Il regarda l'inspecteur et s'aperçut que celui-ci ne plaisantait pas le moins du monde. Il comprit alors qu'il n'était pas simplement un suspect parmi d'autres, mais bel et bien le suspect principal.

— Vous vous foutez de ma gueule ? Vous ne sauriez rien de tout ça si je ne vous avais pas appelé ! Là-dedans, il n'y avait que moi pour qui ça comptait !

— Mais oui ! Même qu'en nous appelant et en nous baladant dans toute la baraque et sur la scène de crime, vous vous prépariez un joli système de défense. Même que le petit boulot que vous avez demandé à Wentz et à vos autres copains de vous faire sur la gueule en faisait partie. Genre le pauvre mec qui se fait raboter le nez pour l'avoir mis là où il fallait pas. Rien de tout ça ne suscite ma sympathie, monsieur Pierce.

Pierce le dévisagea, interloqué. Tout ce qu'il avait fait ou subi, Renner le voyait sous un jour complètement contraire.

— Permettez que je vous raconte une petite histoire, reprit celui-ci. J'ai longtemps travaillé dans la Valley et, un jour, on nous a signalé une disparition. Une fillette. Vu qu'elle avait douze ans et sortait d'une bonne famille, nous savions que nous n'avions pas affaire à une fugue. Des fois, c'est comme ça : on sait. On rassemble donc les voisins et des volontaires et on organise une battue dans les collines d'Encino. Et tiens, tiens, voilà qu'un voisin la retrouve. Violée, étranglée et jetée dans un caniveau. Une vraie boucherie. Sauf que vous savez quoi ? Il s'est avéré que le type qui l'avait retrouvée était aussi celui qui avait fait le coup. Il nous a fallu un bon bout de temps pour remonter jusqu'à lui, mais on y est arrivés et il a avoué. Oui, c'était lui qui l'avait retrouvée ! Comme ça. Le syndrome du Bon Samaritain, que ça s'appelle. C'est celui qui trouve qui a fait le coup. Ça arrive tout le temps. Le tueur aime bien être tout près des flics. Il aime bien les aider. Ça lui donne l'impression d'être meilleur qu'eux, en plus de l'aider à supporter son crime.

Pierce avait du mal à seulement imaginer comment tout cela s'était retourné contre lui.

– Vous vous trompez, dit-il calmement, mais d'une voix qui tremblait. Ce n'est pas moi qui l'ai tuée.

– Ah bon ? Je me tromperais ? Que je vous dise un peu ce que j'ai dans mes cartes. J'ai une femme qui a disparu et du sang sur un lit. Et de vous, j'ai des tas de mensonges et d'empreintes étalées partout dans sa maison et son studio à baiser.

Pierce ferma les yeux. Il songea à l'appartement en retrait de Speedway et à la maison-mouette d'Altair. Il savait bien qu'il avait touché à tout. Qu'il avait mis ses mains sur tout et le reste. Ses flacons de parfum, ses penderies, son courrier.

– Non...

Il fut incapable d'en dire plus.

– Non, quoi ?

– C'est une erreur. Tout ce que j'ai fait... enfin, je veux dire... j'ai hérité de son numéro de téléphone. Je voulais juste voir... je voulais l'aider... Vous voyez, c'était de ma faute... et je me disais que si je...

Il n'acheva pas sa phrase. Le présent et le passé étaient trop proches. Ils se fondaient ensemble, l'un déformant l'autre et se plaçant devant lui comme dans une éclipse. Il rouvrit les yeux et regarda Renner.

– Qu'est-ce que vous vous êtes dit ? demanda Renner.

– Quoi ?

– Finissez votre phrase. Qu'est-ce que vous vous disiez ?

– Je ne sais pas. Je ne veux plus parler de ça.

– Allons, mon petit ! Vous avez entamé la descente, il faut aller jusqu'au bout. Ça fait du bien de se débarrasser de son fardeau. C'est bon pour l'âme. C'est de votre faute si Lilly est morte. Que voulez-vous dire par là ? C'était un accident ? Dites-moi comment c'est arrivé. Peut-être que je m'en contenterai et que nous pourrons aller voir le procureur du district ensemble pour arranger ça au mieux.

Pierce sentit la peur et le danger lui envahir l'esprit. Il les sentit presque se détacher de sa peau. Comme si c'étaient des éléments chimiques – des composés qui partageaient les mêmes molécules et montaient à la surface pour s'échapper.

– Mais qu'est-ce que vous racontez ? Lilly ? Ce n'est pas de ma faute. Je ne la connaissais même pas. J'ai essayé de l'aider.

– En l'étranglant ? En lui tranchant la gorge ? Ou bien... vous lui avez fait le coup de Jack l'Éventreur ? Je crois me souvenir que ce monsieur était chimiste, lui aussi. Docteur ou autre. Le nouvel Étrangleur, c'est vous ? C'est ça, votre truc, Pierce ?

– Sortez d'ici. Vous êtes cinglé.

– Le cinglé ici, je ne crois pas que ce soit moi. Pourquoi était-ce de votre faute ?

– Quoi ?
– Vous avez dit que pour elle, c'était tout de votre faute. Pourquoi ? Qu'est-ce qu'elle avait fait ? Elle s'était moquée de vous ? Vous avez une toute petite bite, Pierce ? C'est ça, le problème ?

Pierce hocha si violemment la tête qu'il en eut le vertige. Il referma les yeux.

– Ce n'est pas ce que j'ai dit. Ce n'est pas de ma faute.
– Si, c'est ce que vous avez dit. Je l'ai entendu.
– Non. C'est vous qui me faites dire des trucs. Ce n'est pas de ma faute. Je n'y suis pour rien.

Il rouvrit les yeux et vit Renner mettre la main dans sa poche et en sortir un magnétophone. Le voyant rouge était allumé. Pierce s'aperçut que ce n'était pas celui que l'inspecteur avait posé sur le plateau de la table, puis éteint. Il avait tout enregistré.

Renner appuya sur la touche « rewind » pendant quelques secondes, puis il chercha l'endroit qu'il voulait, le trouva et repassa ce que Pierce avait dit quelques instants plus tôt.

« C'est une erreur. Tout ce que j'ai fait... enfin, je veux dire... j'ai hérité de son numéro de téléphone. Je voulais juste voir... je voulais l'aider... Vous voyez, c'était de ma faute... et je me disais que si je... »

Renner éteignit le magnéto et regarda Pierce d'un air satisfait. Il l'avait coincé. Pierce s'était fait avoir. Si limité fût-il, son instinct juridique lui souffla de ne rien dire de plus. Mais il ne pouvait plus s'arrêter.

– Non, répéta-t-il. Ce n'était pas d'elle que je parlais. Ce n'était pas de Lilly Quinlan. C'était de ma sœur. Je...
– Nous étions en train de parler de Lilly Quinlan et vous avez dit : « C'était de ma faute. » Et ça, l'ami, ça s'appelle un aveu.
– Non, je vous ai dit, je...

– Je sais très bien ce que vous m'avez dit. C'était une belle histoire.

– Ce n'est pas une histoire.

– Bon, vous savez quoi ? Histoire ou pas histoire, moi, je sais que dès que j'aurai retrouvé le corps, j'aurai la vraie à raconter. Je vous aurai coincé et ce sera fini.

Il se pencha sur le lit jusqu'à n'être plus qu'à quelques centimètres du visage de Pierce.

– Où est-elle, Pierce ? Vous savez que tout ça est inévitable. On la retrouvera. Et donc, finissons-en tout de suite. Dites-moi ce que vous lui avez fait.

Ils se regardaient droit dans les yeux. Pierce entendit le déclic de la touche d'enregistrement que Renner réenclenchait.

– Fichez le camp d'ici ! dit-il.

– Vous feriez mieux de parler. Vous perdez du temps. Dès que j'aurai sorti ce truc d'ici et que je l'aurai remis entre les mains de la justice, je ne pourrai plus vous aider. Parlez-moi, Henry. Allons. Débarrassez-vous de votre culpabilité.

– Je vous ai dit de sortir. Je veux un avocat.

Renner se redressa et sourit d'un air entendu. Puis en exagérant beaucoup ses gestes, il leva le magnéto en l'air et l'éteignit.

– Bien sûr que vous voulez un avocat, dit-il. Et vous allez en avoir besoin. Je vais voir le procureur du district, Pierce. Je sais déjà que je vous tiens pour effraction et entrave à la justice, et ce n'est qu'un commencement. Et là, je vous ai cueilli à froid. Sauf que tout ça, c'est du flanc. Ce que je veux, c'est le gros morceau.

Il lui montra le magnéto comme si les paroles qu'il y avait enregistrées étaient le Saint-Graal.

– Dès que nous aurons le cadavre, la partie sera finie.

Pierce ne l'écoutait plus vraiment. Il se détourna de Renner et se mit à regarder droit devant lui en pensant à ce qui allait arriver. Brusquement, il comprit qu'il allait tout perdre. La société... tout. En une fraction de seconde tous les dominos dégringolèrent dans sa tête, le dernier n'étant autre que Goddard se retirant de Protée pour aller investir ses dollars ailleurs – chez Bronson Tech, Midas Molecular ou autre. Car Goddard allait se retirer et personne ne voudrait le remplacer. Pas sous la menace d'une enquête criminelle, voire d'un jugement au tribunal. Ce serait terminé. Pierce serait hors course et à jamais.

Il se retourna vers Renner.

– Je vous ai dit que je ne vous parlerais plus. Je vous demande de partir. Et je veux un avocat.

Renner hocha la tête.

– Si j'ai un conseil à vous donner, c'est d'en choisir un bon.

Il tendit le bras vers une étagère sur laquelle on avait posé des médicaments et y reprit un chapeau que Pierce n'avait pas vu. Un feutre rond de couleur marron au bord tiré vers le bas. Pierce songea que plus personne n'en portait à L.A. Plus personne. Renner quitta la pièce sans dire un mot de plus.

23

Il resta immobile un instant et réfléchit à la situation dans laquelle il s'était mis. Il se demanda jusqu'à quel point Renner n'avait voulu que le menacer en lui disant qu'il allait se rendre chez le procureur. Était-ce bien réel ? Puis il écarta ces pensées et regarda autour de lui pour voir s'il y avait un téléphone. Rien sur la table de chevet, mais son lit était muni de montants équipés de toutes sortes de boutons électroniques destinés à positionner le matelas et à commander la télé montée sur le mur d'en face. Il trouva un téléphone accroché au montant droit. Dans une pochette en plastique juste à côté il trouva aussi une petite glace. Il la leva à la hauteur de son visage et se regarda pour la première fois.

Il s'était attendu à pire. En passant ses doigts dessus après l'agression, il avait eu l'impression d'avoir la figure complètement démolie et n'avait pas cru pouvoir échapper à d'énormes cicatrices. Sur le moment, ça ne l'avait guère inquiété, tant il avait été heureux de constater qu'il était encore en vie. Maintenant, il se sentait un peu plus anxieux. Il était nettement moins enflé – juste un peu autour des yeux et au bas du nez. Mais il avait les narines bourrées de gaze. Et de grosses taches violettes sous les yeux. La cornée du gauche était encore pleine de vaisseaux sanguins éclatés sur un côté de l'iris. Et en travers de son nez on voyait clairement les fins zigzags des micropoints de suture.

Ils formaient une sorte de K, dont la hampe lui montait sur l'arête du nez, les deux branches de la lettre s'incurvant sous son œil gauche et au-dessus, jusque dans son sourcil. Vision encore plus étrange qu'il découvrait dans la glace, la moitié de ce dernier avait été rasée en vue de l'opération.

Il reposa la glace et s'aperçut qu'il était en train de sourire. Il avait la moitié de la gueule arrachée, un flic du LAPD essayait de le jeter en prison pour un crime qu'il avait découvert mais n'avait pas commis, un mac numérique avec un monstre en laisse était devenu une menace tout ce qu'il y avait de plus réelle et vivante, et il était là, assis dans son lit, à sourire.

Sans bien comprendre de quoi il retournait, il sentit que cela avait à voir avec ce qu'il avait trouvé dans la glace. Il s'en était sorti et son visage lui montrait à quel point il était passé près de la mort. Il y avait de quoi être soulagé – et sourire, même de manière inopportune.

Il s'empara du téléphone et passa un coup de fil à Jacob Kaz, l'avocat de la société spécialisé dans les problèmes de brevets. Son appel fut aussitôt transféré à l'homme de loi.

– Henry, comment vas-tu ? lui demanda celui-ci. On m'a dit que tu avais été victime d'une agression. Qu'est-ce que...

– C'est une longue histoire, Jacob. Je te raconterai tout ça plus tard. Pour l'instant, j'ai surtout besoin que tu me donnes le nom d'un avocat. Un avocat de la défense... au criminel. Quelqu'un qui soit bon mais n'aime pas montrer sa tête à la télé ou avoir son nom dans les journaux.

Pierce savait qu'à Los Angeles, c'était la perle rare qu'il demandait. Mais contenir la situation serait sans doute aussi important que se défendre contre une accusation de meurtre parfaitement bidon. Il allait falloir travailler vite et dans la discrétion, sinon les dominos auxquels il avait songé quelques instants plus tôt risquaient fort de se transformer en blocs de réalité qui pourraient bien l'écraser et emporter sa société avec lui.

Kaz s'éclaircit la voix avant de répondre et ne lui laissa en rien entendre que sa requête sortait de l'ordinaire ou ne serait pas tout à fait normale dans le cadre de leurs relations professionnelles.

– Je crois avoir quelqu'un, dit-il enfin. Elle devrait te plaire.

24

Ce mercredi matin-là, Pierce était en train de parler au téléphone avec Charlie Condon lorsqu'une femme en tailleur gris entra dans sa chambre d'hôpital. Elle lui tendit une carte au nom de Janis Langwiser, avocate. Il posa la main sur l'écouteur et lui dit qu'il n'en avait pas pour longtemps.

– Charlie, reprit-il, il faut que j'y aille. Le médecin vient d'entrer. Dis-lui seulement qu'il faudra se voir pendant le week-end, ou la semaine prochaine.

– Je ne peux pas, Henry. Il veut voir Protée avant qu'on envoie la demande de brevet. Je ne veux pas repousser à plus tard, et toi non plus. En plus, Maurice, tu l'as rencontré. Il ne se laissera pas faire.

– Rappelle-le et essaie de retarder.

– D'accord. J'essaierai. Et je te rappelle.

Charlie ayant raccroché, Pierce remit le téléphone dans son logement sur le montant du lit. Il essaya de sourire à l'avocate, mais sa figure lui faisait plus mal que la veille et sourire était douloureux. Elle lui tendit la main et serra la sienne.

– Janis Langwiser, dit-elle. Heureuse de faire votre connaissance.

– Henry Pierce. Je ne peux pas dire que les circonstances me rendent heureux de faire la vôtre.

– C'est assez souvent le cas lorsqu'on est avocat de la défense au criminel.

Jacob Kaz lui avait déjà dit ce qu'il fallait savoir sur Janis Langwiser. Elle était chargée des affaires criminelles au cabinet Smith, Levin, Colvin et Enriquez. D'après Kaz, ce cabinet, petit mais influent, était tellement fermé qu'on ne le trouvait même pas dans l'annuaire du téléphone. Ses clients appartenaient aux élites, mais même parmi elles certains avaient de temps en temps besoin d'être défendus au criminel. C'était là que Janis Langwiser entrait en scène. Un an plus tôt, le cabinet l'avait débauchée des services du procureur du district, où elle avait mené carrière en plaidant pour l'accusation dans quelques-unes des affaires les plus retentissantes des dernières années[1]. Kaz avait informé Pierce que la direction du cabinet était prête à le prendre pour client dans la mesure où elle désirait nouer des relations avec lui, relations qui deviendraient mutuellement profitables au fur et à mesure qu'Amedeo Technologies se rapprocherait d'une éventuelle entrée en Bourse. Pierce, lui, n'avait pas dit à Kaz qu'il n'y aurait absolument aucune entrée en Bourse, qu'il n'y aurait même plus d'Amedeo Technologies si la situation ne se résolvait pas comme il fallait.

Après lui avoir posé quelques questions de politesse sur ses blessures et le pronostic du médecin, Langwiser lui demanda pourquoi il croyait avoir besoin d'un avocat de la défense au criminel.

– Parce qu'il y a un inspecteur de police qui me prend pour un assassin. Il me dit avoir l'intention d'aller voir le procureur du district pour essayer de m'inculper d'un certain nombre de crimes, dont celui de meurtre.

– C'est un flic de Los Angeles ? Comment s'appelle-t-il ?

– Renner. Je ne crois pas qu'il m'ait jamais dit son prénom. Ou alors, je ne m'en souviens pas. J'ai sa carte, mais je ne l'ai jamais regard...

– Robert. Je le connais. Il travaille à Pacific Division. Ça fait un bon moment qu'il y est.

– Vous le connaissez par une affaire ?

---

1. Cf. *L'Oiseau des ténèbres*, publié dans cette même collection (*NdT*).

— Au début de ma carrière, je classais les dossiers du procureur de district. J'en ai rangé quelques-uns que Renner avait montés. Il m'a fait l'impression d'un bon flic. Consciencieux est le terme qui convient.

— C'est d'ailleurs le mot qu'il emploie lui-même.

— Et il va voir le procureur pour vous faire inculper de meurtre ?

— Je n'en suis pas certain. Il n'y a pas de cadavre. Mais il m'a dit qu'il allait me faire accuser d'autres choses en attendant. Entre autres d'effraction. Et d'entrave à la justice. D'après moi, c'est seulement plus tard qu'il essaiera de me coller le meurtre sur le dos. Je ne sais pas s'il s'agit de menaces sans fondement et jusqu'où il peut aller. Et comme je n'ai tué personne, j'ai besoin d'un avocat.

Elle plissa le front et hocha la tête d'un air pensif. Puis elle lui montra son visage.

— Et cette histoire avec Renner a un lien avec vos blessures ?

Il acquiesça.

— Pourquoi ne pas commencer par le commencement ? dit-elle.

— Nous sommes dès à présent liés par le secret ?

— Oui. Vous pouvez parler librement.

Il acquiesça encore une fois. Puis il passa les trente minutes suivantes à lui raconter son histoire, le plus en détail possible vu l'état de sa mémoire. Il ne lui cacha rien de ce qu'il avait fait, jusques et y compris les délits qu'il avait commis. Il ne laissa rien dans l'ombre.

Tandis qu'il parlait, Langwiser s'était appuyée au comptoir à médicaments et instruments de chirurgie. Elle s'était mise à prendre des notes avec un stylo de prix, sur un bloc grand format qu'elle avait sorti d'un sac en cuir noir certes trop imposant pour être un sac à main, mais à peine trop petit pour servir de valise. Tout dans ses manières respirait la confiance haut de gamme. Lorsqu'il eut fini son récit, elle revint sur le moment où, d'après Renner, il y aurait eu aveu de sa part. Elle lui posa plusieurs questions, d'abord sur le tour qu'avait pris la conversation à cet instant précis, puis sur le traitement qu'il suivait et les souffrances qu'il endurait à la suite de son agression et de son opération chirurgicale. Elle lui demanda enfin ce qu'il avait vraiment voulu dire en racontant que c'était sa faute.

– C'était de ma sœur, Isabelle, que je voulais parler.
– Je ne comprends pas.
– Elle est morte. Il y a longtemps.
– Allons, Henry, ne m'obligez pas à essayer de deviner. Je veux savoir.

Il haussa les épaules, ce qui fut douloureux et lui fit aussi mal aux côtes.

– Elle s'est sauvée de la maison quand nous étions gosses. Après, elle s'est fait tuer... par un type qui avait déjà assassiné beaucoup de monde. Des filles qu'il ramassait à Hollywood. Il a fini par se faire lui-même tuer par les flics et... tout a été dit.
– Un tueur en série... ça remonte à quand ?
– Aux années quatre-vingt. On l'appelait le « Fabricant de poupées ». Ce sont les journaux qui leur donnent ce genre de noms, vous savez. À cette époque-là en tout cas.

Il vit qu'elle révisait son histoire contemporaine.

– Le Fabricant de poupées, oui, je m'en souviens. À ce moment-là, je faisais mon droit à l'UCLA. Plus tard, j'ai rencontré l'inspecteur de police qui l'a abattu. Il a pris sa retraite l'année dernière.

Ses souvenirs parurent emporter ses pensées, puis elle revint à l'affaire.

– Bon, dit-elle. Comment se fait-il qu'il y ait eu confusion entre votre sœur et Lilly Quinlan dans votre conversation avec l'inspecteur Renner ?

— C'est que je pense beaucoup à ma sœur depuis quelque temps. Depuis cette histoire avec Lilly... Je crois que c'est pour ça que j'ai fait ce que j'ai fait.

— Vous voulez dire que vous vous croyez responsable de ce qui est arrivé à votre sœur ? Comment est-ce possible, Henry ?

Il attendit un instant avant de répondre et remit de l'ordre dans son histoire. Pas toute, d'ailleurs. Juste ce qu'il voulait lui en dire. Il laissa de côté ce qu'il ne pourrait jamais avouer à un inconnu.

— Mon beau-père et moi y allions souvent. Nous habitions dans la Valley et descendions fréquemment à Hollywood pour essayer de la retrouver. La nuit. Des fois aussi le jour, mais surtout la nuit.

Il regarda fixement l'écran éteint de la télé vissée au mur à l'autre bout de la pièce et se mit à parler comme s'il y découvrait son histoire et ne faisait que la lui répéter.

— Je mettais de vieux habits pour avoir l'air comme eux... pour ressembler à un gamin des rues. Mon beau-père m'envoyait chercher dans les endroits où ils se cachaient et dormaient, où ils se droguaient ou se faisaient baiser pour avoir du fric, enfin, vous...

— Pourquoi vous ? Pourquoi votre beau-père n'y allait-il pas lui-même ?

— À l'époque, il m'expliquait que c'était parce que j'étais petit et qu'ils me laisseraient entrer. Quand un adulte débarquait dans leurs squats, tout le monde se barrait. C'était là qu'on risquait de la perdre.

Il s'arrêta de parler. Langwiser attendit, puis dut le pousser à reprendre.

— Vous venez de dire qu'à l'époque, c'est la raison qu'il vous donnait. Que vous a-t-il dit plus tard ?

Il secoua la tête. Elle était bonne. Elle ne ratait aucune subtilité.

– Rien. C'est juste que... je crois... enfin, je veux dire qu'elle ne se sauvait pas sans raison. D'après les flics, elle se droguait, mais je crois que c'est venu plus tard. Quand elle a commencé à vivre dans la rue.

– Vous croyez que la vraie raison, c'était votre beau-père.

Elle avait dit ça sur le ton de l'affirmation, il hocha imperceptiblement la tête en songeant à ce que la mère de Lilly Quinlan lui avait dit de ce qui rapprochait sa fille de la femme qu'elle connaissait sous le nom de Robin.

– Que lui faisait-il ?

– Je ne sais pas et ça n'a plus d'importance maintenant.

– Alors, pourquoi avez-vous dit à Renner que c'était de votre faute ? Pourquoi croyez-vous que ce qui est arrivé à votre sœur était de votre faute ?

– Parce que je ne l'ai pas retrouvée. Toutes ces nuits que j'ai passées à la chercher... et je ne l'ai jamais retrouvée. Si seulement...

Il avait dit ça sans conviction ni emphase. C'était un mensonge. Il n'était pas question de dire la vérité à cette femme qu'il ne connaissait que depuis une heure.

Langwiser lui donnait l'impression de vouloir aller plus loin, mais aussi de savoir qu'elle avait déjà pénétré assez loin dans son domaine privé.

– Bien, Henry, dit-elle. Je crois que ça explique pas mal de choses... tant pour ce que vous avez fait suite à la disparition de Lilly Quinlan que pour ce que vous avez déclaré à Renner.

Il acquiesça.

– Je suis désolée pour votre sœur, reprit-elle. Dans mon ancien métier, traiter avec les familles des victimes était toujours ce qu'il y avait de plus difficile. Au moins avez-vous pu faire une partie de votre travail de deuil.

Le type qui a fait ça méritait amplement ce qui lui est arrivé.

Pierce voulut y aller d'un sourire sarcastique, mais cela lui fit trop mal.

– Le travail de deuil, ben tiens, dit-il. Ça rend tout tellement mieux.

– Votre beau-père est-il toujours en vie ? Vos parents ?

– Mon beau-père, oui. Aux dernières nouvelles. Je ne lui parle plus depuis longtemps. Ma mère l'a quitté. Elle habite toujours dans la Valley. Je ne lui ai pas parlé depuis longtemps non plus.

– Où est votre père ?

– Dans l'Oregon. Il a fondé une autre famille. Mais on reste en contact. C'est le seul à qui je parle encore.

Elle hocha la tête. Puis elle étudia longuement ses notes en remontant les pages de son carnet afin de reprendre tout ce qu'il lui avait dit depuis le début de leur entretien. Enfin elle leva les yeux sur lui.

– Bien, dit-elle, à mon avis, tout ça, c'est des conneries.

Pierce secoua la tête.

– Mais non ! Je vous ai dit exactement comment ça s'est pas...

– Non, pas vous, Henry, Renner ! Je crois qu'il raconte des âneries. Il n'a rien. Et il ne va pas s'amuser à vous inculper de ces délits mineurs. Pour l'accusation d'effraction, tout le monde lui rirait au nez au cabinet du procureur. Qu'aviez-vous l'intention de faire ? Voler ? Non, c'était pour vous assurer qu'elle allait bien. Ils ne savent rien du courrier que vous auriez volé et seraient bien incapables de le prouver de toute façon, vu qu'il n'est plus là. Quant à l'entrave à la justice, ce n'est qu'une menace en l'air. Les gens mentent et cachent des trucs aux flics tous les jours que Dieu fait.

Personne ne s'attend à autre chose. Bref, essayer d'accuser quelqu'un de ce délit... Je ne me rappelle même plus quand la dernière affaire d'entrave à la justice est passée devant un tribunal. En tout cas, il n'y en a jamais eu quand je travaillais au cabinet du procureur.

– Et l'enregistrement ? J'étais un peu perdu. D'après lui, ce que j'ai dit équivaudrait à un aveu.

– Il vous manipulait. Il essayait de vous foutre en colère pour voir comment vous réagiriez, peut-être même obtenir quelque chose de plus grave contre vous. Il faudrait que j'écoute vos déclarations pour pouvoir les apprécier, mais tout ça me paraît bien secondaire. Qui plus est, vos explications sur votre sœur sont tout à fait légitimes et seraient perçues comme telles par un jury. Ajoutez à ça qu'il est clair que vous étiez sous l'emprise de divers médicaments et que vous...

– C'est que rien de tout ça ne doit arriver devant un jury. Si jamais ça se produisait, je serais fichu. Complètement ruiné.

– Je comprends. Mais là-dedans, c'est la façon de voir d'un jury qui compte. C'est celle qu'essaie de deviner le procureur avant d'inculper quiconque. Et la dernière chose qu'il ait envie de faire est de se lancer dans une affaire en sachant que le jury ne marchera pas.

– Il n'y a rien qui puisse le faire marcher dans cette affaire : je n'ai pas tué cette fille. J'essayais seulement de savoir si elle allait bien. C'est tout.

Langwiser acquiesça d'un signe de tête, mais ne donna pas l'impression d'être particulièrement impressionnée par ses protestations d'innocence. Pierce avait entendu dire que les bons avocats de la défense s'intéressent toujours beaucoup moins à l'innocence ou à la culpabilité de leurs clients qu'à la stratégie qu'ils vont devoir adopter. Le droit, voilà ce qu'ils pratiquent – pas la justice. Pierce trouvait tout cela frustrant dans la mesure où il voulait que Langwiser reconnaisse d'abord son innocence avant d'aller se battre pour la défendre.

— Et d'un, reprit-elle, quand il n'y a pas de cadavre, il est toujours très difficile de monter un procès contre quiconque. C'est faisable, mais très difficile... surtout dans votre cas. Vu les ressources et le style de vie de la victime... Parce qu'il faut voir que cette Lilly Quinlan pourrait se trouver absolument n'importe où. Et si elle est effectivement morte, la liste des suspects sera forcément très longue.

« Et de deux, essayer de relier votre effraction dans tel lieu à un homicide non encore avéré dans un autre n'a aucune chance de réussir. C'est tirer si fort sur la corde que je ne vois aucun procureur se lancer dans ce genre de procès. N'oubliez pas que j'ai travaillé dans ce domaine et que ramener les flics au sens des réalités constituait la moitié de notre boulot. À mon avis, à moins que la situation ne change de manière significative, vous n'avez pas de souci à vous faire. Pour quoi que ce soit.

— De manière significative comme quoi ?

— Disons... qu'ils retrouvent le corps. Et non seulement qu'ils le retrouvent, mais que d'une manière ou d'une autre ils arrivent à établir un lien entre ce cadavre et vous.

Il hocha la tête.

— Il n'y a aucun lien à établir. Je ne l'ai jamais rencontrée.

— Alors, c'est bon. Vous devriez être hors de cause.

— « Devriez » ?

— Rien n'est jamais sûr à cent pour cent. Surtout en droit. Il faudra attendre.

Elle relut ses notes encore quelques instants avant de reprendre la parole.

– Bon, dit-elle enfin. Et maintenant, appelons cet inspecteur Renner.

Pierce haussa les sourcils, a tout le moins ce qu'il en restait, et cela le fit souffrir. Il grimaça de douleur.

– Vous voulez l'appeler ? s'écria-t-il. Mais pourquoi ?

– Pour l'avertir que vous avez un avocat et voir ce qu'il a à raconter pour sa défense.

Elle sortit un portable de son sac et l'ouvrit.

– Je dois avoir sa carte dans mon portefeuille, dit Pierce. Dans le tiroir de la table.

– Pas de problème, je me rappelle le numéro.

Le planton du commissariat de Pacific Division répondit rapidement, et elle demanda Renner. Cela prit quelques minutes, mais elle finit par l'avoir au bout du fil. En attendant, elle avait monté le son de son portable et décollé ce dernier de son oreille afin que Pierce pût entendre l'ensemble de la conversation. Elle posa ses doigts sur ses lèvres et dit à Pierce de ne pas s'en mêler.

– Salut, Bob. Janis Langwiser à l'appareil. Vous vous souvenez de moi ?

– Bien sûr, répondit Renner après avoir marqué une pause. Mais... on ne m'a pas dit que vous aviez franchi la ligne jaune ?

– Très drôle. Écoutez-moi, Bob. Je suis à l'hôpital Saint John, où je viens de voir Henry Pierce.

Deuxième pause.

– Henry Pierce, le Bon Samaritain. Le sauveur de putes disparues et autres chiens perdus ?

Pierce sentit le rouge lui monter aux joues.

– Mais vous débordez d'humour aujourd'hui ! lui renvoya sèchement Langwiser. Ce serait un nouvel aspect de votre personnalité ?

– Le plaisantin ici, c'est Henry Pierce. Vous n'avez pas idée des histoires qu'il raconte.

– C'est justement pour ça que je vous appelle. Henry

Pierce ne vous racontera plus d'histoires, Bob. C'est moi qui le représente et il ne vous parlera plus. Vous avez loupé la chance que vous aviez.

Pierce la regarda et la vit lui faire un clin d'œil.

– Je n'ai rien loupé du tout ! se récria Renner. Dès qu'il voudra me raconter toute l'histoire, et sans mentir, je serai là pour l'écouter. Sans ça...

– Écoutez, inspecteur, vous êtes plus attaché à faire suer mon client qu'à essayer de découvrir ce qui s'est vraiment passé. Et ça, il faut que ça cesse. Henry Pierce est sorti de vos filets. Ah oui, autre chose... vous décidez de porter ça devant un tribunal et votre astuce des deux magnétos, je vous la rentre dans le cul jusqu'aux oreilles.

– Je l'ai averti que je l'enregistrais, protesta Renner. Je lui ai lu ses droits et il m'a dit les comprendre. C'est tout ce que je suis obligé de faire. Je n'ai rien fait d'illégal dans cet interrogatoire libre.

– Peut-être pas en soi, Bob. Mais les juges et les jurés n'aiment guère que les flics trompent les gens. Ils aiment qu'on joue proprement.

La troisième pause de Renner fut si longue que Pierce commença à se demander si Langwiser n'allait pas trop loin. N'était-elle pas en train de pousser l'inspecteur à lui trouver un chef d'accusation par pure colère ou ressentiment ?

– Vous êtes vraiment passée de l'autre côté, n'est-ce pas ? dit enfin l'inspecteur. J'espère que vous y serez heureuse.

– Bah, si je n'ai que des clients comme Henry Pierce, des gens qui essaient seulement de bien faire, je le serai.

– De bien faire ? Je me demande si Lucy LaPorte est de cet avis.

– Il l'a retrouvée ? s'écria Pierce.

Langwiser leva aussitôt la main pour lui enjoindre de se taire.

– Ce ne serait pas M. Pierce que j'entends ? demanda aussitôt Renner. Je ne savais pas qu'il nous écoutait, Janis. Parlez d'astuces ! C'était vraiment gentil à vous de m'avertir.

– Je n'y étais pas tenue.

– Pas plus que je n'avais à lui parler du second magnéto après l'avoir informé que notre conversation était enregistrée. Et donc, vous pouvez vous foutre ça dans le cul, vous aussi. Bon, faut que j'y aille.

– Attendez. Vous avez retrouvé Lucy LaPorte ?

– Ça fait partie de l'enquête policière, maître. Vous restez dans votre coin, je reste dans le mien. Allez, à plus.

Il raccrocha et Langwiser referma son portable.

– Je vous avais dit de vous taire ! lança-t-elle à Pierce.

– Désolé, dit-il. Mais j'essaie de la trouver depuis dimanche. J'aimerais juste savoir où elle est et si elle va bien ou a besoin d'aide. S'il lui est arrivé quoi que ce soit, ce sera de ma faute.

Ça y est, je remets ça, songea-t-il. *Toujours à me trouver coupable de tout, et à faire des aveux publics.*

Langwiser ne parut rien remarquer. Elle avait commencé à ranger son téléphone et son carnet de notes.

– Je vais passer quelques coups de fil pour me renseigner, dit-elle. Au commissariat de Pacific Division, je connais des gens qui sont un peu plus coopératifs que Renner. Son patron, par exemple.

– Vous m'appelez dès que vous savez quelque chose ?

– J'ai vos numéros. En attendant, vous ne vous mêlez plus de rien. Avec un peu de chance, notre petit coup de fil aura dissuadé Renner pour un moment. Peut-être même se ravisera-t-il pour la suite. Mais vous n'êtes pas au bout du tunnel sur ce coup-là, Henry. Je crois que vous êtes hors d'affaire, mais il pourrait encore se passer des choses. On adopte le profil bas et on se tient à l'écart de tout ça.

– D'accord.

– Et la prochaine fois que vous voyez le médecin, demandez lui la liste des médicaments qui auraient pu se balader dans votre carcasse lorsque Renner vous enregistrait.

– Entendu.

– Savez-vous quand vous pourrez sortir ?

– C'était prévu pour aujourd'hui.

Il consulta sa montre. Ça faisait presque deux heures qu'il attendait que le Dr Hansen lui signe sa décharge.

Il regarda Langwiser. Elle semblait prête à partir, mais le fixait comme si elle voulait lui demander quelque chose sans trop savoir comment s'y prendre.

– Quoi ? dit-il.

– Je ne sais pas. Je me disais seulement que vous pensiez loin. Enfin, je veux dire... quand vous n'étiez qu'un gamin et que vous croyiez votre beau-père responsable de la disparition de votre sœur.

Pierce garda le silence.

– D'autres choses que vous voudriez me dire à ce sujet ?

Pierce regarda de nouveau l'écran de la télé et n'y vit rien. Il hocha la tête.

– Non, on a fait à peu près le tour de la question.

Il douta de l'avoir convaincue et se dit que, travaillant régulièrement avec des menteurs, les défenseurs au criminel devaient être aussi experts dans l'art de reconnaître toutes les subtilités du regard et des mouvements corporels que des machines conçues dans ce but. Mais Langwiser se contenta de hocher la tête et de laisser passer.

– Bon, je vais être obligée de partir, dit-elle. J'ai une mise en accusation en ville.

– Bien. Je vous remercie d'être venue me voir ici. C'était gentil à vous.

– Ça fait partie du service, lui renvoya-t-elle. Je vais passer quelques coups de fil de la voiture et je vous tiendrai au courant pour Lucy LaPorte et le reste. Mais en attendant, il faut absolument que vous vous teniez à l'écart de tout ça. D'accord ? Retournez à votre travail.

Pierce leva les mains en signe de reddition.

– Tout ça, c'est fini, dit-il.

Elle eut un sourire professionnel et quitta la pièce.

Pierce sortit le téléphone de son logement sur le montant du lit et s'apprêtait à y composer le numéro de Cody Zeller lorsque Nicole James entra dans la chambre. Il remit le téléphone à sa place.

Elle avait accepté de passer le prendre et de le ramener chez lui dès après que le Dr Hansen lui aurait signé sa décharge. Elle parut souffrir en silence en découvrant encore une fois le visage de Pierce. Elle était souvent venue le voir à l'hôpital, mais paraissait incapable de s'habituer à l'espèce de fermeture Éclair de points de suture qu'il avait en travers de la figure.

De fait, Pierce avait pris ses froncements de sourcils et murmures de sympathie pour un bon signe. Il aurait été assez près de croire que tout ça valait le coup si seulement ç'avait eu pour effet de les remettre ensemble.

– Mon pauvre bébé, dit-elle en lui tapotant légèrement la joue. Comment tu te sens ?

– Pas mal du tout, répondit-il. Mais j'attends toujours que le médecin me libère. Ça fait déjà presque deux heures.

– Je vais aller voir.

Elle gagna la porte, mais se retourna vers lui.

– Qui était cette femme ?
– Quelle femme ?
– Celle qui vient de partir.
– Ah, c'est mon avocate. C'est Kaz qui me l'a trouvée.
– Pourquoi as-tu besoin d'elle ? Kaz ne suffit pas ?
– Elle défend au criminel.
Nicole s'écarta de la porte et se rapprocha du lit.
– Elle défend au criminel ? Henry... les gens qui héritent d'un mauvais numéro de téléphone n'ont généralement pas besoin d'un avocat. Qu'est-ce qui se passe ?
Il haussa les épaules.
– En fait, je ne sais plus trop. Je me suis fourré dans quelque chose et j'essaie seulement d'en sortir entier. Tu veux bien que je te demande quelque chose ?
Il descendit du lit et la rejoignit. Il eut du mal à tenir debout au début, mais cela ne dura pas. Il lui toucha doucement les avant-bras. Elle prit aussitôt un air soupçonneux.
– Quoi ? dit-elle.
– Quand on s'en ira, où vas-tu m'emmener ?
– Je te l'ai déjà dit, Henry. Je te ramène chez toi. À ton appartement.
Tout enflé et couvert de cicatrices qu'il était, il ne put cacher sa déception.
– Henry, reprit-elle, on est tombés d'accord pour essayer cette solution. Alors, essayons-la.
– Je pensais seulement que...
Il n'acheva pas sa phrase. Il ne savait plus très bien ce qu'il pensait, ni comment le dire.
– Tu as l'air de croire que ce qui nous arrive nous est tombé dessus tout d'un coup, reprit-elle. Et qu'on peut arranger ça très vite.
Elle se retourna et se dirigea vers la porte.
– Et je me trompe, dit-il.
Elle le regarda par-dessus son épaule.

— Ça fait des mois que ça dure, Henry, et tu le sais. Peut-être même plus. Cela faisait longtemps, très longtemps que nous n'étions plus bien ensemble.

Elle franchit la porte pour aller chercher le médecin. Pierce se rassit sur son lit et tenta de se rappeler le jour où ils étaient montés dans la Grande Roue et où tout leur semblait si parfait dans le monde.

25

Il y avait du sang partout. Il y en avait une grande traînée en travers de la moquette beige, il y en avait des taches sur le lit neuf, il y en avait qui s'étalait sur les murs et sur le téléphone. Pierce s'arrêta au seuil de sa chambre et contempla le gâchis. Il ne se rappelait pratiquement rien de ce qui était arrivé après que Wentz et son copain le monstre étaient partis.

Il entra dans la pièce et se pencha en avant pour attraper le téléphone. Il en souleva délicatement l'écouteur avec deux doigts et le tint à une dizaine de centimètres de son oreille, mais assez près pour entendre la tonalité et savoir s'il avait des messages.

Il n'en avait aucun. Il tendit la main, débrancha l'appareil et l'emporta à la salle de bains pour essayer de le nettoyer.

Il y avait des éclaboussures de sang séché dans le lavabo. Et des traces de doigts ensanglantées sur la porte de l'armoire à pharmacie. Il ne se rappelait pas être allé à la salle de bains après l'agression. Mais la pièce était immonde. En séchant, le sang avait fait des croûtes brunes qui lui rappelèrent le matelas qu'il avait vu les flics sortir de chez Lilly.

Il était en train d'essuyer au mieux le téléphone avec des mouchoirs en papier mouillés lorsqu'il se rappela être allé quelques années plus tôt voir *Curdled*[1] avec Cody Zeller. Ce film racontait l'histoire d'une femme dont le travail consistait à nettoyer les scènes de crime après que les flics avaient terminé leurs constatations. Il se demanda si un tel boulot existait vraiment, et quel prestataire de services il pourrait appeler si c'était le cas. L'idée de nettoyer sa chambre ne lui souriait pas.

Le téléphone étant enfin raisonnablement propre, il le rebrancha à la prise de sa chambre et s'assit sur un coin sans tache du matelas. Puis il vérifia encore une fois les messages et encore une fois constata qu'il n'en avait pas. Il trouva ça bizarre. Ça faisait pratiquement soixante-douze heures qu'il n'était pas rentré chez lui et il n'avait pas de messages. Il songea que la page de Lilly Quinlan avait peut-être disparu du site L.A. Darlings. Puis il se rappela autre chose. Il entra son numéro à Amedeo Technologies et attendit que son appel arrive à Monica Purl.

– Monica, c'est moi, dit-il. Vous avez changé mon numéro de téléphone ?

– Henry ? Qu'est-ce que vous...

– Avez-vous changé le numéro de téléphone de chez moi ?

– Oui, c'est vous qui me l'avez demandé. Ça devait être fait hier.

– Je crois que ça y est.

Il savait parfaitement que lorsqu'il avait commencé à la convaincre d'appeler le service de poste All American Mail, il lui avait aussi dit de changer son numéro dès le lundi suivant. Sur le coup, il avait dû trouver la mesure

---

1. Littéralement « caillé » pour le lait, et « figé » pour le sang *(NdT)*.

nécessaire. Maintenant, il se sentait étrangement déstabilisé de ne plus être à ce numéro. C'était comme d'avoir perdu le lien avec un autre univers, celui de Lilly et de Lucy.

– Henry ? Vous êtes toujours là ?
– Oui. C'est quoi, mon nouveau numéro ?
– Il faut que je vérifie. Vous êtes sorti de l'hôpital ?
– Oui. Vous vérifiez, s'il vous plaît ?
– C'est ce que je fais. Je voulais vous le donner hier, mais vous aviez de la visite quand je suis passée vous voir.
– Je comprends, oui.
– Ah, le voilà.

Elle lui donna le numéro, il attrapa un stylo sur la table de chevet et, n'ayant pas de bloc-notes à proximité, l'inscrivit sur son poignet.

– Y a-t-il un transfert d'appels de l'ancien numéro ?
– Non. Je me suis dit qu'avec tous ces types qui continueraient de vous appeler...
– Exactement. C'est du bon boulot, Monica.
– Euh, Henry... vous allez passer aujourd'hui ? Charlie s'interrogeait sur votre emploi du temps.

Il réfléchit avant de répondre. La journée était déjà à moitié fichue. Charlie devait avoir envie de lui parler de la présentation de Protée toujours prévue pour le lendemain avec Goddard, bien qu'il l'eût instamment prié de la repousser à plus tard.

– Je ne sais pas si je vais y arriver, dit-il. Le médecin m'a ordonné d'y aller doucement. Si Charlie veut me parler, dites-lui que je suis chez moi et donnez-lui le nouveau numéro.
– Entendu.
– Merci, Monica. À bientôt.

Il attendit qu'elle lui dise au revoir, mais elle n'en fit rien. Il allait raccrocher lorsqu'elle reprit la parole.

– Henry... ça va ? lui demanda-t-elle.

– Oui, ça va. C'est juste que je n'ai pas envie de faire peur à tout le monde avec ma gueule. Comme je l'ai déjà fait avec vous hier.

– Je n'ai pas eu...

– Oh, si, Monica, mais ce n'est pas grave. Et merci de m'avoir demandé comment j'allais. C'était gentil à vous. Mais maintenant, il faut que j'y aille. Ah oui... le type qui était dans ma chambre quand vous êtes passée ?

– Oui ?

– C'est un inspecteur de police, un certain Renner. Du LAPD. Il va sans doute vous appeler pour vous poser des questions sur moi.

– Des questions sur quoi ?

– Sur ce que je vous ai demandé de faire. Vous savez bien... quand je vous ai demandé de vous faire passer pour Lilly Quinlan ? Des trucs comme ça.

Il y eut un bref silence, puis la voix de Monica se fit de nouveau entendre, différente, nerveuse.

– Henry, dit-elle, je vais avoir des ennuis ?

– Pas du tout, Monica. Il enquête sur la disparition de Lilly Quinlan. Et sur moi. Pas sur vous. Il ne fait que vérifier ce que j'ai fait. Donc, s'il vous appelle, vous lui dites la vérité et tout ira bien.

– Vous êtes sûr ?

– Je suis sûr. Ne vous inquiétez pas. Et maintenant, il faut vraiment que j'y aille.

Ils raccrochèrent. Il obtint de nouveau la tonalité et appela le numéro de Lucy LaPorte, qu'il connaissait maintenant par cœur. Encore une fois, il tomba sur sa boîte vocale, mais l'annonce avait changé. C'était toujours bien elle qui parlait, mais elle faisait savoir qu'elle s'était mise en congé et ne prendrait plus de clients avant la mi-novembre.

Dans plus d'un mois, songea-t-il. Il sentit son estomac

se nouer en repensant à ce que Renner lui avait laissé entendre, à Wentz et son tueur, à ce que l'un et l'autre avaient pu lui faire. Il laissa un message qui ne tenait pas compte de son annonce.

– Lucy, c'est moi, Henry Pierce, dit-il. C'est important. Rappelle-moi. Ce qui s'est passé ou ce qu'ils t'ont fait ne m'intéresse pas. Rappelle-moi, un point c'est tout. Je peux t'aider. J'ai un nouveau numéro, note-le.

Il lui lut le numéro qu'il s'était écrit sur le poignet et raccrocha. Puis il laissa l'écouteur quelques instants sur ses genoux en espérant à moitié qu'elle allait le rappeler tout de suite. Rien de tel n'arriva. Au bout d'un moment, il se leva et quitta la chambre.

Dans la cuisine il trouva le panier à linge vide sur le comptoir. Il se rappela s'en être servi pour monter ses commissions lorsqu'il avait rencontré Wentz et Six-Eight pour la première fois. Il se rappela aussi l'avoir laissé tomber lorsqu'ils l'avaient éjecté de l'ascenseur. Et maintenant, le panier était devant lui. Il ouvrit le réfrigérateur et regarda dedans. Tout ce qu'il avait monté – en dehors des œufs, qui avaient dû se casser – y avait été rangé. Il se demanda par qui. Nicole ? La police ? Un voisin qu'il ne connaissait pas ?

Se poser cette question lui fit penser à la réflexion de Renner sur le syndrome du Bon Samaritain. Si sa théorie et ledit syndrome étaient vrais, il fallait plaindre tous les volontaires et tous ceux qui cherchaient à faire le bien en ce monde. L'idée que leurs efforts puissent être vus avec cynisme par les gens chargés de faire respecter la loi le déprima.

Puis il se rappela qu'il lui restait plusieurs sacs de commissions dans le coffre de sa BMW. Il s'empara du panier à linge et décida d'aller les chercher. Il avait faim et il y avait des bretzels, des sodas et des trucs à grignoter dans sa voiture.

Il se sentait encore affaibli par son agression et son opération et décida de ne pas trop charger son panier en arrivant au garage. Il ferait deux voyages.

Une fois de retour à l'appartement après le dernier, il décrocha le téléphone et entendit la tonalité indiquant qu'il avait un message.

Il s'en voulut d'avoir loupé la communication et se dépêcha de réinstaller un code d'accès pour sa boîte vocale. Il obtint vite son message, qui émanait de Lucy LaPorte.

« M'aider ? Tu m'as déjà assez aidée comme ça, Henry. Ils m'ont tabassée. J'ai des bleus partout et je ne peux plus me faire voir de personne dans cet état. Je veux que tu cesses de m'appeler. Arrête de vouloir m'aider. C'est la dernière fois que je te parle. Ar-rê-te de m'appeler ici, c'est compris ? »

Fin du message. Pierce garda l'écouteur à l'oreille, son esprit se répétant des parties du message comme un vieux disque rayé. *Ils m'ont tabassée. J'ai des bleus partout.* Il se sentit partir et s'appuya au mur pour ne pas perdre l'équilibre. Puis il s'y adossa et se laissa glisser à terre, où il s'assit, le téléphone toujours à la main.

Il resta immobile pendant plusieurs secondes, puis il souleva de nouveau l'écouteur et commença à composer le numéro de Lucy. Il était à la moitié de l'opération lorsqu'il s'arrêta et raccrocha.

– Bien, dit-il tout haut.

Il ferma les yeux. Puis il songea à appeler Janis Langwiser pour l'informer qu'il avait reçu un message de Lucy et que celle-ci était au moins toujours en vie. Il pourrait alors lui demander si elle avait du nouveau depuis qu'ils s'étaient vus à l'hôpital ce matin-là.

Mais avant même qu'il ait le temps d'agir, le téléphone sonna. Il répondit tout de suite. Il se dit que c'était peut-être Lucy – qui d'autre avait son nouveau numéro ? – et son « allô » résonna avec une sorte d'urgence désespérée.

Mais ce n'était pas Lucy. C'était Monica.

– J'ai oublié de vous dire, lui lança-t-elle. Entre lundi et mercredi, votre ami Cody Zeller a laissé trois messages pour vous sur votre ligne directe. Il doit avoir très envie que vous le rappeliez.

– Merci, Monica.

Pierce ne pouvait pas le rappeler : Cody Zeller ne répondait pas au téléphone. Pour lui parler, il fallait le contacter par *beeper* et lui laisser son numéro. S'il le reconnaissait, il rappelait. Mais comme ce ne serait pas le cas, Pierce fit précéder le sien de trois sept – code qui lui signalerait que c'était un ami qui essayait de le joindre à partir d'un numéro inconnu. C'était une manière parfois lourde et toujours assommante de mener ses affaires, mais Zeller était complètement parano et Pierce n'avait aucun autre moyen de procéder autrement.

Il s'installa pour attendre, mais son appel lui fut promptement retourné. Très inhabituel pour Zeller.

– Putain, mec, quand est-ce que tu vas t'acheter un portable ? Ça fait trois jours que j'essaie de te joindre.

– Je n'aime pas les portables. Quoi de neuf ?

– On peut en acheter avec un encodeur, tu sais ?

– Je sais. Quoi de neuf ?

– Ce qu'il y a de neuf, c'est que samedi dernier t'avais une envie folle d'avoir tes renseignements tout de suite. Et qu'après, tu ne m'as pas rappelé pendant trois jours. Je commençais à me dire que tu...

– Code, j'étais à l'hôpital. Je viens juste de sortir.

– À l'hôpital ?

– J'ai eu des petits ennuis avec des mecs.

– Pas des mecs d'Entrepreneurial Concepts, si ?

– Je ne sais pas. T'as trouvé des trucs sur eux ?

– Tout le bazar, comme tu m'avais demandé. C'est pas des gens sympas, Hank.

– Je commence à le penser. Tu me racontes un peu ?

– En fait, je suis au milieu de quelque chose et je n'aime pas trop faire ce genre de choses par téléphone de toute façon. Mais je t'ai envoyé tout ça par FedEx hier... quand je n'ai plus eu de tes nouvelles. Tu aurais dû avoir ça ce matin. Tu ne l'as pas eu ?

Pierce consulta sa montre. Il était deux heures. FedEx passait tous les matins aux environs de dix heures. Il n'aimait pas du tout l'idée que l'envoi de Zeller soit resté tout ce temps sur son bureau.

– Je ne suis pas passé au bureau. Je vais aller chercher ton paquet tout de suite. Tu as autre chose pour moi ?

– Je ne vois rien d'autre que ce que je t'ai envoyé.

– Bon. Je te rappelle dès que j'ai lu ça. En attendant, j'aimerais te poser une question. J'aimerais trouver l'adresse d'une nana et je n'ai que son nom et son numéro de portable. Sauf que les factures de son portable ne sont pas domiciliées chez elle.

– Donc, tes factures ne servent à rien.

– Quelque chose que je pourrais faire ?

– C'est coton mais jouable. Est-elle sur les listes électorales ?

– J'en doute.

– Il y a les relevés de gaz et d'électricité et les cartes de crédit. Elle a un nom ordinaire ?

– Lucy LaPorte. Originaire de Louisiane.

Pierce se rappela qu'elle lui avait enjoint de cesser de l'appeler. Mais elle ne lui avait pas interdit d'essayer de la retrouver.

– « Lucy LaPorte de Louisiane. » Mignon, comme allitération, fit remarquer Zeller. Écoute, je peux essayer deux ou trois trucs, voir ce que ça donne.

— Merci, Code.
— Et j'imagine que tu veux ça pour hier ?
— Tu as tout compris.
— Évidemment.
— Bon, faut que j'y aille.

Pierce gagna la cuisine et chercha le pain et le beurre de cacahouète dans les sacs qu'il avait posés sur le comptoir. Il se confectionna vite un sandwich et quitta son appartement après avoir mis sa casquette des « Moles » et en avoir baissé la visière sur son front. Il avala son sandwich en attendant l'ascenseur. Le pain avait un goût de rassis. Il était resté dans le coffre de la voiture depuis le dimanche précédent.

L'ascenseur interrompit sa descente au sixième étage, où une femme monta dans la cabine. Comme il était de coutume dans ces lieux, elle évita de regarder Pierce. Mais après que l'ascenseur se fut remis à descendre, elle regarda subrepticement son reflet dans les décorations en chrome de la cabine et Pierce la vit sursauter d'un air effrayé.

— Ah, mon Dieu ! s'écria-t-elle. Vous êtes celui dont tout le monde parle !
— Je vous demande pardon ?
— C'est vous qu'on a suspendu à son balcon, non ?

Pierce la regarda longuement. Il comprit alors que, quoi qu'il arrive avec Nicole, il ne pourrait pas rester dans cet immeuble. Il décida de déménager.

— Je ne sais pas de quoi vous parlez, dit-il.
— Ça va ? Qu'est-ce qu'ils vous ont fait ?
— Ils ne m'ont rien fait. Je ne sais pas de quoi vous parlez.
— Vous n'êtes pas celui qui vient d'emménager au douzième ?
— Non. Moi, j'habite au huitième. Je suis en convalescence chez un ami.

– Mais... qu'est-ce qui vous est arrivé, alors ?
– Déviation septale.

Elle le regarda d'un air soupçonneux. La porte s'ouvrit enfin au niveau du garage. Pierce n'attendit pas que la femme veuille bien sortir la première. Il quitta vite la cabine et tourna le coin du couloir pour gagner la porte du garage. Il jeta un coup d'œil par-dessus son épaule et vit la femme sortir de l'ascenseur.

En se retournant, il faillit bien rentrer dans la porte des caves qui venait de s'ouvrir pour laisser passer un couple en train de pousser des vélos. Pierce baissa le menton, s'enfonça encore plus la casquette sur les yeux, leur tint la porte et attendit qu'ils aient passé leur chemin. L'homme et la femme le remercièrent tous les deux, sans lui faire remarquer qu'il était celui qu'on avait suspendu à son balcon.

La première chose qu'il fit en montant dans sa voiture fut de chausser les lunettes de soleil qu'il rangeait dans la boîte à gants.

26

L'enveloppe FedEx se trouvait sur son bureau lorsqu'il ouvrit la porte. Il avait dû beaucoup batailler pour arriver à bon port. Presque à chaque pas, il avait été obligé d'éviter au maximum regards indiscrets et questions sur son visage. Lorsque enfin il était parvenu dans la partie du troisième étage où était installé son bureau, il ne répondait plus que par un mot à toutes les questions qu'on lui posait : « Accident. »

– Lumière ! lança-t-il en se glissant derrière son bureau.

Rien ne s'allumant, il comprit que sa voix avait changé à cause de l'enflure de son nez. Il se releva, alluma les lumières à la main et revint à son bureau. Puis il ôta ses lunettes et les posa sur le haut de son écran d'ordinateur.

Il prit ensuite l'enveloppe et jeta un coup d'œil à l'adresse de l'expéditeur. Cody Zeller lui arracha un sourire douloureux. À l'endroit adéquat, il avait écrit Eugene Briggs, c'est-à-dire le nom du chef de département de Stanford que les Doomsters avaient pris pour cible bien des années auparavant. La blague qui avait changé leurs vies.

Son sourire s'évanouit lorsqu'il retourna l'enveloppe pour l'ouvrir. Le rabat était déchiré – on l'avait ouverte. Il jeta un coup d'œil à l'intérieur et découvrit une autre enveloppe, blanche, format affaires. Il la sortit et s'aperçut qu'elle aussi avait été ouverte. Sur le devant, Zeller avait pourtant écrit : *Henry Pierce, personnel et confidentiel.* Une liasse de documents se trouvait à l'intérieur. Il ne put dire si on les en avait sortis ou pas.

Il se leva, rejoignit la salle où les assistantes avaient leurs coins bureau, gagna celui de Monica et montra à la jeune femme l'enveloppe FedEx et celle qu'il avait trouvée déchirée à l'intérieur.

– Monica, dit-il, qui a ouvert ces enveloppes ?

Elle leva les yeux sur lui.

– Mais moi, répondit-elle. Pourquoi ?

– Comment se fait-il que vous les ayez ouvertes ?

– J'ouvre tout votre courrier, monsieur Pierce. Vous n'aimez pas vous en occuper. Vous vous rappelez ? Je l'ouvre pour vous dire ce qui est important et ce qui ne l'est pas. Si vous ne voulez plus que je fasse comme ça, dites-le-moi. Ça ne m'ennuie pas. Ça me fera moins de travail.

Il se calma. Elle avait raison.

– Non, non, ça va, dit-il. Vous avez lu ce qu'il y avait dedans ?

– Pas vraiment. J'ai vu la photo de la fille qui avait votre numéro de téléphone et j'ai décidé que je n'avais aucune envie de lire ces trucs. Vous n'avez pas oublié notre accord de samedi, j'espère.

Il hocha la tête.

– Non, dit-il, c'est bien.

Il se retourna pour repartir vers son bureau.

– Vous voulez que j'avertisse Charlie de votre arrivée ?

– Non, je ne resterai que quelques minutes.

En arrivant à la porte il se retourna et vit qu'elle le dévisageait avec l'air qu'elle savait prendre. Comme si elle le jugeait coupable de quelque chose, d'un crime dont il aurait tout ignoré.

Il referma la porte et repassa derrière son bureau. Puis il rouvrit l'enveloppe et en sortit la liasse de documents que lui avait envoyés Zeller.

La photo de Lilly Quinlan dont Monica lui avait parlé n'était pas celle qu'on découvrait sur la page web. Elle avait été prise trois ans plus tôt par la police de Las Vegas lors d'une rafle destinée à démanteler un réseau de prostitution. La jeune femme y était nettement moins belle que sur le cliché affiché sur le site de L.A. Darlings. Elle avait l'air tout à la fois fatiguée, en colère et un peu effrayée.

Le rapport de Zeller la concernant était bref. Il avait suivi sa trace de Tampa à Los Angeles en passant par Dallas et Las Vegas. De fait, Lilly Quinlan avait vingt-huit ans, et non pas les vingt-trois qu'elle déclarait dans son annonce. Elle avait un casier judiciaire avec deux arrestations pour racolage sur la voie publique à Dallas, en plus de celle qui lui avait valu sa photo à Las Vegas. Chacune de ces arrestations lui avait valu de passer quelques jours en prison avant d'être libérée. D'après ses factures de gaz et d'électricité, elle habitait Los Angeles depuis trois ans et, pour l'heure, avait réussi à ne s'y faire ni arrêter ni remarquer.

Point final. Pierce regarda de nouveau la photo et se sentit déprimé. Le cliché de l'identité judiciaire, telle était la réalité. La photo qu'il avait téléchargée à partir du site web n'était que fantasmes. Lilly Quinlan était allée de Tampa à Dallas, puis à Las Vegas et Los Angeles et avait fini son périple sur le lit d'une maison de Venice. Il y avait un tueur en liberté quelque part. Sauf qu'en attendant, c'était sur lui, Pierce, que les flics se concentraient.

Il étala la liasse de sorties d'imprimantes sur son bureau et s'empara de son téléphone. Puis il sortit la carte de visite professionnelle de Janis Langwiser de son portefeuille et l'appela pour avoir des nouvelles. Il dut attendre cinq bonnes minutes avant qu'elle le prenne.

– Désolée, dit-elle, j'étais en conversation avec un autre client. Alors, quoi de neuf de votre côté ?

– De mon côté ? Rien. Je suis au boulot. Je voulais juste savoir si vous aviez appris des choses.

Soit en réalité : *Renner est-il toujours à mes trousses ?*

– Non, rien de vraiment neuf, dit-elle. Je crois qu'on va jouer la montre. Renner sait qu'on le surveille et qu'il ne peut plus vous forcer la main. Donc, on attend qu'il y ait du nouveau et on avise.

Il regarda la photo de l'identité judiciaire posée devant lui. Vu la dureté de la lumière et des ombres portées sur le visage, ç'aurait pu être un cliché pris à la morgue.

– Du nouveau comme quoi ? demanda-t-il. Un cadavre qu'on découvrirait ?

– Pas nécessairement.

– Eh bien moi, aujourd'hui, j'ai reçu un coup de téléphone de Lucy LaPorte.
– Vraiment ? Et elle disait ?
– En fait, c'était un message. Elle y disait s'être fait tabasser et me demandait de plus jamais la contacter.
– On sait au moins qu'elle n'est pas morte. On pourrait avoir besoin d'elle.
– Pourquoi ?
– Si cette affaire devait aller plus loin, on pourrait l'appeler à la barre comme témoin. Témoin de vos actes et de ce qui vous motivait.
– Oui, bon, mais Renner, lui, pense que tout ce que j'ai fait avec elle faisait partie de mon plan. Vous voyez, le coup du Bon Samaritain et tout ça.
– Ce n'est que son opinion. Dans une cour de justice, il y a toujours deux côtés à tout.
– Une cour de justice ? Ça ne peut quand même pas aller jusque...
– Détendez-vous, Henry. Tout ce que je vous dis, c'est que Renner sait très bien que pour tout élément de prétendue preuve qu'il avancera contre vous, nous aurons la possibilité de mettre en avant nos propres arguments et de dire comment nous voyons les choses. Et ça, le procureur du district le saura aussi.
– Bon, d'accord. Avez-vous trouvé un flic qui vous dise ce que Lucy lui a raconté ?
– Je connais un des patrons de la brigade. D'après lui, on ne l'a toujours pas retrouvée. Ils se sont parlé au téléphone, mais elle ne s'est pas présentée au commissariat. Et elle ne le fera pas.

Il était sur le point de lui dire qu'il avait demandé à Cody Zeller de rechercher Lucy lorsqu'il entendit quelqu'un frapper sèchement à la porte et l'ouvrir avant qu'il ait le temps de réagir. Charlie Condon passa la tête dans l'embrasure, lui sourit, et vit sa figure.

— Putain de Dieu ! s'écria-t-il.
— Qui est-ce ? demanda Langwiser.
— Mon associé. Il faut que je vous laisse. Vous me tenez au courant ?
— Dès que j'ai quelque chose, oui. Au revoir, Henry.

Il raccrocha et regarda le visage effaré de Condon. Il sourit.

— En fait, Dieu est au bout du couloir à gauche, dit-il. Moi, je ne suis que Henry Pierce.

Condon sourit d'un air mal à l'aise, Pierce retournant les sorties d'imprimante de Zeller comme si de rien n'était. Condon entra dans la pièce et ferma la porte.

— Ben, dis donc ! reprit-t-il. Comme te sens-tu ? Ça va ?
— Je survivrai.
— Tu veux qu'on en parle ?
— Non.
— Henry, je suis vraiment désolé de ne pas être passé à l'hôpital. Mais il fallait se préparer à la visite de Maurice et c'était vraiment la folie ici.
— Il n'y a pas de souci à se faire. Et donc, la présentation est toujours prévue pour demain ?

Condon acquiesça de la tête.

— Il est déjà en ville et nous attend. Pas question de repousser. On fait la présentation demain ou il se barre... en emportant son fric avec lui. J'en ai parlé à Larraby et Grooms et ils m'ont dit qu'on était...
— Qu'on était prêts, je sais. Je les ai appelés de l'hôpital. Ce n'est pas le projet qui pose problème. Ce n'est pas pour ça que je voulais repousser à plus tard. C'est à cause de ma tête. Je ressemble à Frankenstein. Et il y a peu de chances pour que ça s'améliore d'ici demain.
— Je lui ai dit que tu avais eu un accident de voiture. Ce n'est pas ta tête qui va compter. C'est Protée. Il veut voir le projet et nous lui en avons promis la primeur.

Avant d'envoyer les demandes de brevets. Et Goddard, c'est le genre de type capable de te signer un chèque sur-le-champ. Il faut le faire, Henry. Il faut en finir.

Pierce leva les mains en signe de reddition. L'argent était toujours l'atout maître.

— Il risque de poser des tas de questions quand il verra ma tête.

— Écoute, dit Condon. C'est juste une présentation. Rien de plus. Tu auras fini à l'heure du déjeuner. S'il te pose des questions, tu lui dis que tu es passé par le pare-brise et tu en restes là. D'ailleurs, tu ne m'as même pas dit ce qui est arrivé. Pourquoi faudrait-il le traiter mieux que moi ?

Pierce vit la peine se marquer un instant dans le regard de son associé.

— Charlie, je te dirai tout ça le moment venu. Je ne peux vraiment pas maintenant.

— Ben, voyons. C'est à ça que servent les associés : à dire les choses en temps utile.

— Écoute, je sais que je ne pourrai pas gagner là-dessus, d'accord ? Je reconnais avoir tort. Et maintenant, on laisse ça tranquille ?

— Bien sûr, Henry, comme tu voudras. Tu bosses sur quoi, là ?

— Sur rien. Je rattrape un peu de paperasse.

— Ça veut dire que tu es prêt pour demain ?

— Je suis prêt.

Condon hocha la tête.

— On gagne à tout coup, reprit-il. Ou bien on lui pique son pognon ou bien on envoie les demandes de brevets et on convoque la presse sur le projet et, en janvier prochain, on aura une queue digne de *Star Wars* au STE.

Pierce acquiesça. Mais il détestait se rendre au Symposium annuel des techniques émergentes de Las Vegas. C'était là que se nouaient les contacts les plus vils entre la science et la finance mondiale. Ça débordait de charlatans et d'espions de la Darpa. Mais c'était un mal nécessaire. C'était aussi là qu'ils avaient commencé à courtiser un des scouts de Maurice Goddard.

– Si on tient jusque-là, lui répondit Pierce. C'est tout de suite qu'on a besoin d'argent.

– Ne t'inquiète pas pour ça. Trouver l'argent, c'est mon affaire. Je crois pouvoir ferrer quelques gros poissons intermédiaires jusqu'à ce qu'on tombe sur une autre « baleine ».

Se sentant rassuré par son associé, Pierce acquiesça de la tête. Dans la situation où il se trouvait, penser à ce qui risquait de se passer même le mois suivant lui semblait ridicule.

– Bien, bien, Charlie, dit-il.

– Sauf que ça n'aura aucune importance de toute façon. On va se le mettre dans la poche, le Maurice, pas vrai ?

– On va se le mettre dans la poche.

– Bon. Eh bien, je te laisse retourner au boulot. À demain neuf heures ?

Pierce se renversa dans son fauteuil et grogna. C'était sa dernière protestation.

– J'y serai, dit-il.

– Notre chef intrépide.

– Ben, tiens.

Charlie frappa fort sur la porte – en signe de solidarité ? – et quitta la pièce. Pierce attendit un instant, puis il se leva et alla fermer à clé. Il ne voulait plus être interrompu.

Il revint aux sorties d'imprimante. Si le rapport sur Lilly Quinlan était bref, celui concernant William Wentz, le propriétaire et patron d'Entrepreneurial Concepts Unlimited était très volumineux. On y découvrait que, des services d'hôtesses aux sites pornos, il se trouvait à la tête d'un véritable empire du crade sur Internet. Dirigés depuis Los Angeles, ses sites avaient essaimé dans vingt villes et quatorze États et pouvaient bien sûr être atteints de tous les points du globe par ce même Internet.

Que la plupart des gens considèrent les sociétés Internet gérées par Wentz comme parfaitement ignobles ne les rendait pas moins légales. Internet est un univers commercial pratiquement libre de tout règlement. Du moment que Wentz ne montrait pas de photos d'enfants engagés dans des activités sexuelles et désavouait publiquement, comme il convenait, ses services d'hôtesses, il pouvait travailler en gros sans ennuis. Si une de ses filles tombait au cours d'une rafle, se distancer de l'affaire n'avait rien de sorcier. Il était très clairement déclaré sur son site qu'on ne promouvait ni la prostitution ni aucun autre commerce de type sexe contre argent ou biens immobiliers. S'il arrivait qu'une hôtesse accepte d'être payée pour une activité sexuelle, c'était qu'elle l'avait décidé et sa page web était aussitôt éliminée du site.

Pierce avait déjà eu droit à un exposé général du détective privé Philip Glass sur les activités du type. Mais le rapport de Zeller était bien plus détaillé et disait toute la puissance et l'étendue du réseau Internet. Zeller avait ainsi mis à nu le passé criminel de Wentz dans les États de Floride et de New York. Dans les sorties d'imprimante, Pierce trouva plusieurs photos de Wentz et d'un certain Grady Allison, qui d'après les registres du Commerce de l'État de Californie aurait été l'administrateur d'ECU. Pierce se rappela que Lucy LaPorte avait mentionné son nom. Il sauta les photos et lut la note de Zeller.

Wentz et Allison ont l'air de faire équipe. Ils sont arrivés en Floride il y a six ans – et à moins d'un mois d'intervalle l'un de l'autre. Cela après que d'innombrables arrestations à Orlando leur avaient rendu la situation difficile dans le secteur. D'après les dossiers de renseignements du Florida Department of Law Enforcement (FDLE[1]), ces types géraient une chaîne de boîtes de strip-tease de l'Orange Blossom Trail d'Orlando. Tout cela avant qu'Internet ne rende le commerce du cul – réel ou imaginaire – nettement plus facile que la tâche qui consiste à faire monter sur scène des nanas à poil, nanas qui pouvaient se faire des petits à-côtés en taillant des pipes. En Floride, Allison était connu sous le sobriquet d'« Allison Qualité supérieure » à cause de son grand talent de recruteur de strip-teaseuses de premier choix sur l'Orange Blossom Trail. Les night-clubs de Wentz et Allison s'appelaient « Un rien lui sied ».

NOTA BENE IMPORTANT. Le FDLE relie ces types à un certain Dominic Silva, 71 ans, Winter Park, Floride, qui aurait des liens étroits avec la Mafia de New York et du nord du New Jersey. FAIS ATTENTION !

Que ces individus appartiennent à la Mafia ne surprit pas Pierce. Vu la manière dont Wentz s'était montré tout à la fois froidement calculateur et violent lorsqu'il l'avait rencontré, cela n'avait rien d'étonnant. Par contre, il trouvait un peu étrange que ce type qui savait se servir très calmement d'un téléphone comme d'une arme et portait des bottes pointues pour mieux briser les os de

---
1. Soit Département de l'Application de la Loi de Floride *(NdT)*.

ses victimes puisse aussi être l'homme fort d'un empire Internet aussi développé.

Pierce avait vu Wentz en pleine action. Sa première et durable impression était qu'il avait eu affaire à une brute plus qu'à un cerveau. Il avait davantage l'air d'être l'homme à tout faire de l'entreprise que son organisateur.

Puis il songea au mafioso vieillissant mentionné dans le rapport de Zeller. Dominic Silva, Winter Park, Floride. Était-ce lui le grand boss ? L'intelligence cachée derrière les brutes ? Pierce décida d'en avoir le cœur net.

Il passa à la page suivante et tomba sur un résumé des condamnations qui avaient frappé Wentz. En cinq ans de Floride, celui-ci avait eu droit à diverses arrestations pour proxénétisme, plus deux pour BCG. Et une pour homicide involontaire.

Zeller ne disait pas comment la justice avait soldé ces affaires, mais, à en lire la liste – en cinq ans, ça n'avait pas arrêté –, Pierce finit par se demander pourquoi Wentz n'était pas en prison.

Des questions du même genre l'assaillirent lorsqu'il passa à la page suivante et lut le curriculum vitae de Grady Allison « Qualité supérieure ». Lui aussi semblait avoir beaucoup travaillé dans le proxénétisme. Il avait également été arrêté pour « agress. sex. s/min », soit sans doute « agression sexuelle sur mineure ».

Pierce contempla les photos de « Qualité supérieure ». D'après les renseignements fournis, il avait quarante-six ans, alors que, sur les clichés, il en paraissait plus. Les cheveux étaient grisonnants et avaient été gominés en arrière. L'aspect spectral de son visage était encore renforcé par un nez qui avait l'air d'avoir été cassé plus d'une fois.

Pierce décrocha le téléphone et rappela Janis Langwiser. Cette fois, il n'eut pas à attendre aussi longtemps avant qu'elle le prenne.

– Deux ou trois questions vite fait, dit-il. Pouvez-vous me dire ce que couvre exactement le terme de « proxénétisme » pour un juriste ?

– Tout ce qui a trait au fait de tirer des revenus de la prostitution. Notamment de la traite des femmes. Pourquoi ça ?

– Attendez une minute. Et le terme BCG ? C'est quoi ?

– Je ne crois pas que ça fasse partie du Code pénal de Californie, mais en général ça signifie : « Blessures corporelles graves ». Ça fait partie de l'accusation de coups et blessures.

Il réfléchit. « BCG » comme dans le fait de frapper quelqu'un au visage à coups de téléphone avant de le suspendre au balcon d'un douzième étage ?

– Pourquoi ces questions, Henry ? Renner vous a parlé ?

Il hésita. Il comprit soudain qu'il aurait mieux fait de ne pas l'appeler, son coup de fil pouvant lui révéler qu'il en était toujours à chercher la chose même qu'elle lui avait dit d'éviter.

– Non, rien de tel, répondit-il. Je regardais juste les renseignements portés sur une demande d'emploi. Des fois, ce n'est vraiment pas facile de comprendre ce qu'on y trouve.

– Ça n'est pas le genre d'individu qu'on peut avoir envie d'embaucher, dit-elle.

– Vous avez sans doute raison. Bon, merci. Vous mettez ça sur ma note ?

– Ne vous inquiétez pas pour ça.

Il raccrocha et regarda la dernière page du rapport de Zeller. On y trouvait tous les sites web qu'il avait pu relier à Wentz et à ECU. Ça prenait toute la page – en interligne simple. Les intitulés et adresses à double sens de certains d'entre eux auraient pu prêter à rire si leur seule quantité ne les avait pas rendus nauséabonds. Et tout ça était géré par un seul type. Renversant.

Il parcourait la liste des yeux lorsqu'une entrée « chateaudesfetiches.com » retenant son attention, il s'aperçut qu'il la connaissait. Il en avait entendu parler. Il lui fallut quelques instants pour se rappeler que Lucy LaPorte lui avait dit avoir fait la connaissance de Lilly Quinlan lors d'un tournage pour ce site.

Il fit pivoter son fauteuil pour retrouver son ordinateur, l'alluma et passa sur le web. En quelques minutes il fut à la page d'accueil de « chateaudesfetiches.com ». L'image d'accueil était celle d'une Asiatique portant des bottes noires qui lui montaient jusqu'en haut des cuisses – et pas grand-chose d'autre. Elle avait posé les mains sur ses hanches nues et pris la pause maîtresse d'école sévère. L'annonce promettait aux souscripteurs des milliers de photos téléchargeables et autres vidéos et liens avec d'autres sites. Tout cela gratuit – mais une fois l'abonnement réglé, bien sûr. La liste codée mais aisément déchiffrable des sujets répertoriés contenait entre autres les « dominantes », « soumises », « interversions », « sports aquatiques », « étouffements », etc.

Pierce cliqua sur le bouton « adhésion » et se retrouva sur une page avec menu déroulant où l'on proposait au client diverses formules d'adhésion et lui promettait acceptation et accès au site immédiats. Le prix était de 29,95 dollars par mois, à régler par carte de crédit au choix. Il était fait remarquer en grosses lettres que les facturettes porteraient l'en-tête ECU Enterprises – ce qui, bien sûr, était nettement plus facile à expliquer à madame ou au patron que chateaudesfetiches lorsqu'il faudrait payer.

Il y avait une offre de lancement à 5,95 dollars, valable pour cinq jours d'accès au site. À la fin de cette période, il n'y aurait plus rien à régler par carte si l'on ne signait pas un contrat d'abonnement au mois ou à l'année. L'offre de lancement n'était valable qu'une fois et pour une seule carte de crédit.

Pierce sortit son portefeuille de sa poche et prit sa carte American Express pour régler le montant de l'offre de lancement. En quelques minutes il se vit attribuer un mot de passe et un nom d'utilisateur et put accéder au site, où il tomba sur une page contenant un répertoire des sujets avec fenêtre de recherche. Il mit le curseur dans la fenêtre, tapa « Robin » et appuya sur la touche « Enter ». La recherche ne donna rien. Il arriva au même résultat pour « Lilly », mais réussit son coup en tapant « double » après s'être rappelé que c'était ainsi que Lucy avait appelé la séance de tournage avec Lilly.

Il retrouva une page répertoire avec six rangées de six petites photos en guise de cavaliers. En bas une flèche invitait le client à passer à la page suivante qui, elle aussi, contenait trente-six photos de « doubles », ou à aller à n'importe quelle autre sur les quarante-huit que contenait l'album.

Il passa en revue les onglets de la première page. Tous renvoyaient à des photos montrant deux femmes au moins, mais pas d'hommes. Engagées dans divers actes sexuels et scènes de bondage, ces femmes étaient toujours du genre maîtresse et son esclave soumise. Bien que les clichés fussent petits, il ne voulut pas prendre le temps de cliquer sur chacun d'eux et le voir en plus grand. Il ouvrit un tiroir de son bureau et en sortit une loupe. Puis il se pencha sur l'écran et put y chercher rapidement Lucy et Lilly dans les alignements de photos.

Arrivé au quatrième écran de trente-six clichés, il

tomba sur une série de plus d'une douzaine de photos des deux jeunes femmes. Sur chacune d'elles, Lilly jouait la maîtresse et Lucy l'esclave, même si en fait c'était Lucy qui dominait la minuscule Lilly de toute sa hauteur. Pierce cliqua sur l'onglet, la photo occupant aussitôt toute la largeur de son écran.

Le décor comprenait manifestement une toile de fond peinte représentant un mur de château en pierre – un mur de donjon, pensa-t-il. Il y avait de la paille par terre et des chandelles allumées sur une table voisine. Lucy était nue et enchaînée au mur avec des menottes qui avaient l'air plus brillantes et neuves que médiévales. Dans la tenue en cuir noir apparemment obligatoire chez les maîtresses, Lilly se tenait devant elle, une chandelle à la main et le poignet tout juste assez incliné pour que de la cire chaude goutte sur les seins de Lucy. Sur le visage de cette dernière se lisait une expression censée dire et la douleur et l'extase. Sur celui de Lilly, tout n'était que morgue et approbation sévère.

– Oh, excusez-moi. Je croyais que vous étiez parti.

Pierce se retourna et vit Monica franchir le seuil de la pièce. En sa qualité d'assistante, elle connaissait la combinaison qui permettait d'ouvrir la porte du bureau. Elle pouvait en effet avoir besoin d'y accéder et Pierce était souvent au labo. Elle commença à poser des lettres sur son bureau.

– Vous m'avez dit que vous ne resteriez que quel...

Elle s'arrêta net en découvrant ce qui s'affichait à l'écran, sa bouche s'ouvrant en un rond absolument parfait. Il tendit la main en avant et éteignit l'écran. Il avait de la chance d'avoir le visage plein de cicatrices et tout décoloré : ça l'aida à masquer son embarras.

– Écoutez, Monica, dit-il, je...

– C'est elle ? La fille que vous m'avez demandé d'imiter ?

Il acquiesça d'un signe de tête.
- J'essaie seulement de...
Il ne sut comment lui expliquer ce qu'il fabriquait. De fait, il ne le savait pas trop lui-même. Il se sentit encore plus bête avec sa loupe à la main.
- Docteur Pierce, reprit-elle, j'aime bien le travail que je fais ici, mais je ne suis pas très sûre de vouloir continuer à travailler sous vos ordres.
- Ne m'appelez pas comme ça, je vous en prie. Et ne recommencez pas avec cette histoire de boulot.
- Est-ce que je pourrais être renvoyée au pool des assistantes ordinaires ?

Pierce tendit la main vers l'écran de son ordinateur pour y récupérer ses lunettes de soleil et les mettre. Il y avait seulement quelques jours, il avait envie de se débarrasser de la jeune femme et voilà qu'il n'osait même plus lever les yeux pour découvrir son regard désapprobateur.
- Monica, dit-il en fixant l'écran vide, vous faites ce que vous voulez, mais vous vous trompez sur mon compte.
- Merci. J'en parlerai à Charlie. Et voici votre courrier.

Et elle s'en alla en refermant la porte derrière elle.
Pierce continua de tourner et virer dans son fauteuil en regardant l'écran vide à travers ses lunettes noires. Bientôt, les brûlures de l'humiliation se dissipant, il sentit monter la colère. Contre Monica qui ne comprenait pas. Contre la situation dans laquelle il s'était fourré. Mais surtout contre lui-même.

Il se leva à moitié, appuya sur le bouton et l'écran s'éclaira de nouveau. Et la photo reparut – Lucy et Lilly ensemble. Il étudia la cire qui durcissait sur la peau de Lucy, petite goutte immobile qui avait bavé sur un de ses seins dressés. Pour elles ça n'avait été que du boulot, qu'un rendez-vous de travail. Les deux femmes ne s'étaient jamais vues avant cet instant saisi par la caméra.

Il étudia les expressions de leurs visages et les regards qu'elles échangeaient et ne vit rien qui aurait pu dire ce qu'il savait avoir été cet acte. L'affaire paraissait vraie sur leurs visages et c'était ça qui l'excitait. Le château et le reste étaient bidon, mais pas leurs visages. Et leurs visages disaient au spectateur une tout autre histoire. Ils disaient qui commandait et qui était manipulé, qui dirigeait et qui subissait.

Il étudia longuement le cliché, puis il regarda tous les autres avant d'éteindre l'ordinateur.

27

Pierce ne rentra pas chez lui ce mercredi soir-là. Malgré la confiance qu'il avait affichée dans son bureau avec Charlie Condon, il sentait bien que ses journées d'hôpital l'avaient mis à la traîne au labo. Il répugnait aussi à retrouver un appartement où, il le savait, l'attendait un carnage ensanglanté qu'il faudrait bien nettoyer. Au lieu de tout cela, il passa la nuit dans les sous-sols d'Amedeo Technologies, à revoir le travail qu'avaient effectué Larraby et Grooms pendant son absence et à reprendre ses propres expériences pour Protée. Les succès qu'il rencontra lui redonnèrent de l'énergie, comme à chaque fois. Mais l'épuisement finissant par avoir raison de lui un peu avant l'aurore, il alla se reposer au labo laser.

Endroit où l'on effectuait les mesures les plus délicates, le labo laser était muni de murs de trente-cinq centimètres d'épaisseur et recouverts de cuivre à l'extérieur et d'une épaisse couche de mousse à l'intérieur, cela afin d'éliminer toute irruption de vibrations et d'ondes radio qui auraient pu fausser les résultats. Les laborantins lui donnaient le nom de « chambre à tremblements de terre » : c'était sans doute en effet la pièce la plus sûre de l'immeuble, voire de tout Santa Monica. Grandes comme des matelas, les plaques de mousse étaient fixées au mur à l'aide de sangles en Velcro. Il n'était pas rare qu'un laborantin exténué s'en aille au labo, en abaisse une et dorme par terre – du moment que personne ne travaillait dans la pièce. De fait, les patrons avaient des plaques marquées à leurs noms, ces sortes de matelas ayant fini par épouser leurs formes au fil du temps. Remises en places, avec leurs déformations et leurs bosses, elles faisaient songer à un lieu où l'on se serait battu de façon phénoménale, où des catcheurs auraient projeté les corps de leurs adversaires de mur en mur.

Pierce dormit deux heures et se réveilla détendu et prêt à affronter Maurice Goddard. Les vestiaires hommes du premier étaient équipés de douches et Pierce avait toujours des vêtements de rechange dans son casier. Ils n'étaient pas repassés de frais, mais avaient meilleure mine que ceux dans lesquels il avait dormi. Il se doucha et enfila un blue-jean et une chemise beige ornée de petits exocets. Il savait que Goddard, Condon et tous les autres seraient habillés pour faire bonne impression, mais il s'en moquait. C'était le privilège du savant que de ne pas avoir à se soucier de sa tenue.

En se regardant dans la glace, il remarqua que les traces de points de suture qu'il avait sur le visage étaient plus rouges et visibles que la veille. Il n'avait pas arrêté de se frotter la figure toute la nuit durant, tant ses blessures le brûlaient et le démangeaient. Le Dr Hansen lui avait dit que, sa peau commençant à se réparer, il devait s'y attendre. Il lui avait donné un tube de crème pour calmer l'irritation, mais Pierce l'avait laissé à l'appartement.

Il s'approcha de la glace et regarda ses yeux. Le sang avait presque entièrement disparu de la cornée de son œil gauche. Les marques violettes d'hémorragie qu'il avait sous les deux yeux viraient déjà au jaune. Il se peigna en arrière avec les doigts et sourit. Et décida que ses fermetures Éclair lui faisaient un visage unique en son genre. Puis il eut honte de sa vanité et se trouva bien heureux qu'il n'y eût personne dans les vestiaires pour constater sa fascination devant le miroir.

À neuf heures il était de retour au labo. Larraby et Grooms s'y trouvaient déjà, les autres techniciens y arrivant par petits groupes. Il y avait de l'électricité dans l'air. Tout le monde le sentait et en était d'autant plus excité.

Grand et maigre, Brandon Larraby était un chercheur qui aimait bien porter la blouse blanche traditionnelle. Il était le seul dans ce cas à Amedeo Technologies. Pour Pierce, c'était une arnaque : donne-toi des airs de vrai scientifique et tu feras de la vraie science. Il se moquait bien que Larraby ou les autres portent ceci ou cela du moment qu'ils étaient performants. Et de ce côté-là, il n'y avait aucun doute que, en tant qu'immunologiste, Larraby avait fait ce qu'il fallait. De quelques années son aîné, cela faisait dix-huit mois qu'il avait quitté l'industrie pharmaceutique pour venir travailler avec eux.

Sterling Grooms était, lui, l'employé à plein temps le plus ancien d'Amedeo Technologies. Directeur du laboratoire de Pierce, il avait survécu à trois déménagements de la boîte, depuis le vieux hangar près de l'aéroport où Amedeo était née et où Pierce avait construit tout seul son premier labo. Parfois, après de longues heures de service, les deux hommes évoquaient l'« ancien temps » avec une forme de vénération pleine de nostalgie. Que cet « ancien temps » ne remontât même pas à dix ans n'avait aucune importance. Grooms n'avait que quelques années de moins que Pierce. Il avait signé son contrat d'embauche dès après avoir fini ses années de postdoc à la UCLA. Grooms avait été deux fois sollicité par des concurrents, mais Pierce avait réussi à le garder en lui offrant des pourcentages sur la société, un fauteuil au conseil d'administration et une part des brevets.

À 9 heures 20 l'assistante de Charlie Condon annonça la nouvelle : Maurice Goddard était arrivé. La présentation allait commencer. Pierce raccrocha le téléphone du labo et regarda Grooms et Larraby.

– Elvis est dans la place, dit-il. On est prêts ?

Les deux hommes acquiescèrent d'un signe de tête, qu'il leur renvoya.

– Alors, écrasons cette mouche.

Cette phrase était tirée d'un film que Pierce avait bien aimé. Il sourit. Cody Zeller aurait pigé, mais sa citation ne suscita que des regards vides chez Grooms et Larraby.

– Ce n'est pas grave, dit-il. Je vais les chercher.

Il franchit le sas et prit l'ascenseur jusqu'à l'étage de l'administration. Ils se trouvaient dans la salle du conseil – Condon, Goddard et son bras droit, une certaine Justine Bechy qu'en privé Charlie appelait Just Bitchy[1]. Avocate, celle-ci lui déblayait le terrain et protégeait le sanctuaire de ses richesses avec un zèle pesant qui

---

1. Soit « Seulement chiante » *(NdT)*.

n'était pas sans évoquer l'homme de ligne de cent cinquante kilos veillant sur son quarter-back. Jacob Kaz, l'avocat des brevets, avait lui aussi pris place à la longue table. Clyde Vernon se tenait en retrait, homme de la sécurité prêt à tout si nécessaire, et le montrant.

Goddard était en train de parler des demandes de brevets lorsque Pierce entra dans la salle et y annonça sa présence par un « Bonjour » retentissant qui mit fin à la conversation. Tous le regardèrent, et réagirent en découvrant son visage abîmé.

– Ah, mon Dieu ! s'écria Bechy. Oh, Henry !

Goddard, lui, garda le silence. Il se contenta de le dévisager avec ce qui parut être un petit sourire rêveur.

– Henry Pierce, lança Condon. L'homme qui soigne ses entrées en scène.

Pierce serra la main de Bechy, de Goddard et de Kaz et tira un fauteuil de la grande table polie. Puis il toucha la manche du costume de prix qu'avait revêtu Charlie, regarda Vernon et lui fit un signe de tête. Celui-ci le lui rendit, ce geste semblant lui coûter. Pierce ne le comprenait vraiment pas.

– Un grand merci à vous de nous recevoir aujourd'hui, Henry, dit Bechy d'un ton qui laissait entendre que Pierce avait offert de maintenir la présentation à la date prévue. Nous ne pensions pas que vos blessures étaient si graves.

– Bah, ce n'est rien. Et ça paraît bien pire que ça n'est. Je suis déjà revenu au labo, où je travaille depuis hier. Même si, au fond, je ne sais pas trop si ce visage et notre labo vont bien ensemble.

Personne ne parut saisir cette référence passablement maladroite à Frankenstein. Encore un coup pour rien.

– Bien, dit Bechy.

– On nous a dit que c'était un accident de voiture, lança Goddard.

C'étaient ses premiers mots depuis l'arrivée de Pierce.

La petite cinquantaine, Goddard avait encore tous ses cheveux et l'œil vif d'un oiseau qui a su amasser deux cent vingt-cinq millions de vers de terre. Il portait un costume crème, une chemise blanche et une cravate jaune. Pierce vit le chapeau assorti posé à côté de lui sur la table. On avait déjà remarqué après la première visite de Goddard au bureau qu'il avait adopté le style de l'écrivain Tom Wolfe. Il ne lui manquait que la canne.

– Oui, dit Pierce. Je suis rentré dans un mur.

– Quand est-ce arrivé ? Et où ?

– Dimanche après-midi. Ici, à Santa Monica.

Il fallait changer rapidement de conversation. Pierce se sentait mal à l'aise de biaiser avec la vérité et savait que les questions de Goddard n'avaient rien de fortuit et n'exprimaient en rien un souci amical. L'oiseau pensait aux dix-huit millions qu'il allait cracher et ne voulait que savoir dans quoi il mettait les pieds.

– Vous aviez bu ? demanda-t-il carrément.

Pierce sourit et hocha la tête.

– Non. Et je ne conduisais pas non plus. Mais je ne bois ni ne conduis jamais, Maurice, si c'est ça que vous voulez dire.

– Bon, eh bien je suis heureux que vous alliez bien. Quand vous aurez le temps... vous pouvez m'envoyer une copie du constat d'accident ? Pour nos archives, vous comprenez bien.

Il y eut un bref silence.

– Euh, non, je ne suis pas sûr de saisir, dit Pierce. Ça n'a rien à voir avec Amedeo Technologies et ce que nous faisons ici.

– Ça, je le comprends. Mais autant être franc, Henry. Amedeo Technologies, c'est vous. C'est votre génie créatif qui fait marcher cette société. Et des génies créatifs, j'en ai rencontré des tas dans ma vie. Il y en a sur lesquels je mettrais jusqu'à mon dernier dollar. Mais il y en a d'autres sur lesquels je n'en miserais pas un, même si j'en avais cent.

Il n'en dit pas plus. Et Bechy reprit les choses en main. De vingt ans la cadette de son patron, elle avait les cheveux courts, la peau claire et des manières qui respiraient la confiance en soi et l'art de toujours faire mieux que les autres. Il n'empêche : Pierce et Condon étaient tombés d'accord pour dire que c'était sa relation avec Goddard, un homme marié, qui lui valait d'occuper son poste.

– De fait, enchaîna-t-elle, Maurice est en train de vous dire que c'est une somme considérable qu'il envisage d'investir dans Amedeo Technologies. Et pour être à l'aise sur ce point, il doit l'être avec vous. Il doit absolument vous connaître. Il n'a aucune envie d'investir dans quelqu'un qui pourrait prendre des risques, voire gérer ces sommes de manière imprudente.

– Je croyais qu'on parlait de science. Du projet, quoi.

– Mais c'est ce qu'on fait, Henry. Tout ça marche ensemble. Il n'y a pas de science qui tienne sans le savant derrière. Ce que nous voulons, c'est que vos projets scientifiques vous obsèdent, que vous ne pensiez qu'à eux. Nous ne voulons pas de gens qui mettent leur vie en danger une fois sortis de leur labo.

Pierce soutint son regard un instant. Il se demanda soudain si elle savait ce qui s'était passé et avait eu vent des recherches obsessionnelles qu'il avait entreprises sur la disparition de Lilly.

Condon s'éclaircit la gorge et s'immisça dans la conversation pour essayer de faire avancer les choses.

– Justine, dit-il, Maurice, je suis certain que Henry sera heureux de coopérer à toutes les recherches personnelles que vous pourriez vouloir mener. Je le connais depuis longtemps et, travaillant dans le domaine des technologies émergentes depuis plus longtemps encore, je peux vous dire que c'est un des chercheurs les plus sérieux et concentrés que je connaisse. C'est pour cette raison que je travaille ici. J'aime bien les recherches qu'on y entreprend, j'aime bien le projet et je me sens très à l'aise avec Henry.

Bechy se détourna de Pierce pour regarder Condon et hocher la tête en signe d'assentiment.

— Il se peut que nous vous prenions au mot, dit-elle avec un sourire pincé.

Cet échange ne fit pas grand-chose pour détendre l'atmosphère qui s'était installée dans la pièce. Pierce attendit que quelqu'un reprenne la parole, mais n'eut droit qu'au silence.

— Euh, dit-il enfin, dans ces conditions il y a quelque chose dont je dois probablement vous informer. Parce que vous finirez par le savoir de toute façon.

Pierce sentit presque les muscles de Charlie Condon se tendre sous son costume à mille dollars tandis qu'il attendait cette révélation dont il ne savait rien.

— Eh bien, euh... avant, j'avais une queue-de-cheval. Ça risque de poser problème ?

Au début, ce fut le silence qui encore une fois prévalut, mais au bout d'un moment un sourire fissura le visage impassible de Goddard, puis un rire monta de sa bouche. Bechy sourit, puis tout le monde se mit à rire, y compris Pierce, à qui cela faisait pourtant bien mal. La tension avait cessé. Charlie tapa du poing sur la table, sans doute pour accentuer encore l'hilarité générale. La réaction de tous était disproportionnée avec l'humour dont Pierce venait de faire preuve.

— Bien, reprit Condon. Vous êtes quand même venus voir un spectacle, n'est-ce pas ? Alors, que diriez-vous de descendre au labo afin de voir le projet qui va valoir le prix Nobel à notre comédien ?

Puis il passa les mains autour du cou de Pierce et fit mine de l'étrangler. Pierce perdit aussitôt le sourire et sentit le rouge lui monter aux joues. Pas du tout à cause de cette parodie d'étranglement, mais parce qu'on s'était moqué du Nobel. À ses yeux, il n'était pas bien de banaliser un tel honneur. Sans compter qu'il savait fort bien que rien de tel ne se produirait jamais. Le Nobel attribué au directeur d'un laboratoire privé ? Tout s'y opposait.

— Une chose avant que nous descendions au sous-sol, dit-il. Jacob... tu as apporté les formulaires de confidentialité ?

— Oh, oui, répondit l'avocat. Je les ai avec moi. J'avais presque oublié.

Il prit sa mallette posée par terre et l'ouvrit sur la table.

— C'est vraiment nécessaire ? demanda Condon.

Tout cela faisait partie du plan préparé à l'avance. Pierce avait insisté pour que Goddard et Bechy signent ces documents avant d'entrer dans le labo et d'y assister à la démonstration. Condon n'avait pas été d'accord : pour lui, cela risquait d'être insultant pour un investisseur du calibre de Goddard. Mais Pierce s'en moquait et n'avait pas reculé d'un pouce. C'était dans son labo que tout devait se passer, et dans son labo, c'était lui qui dictait les règles. Ils avaient fini par décider de jouer le coup de la routine ennuyeuse.

— C'est obligatoire au labo, reprit Pierce, et je ne crois pas que nous devrions déroger à la règle. Justine ne nous disait-elle pas combien il est important d'éviter les risques ? Si nous ne...

— Je crois que l'idée est tout à fait bonne, dit Goddard

en l'interrompant. En fait, j'aurais été inquiet de ne pas vous voir prendre cette précaution.

Kaz glissa à Goddard et Bechy un exemplaire du document de deux pages en travers de la table. Puis il sortit un stylo de la poche intérieure de son costume, fit monter la bille et le posa devant eux sur la table.

— C'est un formulaire tout ce qu'il y a de standard, dit-il. En gros, il nous protège pour tout ce qui est droits de propriété, procédés et formules à l'œuvre dans notre labo. Vous ne devrez rien divulguer de ce que vous allez voir et entendre pendant votre visite.

Goddard ne se donna même pas la peine de lire le document. Il en laissa le soin à Bechy, qui mit cinq bonnes minutes pour le faire – deux fois. Tous l'ayant regardée sans rien dire, elle arriva enfin au bout de son examen, s'empara du stylo sans souffler mot et signa. Puis elle tendit le stylo à Goddard, qui lui aussi signa le formulaire placé devant lui.

Kaz ramassa les documents et les remit dans sa mallette. Tous se levèrent de table et se dirigèrent vers la porte. Pierce laissa passer tout le monde. Dans le couloir, alors qu'ils arrivaient près de l'ascenseur, Jacob Kaz lui tapa sur le bras. Les deux hommes restèrent un instant à la traîne des autres.

— Ça s'est bien passé avec Janis ? murmura Kaz.
— Avec qui ?
— Janis Langwiser. Elle vous a appelé ?
— Ah, oui. Oui, elle a appelé. Tout va bien. Merci de nous avoir fait entrer en relation. Elle me fait l'effet d'être vraiment capable.
— Autre chose que je pourrais faire ?
— Non. Tout va bien. Merci.

Ils se dirigèrent vers la porte de la cabine qui venait de s'ouvrir.

– Le lapin descend dans son terrier, hein, Henry ? dit Goddard.

– Tout juste, lui renvoya Pierce.

Puis il se retourna et s'aperçut que Vernon avait, lui aussi, traîné les pieds dans le couloir, au point, semblait-il, de s'être trouvé juste derrière lui et Kaz tandis qu'ils discutaient en privé. Il en fut agacé, mais ne dit rien. Vernon fut le dernier à monter dans l'ascenseur. Il posa sa carte-clé dans la fente de la console de contrôle et appuya sur le bouton marqué S.

– S comme sous-sol, lança Condon à l'adresse des visiteurs une fois la porte refermée. Si nous avions mis L comme Labo, on aurait pu prendre ça pour L comme Lobby[1].

Sur quoi il rit, mais fut le seul à le faire. Joli renseignement pour rien qu'il venait de lâcher. Pierce n'en sentit pas moins à quel point cette présentation le rendait nerveux. Dieu sait pourquoi, cela le fit sourire très légèrement, pas assez pour avoir mal. L'ascenseur ayant commencé à descendre, il sentit son moral faire l'inverse. Tout son corps se redressa – et même sa vision s'éclaircit. Le labo était son domaine. Son théâtre. Dehors, le monde pouvait bien n'être que ruines et ténèbres. Que guerre et dévastation. Que chaos peint par un Jérôme Bosch. Que femmes qui vendent leur corps à des inconnus qui les prennent, les martyrisent et les tuent. Il n'y avait rien de tel au labo. Au labo, tout était paix. Ordre. Et cet ordre, c'était lui qui le réglait. Le labo était son monde.

Au labo, Pierce ne doutait ni de lui-même ni de son savoir. Il savait qu'il lui faudrait moins d'une heure pour changer la vision que Maurice Goddard se faisait du monde. Et qu'il ferait de lui un croyant. Quelqu'un pour

---

1. Jeu de mots sur lobby et rez-de-chaussée *(NdT)*.

qui son argent serait moins investi qu'utilisé pour transformer le monde. Quelqu'un qui le lui donnerait avec joie. Quelqu'un qui sortirait son stylo et dirait : « Où est-ce que je signe ? S'il vous plaît, dites-moi où signer. »

28

Debout dans le labo, ils s'étaient serrés en demi-cercle devant Pierce et Larraby. Cinq visiteurs plus les employés qui essayaient d'y travailler comme à leur habitude, ça faisait du monde. Les présentations avaient été faites, ainsi que le petit tour rapide des labos individuels. Enfin l'heure du grand show était arrivée et Pierce était prêt. Il se sentait à l'aise. Il ne s'était jamais pris pour un grand orateur, mais il serait bien plus facile de parler du projet dans le confort du labo où celui-ci était né que sur l'estrade d'une salle de cours en faculté ou dans un symposium.

— Vous savez sans doute ce qui est au cœur même des travaux que nous menons dans ce labo depuis plusieurs années, lança-t-il. Nous nous en sommes entretenus lors de votre première visite. Aujourd'hui, nous aimerions vous parler d'une ramification particulière de ces études : le projet Protée. Certes, il représente quelque chose de neuf puisqu'il a moins d'un an d'âge, mais il est tout à fait dans la ligne de nos précédents travaux. Dans ce monde, toutes les recherches se recoupent, pourrait-on dire. Une idée en induit une autre. Comme des dominos qui se heurtent à la file. Comme une espèce de réaction en chaîne. Protée, sachez-le, est un maillon de cette chaîne.

Il leur dit ensuite sa fascination de toujours pour les

applications médicales et biologiques à tirer de la nanotechnologie et la décision que, presque deux ans plus tôt, il avait prise de faire entrer Brandon Larraby dans la société et de lui confier la tâche de diriger tout ce qui avait trait à l'aspect biologie de la question.

— Tous les articles qu'on lit dans les magazines et les revues scientifiques tournent autour de ça. C'est toujours le point central des discussions. Cela va de l'élimination des déséquilibres chimiques à la découverte de traitements capables de soigner les maladies véhiculées par le sang. Le projet Protée ne fait évidemment rien de tout cela : ces perspectives sont encore très lointaines. De fait, Protée est un système de livraison. Protée, c'est la source d'énergie qui permettra à toutes ces techniques de fonctionner à l'intérieur du corps. Ce que nous avons fait ? Nous avons créé la formule qui permettra aux cellules du système sanguin de produire l'impulsion électrique capable de faire fonctionner ces inventions à venir.

— En fait, ça se ramène à la question de la poule et de l'œuf, enchaîna Larraby. Qu'est-ce qui vient en premier ? Nous avons décidé que c'était la source d'énergie. C'est de bas en haut qu'on construit. On commence par le moteur et après seulement on ajoute les systèmes, quels qu'ils soient.

Il s'arrêta et ce fut le silence. Rien que de prévisible quand un savant essaie de rejoindre un non-scientifique par une passerelle de mots. C'est alors que, comme cela avait été chorégraphié, Condon entra dans la danse. La passerelle, l'interprète, ce serait lui.

— Ce que vous êtes en train de dire, lança-t-il, c'est que cette formule, cette source d'énergie est la plate-forme dont dépendront toutes les recherches et inventions à venir, c'est bien ça ?

– C'est bien ça, répondit Pierce. Dès qu'elle sera établie dans les journaux scientifiques, les symposiums et autres, cette vérité suscitera de nouvelles recherches et donnera naissance à de nouvelles inventions. Toute la recherche en sera dynamisée. Les savants s'intéresseront plus à ce domaine parce que le problème du portail d'entrée aura été résolu. Nous leur aurons montré le chemin. C'est pour cela que, dès lundi matin, nous allons demander la protection d'un brevet pour cette formule. Nous rendrons publiques nos découvertes peu après. Après quoi, nous vendrons la formule en franchise à tous ceux qui se lanceront dans ce domaine de recherches.

– À tous ceux qui inventeront et construiront ces machines transportées par le système sanguin.

C'était Goddard qui venait de parler – et sous la forme d'une affirmation, nullement d'une question. C'était bon signe. Il se joignait à eux. Lui aussi était excité.

– Exactement, dit Pierce. On peut faire beaucoup de choses quand on a la source d'énergie nécessaire. Une voiture sans moteur ne va nulle part. Nous, nous avons le moteur. Et ce moteur pourra emmener les chercheurs partout où ils voudront.

– Prenons un exemple, reprit Larraby. Dans notre seul pays, plus de un million de personnes doivent s'auto-injecter de l'insuline pour contrôler leur diabète. Je fais moi-même partie de ce million. Or, il n'est pas du tout inconcevable que, dans un avenir proche, une machine cellulaire soit mise en chantier et que, programmée et placée dans le sang comme il faut, elle puisse évaluer le taux d'insuline du malade et lui fabriquer et fournir le complément nécessaire.

– Sans parler du charbon, ajouta Condon.

– Le charbon, dit Pierce. Nous savons tous, à la lumière des événements de l'année dernière, combien est mortelle cette forme de bactérie et combien il est difficile de la déceler lorsqu'elle se trouve dans l'air. Nous pensons, nous, au jour où disons... tous les employés de la poste, voire tous les membres de nos forces armées, peut-être même nous tous, aurons une biopuce en implant, biopuce qui pourra détecter et attaquer ce genre de bactéries avant qu'elles aient le temps d'essaimer dans le corps humain.

— Comme vous le voyez, poursuivit Larraby, les possibilités sont infinies. Et ainsi que je l'ai déjà dit, le savoir scientifique sera bientôt là. Mais comment donner de l'énergie à ces machines à l'intérieur du corps humain ? Tel est depuis longtemps ce sur quoi bute la recherche. Cette question ne date pas d'hier.

— Et nous pensons, nous, avoir la réponse, dit Pierce. C'est notre formule.

Ce fut de nouveau le silence. Pierce regarda Goddard et comprit qu'il le tenait. Ne jamais tirer avant de voir le blanc de l'œil, affirme le dicton, et le blanc de l'œil, Pierce le voyait. Au fil des ans, Goddard avait dû souvent se trouver au bon endroit au bon moment. Mais jamais à ce point-là. Jamais il ne s'était trouvé devant quelque chose qui allait lui assurer des revenus – de gros revenus –, et faire de lui un héros. Qui allait le rendre heureux d'empocher tout cet argent.

— On peut assister à la démonstration tout de suite ? voulut savoir Bechy.

— Absolument, répondit Pierce. On l'a montée sur le MBE.

Il conduisit le groupe jusqu'à ce qu'ils appelaient le labo d'imagerie. De la taille d'une chambre à coucher, la salle contenait un microscope digitalisé construit aux dimensions d'un bureau et muni d'un écran de visionnage de vingt pouces de diamètre.

— Ça, c'est le microscope à balayage électronique,

reprit Pierce. Les expériences que nous menons sont à une échelle qui ne permet pas de les voir avec la plupart des microscopes. Nous montons donc une réaction prédéterminée à l'aide de laquelle nous pouvons tester notre projet. Nous emmagasinons l'expérience dans le coffre-fort du MBE et les résultats en sont agrandis et visionnés sur l'écran.

Il leur indiqua une sorte de boîte montée sur un piédestal posé à côté de l'écran. Il en ouvrit la trappe et en sortit un plateau sur lequel était disposée une galette de silicium.

– Je ne vais pas vous énumérer toutes les protéines dont nous nous servons dans notre formule, mais en gros, ce que nous avons sur cette galette, ce sont des cellules humaines auxquelles nous avons ajouté des mélanges de protéines qui s'y attachent. C'est ce processus d'attachement qui crée la conversion d'énergie dont nous parlons. Cette libération d'énergie peut être contrôlée par les appareils moléculaires dont nous discutions plus tôt. Pour tester cette conversion, nous plaçons toute l'expérience dans une solution chimique sensible à cette impulsion électrique et y répondant par une illumination. Il y a émission de lumière.

Tandis que Pierce remettait le plateau dans le coffre-fort et refermait ce dernier, Larraby poursuivit ses explications.

– Ce processus convertit l'énergie électrique en une biomolécule appelée ATP, ou adénosine triphosphate, qui est la source d'énergie corporelle. Dès sa création, l'ATP réagit à la leucine, la molécule qui fait luire les lucioles. C'est ce qu'on appelle le processus de chimioluminescence.

Pierce trouva que Larraby devenait un peu trop technique et il n'avait aucune envie de perdre son auditoire.

Il lui fit signe d'aller s'asseoir devant l'écran, l'immunologiste s'exécutant aussitôt et commençant à taper sur le clavier. L'écran était toujours noir.

– Brandon est en train d'assembler les éléments de l'expérience, dit Pierce. Regardez l'écran et vous devriez y voir apparaître bientôt des résultats évidents.

Il recula et fit avancer Goddard et Bechy afin qu'ils puissent regarder l'écran par-dessus l'épaule de Larraby. Puis il gagna le fond de la salle.

– Lumière !

Le plafonnier s'éteignit, et Pierce fut tout heureux de constater que sa voix était redevenue assez normale pour entrer à nouveau dans les paramètres du récepteur audio. Il faisait complètement noir dans le labo sans fenêtres, seul y luisait faiblement l'écran gris foncé du moniteur. Il n'y avait pas assez de lumière pour qu'il puisse observer les visages. Il posa la main sur le mur et la fit glisser jusqu'au crochet auquel était suspendue une paire de lunettes à résonance thermique. Il les prit et les chaussa. Puis il chercha la batterie et alluma. Mais aussitôt il releva les lunettes – il n'était pas prêt à s'en servir. Il les avait suspendues au crochet le matin même. On s'en servait au labo laser, mais il avait voulu les avoir à l'imagerie afin de pouvoir observer Goddard et Bechy et jauger leurs réactions.

– Bien, allons-y ! lança Larraby. Regardez l'écran.

Celui-ci resta gris-noir pendant presque trente secondes, puis quelques points de lumière y apparurent, telles des étoiles dans un ciel nocturne plein de nuages. Les points lumineux ne cessant de se multiplier, l'écran ressembla vite à la Voie lactée.

Tout le monde se taisait. Tous regardaient.

– Brandon, dit enfin Pierce, passe au thermique.

Encore du chorégraphié à l'avance. On termine sur un crescendo. Larraby joua d'un clavier, d'une main si experte qu'il n'avait pas besoin de lumière pour voir les commandes qu'il y entrait.

– « Passer au thermique » signifie qu'on va voir des couleurs, expliqua Larraby. Gradation dans l'intensité des impulsions, du bleu au plus bas jusqu'aux vert, jaune, rouge et mauve tout en haut.

L'écran se remplit de vagues de couleurs. De jaunes et de rouges essentiellement, mais aussi d'assez de mauves pour que c'en soit impressionnant. La couleur ricochait à travers l'écran telle une réaction en chaîne. On aurait dit qu'elle ondulait comme la surface de l'océan la nuit. Le Strip de Las Vegas vu de dix mille mètres de haut.

– Aurore boréale, murmura quelqu'un.

Pierce pensa que c'était la voix de Goddard. Il abaissa ses verres et vit lui aussi des couleurs. Dans la pièce tout le monde était rouge et jaune dans son champ de vision. Il se concentra sur le visage de Goddard. Les gradations de couleurs lui permettaient de voir dans le noir. Comme rivé à l'écran de l'ordinateur, Goddard avait la bouche ouverte. Son front et ses joues étaient d'un rouge profond – bordeaux virant au pourpre – sous l'effet de l'excitation.

Engin de voyeurisme scientifique, ces lunettes permettaient à Pierce de voir ce que les gens croyaient cacher. Pour finir il vit le visage de Goddard s'illuminer d'un grand sourire rouge et sut immédiatement que l'affaire était conclue. Ils avaient l'argent, l'avenir était assuré. Il regarda de l'autre côté de la pièce et vit Charlie Condon s'adosser au mur d'en face. Charlie, qui n'avait pourtant pas de lunettes spéciales, lui renvoyait son regard. Il regardait dans le noir et avait tourné la tête vers l'endroit où il savait que Pierce se tenait. Il hocha une fois la tête – même sans lunettes, il savait lui aussi.

Le moment était à savourer. Ils étaient partis pour

être riches, voire célèbres. Mais ce n'était pas ça qui comptait pour Pierce. C'était autre chose, quelque chose qui valait plus que l'argent. Quelque chose qu'il ne pourrait pas empocher, mais qu'il pourrait garder dans sa tête et dans son cœur et qui lui garantirait des intérêts mesurés en degrés de fierté proprement renversants.

Car c'était cela que lui donnait la science. Une fierté qui avait raison de tout, qui rachetait tout ce qui avait tourné de travers, tous les mauvais virages qu'il avait pris.

Surtout pour Isabelle.

Il ôta ses lunettes et les remit au crochet.

– Aurore boréale, se murmura-t-il tout doucement à lui-même.

29

Avec de nouvelles galettes, ils firent encore deux expériences au MBE. L'une et l'autre transformant l'écran en véritables illuminations de Noël, Goddard fut satisfait. Pierce demanda alors à Grooms de lui expliquer les autres projets du labo, pour compléter le tableau. Après tout, Goddard allait investir dans toute l'affaire, pas seulement dans Protée. À midi et demi la présentation s'acheva, et on alla déjeuner dans la salle du conseil d'administration. Condon s'était arrangé pour que le repas vienne de Chez Joe, un restaurant d'Abbot Kinney Boulevard qui offrait le double et rare avantage d'être à la mode et de servir de la bonne cuisine.

La conversation fut agréable – même Bechy avait l'air de s'amuser. On parla beaucoup des possibilités qu'ouvraient les recherches menées au labo. Et sans jamais rien dire de l'argent qu'elles pourraient rapporter. À un

moment donné Goddard se tourna vers Pierce, qui était assis à côté de lui, et lui confia doucement :
— J'ai une fille qui a le syndrome de Down[1].

Il n'ajouta rien d'autre, mais ce n'était pas nécessaire. Pierce comprit qu'il pensait au timing. Au fait que cette découverte arrivait trop tard. Car l'avenir était proche où les maladies de ce genre pourraient être éliminées avant même de se déclencher.

— Mais je parie que vous l'aimez beaucoup, dit Pierce. Et qu'elle le sait.

Goddard soutint un moment son regard avant de répondre.

— Oui. Oui, je l'aime et elle le sait. Je pense souvent à elle quand j'investis.

Pierce acquiesça d'un signe de tête.

— Vous devez vous assurer qu'elle ne manquera de rien.

— Oh, ce n'est pas ça. Elle n'est pas près de manquer de quoi que ce soit. Non, ce qui me tracasse, c'est que quelles que soient les sommes que je gagnerai dans ce monde, je ne pourrai jamais la changer. Jamais je ne pourrai la soigner... enfin, ce que je veux dire, c'est que... l'avenir est devant nous. L'avenir... ce que vous faites...

Incapable d'exprimer ce qu'il pensait avec des mots, il se détourna.

— Je crois savoir ce que vous voulez dire, répondit Pierce.

Cet instant de paix se termina brutalement sur un éclat de rire de Bechy assise en face d'eux, à côté de Condon. Goddard sourit et hocha la tête comme s'il avait entendu ce qu'elle trouvait si drôle.

Plus tard (on en était au gâteau au citron vert des Keys), Goddard mit le sujet de Nicole sur le tapis.

---

1. Autre appelation pour la trisomie 21.

— Vous savez qui me manque ? demanda-t-il. Nicole James. Où est-elle passée ? J'aimerais bien lui dire bonjour.

Pierce et Condon échangèrent un regard. Ils étaient tombés d'accord pour que ce soit Charlie qui donne toutes les explications nécessaires sur Nicole.

— Malheureusement, elle n'est plus avec nous, dit-il. De fait, elle nous a quittés vendredi dernier.

— Vraiment ? Pour aller où ?

— Nulle part pour l'instant. Je crois qu'elle a décidé de se donner le temps de réfléchir à la suite de sa carrière. Mais comme elle avait signé un contrat d'exclusivité avec nous, nous n'avons pas à nous inquiéter de la voir filer chez un concurrent.

Goddard acquiesça d'un hochement de tête, mais fronça les sourcils.

— C'est qu'elle occupait un poste très sensible, fit-il remarquer.

— Oui et non, lui renvoya Condon. En réalité, elle était plus tournée vers l'extérieur que l'intérieur. Elle en savait juste assez sur nos projets pour ne pas se tromper sur ce qu'il fallait chercher chez les concurrents. Par exemple, elle n'avait absolument pas accès aux labos et n'a jamais vu la démonstration à laquelle vous avez assisté ce matin.

C'était un mensonge, mais Charlie Condon n'en savait rien. Exactement comme le mensonge que Pierce avait servi à Clyde Vernon sur ce que Nicole savait et avait vu. De fait, Nicole avait tout vu. Un dimanche soir, il l'avait amenée au labo et lui avait allumé le MBE pour lui montrer l'aurore boréale. C'était au moment où, tout s'effondrant entre eux, il essayait désespérément de rester avec elle et de trouver quelque chose qui les réunît. Passant outre à ses propres règles, il avait voulu lui faire voir ce qui l'avait si souvent retenu loin d'elle.

Mais même cela, même lui montrer sa découverte, n'avait pas réussi à enrayer la décomposition de leur couple. Moins d'un mois plus tard, elle mettait fin à leurs relations.

Comme Goddard, mais pour des raisons différentes, Pierce regrettait son absence en cet instant. Il ne dit plus rien pendant le reste du repas. Le café fut servi, puis desservi. Puis les assiettes et les couverts furent enlevés, et il n'y eut bientôt plus que le plateau ciré de la table et les reflets fantomatiques de leurs visages penchés dessus.

Les serveurs ayant quitté la salle, ce fut à nouveau l'heure de parler affaires.

— Et ce brevet ! lança Bechy en croisant les bras sur sa poitrine.

Pierce fit un signe de tête à Kaz, qui répondit.

— En fait, il s'agit d'un brevet multiple. Il est en neuf parties, chacune d'elles couvrant un aspect de ce que vous avez vu aujourd'hui. Nous sommes sûrs de n'avoir rien oublié et pensons qu'il devrait résister à toutes les contestations possibles, aussi bien maintenant qu'à l'avenir.

— Et vous envoyez la demande quand ?

— Lundi matin. Je prendrai l'avion pour Washington demain ou samedi. Nous avons décidé de déposer nous-mêmes la demande au Bureau des marques et brevets des États-Unis d'Amérique lundi matin à neuf heures.

Goddard étant assis à côté de lui, Pierce trouva plus facile et moins guindé d'observer Bechy. Elle parut surprise par la rapidité avec laquelle ils agissaient. Encore un bon point. Pierce et Condon voulaient forcer le destin. Forcer Goddard à se décider tout de suite, ou risquer de perdre en attendant.

— Comme vous le savez, dit Pierce, c'est un domaine

scientifique où la concurrence est très forte. Nous voulons être sûrs d'être les premiers à enregistrer notre formule. Brandon et moi avons aussi rédigé un article sur ce sujet et allons le soumettre aux revues scientifiques. Il partira demain.

Il leva le poignet et jeta un coup d'œil à sa montre. Il était presque deux heures.

– De fait, reprit-il, il va même falloir que je vous quitte pour retourner au boulot. Si jamais vous avez une question à laquelle Charlie ne peut pas répondre, appelez-moi à mon bureau ou au labo. Si ça ne répond pas, c'est que nous aurons coupé le téléphone pour nous servir d'une de nos sondes.

Il repoussa sa chaise en arrière et se mettait déjà debout lorsque Goddard leva la main et lui attrapa le bras pour l'arrêter.

– Un instant, Henry, dit-il, si ça ne vous gêne pas.

Pierce se rassit. Goddard le regarda, puis passa délibérément en revue tous les gens assis autour de la table. Pierce devina la suite. Il le sentit au pincement de son cœur.

– Je veux juste vous dire pendant que nous sommes encore tous ensemble que je vais investir dans votre société. Je veux être partie prenante de ce grand projet qui est le vôtre.

Il y eut de grandes acclamations et des applaudissements. Pierce tendit la main à Goddard, qui la lui serra vigoureusement avant de prendre celle que lui tendait Condon par-dessus la table.

– Que personne ne bouge ! s'écria Condon.

Il se leva et gagna un coin de la pièce où un téléphone était posé sur une petite table. Il entra trois chiffres – appel en interne – et murmura quelque chose dans l'écouteur. Puis il revint à sa place. Quelques minutes plus tard, Monica Purl et l'assistante personnelle de

Condon, une certaine Holly Kannheiser, entraient dans la salle, chacune portant une bouteille de Dom Pérignon et un plateau de coupes à champagne.

Condon fit sauter les bouchons et versa à boire. Les assistantes furent priées de rester prendre un verre. Elles avaient toutes les deux des appareils photo jetables et durent prendre des photos entre deux gorgées de champagne.

Ce fut Condon qui porta le premier toast.

– À Maurice Goddard, dit-il. Nous sommes heureux de vous avoir avec nous pour ce grand voyage !

Puis ce fut le tour de Goddard. Il leva son verre et dit seulement :

– À l'avenir !

Et regarda Pierce en le disant. Pierce acquiesça d'un hochement de tête et leva sa coupe presque vide. Il regarda tout le monde, y compris Monica, avant de parler. Puis il dit :

– Nos bâtiments doivent vous paraître terriblement petits. Mais pour nous, qui sommes petits, ils sont merveilleusement grands.

Il termina sa coupe et regarda autour de lui. Personne ne semblait comprendre.

– Cette phrase sort d'un livre pour enfants, dit-il. Un album du Dr Seuss. Il y est question de l'existence d'autres mondes. D'univers grands comme des grains de poussière.

– Oyez, oyez ! s'écria Condon en levant encore une fois sa coupe.

Pierce commença à se promener dans la pièce pour serrer des mains et partager remerciements et encouragements. Lorsqu'il arriva devant elle, Monica cessa de sourire et parut le traiter avec froideur.

– Merci d'être restée jusqu'à maintenant, dit-il. Avez-vous parlé de votre transfert à Charlie ?

– Pas encore, non. Mais je vais le faire.
– Très bien. M. Renner a-t-il appelé ?

C'était sciemment qu'il n'avait pas utilisé le terme d'inspecteur. Quelqu'un aurait pu écouter ce qu'ils disaient.

– Toujours pas, non.

Il hocha la tête. Il ne savait plus quoi lui dire.

– Il y a quelques messages qui vous attendent sur votre bureau, reprit-elle. L'un d'eux émane de votre avocate. Elle a dit que c'était important, mais je lui ai fait comprendre que je ne pouvais pas interrompre votre présentation.

– Bon, merci.

Aussi calmement qu'il le pouvait, il revint vers Goddard et lui annonça qu'il le laissait avec Condon pour peaufiner les termes de l'accord d'investissement. Puis il lui serra de nouveau la main, sortit de la salle à reculons et descendit le couloir pour rejoindre son bureau. Il avait envie de courir, mais se força à marcher d'un pas régulier.

30

– Lumière !

Pierce se glissa derrière son bureau et ramassa les trois avis de messages que Monica lui avait laissés. Deux appels émanaient de Janis Langwiser et étaient marqués « urgent », la mention manuscrite disant simplement : « Rappeler aussi vite que possible. » Le troisième provenait de Cody Zeller.

Il reposa les avis sur son bureau et réfléchit. Il ne voyait pas très bien comment le coup de fil de Langwiser pouvait annoncer autre chose qu'une mauvaise nouvelle. Passer de l'euphorie de la salle du conseil à ça avait de quoi faire vaciller. Il se sentit étouffer de chaleur, jusqu'à la claustrophobie. Il gagna la fenêtre et l'entrouvrit.

Et décida de téléphoner à Zeller en premier – son ami avait peut-être du nouveau. Moins d'une minute plus tard Zeller réagissait à son appel.

– Navré, mec, lança celui-ci en guise de salutation. Y a pas moyen.

– Que veux-tu dire ?

– Pour Lucy LaPorte... Je n'arrive pas à la trouver. Pas la moindre trace, mon vieux. Cette nana n'a même pas le câble.

– Ah.

– Tu es sûr que c'est son vrai nom ?

– C'est celui qu'elle m'a donné.

– C'est une des filles du site web ?

– Oui.

– Merde, t'aurais quand même pu me le dire. Ces filles-là ne donnent jamais leur vrai nom.

– Lilly Quinlan le donnait.

– Oui, bon, mais... Lucy LaPorte ? On dirait un nom inventé par un type qui sort d'une représentation d'*Un tramway nommé Désir* ! Tu sais ce qu'elle fait, cette nana. Alors qu'elle dise la vérité sur quoi que ce soit, même sur son nom, il doit y avoir une chance sur...

– Elle ne mentait pas. C'était pendant un moment d'intimité et elle disait la vérité. Je le sais.

– « Un moment d'intimité »... Tu ne m'as pas dit que tu n'avais pas...

– Je n'ai pas. C'était au téléphone. Quand elle m'a dit...

– Ah, bon. C'est vrai que la baise par téléphone, c'est tout à fait autre chose.

– Laisse tomber, Cody. Va falloir que je te laisse.
– Hé, minute ! Comment a marché ton truc avec le grand argentier ?
– Impeccable. Charlie le fait passer à la caisse en ce moment même.
– Cool.
– Il faut que j'y aille, Cody. Merci d'avoir essayé.
– T'inquiète pas. Je t'enverrai la note.

Pierce raccrocha et reprit un des avis de message de Langwiser. Il composa le numéro, une secrétaire décrocha et son appel fut immédiatement transféré.

– Où étiez-vous passé ? lui lança l'avocate. J'avais pourtant dit à votre assistante de vous faire passer mon message tout de suite.
– Elle a fait ce qu'il fallait. Je ne voulais pas être dérangé au labo. Qu'est-ce qui se passe ?
– Eh bien, disons seulement que votre avocate a d'assez bonnes entrées un peu partout. J'ai toujours mes sources dans la police.
– Et... ?
– Ce que je vais vous dire est hautement confidentiel. C'est un renseignement que je ne devrais pas avoir. Si jamais il y avait une fuite, je ferais l'objet d'une enquête disciplinaire.
– Bon. Et c'est quoi ?
– D'après ma source, Renner aurait passé une bonne partie de sa matinée à son bureau pour préparer une demande de perquisition. Et l'aurait présentée à un juge.

Venant après sa mise en garde et le caractère « urgent » de ses messages, la nouvelle ne le renversa pas vraiment.

– Bon, dit-il. Et ça signifie ?
– Ça signifie qu'il veut fouiller chez vous. Il veut fouiller votre appartement, votre voiture, et sans doute aussi

la maison dans laquelle vous habitiez avant de déménager, vu que c'était probablement votre domicile lorsque le crime a été commis.

— Vous voulez dire la disparition et le meurtre de Lilly Quinlan.

— Exactement. Mais... et c'est un gros mais... sa demande a été rejetée. Le juge lui a fait savoir que son dossier était un peu mince. Il n'avait pas assez de preuves pour autoriser une perquisition.

— Donc, c'est bon, non ? Cela veut-il dire que l'affaire est finie ?

— Non. Renner peut revenir à la charge quand il veut. Dès qu'il aura quelque chose de plus. J'ai dans l'idée qu'il s'appuyait sur l'enregistrement... ce qu'il appelait vos aveux. Il est réconfortant de voir qu'un juge a percé ses manigances et lui a fait savoir que ça ne suffisait pas.

Pierce réfléchit. Tout cela le dépassait et il ne savait pas trop à quoi rimaient ces manœuvres judiciaires.

— Il pourrait décider d'aller voir ailleurs, reprit Langwiser.

— Comme... quoi ? Essayer auprès d'un autre juge ?

— Oui, quelqu'un de plus accommodant. Mais il a dû aller voir le plus gentil d'entrée de jeu. Et aller ailleurs pourrait lui retomber sur le nez. Si un juge s'aperçoit que sa demande a déjà été rejetée par un collègue, ça pourrait devenir délicat.

Tenter de suivre toutes ces nuances juridiques lui parut être une perte de temps. Il était moins dérangé par la nouvelle que Langwiser semblait l'être. Cela venait sans doute du fait qu'elle ne pourrait jamais être complètement sûre de son innocence. Cette marge d'incertitude lui faisait craindre ce que la police pourrait découvrir si elle obtenait le droit de fouiller chez lui.

— Et si nous le laissions faire sa perquisition sans autorisation ? demanda-t-il.

— Non.

— Il ne trouverait rien. Je n'ai pas commis ce crime, Janis. Je n'ai même jamais rencontré Lilly Quinlan.

— Ça n'a aucune importance. Il n'est pas question de coopérer avec la police. Commencez à le faire et vous mettrez les pieds dans des tas de pièges.

— Je ne comprends pas. Quel piège pourrait-il y avoir si je suis innocent ?

— Henry, vous voulez que je vous conseille, n'est-ce pas ?

— Oui.

— Alors écoutez-moi et suivez mes recommandations. On ne fait aucune ouverture à la partie adverse. On a mis Renner en garde, on ne sort pas de là.

— Comme vous voudrez.

— Merci.

— Saurez-vous s'il va faire son marché auprès d'un autre juge ou s'il réitère sa demande auprès de celui qu'il est allé voir ?

— J'ai mes antennes. On pourrait avoir du nouveau. Dans tous les cas de figure, vous jouez la surprise si jamais il se pointe avec un mandat. Je dois absolument protéger ma source.

— Ce sera fait.

Soudain, il pensa à quelque chose et en eut le cœur glacé de peur.

— Et mon bureau ? Et le labo ? Il va vouloir y faire une perquisition ?

Ce serait bien trop difficile à gérer si jamais ça se produisait. L'histoire ne manquerait pas de se répandre et d'atteindre les cercles où on parle technologies émergentes. Il ne faisait aucun doute que la nouvelle viendrait aux oreilles de Goddard et de Bechy.

— Je n'en suis pas sûre, mais ça me paraît peu vraisemblable. Ce qu'il voudra, c'est examiner des lieux qui auraient pu servir à la perpétration du crime. Il devrait avoir encore plus de mal à convaincre un juge de le laisser fouiller un lieu de travail où il est hautement improbable que le crime se soit produit.

Pierce songea au répertoire téléphonique qu'il avait caché dans le classeur de la salle de photocopie. C'était là un lien direct avec Lilly Quinlan qu'il n'avait toujours pas reconnu avoir. Il allait devoir s'en débarrasser.

Puis il songea à autre chose.

— Vous savez qu'ils ont déjà fouillé ma voiture, reprit-il. Je l'ai tout de suite su en montant dedans ce soir-là. J'étais garé devant chez Lilly.

Il y eut un instant de silence avant que Langwiser ne reprenne la parole.

— S'ils l'ont vraiment fait, c'était illégal. Cela dit, sans témoin nous n'arriverons jamais à le prouver.

— Je n'ai vu que des flics.

— Je suis sûre que ça s'est réduit à un petit examen à la torche électrique. C'est rapide et c'est crade. Si Renner obtient son autorisation, il fera ça légalement et ça ira nettement plus loin qu'un simple coup d'œil. On cherchera des poils, des fibres, tout, quoi. Tout ce qui était trop petit pour qu'il le voie avec sa lampe.

Pierce pensa au toast qu'il avait porté moins d'une demi-heure auparavant. Un grain de poussière pouvait décider de son avenir – dans un sens ou dans l'autre.

— Bah, c'est comme j'ai dit, enchaîna-t-il avec un rien de défi dans la voix. Laissez-les faire. Peut-être qu'ils se mettront à chercher le vrai coupable quand ils auront compris que je suis innocent.

— Des idées là-dessus ?

— Non, aucune.

— Bon, pour l'instant, vous vous souciez de vos fesses

à vous. Vous n'avez pas l'air de bien comprendre la gravité de la situation. Côté mandat de perquisition, je veux dire... Vous vous croyez libre et tranquille parce qu'ils ne trouveront rien ?

— Écoutez, Janis, je suis chimiste, moi, pas avocat. Tout ce que je sais, c'est que je me retrouve au milieu de ce truc et que je n'ai tué personne. Si je ne comprends pas la gravité de la situation, dites-moi exactement ce que vous voulez que je comprenne.

C'était la première fois qu'il exprimait son insatisfaction à son endroit et il le regretta aussitôt.

— La réalité, c'est que vous avez un flic aux fesses et qu'il y a peu de chances qu'il vous lâche à cause de ce contre-temps. Pour Renner, ce n'est que partie remise. Il est patient et va continuer à travailler ce truc jusqu'à ce qu'il trouve ou obtienne ce dont il a besoin pour qu'on lui signe son mandat de perquisition. Vous comprenez ?

— Oui.

— Et ce n'est que le début. Renner est très bon dans ce qu'il fait. La plupart des flics que je sais être bons le sont parce qu'ils ne lâchent jamais prise.

Pierce eut à nouveau une bouffée de chaleur. Ne sachant plus que dire, il garda le silence. Un long moment s'écoula avant que Langwiser ne reprenne la parole.

— Il y a autre chose, dit-elle enfin. Samedi soir, vous leur avez parlé de la maison de Lilly Quinlan et vous leur en avez donné l'adresse. Eh bien, ils s'y sont rendus et ont vérifié. Mais ils n'ont pas effectué de perquisition officielle avant dimanche après-midi, après que Renner eut obtenu son mandat. Il ne savait pas trop si Lilly était morte ou vivante, mais, pour lui, il était clair que ses activités professionnelles pouvaient inclure la prostitution et d'autres délits.

Pierce acquiesça. Il commençait à comprendre comment réfléchissait Renner.

– C'est donc pour se protéger qu'il est allé chercher un mandat, dit-il. Au cas où il tomberait sur des choses ayant à voir avec ces autres délits. Ou si Lilly refaisait surface et leur disait : « Mais qu'est-ce que vous foutez chez moi ? »

– Exactement. Mais il y avait encore une autre raison.

– Il voulait rassembler des preuves contre moi.

– Juste.

– Sauf que... comment tout cela peut-il constituer des preuves contre moi ? Je lui ai dit moi-même que j'y étais allé. J'ai laissé mes empreintes absolument partout parce que je la cherchais et voulais savoir ce qui s'était passé.

– Ça, c'est votre version et je vous crois. Lui, non. Pour lui, c'est une histoire que vous avez inventée pour vous couvrir d'être entré chez elle.

– C'est incroyable !

– Vous feriez mieux de commencer à y croire. Et la loi l'obligeait à remplir ce qu'on appelle un relevé de perquisition sous quarante-huit heures. Il s'agit, en gros, d'un reçu pour tout ce qui a pu être saisi pendant la fouille.

– Il l'a fait ?

– Oui, et j'en ai une photocopie. Le document n'était pas scellé... là, il a fait une erreur. Toujours est-il qu'il y a une liste de tous les biens personnels saisis, du genre brosse à cheveux pour échantillonnage d'ADN et autres. Beaucoup d'articles ont été confisqués pour analyses d'empreintes : courrier, tiroirs de bureaux, bijoux, flacons de parfum, jusqu'aux accessoires à caractère sexuel trouvés dans les tiroirs.

Pierce garda le silence. Il se rappela la bouteille de parfum qu'il avait prise alors qu'il se trouvait dans la maison. Était-il possible qu'un objet aussi simple pût servir à le condamner ? Il sentit bouillonner ses entrailles et son visage s'empourprer.

– Vous ne dites plus rien, Henry.

– Non, je sais. Je réfléchis.

– Ne me dites pas que vous avez touché à ces accessoires.

– Non. Je ne les ai même pas vus. Mais j'ai pris une bouteille de parfum, ça oui.

Il entendit l'avocat pousser un soupir.

– Quoi ?

– Pourquoi l'avez-vous prise ?

– Je ne sais pas. Je l'ai prise, c'est tout. Elle me rappelait quelque chose, enfin... je crois. Ou quelqu'un. En voilà une histoire ! Je ne vois pas comment toucher un flacon de parfum pourrait être égal à un meurtre.

– Ça fait partie des preuves indirectes, Henry. Vous avez dit à la police que vous étiez entré chez elle pour voir ce qu'elle faisait et si elle allait bien.

– Je l'ai dit parce que c'est ça que j'ai fait.

– D'accord, d'accord. Leur avez-vous aussi dit que vous avez reniflé ses flacons de parfum ? Et ses sous-vêtements... eux aussi, vous les avez passés en revue ?

Pierce ne releva pas. Il avait envie de vomir. Il se pencha en avant et sortit la corbeille de dessous le bureau pour la poser à côté de son fauteuil.

– Henry, reprit-elle, si je vous traite comme le ferait un procureur, c'est parce qu'il faut absolument que vous voyiez dans quel sentier dangereux vous vous êtes engagé. Tout ce que vous direz ou ferez pourra être déformé. Ce que vous expliquez d'une certaine manière peut être vu tout à fait différemment par quelqu'un d'autre.

– Bon, bon. Dans combien de temps passeront-ils aux empreintes digitales ?

- Dans quelques jours, c'est probable. Sans cadavre, ce dossier a peu de chances d'être prioritaire aux yeux de quiconque, hormis Renner. J'ai entendu dire que son associé travaillait sur d'autres affaires, qu'ils ne sont pas complètement d'accord sur votre dossier et que Renner joue solo.
- C'est l'associé qui vous renseigne ?
- Ce n'est pas à vous que je vais dévoiler le nom de ma source.

Ils gardèrent tous deux le silence un instant. Pierce n'avait rien d'autre à dire, mais se sentait espérer tant qu'il était relié à Langwiser.

- J'ai commencé à dresser une liste de gens auxquels on pourrait parler, reprit-elle enfin.
- Comment ça ?
- Une liste de gens qui ont un lien avec votre histoire, et de questions à leur poser. Vous voyez... si c'est nécessaire.
- Je vois.

Au cas où il serait arrêté et inculpé, il l'avait compris. Au cas où on le traînerait devant les tribunaux.

- Laissez-moi étudier certaines choses, ajouta-t-elle. Je vous rappelle dès qu'il y a du nouveau.

Il lui dit au revoir et raccrocha. Puis il resta assis sans bouger en repensant à ce qu'elle venait de lui dire. Renner était en train de préparer l'assaut. Même sans avoir de cadavre. Pierce se rendit compte qu'il devait appeler Nicole et, Dieu sait comment, lui expliquer que les flics le soupçonnaient d'assassinat et qu'il y avait toutes les chances pour qu'ils viennent fouiller la maison qu'ils avaient partagée.

Rien que d'y songer, il eut de nouveau la nausée. Il regarda la corbeille. Il était sur le point d'aller chercher de l'eau ou une boîte de Coca lorsqu'on frappa à la porte.

31

Ce fut Charlie Condon qui y passa la tête. Il rayonnait. Sourire aussi large et solide que le lit en béton de la Los Angeles River.

– Tu as réussi ! Putain de Dieu, tu as réussi !

Pierce avala sa salive et fit de son mieux pour tenir à distance les sentiments que le coup de téléphone avait fait naître en lui.

– Non, c'est nous tous qui avons réussi, dit-il. Où est Goddard ?

Condon entra complètement dans la pièce et referma la porte derrière lui. Pierce remarqua qu'il avait dénoué sa cravate après tout le champagne qu'il avait bu.

– Dans mon bureau, répondit Condon. Il parle avec son conseil au téléphone.

– Je croyais que c'était Bitchy.

– Non, elle, c'est juste une avocate comme ça. Ce n'est pas la grande grande avocate, si tu vois ce que je veux dire.

Pierce ne pouvait s'empêcher de repenser à l'appel de Langwiser et avait du mal à écouter son associé.

– Tu veux savoir où il met la barre ? demanda ce dernier.

Pierce leva la tête et acquiesça.

– Il est prêt à marcher pour vingt millions sur quatre ans. Il veut douze pour cent et le poste de président du conseil d'administration.

Pierce chassa l'image de Renner de son esprit et se concentra sur le visage toujours souriant de Condon. L'offre de départ était bonne. On n'y était pas tout à fait, mais ça s'engageait bien.

– Pas mal, dit-il.

– Pas mal ? ! répéta Charlie. C'est génial, oui !

On aurait dit Tony le Tigre tant il avait appuyé sur ce dernier mot. Charlie avait bu trop de champagne.

– C'est que... c'est juste une offre de départ. Il va devoir monter.

– Je sais, oui. Et il le fera. Mais je voulais vérifier quelques petites choses. Et d'abord, le fauteuil de président. C'est important pour toi ?

– Pas si ça ne l'est pas pour toi.

Condon était le président du conseil d'administration en exercice. Mais ce conseil n'avait pas de pouvoir véritable dans la mesure où c'était toujours Pierce qui contrôlait la société. Condon en détenait dix pour cent et ils en avaient cédé huit de plus à d'autres investisseurs (aucun d'entre eux ne jouait dans la cour de Goddard), les compensations dues aux employés équivalant à dix de mieux. Le reste – soit soixante-douze pour cent de la société – appartenait toujours à Pierce. Bref, en accordant à Goddard le poste de président d'un conseil très largement consultatif, on ne semblait pas lui donner grand-chose.

– Moi, je suis d'avis qu'on le lui donne, reprit Condon. Mais les pourcentages ? Tu les lui donneras si j'arrive à lui faire cracher vingt millions sur trois ans ?

Pierce hocha la tête.

– Non, répondit-il. La différence entre dix et douze pour cent pourrait nous coûter deux ou trois cents millions de dollars. Les pourcentages, je me les garde. Et si tu arrives à tes fins, tant mieux. Mais il faut qu'il nous accorde un minimum de dix-huit millions sur trois ans. Sinon, on le renvoie à New York.

– Ça fait beaucoup.

– Écoute, on a déjà vu tout ça en détail. En ce moment même, on crame trois millions par an. Si nous voulons nous étendre et rester devant le peloton, nous allons avoir besoin du double. Six millions par an, on ne peut pas descendre en dessous. Allez, va lui faire avaler ça.

– Sauf que je n'ai que la présidence comme atout.

– Non. Je t'ai donné la plus grande invention de la décennie pour négocier. Charlie... tu as vu ses yeux quand on a remis la lumière ? Il n'a pas fait que mordre à l'hameçon. Il est déjà dans la poêle à frire. Il n'y a plus qu'à préciser les détails. Va conclure et on met le premier chèque en compte bloqué. Pas question de faire monter son pourcentage et on veut six millions par an. On en a besoin pour bosser. Il veut faire un tour de manège avec nous, c'est le prix du billet.

– Bon, d'accord. Je l'obtiendrai. Mais il faudrait que tu viennes. Tu es meilleur quand il s'agit de conclure.

– Y a peu de chances.

Condon ayant quitté la pièce, Pierce se retrouva seul avec ses pensées. Une fois encore il passa en revue tout ce que lui avait dit Langwiser. Renner allait fouiller ses domiciles et sa voiture – cette dernière pour la deuxième fois. Mais officiellement et légalement ce coup-ci. Il essaierait de trouver de petites pièces à conviction, de ces indices qui pouvaient être oubliés pendant le transfert d'un corps.

– Putain, dit-il tout haut.

Il décida d'analyser la situation comme il l'aurait fait dans une expérience en laboratoire. En reprenant tout à la base. On regarde l'objet comme ceci, on le retourne et on le regarde autrement. On le réduit en poudre et on l'examine au microscope.

Et on démarre sans aucune idée préconçue.

Il sortit son carnet et y nota sur une page vierge les éléments clés de sa conversation avec Langwiser :

Fouille : appartement
Amalfi
Voiture (2e fois) – pièces à conviction
Bureau/labo ?

Relevé de perquisition : empreintes digitales
partout – parfum

Il regarda fixement la page, mais aucune question, ni réponse, ne lui vint à l'esprit. Pour finir, il la déchira et en fit une petite boule qu'il jeta dans la corbeille au coin de la pièce. Il rata son coup.

Il se renversa en arrière et ferma les yeux. Il savait qu'il lui faudrait appeler Nicole et la préparer à l'inévitable : les flics fouilleraient absolument tout. Que ce soit à lui ou à elle n'aurait aucune importance. Et Nicole tenait beaucoup à sa vie privée. Cette invasion lui ferait beaucoup de mal et l'explication qu'il devrait lui donner enterrerait pratiquement tout espoir de réconciliation avec elle.

– Eh merde ! dit-il en se levant.

Il fit le tour du bureau et ramassa sa boule de papier froissé. Plutôt que de la jeter à la corbeille, il la rapporta à son bureau. Puis il se rassit, la déplia et tenta de la lisser.

– Ne rien croire, dit-il.

Les mots qu'il avait portés sur la feuille le défiaient. Ils ne voulaient rien dire. D'un ample mouvement du bras il ramassa la page et en fit de nouveau une boule. Puis il arma son bras et semblait prêt à retenter un panier lorsqu'il comprit soudain quelque chose. Il rabaissa le bras et déplia une deuxième fois la boule de papier. Et regarda fixement une ligne de ce qu'il avait écrit :

Voiture (2ᵉ fois) – pièces à conviction

Ne rien croire. Cela signifiait ne pas croire que la police avait déjà fouillé sa voiture. Quelque chose explosa en lui. Et s'il avait raté quelque chose ? Et si la police n'avait pas fouillé sa voiture ? Mais... qui l'avait fait dans ce cas ?

L'étape suivante s'imposait d'elle-même : d'où tenait-il que sa voiture avait été fouillée ? La vérité était qu'il ne pouvait pas l'affirmer. De fait, il ne savait qu'une chose : quelqu'un était monté dans sa voiture après qu'il l'avait garée dans l'allée. Et le plafonnier avait été allumé. Mais la voiture avait-elle été fouillée pour autant ?

Il s'aperçut qu'il avait été un peu vite en besogne en croyant que c'était la police – en la personne de Renner – qui avait fait tout ça. Il n'en avait pas la preuve, ni même seulement le moindre indice. Une seule chose était certaine : quelqu'un était monté dans sa BM. Et cette conclusion pouvait donner lieu à pas mal d'interprétations différentes, la fouille policière n'en constituant qu'une parmi d'autres. Une fouille conduite par quelqu'un d'autre était tout aussi possible. Et si ce quelqu'un avait voulu prendre quelque chose ?

Ou alors... quelqu'un qui tout au contraire aurait voulu déposer un objet ? Ça aussi, c'était possible.

Il se leva et quitta rapidement son bureau. Une fois dans le couloir il appela l'ascenseur, mais décida aussitôt de ne pas l'attendre. Il se rua dans la cage d'escalier et se précipita au rez-de-chaussée. Il traversa l'entrée sans saluer le gardien et entra dans le garage.

Il commença par le coffre. Il souleva le tapis de sol, jeta un coup d'œil sous la roue de secours et ouvrit le chargeur CD et la trousse à outils. On n'y avait rien pris ou déposé. Il passa à l'habitacle et mit presque dix minutes à effectuer le même genre de fouille et d'inventaire. Rien n'avait été pris ou mis dans la BM.

Il ouvrit le capot en dernier et regarda le bloc-moteur. Là non plus rien n'avait été pris ou ajouté.

Restait le sac à dos. Il referma la voiture à clé, revint au siège de l'Amedeo et encore une fois préféra monter les escaliers plutôt que d'attendre l'ascenseur. En passant devant le bureau de Monica pour regagner le sien, il remarqua qu'elle le regardait d'un drôle d'air.

– Quoi ? dit-il.

– Rien. C'est juste que vous vous comportez... bizarrement.

– Il ne s'agit pas de comportement, lui répliqua-t-il en poussant sa porte avant de la fermer à clé.

Le sac à dos se trouvait sur son bureau. Il s'en empara sans s'asseoir et commença à ouvrir les fermetures Éclair pour en examiner les nombreuses poches. Le sac comportait un compartiment rembourré où l'on pouvait glisser un ordinateur portable, un soufflet pour des dossiers et des papiers divers et trois poches à fermeture Éclair où ranger des stylos, des carnets, un téléphone portable ou un PDA.

Il n'avait rien trouvé d'anormal lorsqu'il en vint à la partie avant du sac, celle-ci ayant la particularité d'être munie d'un compartiment à l'intérieur d'un autre. De la taille d'une petite poche, elle aussi à fermeture Éclair, ce dernier pouvait contenir un passeport et une liasse de billets de banque. Cela n'avait rien de secret, mais pouvait être facilement caché par un livre ou un journal lorsqu'on voyageait. Il ouvrit la fermeture Éclair et plongea la main dans le compartiment.

Ses doigts touchèrent quelque chose qui lui fit penser à une carte de crédit. Une vieille qu'il aurait glissée dans cette poche lors d'un voyage et complètement oubliée ? Mais, en la sortant, il s'aperçut qu'il s'agissait d'un passe en plastique noir. Avec une bande magnétique d'un côté. Sur l'autre face il découvrit le logo d'une société, la U-STORE-IT [1]. Il n'avait jamais vu cette carte. Elle ne lui appartenait pas.

Il la posa sur son bureau et l'examina longuement. La chaîne U-STORE-IT, il le savait, louait dans tout le pays des camions et des garde-meubles généralement situés en bordure d'autoroute. Il pensa tout de suite à deux d'entre eux qu'on pouvait voir de la 405, rien que dans sa partie Los Angeles.

Un mauvais pressentiment l'assaillit. Quelqu'un avait sciemment pénétré dans sa voiture le samedi soir précédent pour y déposer cette carte dans son sac à dos. Il comprit qu'il se trouvait au cœur d'une situation qu'il ne maîtrisait pas. On était en train de se servir de lui, de lui faire jouer un rôle dans quelque chose dont il ignorait tout.

Il essaya de chasser cette impression. Il savait que la peur nourrit l'inertie et il ne pouvait pas s'offrir le luxe de ne rien faire. Il fallait agir. Faire quelque chose.

Il passa la main dans le classeur placé sous l'écran de son ordinateur et en sortit le gros volume des Pages jaunes. Il l'ouvrit et trouva celles consacrées aux garde-meubles. La chaîne U-STORE-IT y avait une annonce d'une demi-page contenant la liste de dix succursales dans la région de Los Angeles. Il commença par la plus proche de Santa Monica. Il décrocha son téléphone et appela le bureau de Culver City. Un jeune homme lui répondit. Pierce songea à Curt, le gamin au visage couvert d'acné de l'All American Mail.

– Ça va vous paraître bizarre, dit Pierce, mais je crois avoir loué un garde-meubles et je ne me souviens plus

---

1. Soit : Votre Garde-meubles *(NdT)*.

de l'endroit. Je sais que c'était un U-STORE-IT, mais je suis incapable de me rappeler la succursale.

– Nom ?

Le gamin se conduisait comme si la requête de Pierce n'avait rien que de très ordinaire.

– Henry Pierce.

Il l'entendit entrer le renseignement dans son ordinateur.

– Non, c'est pas ici, dit-il.

– Vous êtes relié aux autres succursales ? Vous pourriez me dire où se...

– Non, on n'est relié à rien. On est en franchise commerciale.

Pierce ne vit pas bien en quoi cela lui aurait interdit d'être relié à un réseau informatique, mais ne se donna pas la peine d'approfondir. Il remercia le jeune homme, raccrocha et appela la succursale la plus proche après celle de Santa Monica.

Il ne toucha au but qu'à son troisième appel – à la succursale de Van Nuys. La femme qui décrocha l'informa que six semaines plus tôt il avait effectivement loué un garde-meubles de quatre mètres sur trois, sis dans Victory Boulevard. Elle lui précisa que son box, climatisé, disposait de l'électricité et d'un système d'alarme. Et il y avait accès vingt-quatre heures sur vingt-quatre.

– Quelle adresse avez-vous pour moi dans vos archives ?

– Je n'ai pas le droit de vous la donner, monsieur. Si vous voulez bien me communiquer la vôtre, je pourrai la comparer avec celle que j'ai dans l'ordinateur.

Six semaines plus tôt il n'avait même pas commencé les recherches qui devaient l'amener à trouver l'appartement des Sables. Il lui donna l'adresse d'Amalfi Drive.

– C'est bien ça, dit-elle.

Il garda le silence et s'absorba dans la contemplation de la carte en plastique noir posée sur son bureau.

– Quel est le numéro du box ? finit-il par demander.

– Ça non plus, je ne peux pas vous le dire tant que je n'aurai pas une pièce d'identité avec photo, monsieur. Passez avant six heures et montrez-moi votre permis de conduire et je pourrai vous rappeler le numéro de votre box.

– Je ne comprends pas. Je croyais que je pouvais passer vingt-quatre heures sur vingt-quatre.

– Oui, mais les bureaux ne sont ouverts que de neuf heures du matin à six heures du soir.

– Oh, d'accord.

Il essaya de trouver une autre question à lui poser, mais en vain. Il remercia l'employée et raccrocha.

Il resta immobile, puis très lentement il reprit le passe et le glissa dans la poche de sa chemise. Et posa encore une fois la main sur le téléphone, mais ne décrocha pas.

Il savait qu'il pouvait appeler Langwiser, mais il n'avait pas besoin de son calme professionnel. Et il n'avait surtout pas envie de l'entendre lui ordonner de laisser tout ça tranquille. Il savait aussi qu'il pouvait appeler Nicole, mais ne doutait pas qu'elle hausserait vite la voix et que tout se transformerait en bagarre. Et la bagarre, ça aussi il le savait, il y aurait droit de toute façon dès qu'il l'informerait de la fouille à venir.

Cody Zeller ? Oui, mais supporter ses sarcasmes, non.

L'espace d'un instant l'idée d'appeler Lucy LaPorte lui traversa l'esprit. Il la repoussa vite, mais songea à ce que cela disait de lui. Il se trouvait dans la situation la plus désespérée de toute sa vie, et qui donc pouvait-il appeler pour avoir de l'aide et des conseils ?

La réponse était personne, et cette réponse le glaça jusqu'au sang.

32

Ses lunettes de soleil sur le nez et son chapeau sur la tête, il entra dans la succursale du U-STORE-IT de Van Nuys et gagna directement le comptoir, son permis de conduire à la main. Une jeune femme en pantalon marron et chemise de golf verte y était assise et lisait un ouvrage intitulé *Hell to Pay*[1]. Elle eut visiblement du mal à en détacher les yeux pour regarder Pierce. Lorsque finalement elle se décida, elle ne put s'empêcher d'ouvrir grande la bouche tant elle était surprise par l'horrible balafre qui, partant de dessous les verres de lunettes de l'inconnu, allait se balader jusque sur son nez.

Elle essaya aussitôt de déguiser son expression, faisant semblant de n'avoir rien remarqué d'inhabituel.

– Pas de problème, lui lança Pierce. Je connais la réaction.

Puis il lui glissa son permis de conduire en travers du comptoir.

– Je vous ai appelé tout à l'heure pour le box que j'ai loué. Je ne me rappelle plus le numéro.

Elle lui prit son permis, le regarda et contempla son visage. Pierce ôta son chapeau, mais garda ses lunettes de soleil.

– C'est bien moi, dit-il.

– Je vous demande pardon. Il fallait que je vérifie.

Elle s'écarta de son bureau d'un coup de pied, puis en se déplaçant sur son fauteuil à roulettes elle gagna l'ordinateur posé sur une table, à l'autre bout du réduit.

L'écran était trop loin pour qu'il pût lire ce qui s'y

---

1. Soit « Ça va barder » *(NdT)*.

affichait. Il la regarda entrer son nom dans l'ordinateur. Quelques instants plus tard, un tableau de données étant apparu sur le moniteur, elle compara les renseignements portés sur son permis avec ceux qu'elle avait sous les yeux. Il savait que le document avait été établi à l'adresse d'Amalfi Drive, celle qui, d'après elle, figurait aussi dans son dossier de location.

Satisfaite, elle fit défiler l'écran, y vit le numéro et fit courir son doigt en travers du moniteur.

– Trois cent trente et un, dit-elle.
– On prend l'ascenseur, c'est ça ?
– Vous vous rappelez le code ?
– Non. Désolé. Je suis vraiment lamentable, aujourd'hui.
– Quarante-cinq plus les quatre derniers chiffres de votre numéro de permis de conduire.

Il la remercia d'un hochement de tête et commença à s'éloigner du comptoir. Puis il la regarda par-dessus son épaule.

– Je vous dois quelque chose ?
– Pardon ?
– Je ne me rappelle plus si j'ai réglé le loyer. Et je me demandais si je n'ai pas une facture qui va arriver...
– Ah.

Elle fit de nouveau rouler son fauteuil jusqu'à l'ordinateur. Pierce apprécia le mouvement, souple et coulé.

Les renseignements le concernant étaient toujours affichés à l'écran. Elle fit défiler le menu, puis elle lui annonça sans se retourner :

– Non, tout va bien. Vous avez réglé six mois d'avance, et cash. Il vous reste encore un peu de temps.
– Bon. Génial. Merci.

Il sortit du bureau et gagna le hall des ascenseurs. Après avoir tapé le code d'appel, il monta au troisième et arriva dans un couloir vide aussi long qu'un terrain de football américain et sur lequel donnaient des deux côtés des dizaines de portes à rideau de fer. Murs gris, plancher recouvert d'un lino assorti éraflé des millions de fois par les roues noires de diables de déménagement. Il marcha jusqu'à la porte 331.

D'un brun rouille, celle-ci ne portait aucune inscription en dehors de son numéro peint en jaune au pochoir. Sur sa droite se trouvait un lecteur de passe magnétique muni d'un témoin rouge juste à côté. Au bas de la porte, un moraillon avec cadenas pour la bloquer. Pierce comprit que la carte qu'il avait découverte dans son sac ne servait qu'à l'alarme. Elle ne lui permettrait pas d'ouvrir son box.

Il la sortit de sa poche et la fit passer dans le lecteur. Le témoin passa au vert – l'alarme était débranchée. Pierce s'agenouilla et se saisit du cadenas. Il tira dessus, mais rien ne vint. Il n'y avait pas moyen d'ouvrir la porte.

Après avoir longtemps réfléchi à la suite des événements, il se redressa, regagna l'ascenseur et décida de retourner à sa voiture pour réexaminer le contenu de son sac à dos. Lui mettre un passe en douce, mais pas la clé du cadenas ? Celle-ci devait s'y trouver. Et si elle n'y était pas, il reviendrait à la réception. La femme assise derrière le comptoir devait bien avoir un coupe-boulons qu'il pourrait lui emprunter : il n'aurait qu'à lui expliquer qu'il avait oublié sa clé.

Arrivé dans le parking, il leva sa télécommande électronique et déverrouilla les portières de sa voiture. Mais à peine eut-il entendu le claquement des verrous qu'il s'arrêta et regarda sa main tendue en avant. Une image lui revenait à l'esprit : Wentz qui marche devant lui dans le couloir conduisant à la porte de son appartement. Le bruit de ses clés dans les mains du petit homme, le commentaire dont il se fend sur la qualité des équipements de la BM.

Une par une il fit défiler les clés sur son anneau en identifiant les serrures dans lesquelles elles allaient : appartement, garage, salle de musculation, portes de devant et de derrière de la maison d'Amalfi Drive, double de la clé du bureau, de celle du labo et clé de la salle des ordinateurs. Il avait aussi la clé de la maison dans laquelle il avait grandi, bien que celle-ci appartînt depuis longtemps à quelqu'un d'autre. Il ne s'en était jamais séparé. C'était le seul lien qui lui restait avec cette époque et ce lieu, avec sa sœur. Il s'aperçut qu'il avait l'habitude de garder les clés d'endroits où il ne vivait plus.

Il identifia toutes les clés de son anneau, sauf deux. Petites et en acier – ne servant donc pas à ouvrir des portes. L'une d'elles était plus grande que l'autre. Estampé sur l'une et sur l'autre dans la partie ronde, le mot : MASTER.

Pierce eut l'impression que la peau de son crâne se tendait : une de ces clés, il le savait d'instinct, allait lui ouvrir la porte du box.

Wentz. C'était lui, le plus petit des deux, qui avait fait le coup. Il avait glissé ces clés sur son anneau pendant qu'ils étaient dans le couloir. Ou alors plus tard, pendant que Pierce se balançait dans le vide à son balcon. En rentrant de l'hôpital, Pierce avait dû se faire ouvrir la porte de son appartement par la sécurité et avait retrouvé ses clés sur le plancher de la salle de séjour. Wentz, il s'en rendit compte, avait eu tout le temps d'arriver à ses fins.

Mais il ne comprenait rien. Pourquoi ? Qu'était-il en train de se jouer ? Il n'avait pas de réponses à ces questions, mais ça ne l'empêchait pas de savoir où les trouver – ou commencer à le faire. Il pivota et reprit le chemin de l'ascenseur.

Trois minutes plus tard, il insérait la plus grande des deux clés dans le cadenas fermant la porte du box 331. Il la fit tourner, le cadenas s'ouvrit en claquant avec une précision impeccable. Il dégagea le cadenas du moraillon et le laissa tomber par terre. Puis il s'empara de la poignée et commença à remonter la porte.

En s'enroulant, celle-ci émit un fort grincement métallique qui le transperça et alla se perdre à l'autre bout du couloir. Elle tapa fort en arrivant tout en haut du logement. Pierce resta le bras levé, la main toujours refermée sur la poignée.

De quatre mètres sur trois, le box était plongé dans l'obscurité – seule l'éclairait la lumière du couloir dans son dos. Au milieu se trouvait un grand coffre blanc. Un bourdonnement faible montait de la pièce. Pierce entra et aperçut la ficelle blanche qui pendait à l'interrupteur du plafonnier. Il tira dessus, le box se remplit de lumière.

Le coffre était un congélateur. Un congélateur qui lui montait jusqu'à la poitrine et dont la porte supérieure était fermée par un petit cadenas – qu'il pourrait ouvrir avec l'autre clé, il le devina tout de suite.

Il n'aurait pas eu besoin de le faire pour savoir ce qu'il contenait, mais il le fit quand même. Il s'y sentait obligé, peut-être par le fol espoir de le trouver vide et d'avoir affaire à une supercherie raffinée. Plus vraisemblablement parce qu'il devait, il le savait bien, voir ce qu'on y avait enfermé afin qu'il n'y eût aucun doute ni retour en arrière.

Il prit la seconde clé, la petite, et ouvrit le cadenas. Puis il ôta ce dernier afin de libérer le moraillon. Enfin il souleva le couvercle et le caoutchouc d'étanchéité émit un petit bruit mouillé. Il sentit l'air froid sortir du caisson, une odeur fétide envahissant aussitôt ses narines.

En tenant le couvercle ouvert d'une main, il regarda dans le brouillard glacé qui montait vers lui comme un fantôme. Et vit la forme d'un corps au fond du congélateur. Celui d'une femme nue, recroquevillée en position fœtale. Son cou n'était plus que blessures et bouillie de sang. Elle était couchée sur le flanc droit. Une grande flaque de sang noir et gelé s'était formée sous elle. Du givre s'était pris dans ses cheveux et répandu sur ses hanches. Des mèches lui étaient tombées en travers du visage, mais ne le masquaient pas entièrement. Il n'avait vu la jeune femme que sur des photos, mais il la reconnut dans l'instant.

Lilly Quinlan.

– Ah, mon Dieu, dit-il.

Calmement. Moins sous l'effet de la surprise qu'en signe d'horrible confirmation. Il lâcha le couvercle, qui se referma en claquant sourdement mais bien plus fort que ce à quoi il s'attendait. Cela lui fit peur, mais pas assez pour qu'il pût oublier l'épouvante absolue qui le submergeait. Il se retourna et, le dos appuyé au congélateur, se laissa glisser à terre. Puis, les coudes sur les genoux, il rebroussa ses cheveux sur sa nuque.

Il avait fermé les yeux lorsqu'il entendit un battement qui s'amplifiait, comme si quelqu'un courait vers lui dans le couloir. Il comprit enfin que cela venait de son corps, que c'était son propre sang qui battait de plus en plus fort à ses tempes à mesure qu'il se sentait partir. Il crut s'évanouir, mais comprit qu'il lui fallait tenir et rester en alerte. *Et si jamais je tombais dans les pommes ? Et si jamais on me trouvait ici ?*

Il se secoua, tendit la main vers le haut du congélateur et se hissa debout. Il lutta pour ne pas perdre l'équilibre et repousser la nausée qui lui montait de l'estomac. Il se redressa complètement en serrant le congélateur dans ses bras et en posant la joue sur le haut du meuble glacé. Il respira profondément et au bout de quelques instants sentit que c'était fini, que de nouveau il avait l'esprit clair. Il se raidit et s'écarta du congélateur. Puis il l'examina et en écouta le bourdonnement régulier. Il savait que l'heure était venue de reprendre le travail d'AE. D'analyse et d'évaluation. Quand l'inattendu se produisait au labo, quand on y tombait sur de l'inconnu, on arrêtait tout et on passait en mode AE. Qu'est-ce que tu vois ? Qu'est-ce que tu sais ? Qu'est-ce que ça veut dire ?

Il se tenait là, à contempler un congélateur posé au beau milieu d'un box de garde-meubles que d'après les dossiers de la réception il avait loué. Et ce congélateur contenait les restes d'une femme qu'il n'avait jamais rencontrée, mais dont la mort lui serait très certainement imputée.

Ce qu'il savait ? Qu'on l'avait piégé de manière très soigneuse et convaincante. Que Wentz se cachait derrière tout ça, au moins en partie. Ce qu'il ignorait ? Le pourquoi de cette mise en scène.

Il décida de ne pas se laisser distraire par cette dernière question. Pas pour l'instant. Il lui faudrait plus de renseignements pour pouvoir l'aborder. Donc, encore de l'AE. S'il parvenait à démonter ce mauvais coup et à en découvrir toutes les composantes, il aurait peut-être une chance de comprendre ce qui se cachait derrière tout ça – et pourquoi.

En allant et venant dans le petit espace devant le congélateur, il commença par reprendre tout ce qui l'avait conduit à découvrir le piège. Le passe et les clés de cadenas. On les avait cachés – à tout le moins camouflés. Avait-il été prévu qu'il les trouve ? Il arrêta de faire les cent pas, étudia longuement la question et décida que non. Seule la chance avait voulu qu'il s'aperçoive que quelqu'un était entré dans sa voiture par effraction. Or un plan de cette ampleur et de cette complexité ne pouvait pas reposer sur un pareil coup de chance.

Il en conclut qu'il avait enfin un petit avantage. Il savait quelque chose qu'il n'était pas censé savoir. Il avait vu le corps, le congélateur et le box. Il avait découvert l'endroit où on avait préparé le piège avant que celui-ci ne se referme sur lui.

Question suivante : et si, n'ayant pas découvert le passe magnétique, il n'avait pas été conduit au cadavre ? Il réfléchit. Langwiser l'avait averti d'une perquisition prochaine et Renner et ses amis n'y auraient sûrement rien laissé au hasard. Ils seraient tombés sur le passe et seraient remontés jusqu'au garde-meubles. Ils auraient cherché les clés des cadenas sur son porte-clés et auraient fini par trouver le cadavre. Il aurait alors eu à se débattre dans un piège apparemment impeccable.

Il sentit la peau de son crâne s'échauffer en comprenant à quel point il l'avait échappé belle – pour l'instant, au moins. Il comprit aussi combien le piège avait été préparé avec soin et sans rien oublier. Tout tournait autour de l'enquête policière. Tout dépendait des mesures que Renner était en train de prendre.

Et tout dépendait de lui, aussi. À mesure qu'il en prenait concience, il sentait la sueur commencer à perler sur son front. Il commença à avoir chaud sous sa chemise. Il avait besoin de la clime. Le trouble et la douleur qui s'étaient emparés de lui, l'espèce d'horreur sacrée qu'il avait éprouvée en découvrant le plan dont il était victime cédèrent la place à la colère, à une rage d'acier acéré.

Il comprenait maintenant que celui qui l'avait piégé avait tablé sur toutes ses réactions. Toutes sans exception. Sur son passé et sur les décisions que ce passé avait toutes les chances de déclencher en lui. Sur les éléments qui, tels des produits chimiques sur une galette de silicium, réagiraient d'une manière prévisible et s'uniraient selon des schémas attendus.

Il fit un pas en avant et rouvrit le congélateur. Pas moyen de faire autrement. Il devait revoir la scène de façon que son horreur le frappe à nouveau en pleine figure. Le force à agir. D'une manière imprévisible. Il avait besoin d'un plan d'action et de garder son sang-froid pour en trouver un.

Le corps n'avait évidemment pas bougé. Pierce maintint le haut du congélateur ouvert d'une main et plaqua l'autre sur sa bouche. Dans son dernier sommeil Lilly Quinlan paraissait minuscule. On aurait dit une enfant. Il essaya de se rappeler la taille et le poids qu'elle avait déclarés sur sa page web, mais tant de temps semblait s'être écoulé depuis qu'il les avait lus qu'il fut incapable de s'en souvenir.

Il passa d'un pied sur l'autre, le mouvement qu'il faisait modifiant la lumière qui éclairait le congélateur. Un éclat métallique ayant brillé dans les cheveux de la morte et retenu son attention, il se pencha en avant.

De sa main libre il tenta d'écarter les mèches sur le visage de la jeune femme. Elles avaient gelé et se brisèrent lorsqu'il les toucha. Il découvrit néanmoins le pourtour de son oreille et y remarqua une boucle – une coupe en argent renfermant une goutte d'ambre avec une plume, elle aussi en argent, en dessous. Figé dans l'ambre se trouvait un insecte qui, attiré il y a très longtemps par sa douceur et sa texture, était tombé dans un des pièges les plus mortels qui soient dans la nature.

Il songea au destin qu'avait connu l'insecte et sut ce qu'il devait faire. Lui aussi allait devoir cacher Lilly. La déplacer. Empêcher qu'ils la retrouvent. Renner. Tout le monde.

Un soupir lui échappa tandis qu'il envisageait la chose. Le moment était bizarre, quasi irréel. Il était en train de penser à cacher un cadavre congelé, à la manière de s'y prendre pour qu'il n'y ait pas de connexion possible avec lui. La tâche frisait l'impossible.

Vite il referma le congélateur et en cadenassa la porte, comme si c'était là une mesure qui interdirait au cadavre de Lilly de venir le hanter.

Le simple fait d'agir brisant l'inertie qui s'était emparée de son esprit, il commença à réfléchir.

Il allait devoir déplacer le congélateur, il le savait. Il n'avait pas le choix. Tôt ou tard, Renner finirait par débarquer. Il se pouvait même qu'il découvre l'existence du garde-meubles sans les indices du passe et des clés. Celui ou celle qui avait monté le coup n'aurait qu'à lui passer un coup de fil anonyme. Il ne pouvait compter sur rien. Il fallait absolument qu'il la déplace. Si jamais Renner découvrait le congélateur, tout serait fini. Amedeo Tech, Protée, sa vie, tout. Il ne serait plus qu'un autre insecte prisonnier de l'ambre.

Il se pencha en avant et plaça les mains sur les deux coins du congélateur. Puis il poussa pour voir si on pouvait le bouger. Le meuble glissa sans grande résistance sur les quelque quinze centimètres qui le séparaient du mur du fond. Il était muni de roulettes. On pouvait donc le déplacer, toute la question étant de savoir où le mettre.

Il lui fallait une solution rapide, quelque chose qui lui laisserait au moins le temps de trouver sans danger un plan à plus long terme. Il quitta la pièce et longea vite le couloir en regardant chaque porte dans l'espoir de trouver un box qui ne serait ni loué ni fermé à clé.

Il passa devant l'ascenseur et arrivait à la moitié de l'autre aile du bâtiment lorsqu'il découvrit une porte sans cadenas : la 307. Le témoin du lecteur de carte placé à droite du chambranle n'était ni vert ni rouge. À l'évidence l'alarme n'était pas branchée – et elle ne le serait sans doute pas avant que le box ne soit loué. Pierce se pencha en avant, souleva le moraillon et remonta la porte. Le box était plongé dans l'obscurité. Aucune alarme ne se déclencha. Il trouva et manœuvra l'interrupteur de lumière et s'aperçut que le box était identique à celui qu'il avait loué. Il jeta un coup d'œil au mur du fond et y vit la prise électrique.

Il retourna en courant à son box. Puis il passa derrière le congélateur, le débrancha et entendit le cœur de l'appareil cesser de bourdonner. Il posa le fil d'alimentation par-dessus et poussa de tout son poids. Le congélateur prit sans trop de mal la direction du couloir. En quelques secondes Pierce réussit à le sortir du box.

Montées en ligne, les roulettes avaient été conçues pour qu'on puisse pousser sans difficulté le meuble en avant ou en arrière dans des espaces restreints et que les réparateurs y aient facilement accès. Pierce dut se pencher en avant et pousser de toutes ses forces pour que l'appareil veuille bien prendre le tournant du grand hall. Les roulettes grincèrent fort sur le plancher. Une fois l'engin orienté dans la bonne direction, il poussa encore plus fort et réussit à le faire avancer. Il n'était pas tout à fait à mi-chemin du box 307 lorsqu'il entendit l'ascenseur. Il s'arc-bouta aussitôt pour accélérer l'allure, mais rien à faire : le congélateur refusait d'aller plus vite. Les roulettes étaient petites et pas du tout conçues pour faire de la vitesse.

Il passait devant la cage d'ascenseur lorsque le bourdonnement qu'il avait entendu cessa d'en monter. Il détourna le visage et continua de pousser en attendant que la porte s'ouvre.

Rien de tel ne se produisit. L'ascenseur avait dû s'arrêter à un autre étage. Il souffla de soulagement et d'épuisement tout à la fois. Juste au moment où il arrivait devant le box 307, la porte de la cage d'escalier au bout du couloir le plus proche de lui s'ouvrit d'un coup, livrant passage à un homme qui entra aussitôt dans le couloir. Pierce sursauta et faillit jurer tout haut.

L'homme, qui portait une tenue d'ouvrier peintre et avait les cheveux et la peau tachetés de peinture blanche, s'approcha de lui. Il avait l'air essoufflé d'avoir monté les marches.

– C'est vous qui bloquiez l'ascenseur ? demanda-t-il d'un ton jovial.

– Non, lui renvoya Pierce, un peu trop sur la défensive. J'étais ici.

– C'était juste une question. Vous voulez un coup de main ?

– Non, ça ira. Je...

Le peintre ignora sa réponse et se planta devant lui. Puis il posa les mains à l'arrière du congélateur et indiqua la porte ouverte du box d'un signe de tête.

– Là-dedans ?

– Oui. Merci.

Ensemble ils poussèrent, le congélateur prenant vite le tournant pour entrer dans la pièce.

– Là, reprit le peintre qui paraissait à nouveau essoufflé.

Puis il tendit la main droite en avant.

– Frank Aiello, dit-il.

Pierce lui ayant serré la main, Aiello glissa celle-ci dans la poche de sa chemise, en sortit une carte de visite professionnelle et la donna à Pierce.

– Si jamais vous avez des travaux à faire, vous m'appelez ?

– D'accord.

L'homme baissa la tête et regarda le congélateur – c'était apparemment la première fois qu'il remarquait l'objet qu'il avait aidé à faire entrer dans le box.

— C'est un vrai mastodonte, ce truc, dit-il. Qu'est-ce que vous y avez rangé ? Un cadavre congelé ?

Pierce simula un grand éclat de rire en hochant la tête, mais en gardant le menton rentré.

— En fait, il est vide, dit-il. Je voulais juste l'entreposer.

Aiello souleva le cadenas.

— On n'a pas envie de se faire voler l'air qu'il y a dedans, c'est ça ?

— Non, c'est juste que... vu la façon dont les mômes se glissent partout, je le ferme toujours au cadenas.

— C'est sans doute pas une mauvaise idée.

Pierce se retourna, la lumière lui éclaira le visage. Le peintre remarqua la cicatrice en fermeture Éclair qu'il avait en travers du nez.

— Ça n'a pas dû faire du bien, dit-il.

Pierce acquiesça de la tête.

— C'est une longue histoire.

— Et sûrement pas comme je les aime. Vous vous rappellerez ?

— Hein ?

— Si vous avez besoin d'un peintre, vous me passez un coup de fil ?

— Ah, oui. J'ai votre carte.

Il hocha de nouveau la tête et regarda Aiello ressortir du box et s'éloigner dans le couloir. Puis il songea à sa remarque sur le cadavre dans le congélateur. Avait-il deviné par pur hasard ou bien n'était-il pas ce qu'il avait l'air d'être ?

Il entendit des clés tinter dans le couloir, puis le claquement métallique d'une serrure, ce dernier bruit étant suivi par le grincement d'une porte qu'on enroulait. Aiello était sans doute venu chercher du matériel à son box. Pierce attendit et au bout de quelques minutes entendit la porte qu'on rabaissait, puis verrouillait. Bientôt le grondement de l'ascenseur se fit entendre à nouveau. Aiello avait préféré ne pas reprendre les escaliers.

Dès qu'il fut certain d'être seul à l'étage, Pierce rebrancha le congélateur et attendit d'entendre le compresseur se remettre en marche.

Enfin il sortit le pan de sa chemise de son pantalon et s'en servit pour essuyer toutes les surfaces du meuble et du fil électrique qu'il avait pu toucher. Lorsqu'il fut sûr d'avoir couvert tous ses arrières, il ressortit du box à reculons et rabaissa la porte. Puis il la ferma avec le cadenas de l'autre box et, là encore, essuya la serrure et la porte avec le pan de sa chemise.

Il s'éloignait de la pièce et se dirigeait déjà vers l'ascenseur lorsqu'une terrible vague de peur et de culpabilité le submergea. Cela faisait une demi-heure qu'il marchait à l'instinct et à l'adrénaline. Il avait plus agi que réfléchi à ce qu'il faisait. Maintenant que le compteur d'adrénaline était à zéro, il n'avait plus affaire qu'à ses pensées.

Il était, il le savait, loin d'être hors de danger. Déplacer le congélateur, c'était comme mettre du sparadrap sur une blessure par balle. Il devait absolument comprendre ce qu'on lui faisait et pourquoi. Il devait absolument trouver le plan qui lui sauverait la vie.

33

Sa première envie fut de se rouler en boule sur le plancher, dans la même position que le cadavre dans le congélateur, mais il sentit qu'en s'effondrant sous la pression des événements il rendait la chute inévitable.

Il déverrouilla la porte et entra chez lui, tout tremblant de peur et de colère à l'idée qu'il ne pouvait compter que sur lui-même pour trouver le moyen de sortir du piège. Il se jura de toujours se relever. Et de toujours se battre.

Comme pour souligner cet aveu de faiblesse, il ferma le poing et flanqua un crochet à la lampe vieille de cinq jours que Monica Purl avait commandée, puis installée à côté du canapé. Elle alla dinguer contre le mur, son abat-jour d'un beige délicat s'y écrasa et l'ampoule éclata. Puis elle glissa à terre comme un boxeur saoulé de coups.

– Et tiens, bordel ! cria-t-il.

Ensuite il s'assit sur le canapé, mais se releva dans l'instant. Tout s'allumait dans sa tête. Il venait de cacher un cadavre, la victime d'un assassinat. Dieu sait pourquoi, s'asseoir lui parut la chose la moins sage à faire.

Il savait pourtant ce qu'il avait à faire. Il fallait qu'il s'assoie et regarde la vérité en face. Il fallait qu'il réfléchisse comme un scientifique, pas comme un inspecteur de police. Les inspecteurs de police ne pensent qu'en ligne droite. Ils passent d'un indice à un autre et seulement ensuite se font une image d'ensemble. Mais parfois ces indices ne leur donnent qu'une image fausse de la réalité.

Et Pierce était un scientifique. Il savait que c'était à ce qui avait toujours marché pour lui qu'il devait faire confiance. Il devait aborder le problème de la même façon qu'il avait abordé et résolu la question de la fouille de sa voiture. En partant d'en bas. On trouve les échappatoires logiques et les endroits où les câbles se sont mélangés. On démonte le piège et on étudie le grand dessein, l'architecture de l'affaire. On se débarrasse de la pensée linéaire et on analyse le sujet sous des angles entièrement différents. On le regarde, on le retourne et on le regarde encore. On le réduit en poudre et on l'observe au microscope. La vie n'était-elle pas une expérience qu'on mène dans des circonstances jamais maîtrisées ? N'était-elle pas une réaction chimique imprévisible et flamboyante ? Sauf que cette situation était différente. Tout s'y était produit selon un schéma précis. Les réactions y étaient prévisibles et avaient été attendues. C'était là, il le savait, qu'il fallait chercher la clé de l'énigme. Ce que ça voulait dire ? Qu'on devait pouvoir tout démonter.

Il se rassit et sortit son carnet de notes de son sac à dos. Il était prêt à écrire, prêt à passer à l'attaque. Le premier objet à examiner était Wentz. Il ne le connaissait pas et ne l'avait jamais vu avant le jour de l'agression. Wentz, l'homme qui à première vue était ce qui faisait tenir le piège. Mais pour quelle raison Wentz pouvait-il vouloir lui faire porter la responsabilité d'un assassinat ?

Après quelques minutes passées à tourner et à retourner la question, à la réduire en poudre et à l'analyser sous divers angles, il arriva à quelques conclusions logiques de base :

1. Ce n'était pas Wentz qui l'avait choisi. Aucune connexion ou lien logique ne permettait de le penser. Il y avait maintenant de l'animosité entre eux, mais ils ne s'étaient jamais rencontrés avant que le piège n'ait été armé. De cela, il était certain. Et cette conclusion conduisait à son tour à l'hypothèse selon laquelle lui, Pierce, avait forcément été choisi pour Wentz – et donc par quelqu'un d'autre que ce dernier.

2. Il y avait donc un tiers derrière le piège. Wentz et le tueur qu'il appelait Six-Eight n'étaient que des instruments. Que des pignons dans les rouages du piège. Il y avait quelqu'un d'autre derrière tout ça.

Le tiers.

Pierce réfléchit à la question. Qu'avait-il fallu à ce tiers pour monter son piège ? La mise en scène était complexe et dépendait du caractère prévisible des actes de Pierce dans un environnement fluide. Il savait que dans des circonstances précisément codifiées on pouvait savoir ce que feraient telles et telles molécules. Mais... et lui ? Il retourna la question et l'étudia encore une fois. Et découvrit quelque chose d'élémentaire sur lui-même et ce tiers.

3. Isabelle. Sa sœur. La mise en scène était orchestrée par un tiers qui, connaissant son passé, comprenait comment il devait réagir dans des circonstances précises. Les appels qu'il avait reçus des clients de Lilly étaient l'élément déclencheur de l'expérience. Le tiers savait comment Pierce était susceptible de réagir – il savait qu'il se mettrait à enquêter et n'en resterait pas là. Parce que ce serait le fantôme de sa sœur qu'il traquerait. Donc, ce tiers connaissait les fantômes qui le hantaient. Il savait ce qui était arrivé à sa sœur.

4. Le mauvais numéro de téléphone était bel et bien le bon. Ce n'était pas par hasard qu'il avait hérité du numéro de Lilly Quinlan. C'était tout ce qu'il y avait de plus intentionnel. Cela faisait partie du piège.

5. Monica Purl. Elle était dans le coup : c'était elle qui s'était occupée de sa ligne téléphonique. C'était elle qui avait exigé d'obtenir le numéro qui allait faire démarrer la course-poursuite.

Pierce se leva et se mit à faire les cent pas. Cette dernière conclusion changeait tout. Si Monica avait effectivement quelque chose à voir dans cette histoire, c'est que le piège avait aussi à voir avec Amedeo Technologies. Que cela faisait partie d'une conspiration remontant nettement plus haut. Ce n'était pas de lui coller un meurtre sur le dos dont il était question, mais de quelque chose d'autre. Vue sous cet angle, Lilly Quinlan était à traiter comme Wentz. Comme un instrument, un simple rouage de la machine. Son assassinat n'était qu'une des façons de l'atteindre, lui.

Écartant un instant toute l'horreur de la chose, Pierce se rassit et s'attaqua à la question fondamentale, celle dont la réponse expliquerait tout : pourquoi ?

Pourquoi était-il la victime d'une pareille machination ? Que voulait-on de lui ?

Il retourna la question et l'analysa sous un autre jour. Que se passerait-il si le piège fonctionnait ? Sur le long terme, il finirait par être arrêté, jugé, et peut-être – vraisemblablement – condamné. Il serait jeté en prison, peut-être même exécuté. Sur le court terme, il y aurait scandale médiatique et disgrâce. Maurice Goddard et son argent s'envoleraient. L'Amedeo Technologies s'écraserait en flèche.

Il retourna encore une fois la question, en faisant un instrument d'analyse des moyens propres à atteindre un but. Pourquoi se donner cette peine ? Pourquoi ce plan compliqué ? Pourquoi tuer Lilly Quinlan et mettre sur pied un stratagème d'une ampleur telle qu'il pouvait capoter à chacune de ses étapes ? Pourquoi ne pas le prendre tout simplement pour cible à abattre ? Pourquoi ne pas le tuer lui plutôt que Lilly et parvenir ainsi à ses fins sans se compliquer l'existence ? Là encore il serait éliminé, là encore Goddard s'en irait, là encore l'Amedeo coulerait.

6. La cible n'est donc pas celle-là. Ce ne sont ni lui ni Amedeo qu'on vise. C'est quelque chose d'autre.

En lui le scientifique appréciait surtout les moments où tout s'illuminait lorsqu'il travaillait au microscope, ceux où les pièces du puzzle se mettaient soudain en place, ceux où les molécules se combinaient selon un ordre naturel et de la façon même qu'il avait prévue.

Telle était la magie qu'il trouvait dans son existence de tous les jours.

Ce fut un pareil instant qu'il vécut en contemplant l'océan. Brusquement il devina le grand dessein et comprit l'ordre naturel que tout devait suivre.

– Protée, chuchota-t-il.

Ce qu'ils voulaient, c'était Protée.

7. Le piège avait pour but de le coincer si étroitement qu'il n'aurait plus d'autre solution que de leur abandonner ce qu'ils voulaient : le projet. Ce serait ça qu'il échangerait contre sa liberté, contre son retour à la vie.

Il remonta en arrière : il devait en être sûr. Il repassa tout dans sa tête une fois de plus et une fois de plus il retomba sur Protée. Il se pencha en avant et se passa les doigts dans les cheveux. Il avait la nausée. Pas d'être arrivé à la conclusion que la cible ultime était bien Protée, mais qu'il y avait sauté un peu trop vite. La vague de clarté, il l'avait chevauchée jusqu'au rivage. Enfin il tenait le grand dessein et au milieu de ce grand dessein se dressait la personne du tiers. Et ce tiers lui souriait, et ce tiers avait les yeux brillants, des yeux magnifiques.

8 : Nicole.

Le lien, c'était elle. C'était elle qui reliait tous les pointillés. Elle connaissait le projet Protée parce que c'était lui-même qui le lui avait donné ! Parce que, andouille qu'il était, il lui en avait fait la démonstration ! Nicole connaissait aussi son passé le plus secret, toute l'histoire, la vraie, de ce qui était arrivé à Isabelle : il n'en avait parlé qu'à elle.

Il hocha la tête. Il n'arrivait pas à y croire, et pourtant si : il savait bien que c'était ça. Elle avait dû contacter Elliot Bronson, voire Gil Franks, le patron de Midas Molecular. Peut-être même la Darpa. Peu importait. Ce qui était clair, c'est qu'elle l'avait vendu, qu'elle avait dévoilé le projet, qu'elle avait accepté de le voler ou peut-être seulement d'en retarder assez l'aboutissement pour qu'un concurrent puisse le reproduire et l'apporter au bureau des Brevets avant lui.

Il serra les bras fort sur sa poitrine et la nausée passa.

Il lui fallait trouver un plan d'attaque. Il lui fallait vérifier ses conclusions, et ensuite seulement réagir au résultat. L'heure était venue de se lancer dans de l'AE, de passer à l'expérimentation.

Et il n'y avait qu'un seul moyen de procéder : il irait la voir, il l'affronterait et saurait la vérité.

Il se rappela qu'il avait juré de se battre, il décida de porter son premier coup. Il décrocha son téléphone et appela le bureau de Jacob Kaz. La journée était bien avancée, mais l'avocat n'était pas encore rentré chez lui. L'appel de Pierce lui fut passé rapidement.

– Henry, tu as été fabuleux aujourd'hui ! lui lança Kaz en guise de salutation.

– Tu n'as pas été mauvais toi non plus, Jacob !

– Merci. Que puis-je pour toi ?

– Alors ? Le paquet est prêt à partir ?

– Oui, ça y est. J'ai terminé hier soir. Il ne reste plus qu'à le déposer. Je prends l'avion samedi, je vais voir mon frère dans le sud du Maryland, peut-être aussi quelques amis en Virginie, à Baileys Crossroads, et j'arrive au bureau à la première heure lundi matin pour le déposer. C'est d'ailleurs ce que j'ai dit à Maurice aujourd'hui même. C'est bien toujours le plan, non ?

Pierce s'éclaircit la gorge.

– Non, dit-il, il faut le changer.

– Vraiment ? Comment ça ?

– Jacob, je veux que tu partes par le dernier avion de ce soir. Je veux que tu déposes le dossier demain matin à la première heure. Dès l'ouverture du bureau.

– Henry, je... ça risque de coûter bonbon pour trouver un vol ce soir, surtout sans avoir averti. J'ai l'habitude de voyager en classe affaires et...

— Je me fiche du prix, Jacob. Et je me fiche de savoir où tu t'assois. Ce que je veux, c'est que tu prennes l'avion ce soir. Et demain matin, tu m'appelles dès que c'est déposé.

— Il y a un problème, Henry ? Tu as l'air un peu...

— Oui, Jacob, il y a un problème, et c'est pour ça que je t'expédie là-bas dès ce soir.

— Eh bien, mais... tu veux qu'on en parle ? Peut-être que je peux t'aider.

— La meilleure façon de m'aider sera de prendre cet avion et de déposer la demande de brevets demain matin à la première heure. En dehors de ça, non, je ne peux pas t'en parler encore. Vas-y, dépose le truc et appelle-moi. Et je me moque de l'heure qu'il pourra être ici. Appelle-moi.

— D'accord, Henry, ce sera fait. Je prends mes dispositions tout de suite.

— À quelle heure ouvrent les bureaux ?

— À neuf heures.

— Bon, je veux pouvoir te parler peu après six heures, six heures pour moi. Et...

— Oui, Henry ?

— Tu ne dis à personne que tu y vas ce soir. Seulement à ta femme et à tes enfants. D'accord ?

— Euh... et Charlie ? Il risque de m'appeler ce soir pour qu'on revoie les derniers détails...

— S'il t'appelle, tu ne lui dis pas que tu pars ce soir. S'il t'appelle après ton départ, dis à ta femme de lui raconter que tu as dû aller voir un autre client. Que tu as eu une urgence ou autre.

Kaz garda longtemps le silence.

— Jacob ? Ça te va ? Je n'ai rien contre Charlie. C'est juste que pour le moment je ne peux faire confiance à personne. Tu comprends ?

— Oui, je comprends.

— Bon, je te laisse, que tu aies le temps d'appeler la compagnie aérienne. Merci, Jacob. Appelle-moi de Washington.

Il raccrocha. Il se sentait mal à l'aise d'avoir peut-être démoli Charlie Condon aux yeux de Kaz, mais il savait qu'il ne pouvait prendre aucun risque. Il appela Condon sur sa ligne directe. Celui-ci était toujours à Amedeo.

— C'est moi, Henry, dit-il.

— Je viens juste de passer te chercher à ton bureau.

— Je suis chez moi. Du nouveau ?

— Je pensais que tu aurais peut-être envie de dire au revoir à Maurice, mais tu l'as loupé. Il vient de partir. Il rentre à New York demain, mais il veut te parler avant de s'en aller.

— Très bien. Vous avez conclu ?

— Nous sommes arrivés à un accord de principe. On aura les contrats la semaine prochaine.

— Et ça donne quoi ?

— J'ai obtenu les vingt millions, mais sur trois ans. Dans le détail, on a deux millions d'entrée de jeu et après, un million tous les deux mois. Il devient président de la société et obtient ses dix pour cent. Ce pourcentage est à échelonner selon un échéancier. Il aura un pour cent au premier versement et un autre pour cent tous les quatre mois. S'il arrivait quelque chose et qu'il décide de se retirer avant la fin des règlements, il ne part qu'avec les pourcentages qu'il aura acquis. Et nous avons la possibilité de les lui racheter sous un an à quatre-vingts pour cent.

— Bon.

— C'est tout ? Tu n'es pas content ?

— C'est une bonne affaire, Charlie. Pour nous et pour lui.

— Moi, je suis très content. Et lui aussi.

— Quand touche-t-on le premier versement ?

— L'argent sera sur un compte bloqué sous trente jours. Un mois, et après tout le monde a droit à une augmentation, d'accord ?

— Oui, d'accord.

Pierce savait que Condon avait envie de s'exciter, voire de rire après le marché qu'il venait de conclure, mais rien à faire, il ne pouvait pas lui faire ce plaisir. Il se demanda même si Condon ferait encore partie de la société à la fin du mois.

— Bon, alors, où étais-tu passé ? voulut savoir ce dernier.

— Euh... j'étais chez moi.

— Chez toi ? Mais pourquoi ? Je croyais qu'on devait...

— J'avais des choses à faire. Écoute... Maurice ou Justine t'ont-ils posé des questions sur moi ? D'autres trucs qu'ils auraient dits sur l'accident ?

Il y eut un instant de silence – il était clair que Condon réfléchissait.

— Non. En fait, je pensais qu'ils allaient peut-être ramener leur demande de constat d'accident sur le tapis, mais non. Pour moi, ils ont été tellement estomaqués par ce qu'ils ont vu au labo qu'ils se moquent absolument de ce qui a pu arriver à ta figure.

Pierce se rappela le rouge sang qui avait envahi le visage de Goddard lorsqu'il l'avait regardé dans ses lunettes à imagerie thermique.

— Espérons, dit-il.

— Et toi, tu vas me le dire, ce qui t'est arrivé ?

Pierce hésita. Il se sentait coupable de lui cacher des choses, mais il devait rester prudent.

— Pas tout de suite, Charlie. Ce n'est pas le moment.

Du coup, il y eut un instant de silence avant que Condon ne réponde, moment de silence pendant lequel Pierce sentit tout le mal qu'il faisait à leurs relations. Si seulement il avait pu être sûr de Condon ! Si seulement il avait trouvé une question à lui poser ! Mais son habileté manœuvrière semblant l'avoir déserté, seul resta le silence.

— Bien, dit enfin Condon. Je vais y aller. Félicitations, Henry. La journée a été bonne.

— Félicitations à toi aussi, Charlie.

Pierce raccrocha et sortit son porte-clés pour vérifier quelque chose. Non, pas les clés des cadenas. Celles-là, il les avait laissées au garde-meubles, cachées sur le rebord du panneau indiquant la sortie du troisième étage. Il vérifia encore une fois son porte-clés pour s'assurer qu'il avait toujours celle de la maison d'Amalfi Drive. Si Nicole n'était pas là, il y entrerait quand même. Il l'attendrait.

34

Il descendit le California Incline jusqu'au Coast Highway, puis il prit par le nord, jusqu'à l'entrée du canyon de Santa Monica. Il tourna à droite dans Channel et se gara sur le premier emplacement libre. Il sortit ensuite de la BMW et gagna la plage en regardant par-dessus son épaule et autour de lui tous les dix mètres. En arrivant au coin de la rue, il jeta un dernier coup d'œil par-dessus son épaule et prit rapidement l'escalier conduisant au tunnel piétonnier qui passait sous la route et permettait d'accéder à la plage.

Les murs du tunnel étaient couverts de graffitis, certains d'entre eux encore familiers, bien qu'une année au moins se fût écoulée depuis qu'il avait emprunté ce passage. Aux jours heureux où il vivait encore avec Nicole, le dimanche matin, ils allaient souvent acheter le journal et un café qu'ils emportaient à la plage. Mais depuis plus d'un an il avait passé l'essentiel de ses dimanches à travailler au projet et n'avait guère eu le temps de le faire.

De l'autre côté, le tunnel se divisait en deux escaliers. Pierce savait que le plus éloigné débouchait juste à côté du chenal de drainage servant à évacuer les écoulements d'eau du canyon. Ce fut celui qu'il choisit. La plage était pleine de soleil et complètement déserte lorsqu'il y arriva. Il vit la cabane d'observation du surveillant de baignade, celle où Nicole et lui buvaient jadis leur café en lisant le journal. Elle était tout aussi abandonnée que leur petit rituel du dimanche. Pierce avait envie de la revoir, de se la remémorer avant de remonter jusque chez la jeune femme. Au bout d'un instant il finit par faire demi-tour, se dirigea vers l'entrée du tunnel et redescendit les marches.

Il avait parcouru une quinzaine de mètres dans le tunnel lorsqu'il vit un type descendre l'autre escalier. La lumière le frappant par en dessus, l'homme se détachait en ombre chinoise. Pierce fut soudain paniqué à l'idée d'une confrontation avec Renner dans ce tunnel. Le flic l'avait suivi et avait choisi de l'arrêter à cet endroit.

L'inconnu approchait. Il avançait rapidement et Pierce ne pouvait toujours pas l'identifier. Il avait l'air imposant. À tout le moins corpulent. Pierce ralentit l'allure, mais comprit que la rencontre était inévitable. Faire demi-tour et se mettre à courir aurait été ridicule.

Ils ne se trouvaient plus qu'à six ou sept mètres l'un de l'autre lorsque le type s'éclaircit la voix. Encore quelques pas... Pierce découvrit son visage – ce n'était pas Renner. Il ne le connaissait pas. Âgé d'une vingtaine d'années, l'individu avait l'air d'un surfer en bout de course. De manière plutôt incongrue, il portait une grosse veste de ski à fermeture Éclair. Ouverte, pas de chemise en dessous. La poitrine était lisse, bronzée et sans poils.

– Hé, lui lança-t-il, t'as pas envie de... putain, mais qu'est-ce que tu t'es fait à la gueule ?

Pierce continua d'avancer vers lui. Il accéléra encore l'allure et ne répondit pas. Ce n'était pas la première fois qu'on l'abordait dans ce tunnel. Il y avait deux bars gay dans Channel, ce genre de rencontres faisaient partie du paysage.

Pierce quitta le bord du trottoir quelques minutes plus tard et jeta un coup d'œil dans le rétro de la BMW. Personne ne le suivait. L'angoisse qui lui serrait la poitrine s'atténua. Mais un peu seulement : il devait encore affronter Nicole.

Au coin de la rue de l'école primaire, il tourna à gauche dans Entrada Drive et suivit cette voie jusqu'à Amalfi. Arrivé au croisement, il prit encore une fois à gauche et remonta le canyon par sa rive gauche en épingles à cheveux. En passant devant son ancien domicile il jeta un coup d'œil à l'allée et vit la vieille Speedster garée sous l'abri à voitures. Tout laissait croire que Nicole était chez elle. Il braqua à fond et s'arrêta au bord du trottoir. Il resta un instant immobile, à rassembler ses pensées et son courage. Devant lui, une Volkswagen en ruine tournait au point mort dans une allée, de la fumée bleue montant de ses deux tuyaux d'échappement. Sur le toit, un panneau publicitaire pour Domino's Pizza. Cela lui rappela qu'il avait faim. Bien trop tendu par la présentation et l'idée que peut-être il allait conclure avec Goddard, il n'avait fait que picorer dans les plats préparés par le traiteur.

Sauf qu'il allait devoir encore attendre pour manger. Il descendit de voiture.

Une fois dans le renfoncement de l'entrée, il frappa à

la porte. Celle-ci étant munie d'un carreau, Nicole saurait que c'était lui dès qu'elle passerait dans le couloir. Mais cela valait aussi dans l'autre sens. Il la vit à l'instant même où elle le découvrait. Elle hésita, mais comprit qu'elle ne pourrait pas s'en sortir en faisant semblant de ne pas être chez elle. Elle s'avança, déverrouilla la porte et ouvrit.

Mais resta plantée sur le seuil, lui barrant le passage. Blue-jean délavé et petit pull-over bleu marine, celui-ci taillé de façon qu'on vît bien son ventre plat et bien bronzé – et l'anneau d'or qui lui traversait le nombril. Elle était pieds nus, il se dit que ses sabots préférés ne devaient pas être loin.

– Henry, dit-elle. Qu'est-ce que tu fais ici ?
– Il faut que je te parle. Je peux entrer ?
– C'est-à-dire que... j'attends des coups de fil. Tu ne pourrais pas...
– De qui, ces coups de fil ? De Billy Wentz ?

Cela l'arrêta net. Elle le regarda d'un air perplexe.
– De qui ?
– Tu le sais très bien, Nicole. Et Elliot Bronson, hein ? Ou alors... Gil Franks ?

Elle hocha la tête comme si elle le plaignait.
– Écoute, Henry, dit-elle, si tu veux me faire le coup de l'ex-petit copain jaloux, tu peux t'épargner cette peine. Je ne connais pas de Billy Wentz et je ne cherche pas à me faire embaucher chez Elliot Bronson ou Gil Franks. J'ai signé un contrat de non-concurrence. Tu l'aurais oublié ?

Cela lui fissura un peu sa belle assurance. Elle avait repoussé son premier assaut avec un tel naturel et une telle nonchalance que sa résolution en prit un coup. Tout ce qu'il avait pu tourner et retourner dans sa tête, tout ce qu'il avait trouvé une heure auparavant devenait brusquement suspect.

— Bon, alors... je peux entrer, oui ou non ? Je n'ai aucune envie de te parler dehors.

Elle hésita encore, mais finit par reculer et lui faire signe d'entrer. Ils gagnèrent la salle de séjour, à droite du couloir. Vaste et sombre, la pièce avait un plafond à cinq mètres de haut et un parquet en bois de cerisier. Un vide marquait l'endroit où s'était trouvé le canapé en cuir – le seul meuble qu'il avait emporté. En dehors de ça, rien n'avait changé. Un des murs était occupé par une bibliothèque à étagères profondes qui montait jusqu'au plafond. La plupart de ces étagères étaient remplies sur deux rangées de livres appartenant à Nicole. Elle n'y rangeait que ceux qu'elle avait lus et elle en avait lu beaucoup. Qu'elle préfère souvent passer ses soirées allongée sur le canapé à lire un livre en grignotant un sandwich au beurre de cacahouète et à la confiture en gelée plutôt que de manger chinois et d'aller au cinéma était une des choses qu'il aimait le plus chez elle. C'était aussi une des choses dont il avait profité. Elle ne l'obligeait pas à lire et cela lui facilitait la tâche quand il voulait rester une ou deux heures de plus au labo. Une ou deux, voire davantage.

— Tu te sens comment ? lui demanda-t-elle en jouant la cordialité. Tu as meilleure mine.

— Je vais bien.

— Comment ça a marché avec Maurice ?

— Bien. Comment le savais-tu ?

Elle prit un air contrarié.

— Parce que j'ai travaillé jusqu'à vendredi et que la présentation était déjà programmée. Ça aussi, tu l'as oublié ?

Il hocha la tête. Elle avait raison. Rien de douteux là-dedans.

— Oui, j'ai oublié, dit-il.

— Alors... il est partant ?

– On dirait bien.

Elle refusait toujours de s'asseoir. Debout au milieu de la pièce, elle le regardait en face. Bourrées de livres, les étagères faisaient comme une forteresse derrière elle et l'écrasaient. Pas un volume qui ne condamnât Pierce, pas un qui ne lui rappelât toutes les nuits où il n'était pas rentré. Tous l'intimidaient, mais il le savait, il devait garder sa colère aiguisée pour affronter la jeune femme.

– Bien, Henry, tu es entré et je suis là. De quoi s'agit-il ?

Il hocha la tête. Le moment était venu d'y aller. Il lui vint alors à l'esprit qu'il n'avait aucun plan d'attaque. Il allait devoir improviser.

– Eh bien, commença-t-il, ce dont il est question n'a probablement plus beaucoup d'importance si l'on s'en tient au tableau général, mais moi, je veux savoir. Me rendre compte par moi-même pour pouvoir supporter plus facilement. Dis-moi, Nicki... quelqu'un t'a-t-il approchée ? Quelqu'un t'a-t-il mis la pression ou menacée ? Ou est-ce que tu m'as carrément vendu ?

Les lèvres de la jeune femme dessinèrent un rond parfait. Après trois ans passés avec elle, il pensait connaître toutes ses expressions et doutait fort qu'elle pût en adopter une qu'il ne lui aurait jamais vue. Et ce rond parfait, oui, il l'avait déjà vu. Sauf qu'il n'exprimait pas le choc qu'on ressent en étant découvert, mais le trouble le plus profond.

– Henry, dit-elle, mais qu'est-ce que tu racontes ?

Trop tard. Maintenant, il ne pouvait plus qu'aller jusqu'au bout.

– Tu sais très bien de quoi je parle, reprit-il. Tu m'as piégé. Et moi, je veux savoir pourquoi et pour qui. Bronson ? Midas ? Qui ? Et dis-moi, Nicole... tu savais qu'ils allaient la tuer ? Non, ne me dis pas que oui.

Dans les yeux de Nicole, des points violets s'allumèrent, ceux qui annonçaient sa colère, il le savait. Sa colère ou ses larmes. Ou les deux.

– Je ne sais absolument pas de quoi tu parles. Piégé pour quoi ? Tué qui ?

– Allons, Nicole. Ils sont ici ? Elliot s'est planqué dans la maison ? Quand est ce qu'on fait l'échange ? Protée contre ma vie sauve ?

– Henry, j'ai l'impression qu'il t'est arrivé quelque chose. Quand ils te tenaient dans le vide et que tu as cogné le mur... Je crois...

– Arrête tes conneries ! Tu étais la seule à savoir pour Isabelle. Tu es la seule à qui j'en aie jamais parlé. Et tu t'en es servie pour me faire ça. Comment as-tu pu ? C'était pour le fric ? Ou alors seulement pour te venger de la manière dont j'ai tout bousillé ?

Il vit qu'elle commençait à trembler – à faiblir. Il aurait entamé ses défenses ? Elle leva les mains en l'air et, les doigts écartés, recula. Elle repartait vers le couloir.

– Sors d'ici, Henry ! s'écria-t-elle. Tu es fou. Si ce n'est pas d'avoir cogné le mur de ta façade, ce sera à cause de toutes les heures que tu as passées au labo. Ça t'a cassé. Tu ferais bien d'aller voir un...

– Tu ne l'auras pas, lui renvoya-t-il calmement. Tu ne mettras jamais la main sur Protée. Le projet sera déposé au bureau des Brevets dès demain matin. Est-ce que tu comprends ?

– Non, Henry, je ne comprends pas.

– Ce que j'aimerais savoir, c'est qui l'a tuée. C'est toi ou bien... tu t'es contentée de demander à Wentz de le faire à ta place ? C'était lui l'exécuteur des basses œuvres ?

Cette dernière phrase l'arrêta net. Elle se retourna et lui hurla presque à la figure.

— Quoi ? Qu'est-ce que tu dis ? Tué ? Mais tué qui ? Non mais dis, tu t'entends un peu ?

Il marqua une pause en espérant qu'elle allait se calmer. Rien de tout ça ne s'engageait dans la direction qu'il avait crue ou espérée. C'était d'un aveu qu'il avait besoin. Au lieu de ça, voilà qu'elle se mettait à pleurer.

— Nicole, je t'ai aimée, reprit-il. Et je ne sais pas ce que j'ai parce que merde, tiens, je t'aime encore.

Elle se calma, s'essuya les joues et se croisa les bras sur la poitrine.

— Bon, dit-elle posément, tu veux bien me rendre un service, Henry ?

— Tu ne m'en as pas déjà demandé assez comme ça ? Qu'est-ce que tu veux de plus ?

— Tu veux bien aller t'asseoir là-bas pendant que moi, je reste ici ?

Elle lui indiqua le fauteuil et alla se poster derrière celui où elle avait prévu de s'installer.

— Tu t'assieds et tu me fais le plaisir de me dire ce qui s'est passé. Tu me racontes tout comme si je n'étais au courant de rien. Je sais que tu ne me crois pas, mais tu fais semblant. Tu fais comme si tu me racontais une histoire. Tu dis tout ce que tu veux de moi, même le pire, mais tu me racontes. Et tu reprends tout depuis le début. D'accord, Henry ?

Il s'assit lentement dans le fauteuil qu'elle lui montrait. Sans cesser de l'observer, de regarder ses yeux. Elle fit le tour de son fauteuil et y prit place, il attaqua son récit.

— À mon avis, tout a commencé il y a vingt ans, dit-il. La nuit où j'ai retrouvé ma sœur à Hollywood. Et où je n'en ai rien dit à mon beau-père.

35

Une heure plus tard, il entra dans la chambre et vit que rien n'y avait changé. Jusqu'aux livres qu'elle avait empilés par terre de son côté du lit, tout était comme avant. Il s'avança pour regarder le volume qu'elle avait laissé ouvert sur l'oreiller où il posait jadis la tête. Il s'intitulait *Iguana Love*, il se demanda de quoi il pouvait bien parler.

Elle arriva derrière lui et lui effleura l'épaule du bout des doigts. Il se retourna vers elle, elle leva les mains pour lui tenir la figure et regarder les balafres qui lui couraient du nez jusqu'à l'œil.

– Je suis vraiment désolée, dit-elle.

– Et moi, je suis désolé pour ce qui s'est passé en bas. Douter de toi comme ça... Je suis désolé pour tout ce qui est arrivé cette année. Je croyais pouvoir te garder et continuer à travailler comme un...

Elle lui passa les bras autour du cou, l'attira contre elle et l'embrassa. Il la fit tourner sur elle-même, la poussa doucement vers le lit et l'y assit. Puis il s'agenouilla devant elle, lui écarta les genoux et s'avança. Et s'avança encore, ils s'embrassèrent à nouveau. Plus longuement et plus fort cette fois. Il eut l'impression qu'une éternité s'était écoulée depuis que ses lèvres avaient senti le contour des siennes.

Il posa les mains sur ses hanches et l'attira vers lui. Sans douceur. Bientôt elle lui prit la nuque d'une main et commença à lui déboutonner sa chemise de l'autre. Tous deux se débattirent avec les vêtements de l'autre jusqu'au moment où ils se séparèrent pour se déshabiller tout seuls. Sans en rien dire ils savaient bien que ça irait plus vite.

Ils accélérèrent l'allure. Il ôta sa chemise, elle fit la grimace en découvrant les bleus qu'il avait à la poitrine et au flanc. Elle se pencha en avant et l'embrassa aux deux endroits. Et lorsqu'ils furent nus l'un et l'autre, ils s'étendirent sur le lit en une étreinte pleine de désir et de tendresse nostalgique. Il comprit qu'elle n'avait pas cessé de lui manquer – son intelligence et la texture émotionnelle de leurs relations surtout, mais aussi son corps. Il n'avait qu'une envie : la toucher et goûter.

Il enfouit son visage entre ses seins et lentement descendit plus bas, son nez sur sa peau, ses dents bientôt serrées sur l'anneau d'or qu'elle avait au nombril, à le mordiller doucement. Plus bas encore. Elle avait rejeté la tête en arrière, gorge exposée, vulnérable. Les yeux fermés, elle comprimait ses lèvres du dos de la main, la phalange d'un doigt entre les dents.

Lorsque l'un et l'autre furent prêts, il se redressa contre elle, lui prit la main et la posa sur son sexe pour qu'elle le guide. Ils procédaient toujours ainsi, c'était leur routine. Elle bougeait lentement, lentement elle le prit en elle, ses jambes remontant le long de ses flancs pour se refermer dans son dos. Il ouvrit les yeux pour regarder son visage. Un soir qu'il avait rapporté les lunettes à image thermique, ils les avaient chaussées à tour de rôle. Il savait que, s'il l'avait fait maintenant, il aurait vu son visage s'empourprer d'une manière proprement merveilleuse.

Elle s'immobilisa et ouvrit les yeux. Il sentit qu'elle le lâchait.

– Quoi ? demanda-t-il.

Elle soupira.

– Quoi ? répéta-t-il.

– Je ne peux pas.

– Tu ne peux pas quoi ?

– Henry, je suis navrée, mais je ne peux pas.

Elle libéra son dos et reposa les jambes sur le lit. Puis elle posa les deux mains sur sa poitrine et commença à le repousser. Il résista.

— Laisse-moi, s'il te plaît, dit-elle.
— Tu plaisantes, non ?
— Non, je ne plaisante pas. Dégage !

Il roula sur son côté du lit et se blottit contre elle. Aussitôt elle lui tourna le dos et se rassit. Puis elle croisa les bras et se pencha en avant, comme si elle voulait se bercer, les pointes de ses vertèbres dessinant un arc superbe dans son dos. Il tendit la main, lui frôla doucement le cou et fit courir son pouce le long de sa colonne vertébrale, comme en travers d'un clavier de piano.

— Qu'est-ce qu'il y a, Nicki ? demanda-t-il. Quel est le problème ?
— Je pensais qu'après ce que nous nous étions dit en bas, ce serait bon. Je pensais que nous en avions besoin. Mais non. Nous ne pouvons pas faire ça, Henry. Ce n'est pas bien. Nous ne sommes plus ensemble et si nous... je ne sais pas. Je ne peux pas, c'est tout. Je suis désolée.

Il sourit, même si elle ne pouvait pas le voir en lui tournant le dos comme elle le faisait. Il tendit encore la main et effleura le tatouage qu'elle avait à la hanche. Il ne l'avait découvert que le soir où ils avaient fait l'amour pour la première fois. Ce tatouage l'intriguait et l'excitait tout autant que l'anneau qu'elle avait au nombril. Elle l'appelait son kanji. Pictogramme du mot *fu*, il signifiait « bonheur » en japonais. À Nicole il rappelait simplement que le bonheur vient du dedans, pas des choses matérielles.

Elle se retourna et le regarda.

— Pourquoi souris-tu ? Je pensais que ça te mettrait en colère. N'importe quel autre homme...

Il haussa les épaules.

— Je ne sais pas, dit-il. Je crois comprendre.

Mais lentement la lumière se fit en elle. Ce qu'il venait de faire... Elle se leva et se retourna une deuxième fois vers lui. Puis elle attrapa un oreiller et s'en couvrit. Le message était clair : elle ne voulait plus être nue en sa compagnie.

– Quoi ? demanda-t-il encore.
– Espèce de fumier.
– Mais... de quoi tu parles ?

Il vit les étincelles dans ses yeux, mais cette fois elle ne pleurait pas.

– C'était un test, pas vrai ? Une espèce de test de pervers. Tu savais que si je baisais avec toi, tout ce qui s'est passé en bas ne serait que mensonges.
– Nicki, je ne crois pas que tu...
– Sors d'ici.
– Nicole...
– Toi et tes saloperies d'expériences et de tests ! Je t'ai dit de sortir !

Gêné par ce qu'il avait fait, il se leva et commença à remettre ses habits en enfilant son caleçon et son jean en même temps.

– Je peux dire quelque chose ?
– Non. Je ne veux plus t'entendre.

Elle se détourna et se dirigea vers la salle de bains. Elle avait laissé tomber son oreiller et marchait comme si de rien n'était, en lui montrant son dos comme si elle voulait le tenter. Lui faire comprendre que plus jamais il ne le verrait.

– Je m'excuse, Nicole, reprit-il. Je croyais que...

Elle claqua la porte de la salle de bains derrière elle. Sans même lui jeter un dernier coup d'œil.

– Va-t'en, l'entendit-il lui lancer.

Puis ce fut le bruit de la douche et il sut qu'elle se lavait une dernière fois de lui.

Il acheva de s'habiller et redescendit l'escalier. Puis il

s'assit sur la marche du bas et enfila ses chaussures en se demandant comment il avait fait pour se tromper à ce point sur elle.

Avant de partir, il retourna dans la salle de séjour et s'arrêta devant la bibliothèque. Rayons bourrés de livres, grand format et rien d'autre, autel dressé à la connaissance, à l'expérience et à l'aventure. Il se souvint d'être un jour entré dans cette pièce et d'y avoir trouvé Nicole allongée sur le divan. Elle ne lisait pas. Elle avait levé la tête et contemplait ses livres, rien de plus.

Une des étagères était entièrement consacrée aux ouvrages sur les tatouages et le graphisme. Il s'avança et laissa courir son doigt sur le dos des volumes jusqu'au moment où enfin il tomba sur celui qu'il savait s'y trouver, celui sur les pictogrammes chinois, celui dans lequel elle avait choisi son tatouage. Il le sortit et le feuilleta jusqu'à la page *fu*, et la lut. On y citait Confucius.

> Avec du riz grossier à manger, seulement de l'eau à boire, et mon bras replié en guise d'oreiller, je suis heureux.

Il aurait dû le savoir. Il comprit qu'il aurait dû savoir que ce n'était pas elle. La logique se trompait. La science avait tort. Elle l'avait amené à douter de la seule chose dont il pouvait être sûr !

Il recommença à feuilleter les pages du volume et s'arrêta à *shu*, le pictogramme du pardon.

« Le pardon est l'acte du cœur », lut-il à voix haute.

Il porta le livre jusqu'à la table basse et l'y déposa toujours ouvert à la page *shu*. Il savait qu'elle le verrait tout de suite.

Puis il referma la porte derrière lui et regagna sa voiture. S'assit au volant et réfléchit à ce qu'il venait de faire, à ses péchés. Il n'avait que ce qu'il méritait, il le savait. Comme les trois quarts des gens.

Il mit le contact et fit démarrer le moteur. La mémoire aléatoire de son esprit lui restitua l'image de la camionnette de livraison de pizzas qu'il avait vue un peu plus tôt. Cela lui rappela encore une fois qu'il avait faim.

Et là, à cet instant précis, des atomes s'écrasèrent pour former un nouvel élément. Donner naissance à une idée. Une bonne. Il coupa le contact et ressortit de la voiture.

Nicole était sous la douche, ou alors elle refusait de lui ouvrir. Il s'en moquait parce qu'il avait toujours une clé. Il rouvrit la porte et longea le couloir jusqu'à la cuisine.

– Nicole ! cria-t-il. C'est moi. J'ai juste besoin de passer un coup de fil.

Pas de réponse, et il crut entendre un bruit d'eau dans les profondeurs de la maison. Elle était toujours sous la douche.

Il décrocha le téléphone de la cuisine, appela les Renseignements de Venice et demanda le numéro des Domino's Pizza. Il y en avait deux, il les nota tous les deux sur un bloc-notes que Nicole gardait près du téléphone. Puis il composa le premier et attendit en ouvrant l'élément monté au-dessus du téléphone pour en sortir les Pages jaunes. Il savait que si ça ne marchait pas avec Domino's, il serait obligé d'appeler tous les services de livraison de pizzas de Venice avant de renoncer à son idée.

– Domino's Pizza, vous désirez ?
– Je voudrais commander une pizza.
– Numéro de téléphone ?

De mémoire il donna le numéro de portable de Lucy LaPorte, entendit qu'on l'entrait dans un ordinateur et attendit. Enfin l'homme lui demanda :

– Votre adresse, s'il vous plaît ?

– Quoi ? Je ne suis pas dans votre banque de données ?

– Non, monsieur.

– Navré. Je me suis trompé de pizzeria.

Il raccrocha, appela l'autre numéro et, là encore, donna celui du portable de Lucy à la femme qui avait pris son appel.

– 909 Breeze Court ?

– Pardon ?

– Votre adresse est bien 909 Breeze Court ? Et le nom Lucy LaPorte ?

– Oui, c'est ça.

Il nota l'adresse et sentit l'adrénaline remonter dans son sang. Il en fit plein de pattes de mouche sur sa page.

– Et vous désirez ?

– Euh... votre ordinateur vous dit ce qu'on a pris la dernière fois ?

– Moyenne, oignons, poivrons, champignons.

– Parfait. La même chose.

– Quelque chose à boire ? Vous voulez du pain aillé ?

– Non, juste la pizza.

– Bien, d'ici une demi-heure.

Elle raccrocha sans lui dire au revoir ni lui donner le temps de le faire. Il raccrocha à son tour et fit demi-tour pour repartir.

Nicole se tenait devant lui. Elle avait les cheveux mouillés et portait un peignoir de bain en tissu-éponge. Le sien. Elle lui en avait fait cadeau à leur premier Noël, mais il ne le portait jamais : ce n'était pas son genre. Elle savait ce que ça lui faisait de la voir en peignoir et s'en servait comme d'un chiffon rouge. Quand elle prenait une douche et enfilait son peignoir, ça voulait dire qu'ils allaient faire l'amour.

Mais pas cette fois. Plus jamais. L'air qu'elle avait pris n'avait rien de sexy ou de provoquant. Elle baissa les yeux sur les Pages jaunes toujours ouvertes à la page des publicités pour livraison de pizzas.

— Tu es incroyable, Henry ! s'écria-t-elle. Après ce qui vient de se passer et ce que tu viens de faire, tu descends commander une pizza comme si de rien n'était ? Et moi qui croyais que tu avais une conscience !

Elle alla ouvrir le réfrigérateur.

— Je t'ai demandé de partir, dit-elle.

— Je m'en vais. Mais ce n'est pas ce que tu crois, Nicole. J'essaie de trouver quelqu'un et c'est la seule façon que j'aie d'y arriver.

Elle sortit une bouteille d'eau et commença à en dévisser la capsule.

— Je t'ai demandé de partir, répéta-t-elle.

— D'accord, d'accord, j'y vais !

Il fit mine de se serrer pour passer entre elle et le comptoir central, mais brusquement il changea de direction et se rabattit sur elle. Puis il l'attrapa par les épaules et l'attira vers lui. Et l'embrassa sur la bouche. Elle le repoussa aussitôt et renversa de l'eau sur eux deux.

— Au revoir, dit-il avant qu'elle puisse parler. Je t'aime toujours.

En se dirigeant vers la porte il sortit la clé de la maison de son anneau. Puis il la laissa tomber sur la petite table de l'entrée, sous la glace près de la porte. Enfin il se retourna et la regarda en ouvrant la porte. Elle se détourna.

36

Breeze Court étant une des rues piétonnières de Venice, il allait devoir descendre de voiture pour y arriver. Dans plusieurs quartiers proches de la plage les bungalows avaient été construits en face à face, seul un trottoir les séparant. De fait, il n'y avait pas vraiment de rue. Seulement d'étroites allées qui passaient derrière les maisons afin que leurs propriétaires aient accès à leurs garages, le devant des édifices donnant sur le trottoir commun. Propre à Venice, ce plan d'occupation des sols était censé faciliter les échanges entre voisins – en même temps qu'il permettait de construire plus de bâtiments par lotissement. Les maisons donnant sur les voies piétonnières étaient très prisées.

Pierce trouva à se garer dans Ocean Avenue, près de la plaque du souvenir peinte à la main, et descendit vers Breeze Court à pied. Il était presque sept heures du soir, le ciel commençait à se teinter de l'espèce d'orange brûlé qui annonce un coucher de soleil brumeux. L'endroit indiqué par la fille des pizzas Domino's se trouvait au milieu du pâté d'immeubles. Il continua d'avancer dans l'allée comme s'il allait regarder le coucher de soleil sur la plage et jeta nonchalamment un coup d'œil au 909 en passant. Bungalow jaune, plus petit que les autres mais avec une grande véranda surmontée d'un vieux siège de planeur. Comme la plupart de ses voisines, la maison se trouvait derrière une petite barrière blanche munie d'un portail.

Les rideaux des fenêtres de devant étaient tirés. Il y avait de la lumière dans la véranda, il y vit un mauvais présage. Il était bien trop tôt pour allumer, elle devait brûler depuis la veille au soir. Maintenant qu'il était enfin à l'adresse que ni l'inspecteur Renner ni Cody Zeller n'avaient été capables de trouver, il commença à s'inquiéter et se demanda si Lucy LaPorte n'était pas partie.

Il marcha jusqu'au bout de Breeze Court, au croisement avec Speedway, et tomba sur un parking en bordure de la plage. Il eut envie de regagner sa voiture et de l'y amener, mais se dit que ce serait perdre son temps. Il traîna un peu dans le parking et passa dix minutes à regarder le soleil décliner sur l'horizon. Puis il fit demi-tour et repartit en direction de Breeze Court.

Cette fois il marcha encore plus lentement, en cherchant des yeux le moindre signe d'activité dans les maisons devant lesquelles il passait. La nuit était calme. Il ne vit personne. Et n'entendit personne non plus, pas même une voix montant d'un poste de télévision. Il repassa devant le 909 et n'y décela rien qui aurait pu indiquer qu'on y vivait.

Il arrivait au bout de la voie lorsqu'il vit une camionnette bleue freiner, puis s'arrêter à l'entrée de l'allée. Le véhicule était surmonté du panneau Domino's qu'il connaissait bien. Un porte-pizza rouge calorifugé tenu à la main, un petit homme d'ascendance mexicaine en sauta et parcourut rapidement l'allée. Pierce lui laissa une bonne avance avant de se mettre à le suivre. Qu'elle soit enfermée dans un carton ne l'empêcha pas de sentir la pizza. Et elle sentait bon. Il avait faim. Lorsque le type traversa la véranda pour gagner la porte du 909, Pierce s'arrêta lentement et se cacha derrière un bougainvillier rouge dans le jardin du voisin.

Le livreur frappa deux fois – plus fort la seconde –, et donnait l'impression de vouloir renoncer lorsque la porte s'ouvrit. Pierce s'aperçut qu'il avait mal choisi son endroit, l'angle de vue l'empêchant de voir dans la maison. Mais il entendit une voix et sut tout de suite que c'était bien Lucy LaPorte qui avait ouvert.

– Mais j'ai rien commandé ! s'écria-t-elle.
– Vous êtes sûre ? J'ai 909 Breeze Court comme adresse.

Il ouvrit le côté de son coffre calorifugé, en sortit une boîte plate et lut la mention portée sur le côté :

– LaPorte, moyenne, oignons, poivrons et champignons.

Elle pouffa.

– Ben, c'est bien ce que je prends d'habitude, mais ce soir j'ai rien commandé. Vous avez peut-être un bug dans votre ordinateur et la commande sera remontée toute seule.

Le livreur baissa les yeux sur sa pizza et hocha tristement la tête.

– Bon, ben, lança-t-il, je leur dirai.

Il remit la boîte dans son coffre et s'éloigna. Il était en train de retraverser la véranda lorsque Lucy referma la porte dans son dos. Pierce l'attendait près du bougainvillier, un billet de vingt dollars à la main.

– Hé, dit-il, si elle en veut pas, moi, je vous la prends.

Le visage du livreur s'illumina.

– OK, pas de problème.

Pierce échangea ses vingt dollars contre la pizza.

– Gardez la monnaie.

Le visage du livreur s'illumina encore plus fort. Le désastre se transformait en un gros pourboire.

– Merci ! Et dormez bien cette nuit !

– J'essaierai.

Sans hésiter, Pierce porta la pizza au 909, franchit le portail, traversa la véranda et frappa à la porte en remerciant le ciel que celle-ci ne soit pas équipée d'un judas, du moins à ce qu'il en voyait. Cette fois, il ne fallut que quelques secondes à la jeune femme pour venir ouvrir. S'attendant à revoir le petit livreur de pizzas, elle avait les yeux baissés, et lorsqu'elle les releva pour découvrir Pierce et les blessures qu'il avait à la figure, le choc fut tel que son visage indemne se crispa en une grimace.

– Bonjour, Lucy, lui lança Pierce. Tu m'avais dit de t'apporter une pizza le prochain coup. Tu te rappelles ?

– Qu'est-ce que tu fous ici ? Tu n'es pas censé venir. Je t'ai dit de ne pas m'embêter.

– Non, tu m'as dit de ne pas t'appeler. Et je ne l'ai pas fait.

Elle essaya de refermer la porte, mais il s'y attendait. Il la bloqua en tendant le bras en avant et la maintint ouverte tandis que la jeune femme essayait de la pousser mais sans grande énergie. Ou bien elle n'y mettait pas vraiment toute sa force, ou bien elle n'était pas assez costaud. Il arriva à garder la porte ouverte d'une main tandis que de l'autre il continuait de tenir la pizza à la manière d'un serveur.

– Il faut qu'on parle, dit-il.

– Pas maintenant. Va-t'en.

– Si, maintenant.

Elle renonça et arrêta de maintenir le peu de pression qu'elle exerçait sur la porte, mais il n'enleva pas son bras de peur qu'il ne s'agisse d'une astuce.

– Bon, dit-elle, qu'est-ce que tu veux ?

– Entrer, pour commencer. Ça ne me plaît pas de rester dehors comme ça.

Elle recula de quelques pas pour le laisser passer. La salle de séjour était tout juste assez grande pour y mettre un canapé, une table basse et un fauteuil rembourré. Un poste de télé monté sur pied – émission consacrée aux spectacles d'Hollywood. Une petite cheminée, mais qui donnait l'impression de ne pas avoir vu un feu de bois depuis plusieurs années.

Pierce referma la porte, avança dans la pièce, déposa la boîte de pizza sur la table basse et s'empara de la télécommande. Puis il éteignit la télé et jeta la télécommande sur la table basse qu'encombraient des revues de show-biz, des journaux remplis de ragots et un cendrier débordant de mégots.

— Mais je regardais l'émission, moi ! s'écria Lucy, debout près de la cheminée.

— Je sais, dit-il. Et si tu t'asseyais pour manger un morceau de pizza ?

— J'ai pas envie de manger de la pizza. Si j'en avais eu envie, je l'aurais achetée au livreur. C'est comme ça que tu m'as retrouvée ?

Elle portait un blue-jean coupé aux genoux et un T-shirt vert sans manches. Pas de chaussures. Elle lui parut si fatiguée qu'il se demanda si elle ne s'était pas maquillée le soir où ils s'étaient vus pour la première fois.

— Oui, ils avaient ton adresse.

— Je devrais leur coller un procès.

— Tu les oublies et tu me parles à moi, Lucy. Tu m'as raconté des bobards. Tu m'as dit qu'ils t'avaient fait mal, que tu avais tellement de bleus que tu ne voulais pas qu'on te voie.

— Je ne t'ai pas menti.

— Alors, c'est que tu guéris drôlement vite. J'aimerais savoir comment tu t'y...

Elle remonta son T-shirt et lui montra son ventre et sa poitrine. Elle avait de grandes marques violettes sur le côté gauche, à l'endroit où ses côtes faisaient saillie sous la peau. Son sein gauche était complètement déformé. Il y vit des petites marques qui disaient clairement ce qu'ils lui avaient fait avec leurs doigts.

— Nom de Dieu ! murmura-t-il.

Elle laissa retomber son T-shirt.

— Je ne mentais pas. Je suis blessée. Et il m'a bousillé

mon implant. Il se pourrait même qu'il y ait des épanchements internes, mais je ne pourrai pas aller voir le médecin avant demain.

Il étudia son visage. Il était clair qu'elle souffrait et qu'elle avait peur et se sentait seule. Il s'assit sur le canapé, lentement. Toutes ses envies de pizza avaient disparu. Attraper la boîte, ouvrir la porte et la jeter dehors, voilà ce qu'il aurait dû faire. Dans son esprit se bousculaient des images où il voyait Lucy maintenue par Six-Eight tandis que Wentz la tabassait. Le plaisir qu'y prenait ce dernier ne lui échappait pas. Il connaissait.

– Lucy, dit-il, je suis désolé.

– Et moi donc ! Je m'en veux de m'être laissé embringuer dans ton histoire. C'est pour ça qu'il faut que tu t'en ailles. Si jamais ils apprennent que tu es passé, ils reviendront et ça sera encore pire.

– D'accord, oui. Je vais partir.

Mais il ne fit rien pour bouger.

– Je ne sais pas, reprit-il. Je n'arrive à rien ce soir. Je suis venu te voir parce que je pensais que tu étais dans le coup. Je voulais savoir qui me piégeait.

– Qui te piégeait pour quoi ?

– Pour Lilly Quinlan. Pour son assassinat.

Lucy s'installa précautionneusement dans le fauteuil rembourré.

– Tu es sûr qu'elle est morte ? lui demanda-t-elle.

Il la regarda, puis il baissa les yeux sur le carton à pizza. Il songea à ce qu'il avait découvert dans le congélateur et acquiesça d'un signe de tête.

– Les flics croient que c'est moi qui l'ai tuée. Ils essaient de me coller son assassinat sur le dos.

– Qui ça ? Le flic à qui j'ai parlé ?

– Renner, oui.

– Je lui dirai que tu essayais seulement de la trouver pour être sûr qu'elle allait bien.

— Merci, mais ça ne changera rien. Pour lui, ça faisait partie de mon plan. Je me suis servi de toi et d'autres et j'ai appelé la police, mais tout ça, c'était pour me couvrir. À l'entendre, les assassins se donnent souvent des airs de bons Samaritains.

C'était à son tour de parler, mais elle garda le silence pendant un long moment. Il contempla la manchette d'un vieux numéro du *National Enquirer* posé sur la table et s'aperçut qu'il avait perdu quasiment tout contact avec la réalité. Les célébrités dont il voyait les noms et les photos en première page ne lui évoquaient rien.

— Je pourrais lui dire qu'on m'avait demandé de te conduire chez elle, reprit-elle doucement.

Pierce releva la tête.

— C'est vrai ?

Elle acquiesça d'un hochement de tête.

— Mais je jure devant Dieu que je ne savais pas que c'était pour te piéger !

— Qui te l'a demandé ?

— Billy.

— Que t'a-t-il demandé de faire précisément ?

— Il m'a seulement dit que j'allais recevoir un appel de toi, que je devrais alors te fixer un rendez-vous et te conduire à l'appartement de Lilly. Il m'a demandé de faire en sorte que tout ça ait l'air de venir de toi. C'est tout ce que j'avais à faire et c'est tout ce que je savais. Je n'étais au courant de rien, Henry.

Il hocha la tête.

— Ne t'inquiète pas. Je comprends. Je ne t'en veux pas, Lucy. Tu ne pouvais pas faire autrement que de lui obéir.

Il réfléchit à ce qu'il venait d'apprendre et tourna et retourna ces renseignements dans sa tête afin d'en déterminer l'importance. Il avait le sentiment que tout cela prouvait bien qu'il y avait eu piège, mais il ne pouvait ignorer que ses sources n'auraient pas grande valeur aux yeux de la police, des avocats et d'un jury. Puis il se rappela la somme qu'il avait payée à Lucy le soir où ils s'étaient vus. Sans être expert en droit criminel, il en savait assez pour deviner que cet argent poserait problème. En tant que témoin, Lucy risquait fort d'être décrédibilisée, voire disqualifiée.

– Je pourrais le lui dire, répéta la jeune femme. Il saurait alors que ça faisait partie d'un plan concerté.

Pierce hocha la tête et comprit brusquement qu'il ne pensait qu'à lui – il ne voyait plus que la manière dont cette femme pourrait l'aider ou lui nuire et ne s'intéressait même pas à la situation dans laquelle elle se trouvait.

– Non, Lucy, dit-il. Ça te mettrait en danger par rapport à Wentz. En plus...

Il avait failli ajouter que la parole d'une prostituée ne compterait guère pour les flics.

– En plus quoi ?

– Je ne sais pas. Je ne crois tout simplement pas que ça suffirait à changer la façon dont Renner voit les choses. Sans compter qu'il sait déjà que je t'ai donné du fric. Il aurait vite fait de transformer ça en quelque chose que ça n'est pas.

Il eut soudain une idée et changea d'angle d'attaque.

– Lucy, reprit-il, si c'est bien tout ce que Wentz t'a ordonné de faire avec moi et que tu l'as fait, pourquoi sont-ils passés ici ? Pourquoi t'ont-ils tabassée ?

– Pour me foutre la trouille. Ils savaient que les flics voudraient me parler. Ils m'ont dit ce que je devais leur raconter. Je n'avais qu'à suivre leur scénario. Après, ils voulaient que je disparaisse de la circulation pendant un temps. D'après eux, tout redeviendrait normal dans quelques semaines.

Dans quelques semaines, songea-t-il. *Quand la messe sera dite.*

— Et donc, tout ce que tu m'as raconté sur Lilly faisait partie du scénario ?

— Non, pour ça, il n'y avait pas de scénario. De quoi parles-tu ?

— Du jour où tu es allée chez elle mais où elle n'était pas là. C'était juste pour me donner envie d'y passer, c'est ça ?

— Non, ça, ce n'était pas truqué. En fait, même, tout était vrai. Je ne t'ai pas menti, Henry. Je t'ai juste conduit chez elle. Je me suis juste servie de la vérité pour te conduire là où il voulait que tu ailles. Et tu voulais y aller, Henry. Le client, la voiture, toute cette histoire, c'était vrai.

— Comment ça « la voiture » ?

— Je te l'ai déjà dit. La place de parking était prise alors qu'elle était censée rester libre pour le client. Le mien. Ça faisait chier parce qu'on a été obligés d'aller se garer ailleurs et de revenir à pied et que mon type commençait à beaucoup suer. Et que je déteste les types qui suent. Après, on arrive et ça répond pas. C'était le bordel.

Tout lui revint. Il n'avait rien remarqué la première fois parce qu'il ne savait pas ce qu'il cherchait. Il ignorait ce qui avait de l'importance. Lilly Quinlan ne lui avait pas ouvert ce jour-là parce qu'elle était morte à son appartement. Mais elle aurait pu ne pas être seule. Il y avait une voiture.

— C'était sa voiture ? demanda-t-il.

— Non, comme je t'ai dit, elle laissait toujours la place pour ses clients.

— Tu te rappelles quelle voiture c'était ?

— Oui, je m'en souviens parce qu'ils avaient baissé la capote et que moi, j'aurais jamais laissé une voiture avec la capote baissée dans un quartier pareil. C'est bien trop près de tous les déchets humains qui traînent sur la plage.

– C'était quoi comme voiture ?
– Une Jag noire.
– Avec la capote baissée.
– Oui. C'est ce que j'ai dit.
– Une deux places ?
– Oui, le modèle sport.

Il la dévisagea sans rien dire pendant un bon moment. L'espace d'un instant il eut le vertige et crut qu'il allait s'effondrer la tête la première dans la pizza. Tout lui revint d'un coup. Il voyait tout, c'était lumineux et tout avait l'air de coller.

– Aurore boréale, se murmura-t-il à lui-même.
– Quoi ?

Il se releva.

– Il faut que j'y aille, dit-il.
– Ça va ?
– Maintenant oui.

Il se dirigea vers la porte, mais s'arrêta brusquement et se retourna pour la regarder.

– Grady Allison, dit-il.
– Quoi « Grady Allison » ?
– Ç'aurait pu être sa voiture ?
– Je ne sais pas. Je n'ai jamais vu sa voiture.
– À quoi ressemble-t-il ?

Pierce repensa à la trombine que Zeller lui avait envoyée. Pâle de peau, nez cassé, le nervi aux cheveux graisseux ramenés en arrière.

– Euh... plutôt jeune. La peau comme du cuir d'être resté trop longtemps au soleil.
– Quoi ? Comme un type qui fait du surf ?
– Ouais.
– Et il a une queue-de-cheval, non ?

– Des fois.
Pierce hocha la tête et se retourna vers la porte.
– Tu veux pas reprendre ta pizza ?
Il lui fit signe que non.
– Je ne pourrais pas l'avaler.

37

Deux heures s'écoulèrent avant que Cody Zeller ne se pointe enfin à Amedeo Technologies. Parce qu'il avait besoin de temps pour préparer certaines choses, Pierce n'avait pas appelé son ami avant minuit. Il lui avait alors dit de passer – parce que quelqu'un avait réussi à entrer dans le système informatique. Zeller avait protesté, il n'était pas seul et ne pourrait pas se libérer avant le matin. Pierce lui avait répliqué qu'il serait trop tard. Pas question de l'excuser, il avait besoin de lui, c'était une urgence. Sans le lui dire ouvertement, Pierce lui avait fait comprendre que sa présence était requise s'il voulait conserver sa part d'Amedeo et ne pas bousiller leur amitié. Il avait eu du mal à contrôler sa voix parce qu'à ce moment-là cette amitié était déjà plus que fêlée.

Deux heures après ce coup de fil, Pierce se trouvait au labo et attendait en observant les enregistrements des caméras de sécurité sur le moniteur de la salle des ordinateurs. Ce système multiplexe lui permit de suivre Zeller lorsque, après avoir rangé sa Jaguar noire au garage, il franchit les portes de l'entrée principale et gagna le poste de sécurité où le garde de service lui donna une carte-clé et la manière de retrouver le chercheur au labo. Pierce le regarda prendre l'ascenseur pour descendre et passer dans le sas. C'est à ce moment-là qu'il arrêta les caméras de sécurité et enclencha le logiciel de dictée de l'ordinateur. Il posa le micro sur le moniteur et éteignit l'écran.

– Bon, dit-il, nous y voici. L'heure est venue d'écraser cette mouche.

Zeller ne pouvait entrer dans le sas qu'avec la carte-clé. La seconde porte était équipée d'une serrure à pavé numérique. Évidemment, Pierce se doutait bien que Zeller connaissait la combinaison, celle-ci changeant tous les mois et étant aussitôt communiquée par courrier électronique à tous les gens du labo. Sauf que lorsqu'il arriva devant le stop intérieur, Zeller se contenta de taper sur la porte doublée de cuivre.

Pierce se leva et le fit entrer. Zeller pénétra dans la pièce comme quelqu'un qui en a plus qu'assez de la situation dans laquelle il se trouve.

– Bon, alors, Hank, je suis là ! lança-t-il. C'est quoi, la grosse crise ? Faut quand même voir que j'étais en train de me taper une nénette quand t'as appelé, mec !

Pierce regagna son siège et s'assit. Puis il le fit pivoter de manière à pouvoir regarder Zeller.

– T'as mis un sacré bout de temps à venir, dit-il. Donc, inutile de me dire que c'est moi qui t'ai interrompu.

– T'imagines pas comme tu te trompes, mon ami. Si j'ai mis si longtemps, c'est parce que le parfait gentleman que je suis a été obligé de la ramener dans la Valley et tu devineras jamais... y avait encore une putain de coulée de boue dans le canyon de Malibu. J'ai dû faire demi-tour et redescendre par Topanga. Cela dit, je suis venu ici aussi vite que j'ai pu. Et... c'est quoi, cette odeur, hein ?

Il parlait à toute vitesse. Pierce se demanda s'il était saoul ou défoncé, ou les deux. Ça ajoutait un paramètre et il ne savait pas comment ça risquait d'affecter l'expérience.

– Ça sent le carbone, répondit-il en lui indiquant le labo des câblages d'un signe de tête. Je me suis dit que préparer un lot de câbles en t'attendant ne ferait pas de mal.

Zeller claqua plusieurs fois les doigts en essayant de tirer quelque chose de sa mémoire.

– Cette odeur... commença-t-il. Ça me rappelle quand j'étais môme et que... et que je foutais le feu à mes petites bagnoles en plastique. Oui, c'est ça, mes modèles réduits. Ceux vendus en kit avec un tube de colle.

– Joli souvenir. Mais passe au labo et tu verras que c'est pire. Inspire un grand coup, peut-être que ça te remettra tout en mémoire.

– Non merci. Je préfère laisser tomber ce coup-ci. Bon alors, maintenant que je suis là, c'est quoi, le bordel ?

Pierce y reconnut une citation d'un film des frères Coen, *Miller's Crossing*. C'était un des préférés de Zeller, qui y puisait souvent ses formules. Mais Pierce ne lui fit pas comprendre qu'il avait reconnu la sienne. Il n'avait pas envie de jouer à ça ce soir-là. C'était sur l'expérience qu'il menait dans des conditions très précises qu'il voulait se concentrer.

– Je te l'ai dit, répondit-il. Quelqu'un est entré dans le système informatique. Ton truc prétendument inviolable n'était que de la merde, Code. Quelqu'un nous a piqué tous nos secrets.

Sous l'accusation, Zeller devint immédiatement très agité. Ses mains se portèrent à la hauteur de sa poitrine, ses doigts donnant l'impression de se battre les uns contre les autres.

– Eh là, eh là ! s'écria-t-il. Et d'un, comment sais-tu qu'on est en train de se faire piquer nos secrets ?

– Je le sais, un point c'est tout.

– D'accord, tu le sais, un point c'est tout, et moi je dois accepter ça ? Bon et après, comment sais-tu que c'est par la banque de données que ça se passe et que c'est pas à cause d'un bavard ou d'un type qui vend des trucs ? Et Charlie Condon, hein ? C'est que j'ai bu des coups avec lui, tu sais ? Et qu'il aime bien causer, le mec.

– C'est son boulot. Et je te parle de secrets qu'il ne connaît même pas. De secrets que seuls moi et quelques autres connaissons. Quelques autres au labo. C'est de ceci que je te parle, Code.

Il ouvrit un tiroir du poste des ordinateurs et en sortit un petit appareil qui ressemblait à un commutateur de relais muni d'une prise à courant alternatif et continu et d'une antenne. Un fil d'une quinzaine de centimètres attaché à un bout le reliait à une carte PC. Il le posa sur le plateau du bureau.

– Comme j'avais des doutes, je suis allé fouiller dans les fichiers de maintenance. J'ai cherché partout, mais je n'ai rien trouvé. Alors, je suis allé voir du côté de l'unité centrale et j'y ai découvert ce petit bazar. Petit bazar qui, tiens donc, est équipé d'un modem sans fil. C'est bien ce que vous autres *hackers* appelez un « renifleur », non ?

Zeller s'approcha du bureau et s'empara de l'appareil.

– « Nous autre *hackers* » ? répéta-t-il. Tu veux dire nous autres spécialistes de la sécurité informatique ?

Il tourna et retourna l'engin dans ses mains. Celui-ci était bien destiné à saisir des données. Fixé à un ordinateur central et programmé comme il fallait, il pouvait intercepter tous les e-mails du système et les réexpédier *via* le modem sans fil. Dans l'argot des *hackers*, on appelait bien ça « un renifleur » : cela permettait en effet de tout saisir et le voleur pouvait ensuite « renifler » les perles qui l'intéressaient dans les données détournées.

Zeller prit l'air consterné. Pierce se dit qu'il jouait décidément bien la comédie.

– Fabrication maison, lança Zeller en examinant l'appareil.

Comme tous les autres, non ? demanda Pierce. On ne peut quand même pas entrer dans le premier Radio Shack[1] venu et demander un « renifleur », si ?

Zeller ignora la remarque. Sa voix tremblait lorsqu'il reprit la parole.

– Mais comment c'est arrivé là, bon sang ? s'écria-t-il. Et comment ça se fait que le type de la maintenance ne l'ait pas repéré ?

Pierce se renversa en arrière et tenta de jouer son rôle avec le maximum de décontraction.

– Et si tu me le disais, hein, au lieu de me raconter des salades ?

Zeller leva les yeux de l'appareil et regarda Pierce. Il avait l'air surpris et blessé.

– Comment veux-tu que je le sache ? Je vous ai bien monté votre système, mais ce truc-là, non.

– C'est vrai que c'est toi qui nous as monté notre système. Mais ça, c'était dans l'ordinateur central et si les types de la maintenance ne l'ont pas repéré, c'est ou bien qu'on les avait achetés ou bien que l'appareil était trop bien caché pour qu'on le voie. De fait, si je l'ai trouvé, c'est uniquement parce que je le cherchais.

– Écoute... il suffit d'une carte-code pour avoir accès à la salle des ordinateurs et coller cet engin là-dessus. Quand je t'ai installé ton système, je t'ai dit que vous

---

1. Nom d'une célèbre chaîne de magasins d'électronique bon marché *(NdT)*.

auriez dû le mettre ici, au labo. Pour des raisons de sécurité.

Pierce hocha la tête, reprit une dernière fois le débat qu'ils avaient eu pendant trois ans et valida de nouveau la décision qu'il avait arrêtée.

— Trop d'interférences avec l'ordinateur central pour les expériences. Et tu le sais. Mais là n'est pas le problème. Le problème, c'est que ce renifleur est à toi. J'ai peut-être lâché l'informatique à Stanford, mais je n'ai pas oublié certains trucs. J'ai mis la carte modem dans mon portable et je l'ai connectée à ma téléphonie. Ta carte est reliée à un site de collecte de données qui a pour nom DoomstersInk.

Il attendit la réaction de Zeller, mais n'eut droit qu'à un infime clignement de ses yeux.

— DoomstersInk en un seul mot, Zeller. Avec « Ink » comme l'encre qu'on met dans un stylo, reprit-il. Mais ça, tu le sais déjà. Ç'a dû être assez actif, comme site, non ? Pour moi, tu as installé ton renifleur quand on a emménagé. Et ça fait trois ans que tu nous observes, que tu nous écoutes et que tu nous pilles. Enfin... t'appelles ça comme tu veux.

Zeller hocha la tête, reposa l'appareil sur le bureau et garda les yeux baissés tandis que Pierce continuait de parler.

— Il y a à peu près un an, je venais d'engager Larraby, tu as commencé à voir les e-mails que nous échangions sur un projet baptisé Protée. Après, il y a eu d'autres e-mails entre Charlie et moi, toujours là-dessus, puis entre moi et l'avocat pour les brevets. J'ai vérifié, mec. Mes e-mails, je les garde tous. C'est mon côté parano. Toujours est-il que j'ai vérifié et que, oui, rien qu'avec ça tu pouvais comprendre. Pas la formule exactement, on n'était pas assez cons pour l'écrire, mais tu en avais suffisamment sous les yeux pour savoir ce qu'on avait trouvé et ce qu'on allait faire.

— Bon et alors ? Qu'est-ce que ça change que j'aie fait tout ça ? Bien sûr que oui, je vous espionnais ! Tu parles d'une affaire !

— Non, l'affaire, c'est que tu nous as vendus. Que tu t'es servi de ce que tu savais pour conclure un marché avec quelqu'un.

Zeller hocha la tête d'un air triste.

— Que je te dise, Henry. Je vais m'en aller. Tu passes trop de temps à ton labo. Tu sais, moi, quand je faisais brûler mes petites bagnoles en plastique, l'odeur me filait des maux de tête pas possibles. C'est pas bon pour la santé, mec. Et toi, là, tu...

Il lui montra la porte du labo des câblages.

Pierce se leva. Dure comme pierre, sa colère lui donnait l'impression d'avoir un poing en travers de la gorge.

— Tu m'as piégé, dit-il. Je ne sais pas à quoi tu joues, mais tu m'as piégé.

— T'es baisé dans ta tête, mec. Je ne vois pas de quel piège tu parles ! Bien sûr que j'ai reniflé à droite et à gauche : quand on a l'instinct du « *hacker* »... Dès qu'on a ça dans le sang... mais tu le sais. Oui, c'est moi qui ai collé ce machin-là dans ton système en l'installant. Mais à dire vrai, j'en avais quasiment oublié l'existence tellement les trucs que je voyais au début étaient chiants. Ça fait au moins deux ans que je ne suis plus retourné sur ce site. Et c'est tout, mec. Quant à un piège...

Pierce resta inébranlable.

— Le lien avec Wentz, je le devine. C'est sans doute toi qui lui as sécurisé son système informatique parce que... ce qu'il trafique, ça ne t'emmerde pas trop, hein ? Les affaires, c'est les affaires.

Zeller garda le silence, mais Pierce s'y attendait. Il poursuivit.

— Grady Allison, c'est toi.

Une légère surprise se marqua sur le visage de Zeller, qui se reprit aussitôt.

– Oui, oui. Les photos et les liens avec le crime organisé, je les ai trafiqués. Tout ça, c'était du bidon. Ça faisait partie du jeu.

Une fois encore Zeller garda le silence. Il ne le regardait même pas, mais Pierce savait bien qu'il avait toute son attention.

– Et après, le numéro de téléphone. La clé de voûte de tout l'édifice. Au début, j'ai cru que c'était un coup de mon assistante, que c'était forcément elle qui avait demandé ce numéro pour que tout se mette en marche. Mais plus tard, j'ai compris que c'était le contraire. C'est toi qui as trouvé mon numéro dans l'e-mail que je t'avais envoyé. C'est là que tu as renversé la vapeur et que tu l'as mis sur le site. Sur la page de Lilly. Et que tout a démarré. Il n'est pas impossible que certains des appels aient émané de types que tu avais mis au parfum. Les autres étaient sans doute de clients ordinaires... la cerise sur le gâteau. Sauf que c'est pour ça que je ne retrouvais pas de factures de téléphone chez elle. Et pas de téléphone non plus. Parce qu'elle n'a jamais eu ce numéro. Elle bossait comme Robin... uniquement par portable.

Encore une fois il attendit une réaction, mais en vain.

– Là où je ne pige pas tout à fait, c'est le rapport avec ma sœur. Car c'est un élément de l'affaire. Il fallait que tu sois au courant, que tu saches que je l'avais retrouvée et laissée filer. Ça faisait forcément partie du scénario, du profil général de l'arnaque. Tu devais absolument savoir que ce coup-ci, je ne laisserais pas passer. Que je me lancerais à la recherche de Lilly et qu'en le faisant je foncerais droit dans le piège.

Zeller ne réagit pas davantage. Il fit demi-tour et se dirigea vers la porte. Il tourna le bouton, mais découvrit qu'elle ne s'ouvrait pas : il fallait entrer la combinaison pour entrer ou sortir.

– Ouvre la porte, Henry, dit-il. Je veux m'en aller.

– Tu ne partiras pas tant que je ne saurai pas ce qui se joue. Pour qui fais-tu tout ça ? Comment te paie-t-on ?

– Bon, alors je le ferai tout seul.

Il entra la combinaison et la serrure se débloqua. Il tira la porte et se tourna vers Pierce.

– *Vaya con Dios,* mec ! lança-t-il.

– Comment se fait-il que tu connaisses la combinaison ?

Zeller eut une légère hésitation qui fit presque sourire Pierce. Qu'il la connaisse et s'en soit servi constituait un aveu. Petit, certes, mais qui comptait.

– Allons ! Comment se fait-il que tu connaisses la combinaison ? répéta-t-il. On la change tous les mois... même que c'est toi qui en as eu l'idée. On la communique par e-mail à tous les laborantins, mais comme, à t'entendre, ça fait deux ans que tu n'es pas allé voir du côté de ton renifleur... Alors, dis-moi : comment se fait-il que tu la connaisses ?

Pierce se tourna et lui montra le renifleur du doigt. Zeller suivit son geste des yeux et son regard s'arrêta sur l'engin. Puis, Pierce le remarqua, il se concentra un instant sur quelque chose qu'il avait aperçu. Zeller réintégra le labo et laissa la porte du sas se refermer dans son dos avec un grand bruit mouillé.

– Henry, dit-il, pourquoi as-tu éteint le moniteur ? Je vois que tu as allumé la tour mais l'écran n'est pas sous tension.

Il n'attendit pas la réponse, que Pierce n'avait d'ailleurs aucune intention de lui donner. Il arriva devant l'ordinateur, se pencha en avant et appuya sur le commutateur du moniteur.

L'écran s'étant allumé, il se pencha de nouveau en

avant et posa les mains sur le bureau pour le regarder. Il y vit la transcription de leur conversation, jusqu'à leur dernier échange : « Henry, pourquoi as-tu éteint le moniteur ? Je vois que tu as allumé la tour mais l'écran n'est pas sous tension. »

Système de reconnaissance vocale par résonance, le logiciel de la SacredSoftware était de troisième génération et très pointu. Les chercheurs du labo s'en servaient tout le temps pour dicter leurs notes pendant les expériences ou décrire leurs tests au fur et à mesure qu'ils les menaient.

Pierce regarda Zeller sortir le clavier-tiroir et y entrer des commandes pour anéantir le logiciel. Puis effacer le dossier.

– On le retrouvera, dit-il. Tu le sais bien.

– C'est bien pour ça que je vais embarquer le disque dur.

Il s'accroupit devant la tour et la fit glisser de façon à accéder aux vis qui en maintenaient la coque. Puis il sortit un canif de sa poche, déplia un tournevis cruciforme, débrancha l'alimentation et attaqua la vis du haut.

Mais s'arrêta : il venait de s'apercevoir que la ligne du téléphone était reliée à l'unité centrale. Il retira le jack et montra le fil à Pierce.

– Allons, Henry ! dit-il. Ça ne te ressemble guère ! Parano comme tu es ? Brancher le téléphone sur l'ordinateur ?

– Figure-toi que j'étais justement en ligne. Je voulais que ce dossier que tu as effacé soit envoyé pile au moment où tu disais le faire ! C'est un logiciel SacredSoft, tu sais ? C'est même toi qui nous l'avais recommandé, tu te rappelles ? À chaque voix son code de reconnaissance. J'avais ouvert un dossier exprès pour toi. C'est aussi bon qu'un enregistrement magnétique.

Même que si j'en ai besoin, je n'aurai aucun mal à faire coïncider ta voix et tes paroles.

Toujours accroupi, Zeller tendit la main en l'air et reposa bruyamment son outil sur le bureau. Il tournait le dos à Pierce et sa tête se positionna comme s'il regardait la pièce de dix cents scotchée au mur derrière l'ordinateur.

Lentement il se releva et fouilla de nouveau dans sa poche. Et se retourna en ouvrant un portable argenté.

– Bon, Henry, reprit-il, je sais que tu n'as pas d'ordinateur chez toi. Tu es trop parano. Et donc... on dit Nicki ? Je vais demander à quelqu'un de passer chez elle pour lui piquer le disque dur... si ça ne te gêne pas.

Pierce eut un instant de panique, puis se ressaisit. Il n'avait pas prévu la menace sur Nicole, mais le coup n'était pas tout à fait inattendu non plus. De fait, le jack n'était là que pour du beurre. Le dossier n'avait été envoyé nulle part.

Zeller attendit d'avoir la connexion, mais rien ne se produisit. Il éloigna son portable de son oreille et eut l'air de quelqu'un qu'on vient de trahir.

– Putain de téléphone ! marmonna-t-il.

– Il y a du cuivre dans les murs, lui lança Pierce. Tu te rappelles pas ? Rien ne peut entrer, mais rien ne peut sortir non plus.

– Bon, bon, alors j'arrive.

Il entra de nouveau la combinaison de la porte et passa dans le sas. Dès que la porte s'en referma, Pierce gagna l'ordinateur. Il prit le canif de Zeller et déplia une lame. Puis il s'agenouilla devant la tour, attrapa le fil du téléphone, l'enroula dans sa main et le sectionna avec son couteau.

Il se releva et reposait juste ce dernier sur le bureau avec le câble du téléphone lorsque Zeller franchit à nouveau le sas. Il tenait sa carte-clé dans une main et son portable dans l'autre.

– Je m'excuse, dit Pierce, mais je leur ai demandé de te filer une carte qui permet d'entrer, mais pas de sortir. On peut les programmer comme ça, tu sais ?

Zeller acquiesça d'un signe de tête et aperçut le fil du téléphone coupé posé sur le bureau.

– Et c'était la seule ligne qui nous reliait au labo, dit-il.

– Tu vois clair.

Zeller jeta la carte sur Pierce comme il aurait lancé une carte de base-ball contre le bord du trottoir[1]. Elle rebondit sur la poitrine de Pierce et tomba par terre.

– Où est la tienne ?

– Je l'ai laissée dans ma voiture. J'ai demandé au garde de m'amener. On est coincés, Code. Pas de téléphone, pas de caméras de surveillance et personne ne va venir. Pas avant cinq ou six heures au moins – jusqu'à ce que les types du labo commencent à arriver. Bref, tu ferais mieux de te mettre à l'aise. Tu t'assois et tu me racontes ?

38

Cody Zeller regarda tout autour de lui – le plafond, les bureaux, les illustrations sorties des albums du Dr Seuss et encadrées aux murs. Tout plutôt que Pierce. Puis, une idée lui venant, il se mit soudain à faire les cent pas avec une énergie décuplée. Il n'arrêtait pas de tourner la tête dans tous les sens, comme s'il cherchait une cible précise.

---

1. Jeu de hasard auquel jouent les écoliers américains. Équivalent de notre jeu de la tapette *(NdT)*.

Pierce savait très bien ce qu'il faisait.

— Il y a un signal d'alarme pour l'incendie, dit-il, mais c'est du direct. Tu tires dessus et c'est les pompiers qui débarquent... avec les flics. Tu tiens tellement à ce qu'ils viennent ? Tu préfères tout leur expliquer toi-même ?

— Je m'en fous. Tu le feras très bien tout seul.

Zeller vit la poignée rouge installée sur le mur, près du labo des câblages. Il s'en approcha et tira dessus sans la moindre hésitation. Puis il se tourna vers Pierce, un sourire astucieux sur les lèvres.

Sauf que rien n'arriva. Son sourire s'évanouit. À son regard interrogateur, Pierce répondit en hochant la tête pour lui confirmer que, oui, il avait bien débranché le signal d'alarme.

Déçu, Zeller gagna le poste de vérification le plus éloigné de Pierce, tira le fauteuil et s'y laissa choir lourdement. Puis il ferma les yeux, croisa les bras et posa les pieds sur la table, à quelques centimètres à peine du microscope à effet tunnel à 250 000 dollars.

Pierce attendit. Il avait toute la nuit devant lui si cela s'avérait nécessaire. Zeller l'avait piégé de façon magistrale, mais l'heure était venue de lui renvoyer l'ascenseur. À lui de le piéger. Quinze ans plus tôt, après les avoir rattrapés, la police du campus avait séparé les Doomsters et attendu : elle n'avait rien pour les inculper. C'était Zeller qui avait craqué et tout raconté. Ni par peur ni par épuisement. Par simple désir de parler, de faire connaître son génie.

C'était sur ce besoin que comptait Pierce.

Presque cinq minutes s'écoulèrent. Lorsque enfin il parla, Zeller n'avait pas bougé et avait toujours les yeux fermés.

— C'est quand tu es revenu de l'enterrement, dit-il.

Il n'en dit pas plus pendant un long moment. Pierce

attendit, sans trop savoir comment lui faire cracher le reste. Pour finir, il choisit l'approche directe.

— De quoi parles-tu ? demanda-t-il.

— L'enterrement de ta sœur. Quand tu es remonté à Palo Alto, tu as refusé d'en parler. T'as tout gardé pour toi. Mais un soir, tout est sorti. On s'était saoulés et il me restait encore des trucs des vacances de Noël à Maui. On les a fumés et putain, mec, tu pouvais plus t'arrêter de parler !

Pierce ne s'en souvenait pas. Bien sûr, il se rappelait avoir beaucoup bu et ingéré des tas de drogues dans les jours et les mois qui avaient suivi la mort de sa sœur. Mais en avoir parlé avec Zeller ou d'autres, non, il ne se rappelait pas.

— Tu as dit qu'un soir que tu la cherchais avec ton beau-père, tu l'avais effectivement retrouvée. Elle dormait dans un hôtel abandonné où tous les fugueurs du coin avaient pris possession des chambres. Tu l'avais retrouvée et tu allais la sauver. Tu allais la faire sortir de là et la ramener à la maison. Mais elle t'a convaincu de ne pas le faire et de ne rien dire à ton beau-père. Elle t'a raconté qu'il lui avait fait des trucs, qu'il l'avait violée ou autre, et que c'était pour ça qu'elle s'était sauvée. Et toi, tu as dit que ça t'avait convaincu qu'elle était mieux là où elle était qu'à la maison avec lui.

Ce fut au tour de Pierce de fermer les yeux. Pour revivre l'instant, même s'il ne se rappelait pas l'avoir rapporté à un quelconque camarade de fac quand il était saoul.

— Ce qui fait que tu l'as laissée et que tu as menti au beau-père. Tu lui as dit qu'elle n'était pas là. Et pendant deux ans, vous avez continué à la chercher. Sauf que toi, en fait, tu évitais ta sœur et que lui, il n'en savait rien.

Pierce se rappela le plan qu'il avait alors : grandir, se

tirer et revenir la chercher, la retrouver et enfin la sauver. Mais elle était morte avant qu'il y arrive. Et après, toute sa vie durant, il avait su qu'elle aurait été encore en vie si seulement il ne l'avait pas écoutée.

– Tu n'en as plus jamais reparlé après ce soir-là, reprit Zeller. Mais je ne l'avais pas oublié.

Pierce revit la confrontation finale avec son beau-père. Bien des années plus tard. Complètement piégé, il avait été incapable de dire à sa mère ce qu'il savait – cela aurait révélé sa complicité dans la mort d'Isabelle, et établi qu'un soir il l'avait bel et bien retrouvée mais qu'il l'avait laissée partir et avait menti tout du long.

Jusqu'au jour où le fardeau avait fini par peser plus lourd que tous les dommages que son aveu risquait de lui causer. La confrontation s'était déroulée à la cuisine – comme toujours dans cette maison. Dénégations, menaces, récriminations. Sa mère ne l'avait pas cru et, ce faisant, avait aussi renié sa fille décédée. Pierce ne lui avait plus jamais reparlé.

Il rouvrit les yeux, soulagé de laisser ce souvenir qui le hantait pour retrouver le cauchemar dans lequel il se débattait.

– Tu ne l'avais pas oublié, répéta-t-il à l'adresse de Zeller. Tu t'en souvenais et tu gardais ça bien au chaud en attendant le bon moment. C'est-à-dire maintenant.

– Ça ne s'est pas passé comme ça, dit Zeller. Il s'est produit quelque chose et ce que je savais collait parfaitement. Ça m'a aidé.

– Joli boulot d'infiltration, Cody. Alors comme ça, tu as ma photo sur ton mur avec tous tes logos ?

– Non, c'est pas ça, Hank.

– Ne m'appelle pas comme ça. C'est comme ça que m'appelait mon beau-père. Ne le fais plus jamais.

– Comme tu voudras, Henry.

Zeller serra plus fort ses bras sur sa poitrine.

— Alors, ce piège ? insista Pierce. Pour moi, il va falloir que tu donnes la formule si tu veux respecter tes engagements. Et donc... à qui vas-tu la donner ?

Zeller tourna la tête et le regarda, du défi ou du mépris dans les yeux. Pierce n'était pas sûr de ce qu'il y lisait.

— Je ne sais pas trop pourquoi nous jouons à ce petit jeu, dit Zeller. Tout est à deux doigts de te tomber dessus, mec, et tu ne le sais même pas.

— Tout quoi ? C'est de l'histoire de Lilly Quinlan que tu parles ?

— Tu sais bien que oui. Des gens vont te contacter. Bientôt. Tu fais affaire avec eux et tous tes ennuis disparaissent. Tu ne fais pas affaire et... que Dieu te protège. Tout va te tomber dessus, Henry, pire qu'une tonne de briques. Bref, je te conseille de la jouer cool. Tu fais affaire avec eux et non seulement tu restes en vie, mais tu es riche et heureux.

— Et c'est quoi, le marché ?

— C'est tout simple : tu renonces à Protée. Et tu leur files le brevet. Tu te remets à construire ta mémoire et tes ordinateurs moléculaires et tu te fais un tas de fric. Et tu laisses tomber les trucs biologiques.

Pierce hocha la tête. Enfin il comprenait. L'industrie pharmaceutique. Un des clients de Zeller se sentait menacé par Protée.

— Tu parles sérieusement ? demanda-t-il. C'est une firme pharmaceutique qui est derrière tout ça ? Qu'est-ce que tu leur as raconté ? Tu ne sais donc pas que Protée peut les aider ? Que c'est un système de livraison ? Et pour livrer quoi ? Des traitements thérapeutiques. À domicile. Il se pourrait même que l'industrie pharmaceutique n'ait jamais connu de plus grande révolution depuis sa naissance.

– Justement. Ça va tout changer et elle n'est pas prête.

– Aucune importance. Il y a tout le temps. Avec Protée, on n'en est qu'au début. La première application pratique exigera sans doute encore dix ans, au minimum.

– Dix ans, soit. Ça fait quand même quinze ans de moins depuis que Protée existe. Et ça va « enflammer la recherche », pour reprendre une des formules dont tu t'es servi dans tes e-mails. Ça va lui donner un sacré coup de fouet. Parce qu'on en est peut-être encore à dix ans, mais peut-être aussi seulement à cinq. Voire quatre. Ou trois. Et donc, ça n'a effectivement aucune importance, mec. Tu représentes un danger. Et pour un des plus importants complexes industriels qui soient.

Zeller secoua la tête de dégoût.

– Vous autres chercheurs vous imaginez que le monde vous appartient, que vous pouvez y faire vos petites découvertes et y changer tout ce que vous voulez sans que personne n'en soit malheureux. Sauf qu'il y a un ordre des choses et que si vous croyez que les géants de l'industrie vont laisser des petits tâcherons comme vous les court-circuiter, vous vivez dans un rêve, bordel.

Il décroisa les bras et lui montra une des pages encadrées de *Horton Hears a Who!*. Pierce suivit son geste des yeux et découvrit le passage où Horton est persécuté par les autres animaux de la jungle.

> *De cime en cime dans la jungle,*
> *La nouvelle se répandit bientôt :*
> *Il parle à la poussière, il travaille du chapeau.*

– Hé, Einstein, reprit Zeller, je te donne un coup de main, moi, en faisant ça. Tu comprends ? Reviens sur terre. Tu ne crois quand même pas que les types qui bossent dans les semi-conducteurs vont rester assis sur leurs culs pendant que tu les coupes en rondelles, si ? Prends ça comme un avertissement !

Pierce faillit rire, mais c'était trop nul.

— Un avertissement ? répéta-t-il. Tu sais que t'es génial ? Merci, Cody Zeller, merci de me remettre sur les rails.

— De rien, Henry.

— Et ça te rapporte quoi, ce beau geste ?

— Quoi ? À moi ? Du fric. Des tonnes de fric.

Pierce hocha la tête. Le fric. La motivation suprême. La meilleure façon de marquer des points.

— Bon alors, et maintenant ? demanda-t-il calmement. Je conclus le marché, et après ?

Zeller garda un instant le silence, le temps de formuler sa réponse.

— Tu te rappelles l'histoire, une vraie légende urbaine, de l'inventeur qui bossait dans son garage et qui, un jour, découvre un caoutchouc tellement costaud qu'il en est inusable ? Coup de bol, bien sûr. De fait, il essayait d'inventer autre chose et n'est tombé là-dessus que par hasard.

— Et il le vend à un fabricant de pneus pour qu'enfin on en fabrique qui ne s'usent jamais ?

— Voilà, c'est ça. C'est bien l'histoire. Le nom du fabricant de pneus varie selon celui qui raconte l'histoire. Mais elle se termine toujours de la même façon. Le fabricant embarque la formule et la fait disparaître dans son coffre-fort.

— Et aucun pneu inusable n'est jamais produit.

— Et aucun pneu inusable n'est jamais produit parce que le fabricant ne pourrait pas en vendre des masses. C'est le coup de l'obsolescence planifiée, Einstein. C'est ça qui fait tourner le monde. Mais laisse-moi te demander un truc : comment sais-tu qu'il s'agit d'une légende ?

Comment sais-tu réellement que rien de tel ne s'est jamais produit ?

Pierce hocha la tête avant de répondre.

– Ils vont enterrer mon projet, dit-il. Ils ne le mettront jamais sous licence. Protée ne verra jamais le jour.

– Sais-tu que l'industrie pharmaceutique invente, analyse et teste des centaines de médicaments nouveaux, dont seuls quelques-uns arrivent sur le marché après que les experts de la FDA[1] les ont homologués ? As-tu idée des investissements que ça représente ? C'est énorme, comme machine, Henry, é-nor-me. Et d'une énergie et d'une dynamique qu'on ne peut pas arrêter. Jamais ils ne te laisseront faire.

Zeller leva la main et entama une espèce de geste qu'il interrompit en reposant sa main sur l'accoudoir de son fauteuil. Les deux hommes restèrent longtemps immobiles.

– Ils vont venir me voir et me prendre Protée, dit Pierce.

– Mais ils vont te payer, Henry. Et bien. De fait, leur offre est déjà sur la table.

Pierce bondit de son siège, toutes ses apparences de calme le quittant d'un coup. Il regarda Zeller, qui ne s'était toujours pas retourné.

– Quoi ? Tu es en train de me dire que c'est Goddard ? C'est lui qui est derrière tout ça ?

– Goddard n'est que l'émissaire. La façade. C'est lui qui va t'appeler demain et c'est avec lui que tu traiteras. En lui donnant Protée. Inutile de chercher à savoir qui est derrière lui. Ce sera toujours inutile, Henry.

---

1. Soit la Food and Drug Administration. Organisme fédéral chargé de contrôler la qualité des aliments et des médicaments nouveaux avant qu'ils ne soient lancés sur le marché *(NdT)*.

– Il me pique Protée, il se garde dix pour cent de la société et il en devient président, bordel de Dieu !

– À mon avis, ils veulent s'assurer que tu ne t'occuperas plus jamais de médecine interne. Et ils savent reconnaître un bon investissement quand il se présente. Ils savent très bien que tu es le meilleur dans le domaine.

Zeller sourit, comme s'il lui jetait un petit bonus. Pierce songea à Goddard et à ce que ce dernier lui avait dit... à ce qu'il lui avait confié, oui !... pendant la petite fête. Sur sa fille. Sur l'avenir. Il se demanda si tout ça n'était que du bidon. Si tout ça n'était que mensonges pour l'avoir.

– Et si je refuse ? dit-il. Et si je continue ? Si je dépose mes brevets et leur dis d'aller se faire foutre ?

– Tu n'auras jamais l'occasion de les déposer. Pas plus que tu ne pourras travailler un jour de plus dans ce labo.

– Qu'est-ce qu'ils vont faire ? Me flinguer ?

– Si c'est nécessaire, mais ça ne le sera pas. Allons, mec, tu sais très bien ce qui est en train de se passer. Les flics sont à ça de te coincer.

Il leva la main droite, pouce et index à quelques millimètres l'un de l'autre.

– Lilly Quinlan.

Zeller acquiesça d'un signe de tête.

– Darling Lilly. Il ne leur manque qu'un renseignement. Ils le trouvent et t'es foutu. Tu fais ce qu'on te dit et tout ça disparaît. Je te garantis que ce sera fait.

– Je n'ai pas tué Lilly et tu le sais.

– Aucune importance. Ils retrouvent le corps et comme ce corps dira que c'est toi, ça n'a aucune importance.

– Et donc, Lilly est morte.

Zeller hocha de nouveau la tête.

– Oh, oui. Pour être morte, elle est morte.

Il y avait du sourire dans sa voix, sinon sur son visage. Pierce baissa les yeux, posa les coudes sur les genoux et s'enfouit la figure dans les mains.

– Tout ça à cause de moi, dit-il. À cause de Protée.

Il resta longtemps sans bouger. Il savait que si Zeller devait commettre une erreur, c'était maintenant.

– En fait...

Rien. Ça y était. Il releva la tête.

– En fait, quoi ?

– J'allais te dire de ne pas trop t'en faire pour ça. Lilly... on pourrait dire que ce sont les circonstances qui ont dicté qu'elle soit incluse dans le plan.

– Je ne... que veux-tu dire ?

– Je veux dire que... il faut savoir que Lilly serait morte que tu aies été pris dans tout ça ou pas. Mais elle est morte. Et nous nous sommes servis de tout ça pour faire que ce marché soit une réalité.

Pierce se releva et gagna le fond du labo, où Zeller était assis, les pieds toujours posés sur la table du microscope.

– Espèce de fumier ! s'écria-t-il. Tu es au courant de tout. C'est toi qui l'as tuée, hein ? Tu l'as tuée et tu m'as piégé avec son assassinat.

Zeller ne bougea pas d'un centimètre, mais leva les yeux sur Pierce, un air étrange se répandant sur son visage. Mélange incongru de fierté, de gêne et de haine de soi, le changement était subtil, mais Pierce le remarqua aussitôt.

– Je connaissais Lilly depuis son arrivée à Los Angeles. On pourrait dire qu'elle faisait partie des petits à-côtés auxquels j'ai eu droit pour avoir sécurisé l'informatique de L.A. Darlings. À ce propos... arrête de m'insulter en disant que c'est moi qui ai fait le boulot de Wentz. Wentz, c'est pour moi qu'il bosse, compris ? Wentz et tous les autres.

Pierce acquiesça en son for intérieur. Il aurait dû s'y attendre. Zeller poursuivit de son propre chef :

– Une pièce de choix que c'était, cette fille ! Darling Lilly. Mais elle a fini par en savoir un peu trop sur moi et personne n'a envie que qui que ce soit connaisse tous ses secrets... surtout ce genre de secrets. C'est pour ça que je l'ai fait entrer dans le boulot qu'on m'avait confié. Le « plan Protée », j'avais appelé ça.

Il avait le regard perdu. Comme s'il regardait un film dans sa tête, un film qui lui plaisait beaucoup. Lilly et lui, leur dernière rencontre dans la maison en retrait de Speedway. Pierce ne put s'empêcher de lui citer une autre repartie de *Miller's Crossing*.

– Personne ne connaît personne. En tout cas pas si bien.

– *Miller's Crossing*, dit Zeller en souriant et hochant la tête. Ça doit vouloir dire que t'avais remarqué mon : « C'est quoi, le bordel ? »

– J'avais remarqué, oui.

Puis il marqua une pause et reprit, calmement :

– C'est toi qui l'as tuée, n'est-ce pas ? Tu l'as tuée et t'étais prêt à me coller son meurtre sur le dos si c'était nécessaire.

Zeller ne répondit pas tout de suite. Pierce étudia son visage et comprit qu'il avait envie de parler, qu'il voulait lui donner tous les détails de son plan ingénieux. C'était dans sa nature de le faire. Mais le bon sens lui soufflait de s'en abstenir, de ne pas se mettre en danger.

– Disons ça comme ça, reprit-il enfin : Lilly m'a bien servi. Et jusqu'au bout. Et je ne dirai jamais plus que ça.

– Pas de problème. Tu viens quand même de reconnaître les faits.

Ce n'était pas Pierce qui avait prononcé ces mots. Les deux hommes se retournèrent en les entendant et découvrirent l'inspecteur Robert Renner debout à l'entrée du labo. Il tenait une arme à son côté.

– Et vous êtes qui, hein, bordel ? lui lança Zeller en reposant les pieds par terre et en sortant de son fauteuil.

– Police de Los Angeles, répondit Renner en quittant l'entrée du labo pour rejoindre Zeller.

Puis il passa une main dans son dos et ajouta :

– Vous êtes en état d'arrestation pour meurtre. Pour commencer. On s'inquiétera du reste plus tard.

Sa main reparut, tenant une paire de menottes. Il s'approcha de Zeller, le fit pivoter sur lui-même et se pencher en avant sur la table. Puis il rengaina son arme, ramena les bras de Zeller en arrière et se mit en devoir de le menotter. Il s'acquitta de sa tâche avec tout le professionnalisme et la dextérité de quelqu'un qui a fait ça des milliers de fois. Il n'oublia même pas de pousser la figure de Zeller dans la gaine en acier du microscope.

– Doucement, lui lança Pierce. Cet instrument est très sensible... et très coûteux. Vous pourriez l'endommager.

– Et vaudrait mieux pas, lui renvoya Renner. Pas avec toutes ces découvertes capitales que vous êtes en train de faire ici.

Puis il regarda Pierce avec ce qui, pour lui, devait passer pour un sourire en bonne et due forme.

39

Zeller garda le silence tandis que Renner le menottait. Il se contenta de se retourner et de dévisager Pierce, qui lui renvoya son regard. Une fois Zeller mis hors d'état de nuire, Renner commença à le fouiller. Et sentit quelque chose en palpant sa jambe gauche. Il souleva le revers de son pantalon et tomba sur un petit pistolet rangé dans un étui de cheville. Il le montra à Pierce, puis le posa sur la table.

— Uniquement pour me protéger ! protesta Zeller. Tout ça, c'est du bidon. Ça ne tiendra jamais devant un tribunal.

— Ah bon ? lui lança Renner, bon enfant.

Il écarta Zeller de la table et le rassit brutalement sur son siège.

— On ne bouge pas, dit-il.

Puis il s'approcha de Pierce et lui indiqua sa poitrine d'un signe de tête.

— Allez, on m'ouvre ça.

Pierce commença à déboutonner sa chemise, les piles et l'émetteur apparaissant au grand jour.

— Le son est bien passé ? demanda-t-il.

— Impeccable. On a tout ce qu'il a dit.

— Espèce d'enfoiré ! s'écria Zeller dans une sorte de sifflement acéré.

Pierce le regarda.

— Alors comme ça, c'est moi l'enfoiré parce que j'avais un micro ? Tu me colles un assassinat sur le dos et tu râles parce que j'ai un micro ? Tu sais que tu peux aller te faire...

— Bon, ça suffit ! lança Renner. Vous arrêtez ça, tous les deux.

Comme pour souligner ses propos, il arracha le sparadrap qui maintenait en place l'émetteur sur la poitrine de Pierce – de toutes ses forces. Pierce faillit pousser un hurlement, mais réussit à ne crier que : « Putain, ça fait mal ! »

— Bien fait ! dit Renner. Et maintenant, vous allez vous asseoir là-bas, monsieur La Vertu. Ça ira mieux dans une minute.

Puis il se tourna de nouveau vers Zeller.

– Avant que je vous embarque, dit-il, je vais vous lire vos droits. Alors, vous la fermez et vous m'écoutez.

Il glissa la main dans une poche intérieure de sa veste d'aviateur et en sortit un tas de cartes. Il les passa en revue et tomba sur la carte-code que Pierce lui avait confiée plus tôt. Il se pencha en avant et la lui tendit.

– À vous de nous guider, dit-il. Ouvrez la porte.

Pierce prit la carte, mais ne se leva pas. Il avait encore la poitrine qui le brûlait. Renner trouva la carte qu'il cherchait et commença à la lire à Zeller.

– Vous avez le droit de...

Un grand clac métallique se fit entendre – la serrure de la porte du sas venait de sauter. La porte s'ouvrant à toute volée, Pierce découvrit le gardien de la sécurité posté à l'entrée du bâtiment. Il avait le regard perdu et les cheveux défaits. Et une main dans le dos, comme s'il voulait cacher quelque chose.

Du coin de l'œil Pierce vit Renner se raidir, laisser tomber la carte qu'il lisait et commencer à glisser la main dans son blouson.

– C'est le mec de la sécurité ! lui cria Pierce.

À peine avait-il prononcé ces mots que le gardien se retrouvait projeté à l'intérieur de la pièce par une force invisible opérant derrière lui. L'homme, un certain Rudolpho Gonsalves, alla s'écraser sur la console de l'ordinateur, passa par-dessus et s'effondra par terre tandis que le moniteur de l'appareil lui dégringolait sur la poitrine. C'est alors que l'image familière de Six-Eight se matérialisa dans l'embrasure de la porte tandis que le tueur pénétrait dans la salle en baissant la tête.

Billy Wentz le suivait de près. Il tenait un gros revolver noir dans la main droite et cligna des yeux en apercevant les trois hommes à l'autre bout du labo.

– Mais qu'est-ce qui prend si long...

– Les flics ! hurla Zeller. C'est un flic !

Renner commençait déjà à sortir son arme de son étui, mais Wentz avait l'avantage. Avec une belle économie de mouvement, le petit truand pointa son arme et tira. Il avançait en faisant feu, la gueule de son arme oscillant de deux à trois centimètres dans les deux sens. Le vacarme était assourdissant.

Sans l'avoir vu, Pierce comprit que Renner s'était mis à tirer lui aussi. Il entendit une détonation à droite et, d'instinct, plongea sur sa gauche. Un roulé-boulé, il vit le policier s'affaisser tandis que de grosses gouttes de sang éclaboussaient le mur derrière lui. Il se tourna de l'autre côté, – Wentz continuait d'avancer. Il était coincé entre Wentz et la porte du sas.

– Lumière ! lança-t-il.

Le labo fut instantanément plongé dans les ténèbres. Deux éclairs accompagnèrent les deux derniers coups de feu de Wentz, puis ce fut le noir complet. Pierce en profita pour rouler à nouveau sur sa droite, de façon à être ailleurs que là où Wentz se rappellerait l'avoir vu. Puis il se remit à quatre pattes et, parfaitement immobile, essaya de contrôler sa respiration afin d'entendre tous les bruits qui n'émanaient pas de lui.

Grognement bas et guttural à droite derrière lui. Renner ou Zeller, blessé. Pierce savait bien qu'il ne pouvait pas appeler Renner sans que ça ne permette à Wentz d'ajuster son tir.

– Lumière !

Wentz. Sauf que le lecteur était programmé pour entendre et reconnaître les voix des laborantins, et seulement celles-là. La manœuvre resta sans effet.

– Lumière !

Toujours rien.

– Six-Eight ? Y doit y avoir un interrupteur. Trouve-le.

Ni réponse ni bruit ou mouvement quelconque.

– Six-Eight ?

Rien.

– Mais putain ! Six-Eight !

Toujours pas de réponse. Puis Pierce entendit un claquement devant lui, sur sa droite : Wentz venait de se cogner dans quelque chose. À six-sept mètres de là, au bruit. Il devait se trouver près du sas et chercher son coéquipier, ou l'interrupteur. Pierce savait que ça ne lui laissait guère de temps. L'interrupteur n'était pas loin de la porte du sas, à un ou deux mètres de là, près de l'armoire électrique.

Pierce se tourna et rampa sans bruit, mais vite, jusqu'au microscope. Il n'avait pas oublié l'arme que Renner avait trouvée sur Zeller.

Arrivé à la table, il leva la main et la passa sur le plateau. Ses doigts rencontrèrent quelque chose de visqueux, puis ils touchèrent ce qui était très clairement un nez et des lèvres. Au début, il en fut révulsé, mais il tendit à nouveau la main et laissa ses doigts courir sur le visage, puis sur le sommet du crâne, jusqu'au moment où ils trouvèrent un chignon. Zeller. Et il avait tout l'air d'être mort.

Après avoir marqué une pause, Pierce reprit sa recherche, sa main finissant par se refermer sur le petit pistolet. Il se retourna vers l'entrée du sas. Mais, en effectuant cette manœuvre, il accrocha avec sa cheville une poubelle en fer sous la table. L'objet s'en alla valdinguer dans un grand fracas.

Il se baissa et roula sur lui-même tandis que, deux coups de feu éclatant dans le labo, il entrevoyait le visage de Wentz dans les deux éclairs que lançait son arme. Il ne riposta pas, préférant s'écarter de sa ligne de mire. Il entendit distinctement les deux *fwap fwap* des balles qui lui étaient destinées mais allaient s'écraser sur les plaques de cuivre du mur extérieur du labo laser, à l'autre bout de la pièce.

Il rangea le pistolet dans la poche de son jean de façon à pouvoir ramper plus vite. Encore une fois, il préféra se calmer et se concentrer sur sa respiration avant de se remettre à ramper vers la gauche.

Une main tendue en avant, il toucha enfin le mur et s'orienta. Puis il reprit sa progression sans faire de bruit, en se guidant sur le mur. Il franchit le seuil de la salle des câblages – l'odeur concentrée de carbone brûlé le lui dit nettement – et passa dans la pièce voisine, le labo d'imagerie.

Il se releva lentement, les oreilles dressées pour entendre le moindre bruit signalant un mouvement proche. Il n'eut droit qu'au silence, puis à un claquement métallique de l'autre côté de la pièce : quelqu'un en train d'éjecter une balle d'un chargeur. Il n'avait guère d'expérience des armes, mais le bruit semblait coller avec ce qu'il imaginait : Wentz était en train de recharger son arme ou de compter les projectiles qui lui restaient.

– Hé toi, le Petit Génie, lui lança Wentz d'une voix qui fendit les ténèbres comme un éclair. Y a plus que nous deux. Tu ferais mieux de te préparer parce que j'arrive. Et tu peux être sûr que je vais faire plus que de remettre la lumière.

Il ricana bruyamment dans le noir.

Pierce tourna lentement la poignée de la porte du labo d'imagerie, ouvrit cette dernière sans un bruit, passa dans la pièce et referma la porte derrière lui. Puis, en s'aidant de sa mémoire, il fit deux pas en avant, puis trois sur la droite, tendit la main et toucha enfin le mur après avoir avancé d'un dernier pas. Les doigts de chaque main largement écartés, il balaya le mur en y dessinant de grands huit, jusqu'à ce que sa main gauche s'arrête sur le crochet auquel pendaient les lunettes à résonance thermique dont il s'était servi pendant la présentation.

Il alluma les lunettes, en abaissa le haut sur sa tête et ajusta les verres. La pièce se colora en bleu-noir, des lueurs jaunes et rouges indiquant la présence du terminal et de l'écran de contrôle du microscope à électrons. Il glissa la main dans sa poche et en sortit son arme. Et la regarda : elle aussi était bleue dans son champ de vision. Il passa un doigt rouge dans la gâchette et l'approcha de la détente.

Il ouvrit la porte du labo toujours sans faire de bruit et y découvrit toutes sortes de couleurs. Sur sa gauche il vit le grand corps de Six-Eight étendu près de la porte du sas. Son torse n'était plus qu'un collage de rouges et de jaunes qui mouraient dans des bleus au bout de ses membres. Six-Eight était mort et commençait à refroidir.

D'un jaune et d'un rouge très vifs, l'image d'un homme tassé au pied du mur se détachait à droite de l'ordinateur central. Pierce leva son arme, visa, puis s'arrêta en se rappelant Rudolpho Gonsalves. L'homme tassé au pied du mur était le gardien de la sécurité dont Wentz s'était servi pour entrer dans le laboratoire.

Pierce se tourna vers la droite et aperçut deux autres silhouettes immobiles, la première affaissée près du microscope et virant déjà au bleu à ses extrémités. Cody Zeller. L'autre corps était allongé par terre. Et rouge et jaune dans son champ de vision. Renner. Et Renner était vivant. Il avait dû se traîner sous un bureau. Pierce remarqua une tache de grande chaleur sur l'épaule gauche de l'inspecteur de police. Et quelque chose qui en coulait. Du sang, pourpre, qui suintait d'une blessure.

Il se tourna vers la gauche, puis vers la droite. Plus

rien dans son champ de vision, hormis les jaunes des écrans d'ordinateurs et des plafonniers de la salle.

Wentz avait disparu.

Sauf que ce n'était pas possible. Pierce comprit qu'il avait dû passer dans un des laboratoires latéraux. Peut-être cherchait-il une fenêtre, de la lumière ou un endroit où l'attendre en embuscade.

Il fit un pas en avant dans le passage et là, tout à coup, deux mains se refermèrent sur sa gorge. Puis il fut projeté violemment contre le mur et maintenu là – il ne pouvait plus bouger.

Son champ de vision s'emplit du front rouge vif et des yeux de fou de Billy Wentz. Le canon chaud d'une arme lui fut enfoncé durement dans le gras du cou.

– Allez, le Petit Génie, ce coup-ci, on y est.

Pierce ferma les yeux et se prépara du mieux qu'il pouvait à recevoir la balle.

Mais rien ne vint.

– Allume ces conneries de lampes et ouvre la porte.

Pierce ne bougea pas. Il se rendit compte que Wentz avait besoin de son aide avant de pouvoir le tuer. Dans l'instant il comprit aussi que Wentz ne s'attendait probablement pas à ce qu'il eût un pistolet dans la main.

La main qui lui agrippait le cou et la chemise le secoua violemment.

– Je t'ai dit d'allumer la lumière.

– D'accord, d'accord, la lumière.

En disant ces mots il porta son arme à la tempe de Wentz et pressa deux fois la détente. Il n'y avait pas moyen de faire autrement, il n'avait pas le choix. Les détonations furent presque simultanées et se produisirent en même temps que les lumières du labo se rallumaient. Son champ de vision devenant noir, Pierce remonta son autre main et repoussa ses lunettes. Elles tombèrent par terre, devant Wentz qui, Dieu sait comment, ne perdit pas l'équilibre avant quelques secondes bien que sa tempe et son œil gauche aient été arrachés par les balles de Pierce. Il pointait toujours son arme en l'air, mais celle-ci ne se trouvait plus sous le menton de Pierce. Le chercheur tendit la main en avant et la repoussa jusqu'au moment où il ne fut plus dans la ligne de mire. Sa poussée eut aussi pour effet d'expédier Wentz à terre. Le truand tomba à la renverse et ne bougea plus. Il était mort.

Pierce le regarda une dizaine de secondes avant de reprendre son souffle. Puis il se ressaisit et jeta un coup d'œil autour de lui. Gonsalves se relevait lentement, en s'appuyant sur le mur pour ne pas dégringoler.

– Ça va, Rudolpho ?

– Oui, monsieur.

Pierce se tourna vers le bureau sous lequel Renner avait rampé. Il vit les yeux du flic – ouverts, le regard vif. L'inspecteur respirait lourdement et avait l'épaule gauche et le devant de la chemise trempés de sang.

– Rudolpho, lança Pierce. Montez téléphoner. Vous appelez une ambulance et vous dites qu'on a un flic à terre. Blessure par balle.

– Oui, monsieur.

– Après, vous appelez la police et vous leur dites la même chose. Puis vous appelez Clyde Vernon et vous lui dites de venir ici.

Le gardien se dépêcha de rejoindre la porte du sas. Il dut se pencher par-dessus le cadavre de Six-Eight pour atteindre le pavé numérique et y entrer la combinaison. Et il dut encore faire le tour de son corps pour franchir la porte. Pierce vit qu'une balle avait transpercé le cou du monstre, en plein milieu. Renner avait fait mouche, le truand dégringolant tout droit sur lui-même. Pierce s'aperçut alors qu'il n'avait jamais entendu le géant prononcer un seul mot.

Il s'approcha de Renner et aida l'inspecteur blessé à ressortir de dessous le bureau. Le policier respirait difficilement, mais Pierce ne vit pas de sang sur ses lèvres. Il avait donc à peu près sûrement les poumons encore intacts.

— Où êtes-vous touché ? lui demanda-t-il.

— À l'épaule, répondit Renner en grognant d'avoir bougé.

— Restez tranquille. Attendez. On a demandé de l'aide.

— Il m'a touché au bras avec lequel je tire. Et de loin je ne vaux rien avec la main gauche. Je me suis dit que le mieux à faire était de me planquer.

Il se remit sur son séant et s'adossa au bureau. Puis de la main droite il lui montra Cody Zeller toujours menotté et affaissé sur la table du microscope.

— Ça ne donnera pas grand-chose de génial, dit-il.

Pierce étudia longuement le corps de son ancien ami. Puis il en détacha les yeux et se tourna vers Renner.

— Ne vous inquiétez pas, dit-il. L'analyse balistique montrera que ça venait de Wentz.

— J'espère bien. Aidez-moi à me relever. J'ai envie de parler.

— Non, non, ne parlez pas. Vous êtes blessé.

— Aidez-moi !

Pierce fit ce qu'on lui demandait. Il souleva Renner par le bras droit et sentit l'odeur de carbone sur ses vêtements.

— Qu'est-ce qui vous fait sourire ? voulut savoir Renner.

— Je crois que notre plan vous a bousillé vos habits, même avant les balles. Je ne pensais pas que vous resteriez coincé si longtemps près du four.

— Ça m'est égal. Cela dit, Zeller avait raison. Ça flanque mal au crâne.

— Je sais.

Renner le repoussa de la main droite, puis il se dirigea vers le cadavre de Wentz et le regarda longuement sans rien dire.

— Il a l'air moins méchant maintenant, non ? demanda-t-il enfin.

— Ça !

— Vous vous êtes bien débrouillé, Pierce. Vraiment bien. Génial, le coup des lumières.

— Il va falloir que je remercie Charlie, mon associé. Les lumières, c'est lui qui en a eu l'idée.

Pierce se jura de ne plus jamais se plaindre de ses gadgets. Cela lui rappela à quel point il lui avait caché des choses, combien il avait douté de lui. Il comprit qu'il lui faudrait réparer tout ça d'une façon ou d'une autre.

— À propos d'associés, le mien va se chier dessus quand il saura ce qu'il a raté, reprit Renner. Et moi aussi, je vais en chier de m'être lancé dans ce truc-là tout seul.

Il s'assit au bord d'un bureau et contempla les cadavres d'un air sombre. Pierce comprit que le policier avait peut-être compromis sa carrière.

— Écoutez, dit-il. Personne n'aurait pu prévoir tout ça. Je suis prêt à faire ou dire tout ce que vous voudrez pour vous aider. Vous me dites.

— Oui, bon, merci. Mais c'est d'un job que je pourrais avoir besoin.

— Eh bien, vous l'avez.

Renner quitta le bureau et se posa sur une chaise. Il était défiguré par la douleur. Pierce se demanda ce qu'il pouvait faire.

— Allons ! Arrêtez de bouger et de parler. Contentez-vous d'attendre les infirmiers.

Mais Renner l'ignora.

— Vous savez... le truc dont parlait Zeller ? Quand

vous étiez petit et que vous avez retrouvé votre sœur mais que vous n'en avez rien dit ?

Pierce hocha la tête.

— Arrêtez de vous le reprocher. Dans la vie, tout le monde fait des choix et décide du chemin à prendre. Vous comprenez ?

Pierce hocha de nouveau la tête.

— Oui, d'accord, dit-il.

La porte du sas claqua fort et Pierce bondit, au contraire de Renner. Gonsalves franchit le seuil de la pièce.

— Ils arrivent ! lança-t-il. Tous. L'ambulance devrait être ici dans quatre minutes.

Renner releva la tête et regarda Pierce.

— Je tiendrai, dit-il.

— Bravo.

Pierce se retourna vers Gonsalves.

— Vous avez appelé Vernon ?

— Oui, lui aussi arrive.

— Bien. Allez attendre tout le monde là-haut et faites les descendre.

Après le départ du gardien, Pierce se demanda comment Clyde Vernon allait réagir à ce qui s'était passé dans le laboratoire dont il était censé assurer la protection. Il savait que l'ancien du FBI allait imploser de colère. Il faudrait faire avec. Et des deux côtés.

Pierce gagna le bureau en travers duquel s'étalait le cadavre de Cody Zeller. Il baissa les yeux sur l'homme qu'il fréquentait depuis si longtemps, mais que, de fait, il le comprenait maintenant, il n'avait jamais vraiment connu. La tristesse l'envahit. Il se demanda quand son ami s'était engagé dans la mauvaise voix. Était-ce à Palo Alto lorsque, l'un comme l'autre, ils avaient dû décider de leur avenir ? Était-ce plus récent ? À l'entendre, l'argent était le mobile, mais Pierce n'était pas certain que la raison de ses actes fût aussi définissable et simple. Il comprit que ce serait là quelque chose à quoi il penserait pendant encore très longtemps.

Il se retourna et regarda Renner, qui semblait perdre des forces. Le policier s'était penché en avant, comme tassé sur lui-même. Il était très pâle.

– Ça va ? lui demanda-t-il. Vous feriez peut-être bien de vous allonger par terre.

Question et suggestion, Renner ignora tout.

– Pour moi, le plus honteux est qu'ils soient tous morts, dit-il. Il se pourrait que nous ne retrouvions jamais Lilly Quinlan. Enfin... son cadavre, je veux dire.

Pierce s'approcha de lui et s'adossa à un bureau.

– Euh, c'est que... il y a quelques petites choses que je ne vous ai pas dites.

Renner soutint longtemps son regard.

– C'est bien ce que je me disais. Et donc... ?

– Je sais où est le corps.

Renner le regarda encore plus longtemps, puis il hocha la tête.

– J'aurais dû m'en douter. Et depuis quand ?

– Pas longtemps. Depuis aujourd'hui, en fait. Mais je ne pouvais pas vous le dire avant d'être sûr que vous m'aideriez.

Renner secoua la tête d'agacement.

– Vaudrait mieux que ce soit bon, Pierce. Allez, commencez à causer.

40

Vendredi matin, six heures et demie. Assis dans son bureau au troisième étage, Pierce attendait une nouvelle confrontation avec la police. Les enquêteurs des services du coroner étaient toujours en bas, au labo. Les inspecteurs attendaient le feu vert pour y descendre à leur tour et passaient le temps en lui faisant raconter seconde après seconde tout ce qui s'était passé dans les sous-sols du bâtiment.

Au bout d'une heure de ce traitement, Pierce annonça qu'il avait besoin d'une pause. Il quitta la salle du conseil où se déroulaient les interrogatoires et regagna son bureau. Il n'avait eu que cinq minutes de tranquillité lorsque Charlie Condon passa la tête à la porte. Celui-ci s'était fait virer de son lit par Clyde Vernon qui, bien sûr, s'était lui-même fait virer du sien par Rudolpho Gonsalves.

– Henry ? Je peux entrer ?
– Naturellement. Ferme la porte.

Condon entra et secoua légèrement la tête en tremblant.

– Eh ben, dis donc !
– Ouais. T'as raison.
– On t'a dit ce qui se passait avec Goddard ?
– Pas vraiment. Ils voulaient savoir où Bechy et lui étaient descendus et je le leur ai dit. Je crois qu'ils vont aller les arrêter. Pour complicité ou autre.
– Et tu ne sais toujours pas pour qui ils travaillaient ?
– Non. Cody ne l'a pas dit. Pour un de ses clients, c'est probable. Mais ils trouveront, par Goddard ou en allant chez Zeller.

Condon s'assit sur le canapé à côté du bureau. Il n'avait pas mis son costume habituel et Pierce se rendit compte à quel point il avait l'air jeune dans ses vêtements ordinaires.

– Il va falloir tout reprendre à zéro, dit Pierce. Trouver un autre investisseur.

Condon le regarda d'un air incrédule.

– Tu rigoles ? Après ça ? Qui pourrait vouloir...

– On est toujours en course, Charlie. La découverte scientifique est toujours là. Et les brevets. Et des investisseurs qui en entendront parler, il y en aura. À toi de jouer les capitaines Achab. De trouver une autre baleine blanche.

– Plus facile à dire qu'à faire.

– En ce monde, tout est toujours plus facile à dire qu'à faire, lui renvoya-t-il. Ce qui m'est arrivé hier soir et toute la semaine dernière était plus facile à dire qu'à faire. Mais c'est fait. J'ai tenu bon et ça me donne plus d'ardeur que jamais.

Condon acquiesça d'un signe de tête.

– Y a plus personne pour nous arrêter, dit-il.

– Exactement. Aujourd'hui et dans les prochaines semaines, c'est probable, on va se taper une sacrée tempête médiatique, mais il va falloir trouver un moyen de la tourner à notre avantage afin d'attirer des investisseurs, et pas de les faire fuir. Et ce n'est pas de la presse quotidienne que je parle. C'est des revues scientifiques et des industriels.

– Je m'y mets tout de suite. Sauf que tu sais où on va être complètement baisés ?

– Non, où ça ?

– Nicki. C'était notre porte-parole. On a besoin d'elle. Ces gens-là, les reporters, elle les connaissait. Qui va s'occuper des médias sur ce coup-là ? Ils vont nous tomber dessus pendant les deux ou trois jours à venir, au minimum, jusqu'à ce qu'ils aient un autre truc important qui les éloigne.

Pierce réfléchit un instant. Il leva les yeux et regarda l'affiche où le sous-marin *Protée* avançait dans une mer de multiples couleurs. La mer humaine.

– Tu l'appelles et tu la réengages, dit-il. Elle peut garder ses indemnités. Elle n'a rien d'autre à faire que revenir.

Condon marqua une pause avant de répondre.

— Henry, comment ça va pouvoir marcher avec vous deux ? Je doute qu'elle accepte.

Tout à coup, Pierce s'excita beaucoup sur cette idée. Il n'aurait qu'à lui dire qu'on ne la réembauchait que pour des raisons strictement professionnelles et qu'ils n'auraient aucune relation en dehors du travail. Il pourrait alors lui montrer combien il avait changé. Comment maintenant, c'était le fric qui lui courait après, et plus le contraire.

Il songea au livre de caractères chinois qu'il avait laissé ouvert sur la table basse. Le pardon. Et décida de tout faire pour que ça marche. Oui, il la regagnerait et ferait en sorte que ça marche.

— Si tu veux, je peux l'appeler. Je vais...

Son téléphone sonna, il décrocha aussitôt. C'était sa ligne directe.

— Henry, c'est moi, Jacob. C'est drôlement tôt, chez toi. Je pensais tomber sur la boîte vocale.

— Non, j'ai passé toute la nuit ici. Tu as déposé la demande ?

— Oui, il y a vingt minutes. Le projet est protégé. Et toi avec.

— Merci, Jacob. Je suis content que tu sois parti hier soir.

— Tout va bien là-bas ?

— Tout, oui, sauf qu'on a perdu Goddard.

— Ah, mon Dieu ! Qu'est-ce qui s'est passé ?

— C'est une longue histoire. Quand est-ce que tu reviens ?

— Je vais aller voir mon frère et sa famille à Owings, dans le sud du Maryland. Je reprendrai l'avion dimanche.

— Ils ont le câble, à Owings ?

— Oui. J'en suis à peu près sûr.

– Regarde CNN. J'ai dans l'idée qu'on va défrayer la chronique.
– Il y a...
– Je suis occupé, Jacob. Il va falloir que je file. Va voir ton frère et dors un bon coup. Je déteste prendre le dernier avion.

Kaz ayant accepté, ils raccrochèrent, puis Pierce regarda Condon.

– On est en piste, dit-il. Il a déposé la demande.

Le visage de Condon s'éclaira.

– Comment ça ?
– Je l'ai envoyé hier. On ne peut plus nous toucher, Charlie.

Condon réfléchit un instant, puis il hocha la tête.

– Pourquoi ne m'as-tu pas dit que tu l'envoyais en avance ?

Pierce le regarda. Il vit la compréhension se faire dans l'esprit de Condon – Pierce ne lui avait pas fait confiance.

– Je ne savais pas, Charlie. Je ne pouvais parler à personne avant de savoir.

Condon acquiesça, mais la douleur resta marquée sur son visage.

– Ça doit être dur, dit-il. Vivre avec tous ces soupçons... Ça doit être drôlement dur d'être aussi seul.

L'espace de quelques instants, Pierce resta immobile. Il réfléchit à ce que Condon venait de lui dire. Il savait que les paroles de son associé étaient dures, mais qu'il disait vrai. Il comprit que l'heure était venue de changer tout ça.

Il était encore tôt, mais il ne voulait plus attendre. Il décrocha le téléphone et appela la maison d'Amalfi Drive.

Remerciements

Je n'aurais pas pu écrire ce livre sans l'aide du Dr James Heath, professeur de chimie à l'université de Californie, campus de Los Angeles, et de l'extraordinaire chercheuse qu'est Carolyn Criss. Cet ouvrage est de pure fiction, mais ses aspects scientifiques sont bien réels. Il y a bel et bien une course à la construction du premier ordinateur moléculaire. Toutes les exagérations ou erreurs contenues dans ce roman sont de ma seule et entière responsabilité.

Pour leur aide et pour leurs conseils, je dois aussi beaucoup à Terrill Lee Lankford, Larry Bernard, Jane Davis, Robert Connelly, Paul Connelly, John Houghton, Mary Lavelle, Linda Connelly, Philip Spitzer et Joel Gotler.

Je tiens également à remercier Michael Pietsch et Jane Wood qui firent plus que leur travail en révisant mon manuscrit et Stephen Lamont pour toutes ses corrections.

Cet ouvrage a été composé par Nord Compo
59650 Villeneuve-d'Ascq

Achevé d'imprimer par Rodesa en janvier 2004
N° d'édition : 39754
Dépôt légal : Février 2004
Imprimé en Espagne